Christopher G. Moore
Stunde null in Phnom Penh

metro wird
herausgegeben von
Thomas Wörtche

Zu diesem Buch

In Kambodscha hält die UNTAC nach dem Bürgerkrieg einen labilen Frieden aufrecht. Trotzdem sind in Phnom Penh Waffenhandel, Schmuggel und Raubüberfälle an der Tagesordnung, überall herrscht Korruption, ein Menschenleben ist nichts wert. Jede Nacht hört man Schüsse an illegalen Checkpoints. Hier soll Vincent Calvino einen Mann namens Hatch ausfindig machen, den Geschäftspartner eines Ganoven in Bangkok. Calvino verfolgt die Spur durch den Russischen Markt, die Spitäler, die Bars, das Hauptquartier der UNTAC und das berüchtigte T-3-Gefängnis. Doch er ist nicht der einzige, der Hatch sucht.

»Calvino ist eine wundervolle Privatdetektivfigur! Dazu konsequente Action, meisterhafte Sprache und angelsächsischer Humor at its best.«
Lutz Bunk, DeutschlandRadio

Der Autor

Christopher G. Moore (www.cgmoore.com) war früher Juraprofessor, bis er Theaterautor und später Romancier wurde. Der gebürtige Kanadier kam mit zwei Koffern nach Bangkok und avancierte schnell zum Kultautor. Moore arbeitet an der Calvino-Serie weiter und ist, wenn nicht in Bangkok, in Manila oder Oxford anzutreffen.

Im Unionsverlag sind außerdem lieferbar: »Haus der Geister« und »Nana Plaza«.

Mehr über Buch und Autor im Anhang
und auf *www.unionsverlag.com*

Christopher G. Moore
Stunde null in Phnom Penh

Aus dem Englischen von
Peter Friedrich

Unionsverlag

Die Originalausgabe erschien
1994 unter dem Titel *Cut Out* bei
White Lotus Press, Bangkok.

Deutsche Erstausgabe

Im Internet
Aktuelle Informationen,
Dokumente, Materialien
www.unionsverlag.com

Unionsverlag Taschenbuch 260
© by Christopher G. Moore 1994
© by Unionsverlag 2003
Rieterstrasse 18, CH-8027 Zürich
Telefon 0041-1-281 14 00, Fax 0041-1-281 14 40
mail@unionsverlag.ch
Alle Rechte vorbehalten
Umschlaggestaltung: Heinz Unternährer, Zürich
Umschlagfoto: FotoAsia Pte Ltd
Druck und Bindung: Clausen & Bosse, Leck
ISBN 3-293-20260-8

Die äußeren Zahlen geben die aktuelle Auflage
und deren Erscheinungsjahr an:
1 2 3 4 5 - 06 05 04 03

*Für M. C. Chatrichalerm Yukol,
meinen Freund und Lehrer*

Mein besonderer Dank gilt Norman Smith, der seine Einsichten und sein bemerkenswertes Wissen über Südostasien mit mir teilte. Und auch einem halben Dutzend Offizieren der UNTAC-Zivilpolizei, die mich unter ihre Fittiche nahmen und mich an Orte führten, die ich sonst nie zu Gesicht bekommen hätte.

*»Das hat mit Vernunft oder Gerechtigkeit gar nichts zu tun.
In einem Augenblick der Gemütserregung werden wir alle hineingezogen
und dann gibt es kein Entrinnen mehr.«*

Graham Greene, »Der stille Amerikaner«

1

Ein Tag auf der Rennbahn

Patten stützte sich schwer auf seine Krücke, während er sich durch die Tür der Lonesome Hawk Bar schob. Die Regenzeit machte seiner kaputten Hüfte und dem Bein schwer zu schaffen – Metallsplitter als Andenken an eine über Laos abgefeuerte SAM-Rakete hatten ihn wetterfühlig gemacht. Schmerzwellen schossen auf lang vertrauten Bahnen durch die Gelenke. Patten hasste den Regen. Er unterdrückte den Schmerz, so lange es ging, aber schließlich war er wieder gezwungen, das zu tun, was er in jeder Regenzeit tat: Er starrte in einen Raum voller Fremder, die alle sein in der Achsel durchgeschwitztes Hemd und das einbeinige Klacken der Krücke registrierten.

»Ja, ich benutze eine Krücke, na und, Mann?«, fauchte Patten einem der Nichtstuer ins Gesicht, der ihn über eine Flasche Singha-Bier anblinzelte.

»Ich hab doch gar nichts gesagt.«

»Und was zum Teufel haben Sie nicht gesagt?!«, fragte Patten.

»Ich meine ja nur, es muss schwer sein, bei dem Regen. Mit einer Krücke.«

»Bei Regen, bei Sonnenschein, im Mondlicht. Man hat es nie leicht mit einer Krücke. Das meinen Sie doch?«

Die Lonesome Hawk Bar war ein beliebter Treffpunkt für ehemalige Piloten wie Patten, für alte Soldaten, CIA-Typen und sonstige Angehörige der mobilen Kampf- und Geheimdienstmaschinerie des Kalten Krieges, die nach dessen Ende in Bangkok gestrandet waren. Keine weiteren Befehle. Keine Feinde mehr zu töten. Sie kamen wegen des üppigen Mittagessens, das es schon für anderthalb Dollar gab – Salat, Suppe und Fleisch mit Gemüse und Kartoffeln. Der schwarze Koch, den alle Black Hank nannten, war mittelgroß, hatte harte Augen, trug eine Mütze der Oakland Raiders und war ehrlich stolz auf seine Fähigkeiten in der Küche. Als Patten hereinkam, unterhielt er sich gerade mit Calvino am Ende der Bar. Patten erspähte Calvino auf den ersten Blick. Eine Hure servierte ihm gerade mit strahlendem Lächeln einen Drink, als wäre Calvino etwas ganz Besonderes für sie.

»Kennen Sie die ganze Wahrheit über diese Mädchen, Calvino?«, fragte Patten.

Calvino drehte sich zu ihm um und sah ihn an. »Was ist Wahrheit, Patten?« Bei sich dachte er, dass es wirklich ein unwahrscheinlicher Zufall wäre, wenn die ganze Wahrheit und Patten sich an einem Ort zusammenfänden. So unwahrscheinlich wie Pattens Zusammenstoß mit der SAM-Rakete.

»Auf der Makroebene ist ihr Leben eine echte Tragödie. Aber auf der Mikroebene kann man eine Menge Spaß mit ihnen haben«, sagte er. »Das dürfen Sie gerne zitieren.«

Calvino hatte nicht vor, Patten in irgendeiner Weise zu zitieren. Aber bevor er etwas erwidern konnte, fing jemand in der Bar schon wieder von dem toten Mann namens Jerry an.

Jerry Gill, ein Farang, hatte an diesem Nachmittag ein Rendezvous mit dem Ofen des Krematoriums. Aber niemand aus dem Lonesome Hawk würde zu seiner Einäscherung gehen, und andere Leute hatte Gill nicht gekannt. Also würde es eine Angelegenheit zwischen Jerry, ein paar Mönchen und dem Ofen im Wat werden. Jerry hatte ein paar Jahre lang seine Vierzig-Baht-Mahlzeiten verdrückt, bevor er plötzlich gestorben war. Man nahm zur Kenntnis, dass er tot war. Black Hank ließ eine Kondolenzkarte herumgehen. Calvino hatte bereits unterschrieben. Ein paar Dutzend Namen standen kreuz und quer auf die Karte gekritzelt.

»Gehen Sie zu Jerry Gills Beerdigung?«, fragte Black Hank Patten, als der sich schwer auf den Barhocker neben Calvino sinken ließ und seine Krücke gegen den Tresen lehnte.

»Wo denn?«, fragte Patten.

»Weiß nicht. In irgendeinem Wat am Fluss«, sagte Black Hank. Es spielte keine große Rolle, dass mehrere Hundert Wats entlang des Chao-Phraya-Flusses verteilt lagen, denn niemand hatte die leiseste Absicht, hinzugehen und Jerry in Flammen aufgehen zu sehen.

»Hat er irgendwelche Verwandte?«, fragte Calvino.

Patten wischte sich mit einem erkalteten, weißen Handtuch den Schweiß vom Gesicht.

»Er war mal verheiratet«, sagte er. »Sie hieß Doris, hat er mal erwähnt.«

»Eine Ex ist keine Verwandtschaft«, sagte Black Hank. »Sonst hätte ich mehr Verwandte als Kunden.« Er lachte über seinen eigenen Witz, dann zupfte er nervös an seiner Baseballmütze wie ein Fänger, der seinem Werfer ein geheimes Zeichen geben will. Black Hank hatte in den Sechzigern vier oder fünf Spielzeiten lang in der zweiten Liga gespielt, bevor es ihn während des Vietnamkriegs nach Asien verschlagen hatte.

»Jerry Gill hatte keine Freunde«, sagte Patten und betrachtete die Karte mit den Namen von Fremden, die kaum je ein Wort mit Jerry gewechselt hatten, aber bereitwillig die Karte unterschrieben, die Black Hank ihnen vorlegte.

»Aber er hat für Sie gearbeitet, Patten«, sagte Black Hank.

Patten warf ihm einen langen, harten, gemeinen Blick zu. »Für mich haben schon eine Menge Leute gearbeitet. Glauben Sie, ich kann zu jeder Beerdigung gehen? Dann bleibt mir kaum noch Zeit fürs Geschäft.«

»Ich hoffe, es regnet nicht, wenn sie mich mal verbrennen«, sagte Black Hank, und ein kalter Schauer lief ihm über den Rücken. »Ist nicht gut, wenn sie deinen Rauch durch den Schornstein blasen, während es in Strömen regnet.«

»Woran ist Gill gestorben?«, fragte Calvino.

»Auf dem Totenschein stand ›Herzstillstand‹.«

»Verdammt Hank, das steht in Thailand doch auf jedem Totenschein für einen Farang. Egal, ob er eine Kugel in den Kopf oder ein Messer in den Bauch gekriegt hat oder an einer Überdosis krepiert ist, immer läufts aufs selbe raus. Herzstillstand.«

»Irgendwo stimmt es ja auch, Patten. Das verdammte Herz bleibt stehen. Also könnte man sagen, das war die Todesursache«, sagte Black Hank. »Gelogen ist das nicht.«

»Ist Jerrys Herz von selbst stehen geblieben?«, fragte Calvino. »Oder hatte es ein bisschen Nachhilfe, bevor es sich zur ewigen Ruhe gelegt hat?«

»Ist mir scheißegal, Calvino«, sagte Patten. »Ich habe Sie nicht hierher bestellt, um mich über Jerry Gill zu unterhalten. Also, jetzt vergessen wir ihn einfach und reden übers Geschäft.«

»Sie sind ein harter Mann, Patten. Aber eines Tages werden Sie auch vergessen sein.«

Noi kam mit Pattens Salat und Suppe an die Bar geschlurft. Vom anderen Ende her zeterte ein Farang mit Hemd und Krawatte, goldener Armbanduhr und einem einkarätigen Diamantring am kleinen Finger Black Hank an.

»Sie haben gesagt, das Spezialangebot wäre aus! Warum kriegt er dann eins, während Sie mir erzählen, dass Sie ausverkauft sind?«, wollte der Fremde wissen. Sein Gesicht war rot angelaufen, und sein Hals arbeitete unter dem gestärkten weißen Kragen, als wollte er aus einer Gefängniszelle ausbrechen.

Calvino grinste, denn er wusste, dass es im Lonesome Hawk zwei Antworten darauf gab, die Black Hank alternativ benutzte. Eine lange und eine kurze. Eine von beiden erhielt jeder Fremde, wenn er dahinter kam, dass man ihn beschwindelt hatte. Dass das Vierzig-Baht-Sonderangebot durchaus noch zu haben war, wenn jemand wie Patten oder Jerry Gill – als er noch am Leben war – mal zu spät kam und sein Mittagessen verlangte.

»Er hatte vorbestellt«, sagte Black Hank.

Das war die kurze Lüge.

»Ich bin Mitglied«, sagte Patten und starrte den Fremden an, bis der den Blick abwandte.

Das war die lange Antwort, die ein paar Dutzend Bände in drei kleine Worte packte. Es gab eine inoffizielle Mitgliedschaft für die Stammkunden, die in der Lonesome Hawk Bar aßen; sie teilten Informationen, Geschichten, Frauen und einen Ehrenkodex, der Außenseiter ausschloss.

»Jerry war auch Mitglied«, sagte Black Hank.

»Und deshalb habe ich auch die verdammte Karte unterschrieben«, gab Patten zurück. Er wurde langsam ärgerlich. »Und jetzt will ich in Ruhe essen, mit Calvino übers Geschäft reden und keinen Mist mehr darüber hören, was aus Jerry Gills Asche wird. Scheiß auf die Asche. Ist doch egal. Calvino, sagen Sie ihm, dass es egal ist.«

Calvino sah zu, wie Patten seine Zwiebelsuppe schlürfte.

»Kommen wir zum Geschäft, Patten.«

»Sehen Sie, Black Hank, Calvino weiß, worauf es ankommt. Zum Geschäft zu kommen.«

Black Hank trollte sich in die Küche, und seine Kiefer mahlten rhythmisch auf einem Kaugummi.

»Dieser Regen ist Gift für meine Hüfte«, sagte Patten. »Sechs Jahre ist das jetzt her, dass sie mich erwischt haben. Ich flog mit meiner F-5 in tausend Metern Höhe. Meine Bomben hatte ich abgeworfen. Und dann landet so ein Schwanzlutscher einen Glückstreffer und schießt meine F-5 mit einem antiken Raketenwerfer aus dem Vietnamkrieg ab. So ein Ding, das man von der Schulter abfeuert. Einem Bauern einen Raketenwerfer in die Hand zu drücken, ist eine scheißgefährliche Sache, Vinee.«

Er wartete darauf, dass Calvino irgendeine Reaktion zeigte. Der starrte geradeaus, als würde er so eine Geschichte alle Tage hören. Das brachte Patten ein wenig aus dem Konzept. Er wusste, dass Calvino in dem Ruf stand, ein knallharter Bursche mit besten Verbindungen zu Polizeikreisen zu sein, und das war ja auch der Grund, warum er beschlossen hatte, ihn zu engagieren. Aber er hätte zumindest einen Funken von Mitgefühl erwartet. Fehlanzeige. Calvino trug nur Gleichgültigkeit zur Schau. Die meisten Menschen in Bangkok hatten ihre Wunden; manche heilten schneller, manche langsamer. Aber einige unsichtbare Wunden schienen sich niemals richtig zu schließen und hinterließen nur Bitterkeit und Enttäuschung.

Es gab haufenweise Leute, die nichts lieber getan hätten, als Pattens Hinken gegen den Albtraum einzutauschen, die Hölle, zu der ihr Leben in Bangkok geworden war. Verkehrsstaus, Umweltverschmutzung, Wasserknappheit in der heißen Jahreszeit, Überschwemmungen während der Regenzeit. Trotzdem hatten die meisten Leute wie Patten nicht die Kraft oder den Mut zu gehen. Sie hatten nur immer neue Pläne, wie sie die Hölle in einen Himmel verwandeln wollten. Calvinos Gesetz lautete, dass jeder Gauner den Traum hatte, einmal im Leben den ultimativen Coup zu landen, der ihn reich, schön und glücklich machen würde. Er dachte daran, was Lt. Col. Pratt gesagt hatte, als er hörte, dass Patten einen Auftrag für Calvino hatte.

»Er ist schlecht, Vincent«, hatte Pratt gesagt. »Fies. Und er hat genügend abgefeimte Kumpane, um eine ganze Abteilung in der Hölle zu füllen.« Zu dem Zeitpunkt saß Lt. Col. Prachai Chongwatana, der seinen Spitznamen noch von der Schulzeit in New York hatte, hinter seinem Schreibtisch in einem der Gebäude des Polizeipräsidiums von Bangkok – einem von vielen Häusern zwischen Erawan und Siam Square. Die Polizei okkupierte wertvolle Grundstücke, aber niemand schlug vor, dass sie die Gegend räumen sollte.

»Die meisten meiner Klienten haben Dreck am Stecken, Pratt«, hatte Calvino erwidert. »Sie bewegen sich in Grauzonen, wo der Schmutz in den Ecken hängt.«

»Verglichen mit Patten sind sie die reinsten Heiligen. ›Du darfst nicht irren in dem Labyrinth; da lauern Minotaur' und arge Ränke‹«, zitierte Pratt aus Shakespeares Heinrich VI.

»Ich bin zwei Monate mit den Alimenten im Rückstand«, hatte Calvinos Antwort gelautet.

Jetzt hörte er, wie Black Hank eine der Serviererinnen anschrie.

»Gib dem Mann seinen Hamburger und eine Suppe«, brüllte er. Eine winzig kleine Serviererin, höchstens sechzehn, kam Kaugummi kauend mit einem Essenstablett aus der Küche.

»Ich hätte tot sein müssen wie Jerry Gill«, sagte Patten. Mit einem Mund voller gelber Zähne grinste er Calvino an. »Gründlich durchgegrillt, ohne letztes Geleit. Ohne dass jemand eine Scheißkondolenzkarte für mich unterschreibt. Aber ich habe mich im Schleudersitz rauskatapultiert wie in einem James-Bond-Film und die Kurve gekratzt. Sechs Monate lang war ich im Krankenhaus. Die Ärzte gaben keinen Pfifferling mehr für mich. Für die Schwestern war ich schon Schnee von gestern. Wissen Sie, was ich zu den Schwanzlutschern gesagt habe? Ich habe gesagt: ›Wer mich töten will, der muss mir schon direkt in die Augen sehen. Ich lasse mich nicht von einem dreckigen Schwanzlutscher, der im Dschungel von Käfern und Maden lebt, mit einem Raketenwerfer abservieren.‹«

Patten war Amerikaner, Mitte vierzig, mit schütter werdendem braunem Haar und einer scharf gezogenen Schnurrbartlinie wie ein Gangster. Er trug eine Brille mit Silbergestell. Ein Abziehbild der amerikanischen Flagge zierte das Achselpolster seiner Krücke. Er war Patriot, Geschäftsmann, Gauner und ein unheilbarer Paranoiker, der zur Regenzeit hinkte.

Manche Leute behaupteten, Patten erzähle nichts als Unsinn, und dass er an der schlimmen Hüfte selber schuld sei. Er habe betrunken einen schweren Autounfall in der Nähe von Korat gehabt und nie eine F-5 von innen gesehen, ganz zu schweigen davon, dass er geheime Bombermissionen für die US-Regierung geflogen sei (die, wie er beteuerte, dem thailändischen Militär dabei behilflich war, die Laoten in den Arsch zu treten, während der Rest der Welt in die andere Richtung sah). Allerdings hatten die Laoten den Krieg gewonnen. In Bangkok konnte man jede beliebige Rolle spielen, und an Orten wie dem Lonesome Hawk fand man bestimmt ein dankbares Publikum. Außer dem Lonesome Hawk gab es noch das B-52 auf der Soi Cowboy, wo dieselben Typen nach ihrem Vierzig-Baht-Mittagessen herumlungerten, Geschäf-te besprachen und die Mädchen begutachteten.

Wenn ein Farang nur lange genug über Kampfjets, Untergrundkriege und High-Tech-Waffen quasselte, zog er wie ein Magnet andere alte Krieger an, die sich in schwärzesten Verschwörungstheorien ergingen, wie Südostasien gewonnen oder verloren worden war. Aber Leute, die wirklich geheimdienstlich arbeiteten, hatten Besseres zu tun, als ihre Nachmittage damit zu vergeuden, im Lonesome Hawk oder im B-52 herumzuhängen und gegenüber Kerlen wie Patten damit zu prahlen, wie oft und wie knapp sie dem Tod von der Schippe gesprungen waren. Es gab eine Menge schwarze Löcher im Universum, durch die aus undefinierbaren Gründen immer wieder Informationsfetzen trieben, die aus alten Geheimakten stammten. Und diese Informationsfetzen hatten die Lufthoheit über den Stammtischen, wo Patten und seinesgleichen sich über einem billigen Mittagessen zusammendrängten.

Patten hatte um zehn Uhr morgens in Calvinos Büro angerufen und das Treffen im Lonesome Hawk vereinbart. Er ging nicht ins Detail, aber er sagte, dass Calvino für ihn einen Kerl aufspüren solle, der nach Kambodscha gegangen war. Es sei dringend. Typen wie Patten waren immer in Eile, wenn es darum ging, dass die Arbeit getan wurde, aber langsam, wenn es ans Zahlen ging.

Calvinos bester Freund, Lt. Col. Pratt, hatte in letzter Zeit sehr viel mit Kambodscha zu tun. In Phnom Penh wimmelte es von UNTAC-Truppen, während es entlang der Grenze fortwährend zu Angriffen der Roten Khmer kam und Geschäftemacher aus Thailand sich einnisteten, Regierungsbeamte bestachen und sich aufführten wie Rowdys. Diese Händlerrowdys und ihre Gangsterfreunde hatten Thailand eine ziemlich schlechte internationale Presse beschert. Die Berichterstattung war so, dass sich die meisten Thais vor Scham krümmten. Juristische Verwicklungen begannen sich aufzublähen wie ein Hefekuchen, den niemand haben, aber auch niemand loswerden wollte. Kambodscha war ein neues Eldorado für Gauner. Schnelles Geld und genügend Möglichkeiten für krumme Geschäfte, um Politiker und Generäle fett zu machen.

Patten wollte gerade anfangen, sein spezielles Kambodscha-Problem zu erläutern, als der Fremde, der wegen des Vierzig-Baht-Sonderangebots gemeckert hatte, sich vorbeugte und die Glocke betätigte. Die Barfrau namens Lek hatte gelernt, wie ein Papagei das Wort »Arschficker« nachzuplappern, wenn jemand, den sie nicht kannte, die Glocke anschlug.

»Der Arschficker hat geläutet«, rief sie.

Erst hatte der Fremde auf sein Vierzig-Baht-Essen verzichten müssen, und jetzt wurde er auch noch Arschficker genannt. Das hob seine Stimmung nicht gerade. Er dachte, dass man ihn im Lonesome Hawk nicht mit dem gebührenden Respekt behandelte.

»Wer ist hier ein Arschficker?«, fragte er Lek.

»Sie sind der Arschficker«, antwortete Patten. Er stand auf und stützte sich auf seine Krücke. »Wer die Glocke läutet, muss die Bar freihalten. Das ist die Regel.«

»Willst du noch einen Mekong, Arschficker?«, fragte Lek Calvino.

»Ist schon gut, sie sagt zu jedem Arschficker«, erläuterte Calvino.

Diese Erklärung schien den Fremden etwas zu besänftigen. Er strich sich mit einer Hand die Haare zurück und rang sich ein Lächeln ab.

Black Hank kam mit einem breiten Grinsen unter seiner Baseballkappe aus der Küche zurück. Er hatte die Glocke gehört, und das bedeutete eine Lokalrunde. Er setzte sich im Hintergrund unter den ausgestopften Schädel eines Wasserbüffels. »Lek, hör auf, in der Bar solche schmutzigen Ausdrücke zu benutzen. Das hier ist ein respektables Scheißetablissement.«

»Ich mach dich nur nach«, gab sie zurück.

Patten zwinkerte ihr zu. »Diesmal einen Doppelten, Lek. Heute ist mein Glückstag. Ich bin unterwegs zur Rennbahn. Und ich hab so ein Gefühl, dass ich einen Volltreffer lande.«

Die Lokalrunde wurde serviert. In Bangkok wimmelte es von Spielern wie Patten. Aber er spielte so Hasard, dass man ihm die Geschichte, er sei in einem geheimen Krieg über Laos abgeschossen worden, fast abnehmen mochte. Ein bizarres Verhaltensmuster. Pratt hatte Calvino vor der kranken Seele und Psyche eines Mannes gewarnt, der aus dem Himmel geschossen worden war und überlebt hatte, um seine Rache zu planen. Man hätte denken sollen, Patten würde nie mehr etwas Gefährlicheres tun, als in eine Bar zu gehen und zu Mittag zu essen. Aber er hatte nicht das Geringste dazugelernt.

Patten kannte Calvinos Ruf. Er hatte sich bei den Leuten umgehört, die ihre Nachmittage am Washington Square und auf der Soi Cowboy versoffen. Man flüsterte sich zu, dass Calvino ein Privatschnüffler war, der sich den Weg aus einer dunklen Gasse freischoss, wenn er von ein paar Leuten in die Enge getrieben worden war. Es hatte nie genügend Beweise gegeben, um ihn mit einer Schießerei in Verbindung zu bringen. Die Herzen der toten Männer in den Gassen hatten einfach aufgehört zu schlagen. Calvino hatte offenbar Einfluss – die Art Einfluss, gegen die Beweise so viel Chancen hatten wie eine F-5 gegen einen tragbaren Raketenwerfer.

Nachdem Patten seinen doppelten Black Label mit Soda ausgetrunken hatte, wandte er sich an Calvino. Sein Entschluss stand fest. Er schob Calvino einen Scheck über fünftausend Dollar hin. Calvino starrte den Scheck an, ohne Anstalten zu machen, ihn an sich zu nehmen. Das hätte bedeutet, den Auftrag zu akzeptieren. Er dachte über diese Fünf mit drei Nullen am Ende nach. Der Betrag deckte die überfälligen Alimente, seine Bürokosten, das Gehalt seiner Sekretärin und ein paar Monate Miete.

Calvino hob den Blick von der Bar.

»Ich nehme keine Schecks, Patten. Nur Bares auf den Tisch.«

»Wollen Sie sagen, dass mein Scheck nicht gedeckt ist?«

»Ich sage, Bargeld ist besser.«

Patten hielt sein leeres Glas in die Höhe und bestellte noch einen Drink. »Ich bringe Ihnen morgen das Geld.«

»Was wollen Sie dafür kaufen?«

»Was Sie anzubieten haben. Die Dienste eines privaten Ermittlers, Vinee. Ich möchte, dass Sie zum Sports Club gehen. Es ist Renntag. Ein Typ namens Fat Stuart L'Blanc ist dort. Er wiegt ungefähr zweihundert Kilo. Stammt aus Montreal. Jetzt ist er Juwelenschieber. Er war in Kanada im Knast, deshalb hat ihn seine Familie hierher abgeschoben. Fat Stuart, der versteht was von Pferdchen. Finden Sie ihn. Er hat Informationen über mein gottverdammtes Kambodscha-Problem.«

Calvino sah Patten hart und direkt ins Gesicht, dann wanderte sein Blick zu dem Scheck. Er überlegte sich, welche Ausrede Patten wohl morgen hatte, das Geld nicht zu bringen.

»Warum gehen Sie nicht selbst hin und reden mit Fat Stuart?« Er hatte sich schon halb dazu durchgerungen, den Auftrag abzulehnen. Er trug in Großbuchstaben den Stempel »Probleme«.

»Weil der Franzmann mich nicht ausstehen kann«, sagte Patten.

»Wie kommen Sie auf die Idee, er würde mit mir reden?«

»Ist so ein Gefühl.«

»Ach, kommen Sie, Patten! Vor fünf Minuten wollten Sie noch auf die Rennbahn gehen. Jetzt soll plötzlich ich hin. Und Sie bieten einen Haufen Geld. Was bedeutet, dass Sie einiges ausgelassen haben.«

Patten langte nach seinem Scheck. »Zum Teufel damit. Ich sage Ihnen, was Sie wissen müssen. Und ich biete Ihnen fünf Riesen, damit Sie mit Fat Stuart sprechen. Und Sie erzählen mir, dass Sie das ablehnen? Dann zum Teufel mit Ihnen.«

»Was wollen Sie von dem Franzosen?«, fragte Calvino.

Patten streckte den Arm aus und stopfte Calvino den Scheck in die Jacketttasche.

»Fragen Sie ihn, warum zum Henker ich nichts von Mike Hatch höre.«

Calvino ließ den Blick durch die Bar schweifen. Er musste nur den Scheck aus der Tasche nehmen, ihn auf die Bar legen, vom Hocker aufstehen und das Lonesome Hawk verlassen. Es war so einfach. Er sah zu, wie der Fremde seinen Hamburger aufaß. Fleischsaft, Mayo und Tomatensauce troffen ihm zwischen den Fingern hindurch. Er leckte sich die Knöchel ab wie ein Kind.

»Fünf Riesen, um eine einzige Frage zu stellen?«

Patten schüttelte den Kopf. »Fünf Riesen für die Antwort.«

»Ich kann mir keine Antwort vorstellen, die so viel Geld wert ist und die Sie nicht selbst bekommen können, indem Sie zum Telefonhörer greifen«, sagte Calvino und beobachtete, wie Pattens Kiefermuskeln mahlten, während er auf einem Brocken von Black Hanks speziellem Salisbury Steak herumkaute.

»Fat Stuart mag keine Telefone«, sagte Patten. Eine Fleischfaser hing ihm zwischen den Zähnen, während er sprach und gleichzeitig kaute. »Und mich mag er auch nicht besonders.«

»Wo ist dieser Mike Hatch?«, wollte Calvino wissen.

»Phnom Penh. Schon mal in Kambodscha gearbeitet?«, fragte Patten.

Calvino musste zugeben, dass er das nicht hatte. In Bangkok gab es genügend Arbeit, um hundert Privatschnüffler rund um die Uhr zu beschäftigen. Mit der Jagd nach säumigen Zahlern für Kreditkartengesellschaften und Banken, Informationsbeschaffung über ortsansässige Firmen, Entlarvung betrügerischer Angestellter – man wurde nicht reich davon, aber es reichte zum Leben, auch wenn es niemand als Luxusleben bezeichnet hätte. Während der letzten Monate war das Geschäft immer flauer geworden. Manche glauben, dass die Rezession aus Amerika schließlich nach Thailand übergeschwappt sei. Wie auch immer, seit die sicheren, sauberen Aufträge aus klimatisierten Büros versiegt waren, wurde Calvino immer öfter von irgendwelchen Gaunern angerufen, die wollten, dass er irgendwelche Deals mit anderen Gaunern in schäbigen Hotelhallen abwickelte. Pattens Angebot trug den Stempel des Zwielichtigen – ein Klient ohne erkennbares Einkommen, der eine große Summe im Voraus bezahlen wollte, nur damit Calvino eine Frage stellte und ihm die Antwort überbrachte. Calvino hatte einmal als Anwalt praktiziert, und er wusste, dass niemand fünf Riesen für eine Antwort zahlte, es sei denn, es handelte sich um die Gewinnzahl einer Schwindellotterie.

»Patten, in was für eine Nummer wollen Sie mich da reinziehen?«, fragte er.

»Ich bitte Sie nur darum, zur Rennbahn zu gehen und mit Fat Stuart zu sprechen. Was zum Teufel ist daran verkehrt? Seit wann ist es illegal, in den Sports Club zu gehen? Fat Stuart sitzt auf der Tribüne und nimmt mit seinem fetten Arsch so viel Platz weg wie sechs Schlitzaugen zusammen. Er ist überhaupt nicht zu verfehlen. Und wenn Sie herausgefunden haben, wo Mike Hatch ist, dann möchte ich, dass Sie ihn für mich suchen. Wahrscheinlich ist er in Kambodscha. Dann haben Sie Ihre fünf Riesen verdient.«

Ganoven hatten immer viele Antworten, wenn auch häufig zu wenig Verstand. Aber Patten schien zu wissen, was er wollte, er wirkte gewitzt und beherrscht, und während er sich jetzt den Schnurrbart mit einer Serviette betupfte, schien es ihm ernst zu sein mit seinem Vorschlag. Bei dem Auftrag ging es um mehr als nur Informationsübermittlung. Langsam rückte er damit heraus, worum es sich eigentlich drehte – er wollte einen starken Arm kaufen, der seinen dicken Fisch für ihn an Land zog.

»Und wenn Mike Hatch nicht gefunden werden will?«, fragte Calvino.

Ein Lächeln glitt über Pattens Lippen. »Natürlich will er das nicht. Deshalb kostet mich der Hurensohn ja fünf Riesen.«

»Ich suche keine Leute, weil jemand jemanden fertig machen will«, sagte Calvino und trank aus.

»Wer sagt denn, dass ich ihm was antun will? Herrgott, ihr Italiener glaubt, die ganze Welt ist eine einzige Mafia-Veranstaltung.«

Patten machte eine Pause, um den Vorwurf wirken zu lassen. Calvino war halb Italiener und halb Jude, und während seiner ganzen Jugend in New York war ihm das Vorurteil entgegengeschlagen, dass alle Italiener Mafiosi wären und den Juden alle Banken und Medien gehörten. Manchmal wünschte er sich, an diesem rassistischen Unsinn wäre etwas dran. Dann hätte er ausgesorgt gehabt, genau die richtige genetische Mischung, um es im Mob, als Bankier oder in Hollywood zu etwas zu bringen. Aber das Leben war viel zu kompliziert, um in die simplen Abziehbilder zu passen, die Kerle wie Patten in ihren kranken Gehirnen herumtrugen. Sie verwechselten die Realität mit dem, was sie dafür hielten.

»Was wollen Sie dann von Mike Hatch?«, fragte Calvino und ließ den Fehdehandschuh unberührt, den Patten ihm hingeworfen hatte.

»Ich schätze Männer, die mitdenken, Calvino. Es ist so: Ich bin im Besitz von fünfzig Riesen, die ihm gehören, und plötzlich ist er unauffindbar. Soviel ich weiß, hat Fat Stuart sich mit Mike Hatch am Tag vor seinem Verschwinden getroffen. Wenn ich ein Arschloch wäre, würde ich sagen: Was kümmerts mich? Ich würde das Geld einfach behalten. Scheiß auf den Kerl. Aber so mache ich keine Geschäfte. Mike Hatch hat sich sein Geld verdient. Wenn Sie ihn finden, sagen Sie ihm das. Und um Ihnen zu zeigen, dass es mir ernst ist, hier ist ein Scheck über fünfundvierzig Riesen. Er ist auf Mike Hatch ausgestellt. Zum Teufel, Calvino, Ihre fünf Riesen sind reiner Finderlohn. Es sind zehn Prozent von dem, was Mike Hatch zusteht. Diesen Scheck geben Sie Mike. Sagen Sie ihm, dass wir damit quitt sind.«

»Warum sollte ein Mann sich vor seinen Freunden verstecken? Vor allem, wenn einer dieser Freunde ihm eine Menge Geld geben möchte?«, fragte Calvino.

19

»Glauben Sie nicht, dass ich mich das nicht auch schon gefragt hätte? Aber ich habe nicht die leiseste Ahnung, warum er untergetaucht ist. Wie ich das sehe, ist es seine eigene Schuld, dass er jetzt die Unkosten blechen muss, die nötig sind, um ihn zu suchen.«

Calvino betrachtete den zweiten Scheck.

»Das ergibt keinen Sinn, Patten.«

»Verflixt, ergibt denn irgendwas im Leben einen Sinn? Alles nur Bruchstücke, die nicht zusammenpassen. Sie stehen in dem Ruf, dass Sie Leute finden können, die nicht gefunden werden wollen. Und genau das sollen Sie tun. Wenn Sie ihn nicht finden, geben Sie mir meinen Scheck über fünfundvierzig Riesen zurück. Ihr Honorar behalten Sie in jedem Fall. Und machen Sie sich keine Sorgen über das verdammte Geld. Sie kriegen es in bar. Garantiert. Behalten Sie den Scheck über fünftausend als Sicherheit. Es ist ein faires Angebot, Calvino.«

Und dabei beließen sie es. In der Schwebe. Nichts Definitives, aber Calvino hatte den Scheck behalten. Während er ging, drehte er sich nicht nach Patten um. Aber er konnte im Spiegel an der Wand beobachten, dass Patten ihm nachstarrte. Beim Anblick der Sorgenfalten auf seiner Stirn fragte sich Calvino, was in Wirklichkeit an ihm nagte. Warum er gar so besorgt war.

Als Calvino aus dem Lonesome Hawk trat, raubte ihm ein Glutofen von Hitze den Atem. Er blieb stehen, setzte die Sonnenbrille auf und ging dann weiter. Gegenüber betraten ein paar Farang mittleren Alters mit über den Gürtel hängenden Bäuchen einen Massagesalon, um sich mitten am Nachmittag ein wenig verwöhnen zu lassen. Hochstapler, dachte Calvino. Bangkok, die Stadt, wo junge Frauen es liebten, Perry Como und Frank Sinatra zu hören, während sie mit fetten Männern schliefen, die alt genug waren, um ihre Väter zu sein. Calvino kannte die Routine. In ein paar Minuten würden sie in einen Massageraum voller Konservenmusik geleitet werden, zwei nicht mehr junge Männer und ein paar neunzehnjährige Isan-Mädchen, versiegelt in einem gewerblichen sexuellen Brutkasten. Er ging weiter. Es war schwer genug, in einer Bar nachzudenken. Hier auf der Straße beinahe unmöglich. Er trug Pattens Scheck über fünf Riesen bei sich. Das Äquivalent von zehn Jahren Massage in dem Schuppen gegenüber. Ein Lebensalter voller Perry Como. Er ließ den Gedanken an sich vorüberziehen wie einen Cowboy, der in die untergehende Sonne hineinreitet.

Auf der Sukhumvit Road kletterte er auf den Rücksitz eines Motorradtaxis, das ihn eine knappe Stunde später vor dem für die Allgemeinheit bestimmten Eingang der Rennbahn absetzte. Wenn man nicht gerade Mitglied des Sports Club war – und ohne den richtigen Familiennamen und eine Menge Geld wurde man nicht aufgenommen, nicht in diesem Leben –, dann betrat man die Bahn von der Henri Dunant Road aus, durch denselben Eingang, den auch die Bauern, Tuk-Tuk-Fahrer, Straßenhändler, Auftragskiller, Schmuggler, Gangster, Diebe und Pensionäre benutzten.

Der Weg hatte Calvino am Polizeipräsidium von Bangkok vorbeigeführt. Er wusste, dass Lt. Col. Pratt, der drinnen bei der Arbeit saß, den Auftrag missbilligen würde, den er gerade angenommen hatte. Aber wenn man nur Aufträge annahm, die andere billigten, war es vorbei mit dem Detektivgeschäft. Dann wurde man besser Mönch, kehrte in die Heimat zurück oder verkaufte Perry-Como-Raubkopien auf der Straße. Calvino entlohnte den Motorradfahrer. Gegenüber lagen ein paar Gebäude des Campus der Chulalongkorn-Universität, der führenden Hochschule des Landes, und als er sich umdrehte, sah er, wie ein Tuk-Tuk-Fahrer von einem Händler ein Paar Schuhe mietete.

Calvino kam an mehreren Ständen vorbei, wo stapelweise große Leihfeldstecher lagen. Abgestoßene, graugrüne Farbe blätterte von den Griffen ab, sodass sie aussahen, als stammten sie aus alten Armeebeständen. Einer Armee von Leuten, die diese Feldstecher mit verschwitzten Händen gepackt und sie voller Anspannung an die Augen gepresst hatten, während sie den Pferden durch die letzte Kurve bis zur Ziellinie folgten. Andere Händler vermieteten Schuhe an diejenigen Pferdewetter, die in Schlappen gekommen waren. So lautete die Rennbahnregel. Wer wetten wollte, hatte gefälligst Schuhe zu tragen. Und so drängte sich die Menge anständig beschuht und mit feldstecherverstärkter Sehkraft durch das Drehkreuz. Calvino kaufte eine Eintrittskarte und schloss sich an. Die *Poo-yai* – die reichen, respektablen Thais chinesischer Abstammung mit guten Beziehungen und die Farangs, die Mitglieder des Sports Club waren – hatten natürlich ihren Privateingang auf der Ratchadamri Road. Niemand vermietete dort Schuhe oder Feldstecher. Die Reichen hatten ihre eigenen, vollklimatisierten Enklaven hoch über der Armee der einfachen Rennbahnrekruten – Kategorie Kanonenfutter –, die unbehaglich in ihren gemieteten Schuhen wetzten und auf den Einlauf ihres Favoriten warteten.

Calvino hatte keinerlei Zweifel, wo er Fat Stuart finden würde. Der dicke Mann konnte nur den öffentlichen Eingang gegenüber der Chulalongkorn-Universität genommen haben. Wahrscheinlich war er für ein paar Sekunden im Drehkreuz stecken geblieben, hatte dann tief Luft holen, den Bauch einziehen und sich auf Zehenspitzen stellen müssen, um sich durchzuzwängen, während die umstehenden Thais sich vor unterdrücktem Lachen kringelten und ihnen die Tränen über die Backen liefen: ein fetter Farang, stöhnend und keuchend, der bei seinem Versuch, sich aus dem Drehkreuz zu befreien, aussah wie ein Schwein, das am Spieß zappelte. Die am lautesten lachten, waren immer dieselben, Unterprivilegierte, die davon träumten, das große Geld zu machen und den Mitgliedereingang auf der Ratchadamri zu benutzen. Und das war so wahrscheinlich, wie aus dem fetten der dürre Stuart werden würde. Die Welt war durchzogen von kleinen Ironien – die Fetten wurden niemals dünn, die Armen niemals reich, und der Durchschnittsganove landete niemals den großen Coup, egal, ob mit Pferden oder sonst wie. Und Kerle wie Patten suchten niemals nach Leuten, denen sie Geld schuldeten.

Gutes Geld, leichtes Geld, altes Geld, schmutziges Geld, die Medaille hatte hundert Seiten und Namen, dachte Calvino. Die einzige Gemeinsamkeit war das dem Geld innewohnende Böse und die Gier, Unmengen davon anzuhäufen. Aber er war gekommen, um Informationen über einen Mann namens Mike Hatch einzuholen, dem jemand Geld schuldete. Es war eine Schule der harten Schläge, eine Erziehung, die man nicht mit einem Rhodes-Stipendium genießen konnte. Manche nannten es Karma. Wenn man in seinem letzten Leben schlimme Dinge begangen hatte, wurde man auf der falschen Seite der Straße wieder geboren. Dann musste man leiden, bis das angehäufte schlechte Karma abgetragen war. War man gut gewesen, landete man auf der anderen Seite der Straße, auf einem schattigen Campus, und las Bücher. Zwischen der Rennbahn und der Universität verlief eine viel befahrene Straße, auf der man leicht zu Tode kommen konnte, wenn man sie zu überqueren versuchte. Je nach Karma saß man auf der einen oder anderen Seite fest. Vielleicht war es Schicksal, vielleicht Habgier. Man konnte es nennen, wie man wollte, aber wenn man versuchte, das System zu ändern, bedeutete das, sich mit mächtigen und gefährlichen Personen anzulegen.

Der Sports Club hatte sich eine eigene kleine Welt geschaffen, eine Welt der Privilegien gleich neben der Welt der Ausgeschlossenen. Das Innengelände der Rennbahn bestand aus einem sorgfältig gepflegten Golfplatz. Blau schimmernde kleine Wasserlöcher, Brücken, üppiggrüne Fairways, die sich zwischen den Gattern umeinander schlängelten, und an windstillen Tagen wie heute reglos herabhängende Fähnchen auf den Grüns. Ein Besuch auf der Rennbahn lohnte sich schon deshalb, um die reichen Mitglieder des Sports Club ihre Golfrunden spielen zu sehen; wie sie sich in ihrer eigenen kleinen Welt auf ihre Schläge konzentrierten und die Pferde und die Tausende auf den Tribünen ignorierten. Die Spieler schlossen Nebenwetten auf die Golfer am Par-drei-Loch ab, dessen Grün nicht mehr als fünfzig Reitgertenlängen von der Ziellinie entfernt lag.

Nach dem dritten Rennen entdeckte Calvino Fat Stuart, der in der ganzen Pracht seiner zweihundertfünfzehn Kilo auf der Terrasse hockte. Ein Rucksack voller Essen und Coladosen lehnte neben ihm. Automatisch langte seine Hand in den Sack und kam mit einem Schoko-Donut wieder zum Vorschein, das er auf einmal in den Mund stopfte, als ob das die einzige Art wäre, ein Donut zu essen. Calvino ging nicht gleich zu ihm hinauf. Er wollte erst sehen, mit wem er da war und ob er noch etwas anderes vorhatte, als auf Pferde zu wetten und Donuts zu essen. Fat Stuart war eine Spielernatur. Natürlich wusste Calvino über ihn Bescheid. Es war sein Beruf, über Männer wie Fat Stuart Bescheid zu wissen und ebenso, dieses Wissen nicht mit Leuten wie Patten zu teilen. Patten bekam, wofür er bezahlte; Fat Stuart bekam das, was er verdiente. Er war seit ein paar Jahren eine Randfigur von Bangkok. Ein Riesenbauch auf feisten, vor Babyspeck schwabbelnden Stummelbeinen, die zischelnd wie bei einer übergewichtigen Frau aneinander rieben, wenn er in seinen Nylon-Boxershorts daherkam. Er war als gewalttätig bekannt. In Montreal hatte er ein paar Jahre für bewaffneten Raub abgesessen. Anschließend hatte seine Familie ihn ohne Rückfahrtkarte in die Edelsteindrehscheibe Asiens verfrachtet, nach Bangkok. Er war ein brutaler Ganove. Es ging das Gerücht, dass jemand aus der Edelsteinbranche von Bangkok sich L'Blancs kriminelle Energie zu Nutze machte. Er war habgierig, gemein und niederträchtig genug, um seiner alten Mutter den letzten Brotkrumen zu stehlen.

Sein gewalttätiges Naturell schlug zu wie eine Schlange aus dem Korb, deren Zähne sich ins Fleisch gruben und ihr Gift hineinspritzten. Das Opfer hatte die Wahl, es auszusaugen oder zu sterben. Achtzehn Monate zuvor hatte L'Blanc drei thailändische Huren zusammengeschlagen, die behaupteten, er hätte ihnen minderwertiges Gold verkauft. Er hatte vier Monate wegen Körperverletzung gesessen, und der Juwelier, bei dem er gearbeitet hatte, hatte ihn gefeuert. Calvino hatte ihn sagen hören, dass vier Monate ein Klacks seien. Im Knast konnte man für Geld alles haben – Drogen, Schnaps, Weiber, Essen. Aber er war sauer. Irgendein Mistkerl, der was gegen Franzosen habe, hätte ihn verpfiffen, behauptete er. Bei seinem Nationalstolz hätte man fast glauben mögen, er wäre tatsächlich Franzose statt Kanadier. Manchmal tat er sogar so, als verstünde er kein Englisch. Er spielte gerne kleine Spielchen.

Nachdem er seine Strafe abgesessen hatte, arbeitete Fat Stuart freischaffend in der Juwelenbranche. Black Hank meinte, dass das Gefängnis in Bangkok Fat Stuart nicht gerade resozialisiert hatte. Er war nur noch gemeiner und gewissenloser geworden. Und er war mit den falschen Leuten in Kontakt geraten. Leuten, die von einem Juwelier Dinge verlangten, die ein Juwelier nicht tun sollte. Denen es egal war, ob ihr

Juwelier gerne Frauen verprügelte. Andere Männer schlugen zu, weil sie wütend waren oder jemand sie dafür bezahlte, aber ein Typ wie Fat Stuart zog sein Vergnügen daraus, andere leiden zu sehen.

Calvino setzte sich neben Fat Stuart, der das Programmheft studierte. »Haben Sie einen Tipp fürs vierte Rennen?«, fragte Calvino.

Fat Stuarts tote Fischaugen hoben sich zu Calvino. Ein schmales Lächeln malte Grübchen in seine Wangen. Seine Gesichtshaut kräuselte sich vor Zellulitis, bis er aussah wie der Hintern einer dicken Frau mit Augen und Mund.

Manchmal, an heißen Sommerabenden in Brooklyn, hatte Calvino »untersetzte« Frauen – wie sein Vater sie nannte – auf den Veranden ihrer heruntergekommenen Häuser sitzen sehen, die vor Schweiß trieften, sich Kühlung zufächelten und Kool-Aid schlürften. Dicke Menschen litten tief von innen heraus unter der Hitze, auf eine Art und Weise, wie es dünne Menschen niemals verstehen konnten. Heiß wie das Höllenfeuer, hatte es ihm eine der alten Frauen einmal beschrieben. Calvino hatte diesen Satz nicht vergessen, und als er jetzt Fat Stuart ansah, fragte er sich, warum jemand von seiner Körperfülle in Thailand blieb. Warum nicht lieber Island, Norwegen, Grönland – oder Frankreich? Irgendwo, wo die Nächte kühl waren und man nicht zu schwitzen brauchte.

»Calvino, was zum Teufel suchen Sie beim Rennen?« Er hatte einen Schokoladenschnurrbart. Sein frankokanadischer Akzent wurde dadurch verstärkt, dass er mit vollem Mund sprach.

»Einen Sieger«, sagte Calvino.

Die Antwort gefiel Fat Stuart. »Aber Sie finden nur Nieten?«

Mit dem Spruch hätte er glatt als Kabarettist auftreten können. Calvino ließ die Gelegenheit zu einer passenden Entgegnung verstreichen. »Wie gehts so weit?«

»Ich gewinne. Wir Franzosen kennen uns mit Pferden aus. Liegt uns im Blut«, sagte Fat Stuart. Er riss eine Coladose auf und schluckte wie ein Ertrinkender, der nach Luft ringt.

»Ich dachte immer, Franzosen essen Pferde«, meinte Calvino.

Fat Stuart zuckte die Achseln. »Aber keine Sieger.«

»Was wissen Sie über einen Typ namens Mike Hatch in Phnom Penh?«, fragte Calvino.

Fat Stuart zerknüllte die leere Coladose mit der Faust und schmiss sie auf die Betonterrasse, während er so laut rülpste, dass die Köpfe einiger Zuschauer in der Nähe zu ihm herumfuhren. »Wer will denn das wissen, Herr Scheiß-Privatschnüffler?«

»Ein Kerl namens Patten. Soviel ich weiß, sind Sie nicht gerade Freunde. Aber das ist unwichtig. Er glaubt, Sie könnten ihm helfen, diesen Hatch zu finden. Angeblich sind Sie mit ihm befreundet.«

Fat Stuarts Augen verengten sich, wie die eines Schweins, das feststellt, dass es an der Reihe ist, die Rampe hinunterzugehen, an deren Ende der Schlachter wartet.

»Keine Ahnung«, sagte er, und sein klugscheißerisches Grinsen erlosch.

»Patten sagt, Sie hätten ihn noch vor etwa einer Woche getroffen.«

»Mike Hatch ist ein Furzbeutel und ein Arschloch. Ich kann den Saukerl nicht ausstehen. Hoffentlich reißen die Roten Khmer ihm das Herz und die Leber raus und essen sie zum Frühstück«, sagte Fat Stuart.

»Warum sollten die Jungs von Pol Pot so etwas tun?«

Fat Stuart riss ein Päckchen Erdnüsse mit den Zähnen auf.

»Weil Mike Hatch Knarren und so Scheiß an ihre Feinde verscherbelt«, erwiderte Fat Stuart. »Wenn jemand AK-47 an Leute verkauft, die Sie umbringen wollen, würden Sie dem nicht auch Herz und Leber rausreißen wollen, Herr Scheiß-Privatschnüffler?«

»Wann haben Sie ihn zuletzt gesehen?«

Fat Stuart rülpste wieder.

»Die Scheiß-Thai-Donuts stoßen mir auf«, sagte er. »Mit den Donuts in Montreal hab ich nie Probleme gehabt. Und ich hab den dreckigen kleinen Schwanzlutscher zuletzt in Zimmer 305 im Monorom-Hotel gesehen, wo er auf einer vietnamesischen Hure rumhoppelte. Und zwar meiner Hure. Hatte sie auf dem Balkon des Lido aufgelesen. Sie saß da und trank ein Bier. Ich hab sie mitgenommen. Hab ihr sogar ein bisschen Geld im Voraus gegeben. Und dann fickt sie dieses Arschloch Mike Hatch, während ich beim Kacken sitze.«

Das war so absurd, dass es einfach wahr sein musste, dachte Calvino. Er fragte sich, welches Chaos Fat Stuarts Gedärme wohl in der überlasteten Kanalisation von Phnom Penh angerichtet hatten.

»Was haben Sie in Phnom Penh gemacht? Brillantringe?«

Fat Stuart lächelte. »Hat Patten das erzählt?«

»Er hat mir überhaupt nichts erzählt.«

»Es war eine Geschäftsreise. Mehr sage ich nicht dazu. Punktum. Verpissen Sie sich, und Schluss damit.« Er gluckste.

Calvino hatte auf der Straße Gerüchte aufgeschnappt, dass AK-47 aus Phnom Penh ihren Weg nach Bangkok gefunden hatten. Gab es da eine Farang-Connection? Oder war es ein hausgemachtes Problem? Er hätte diese Fragen gerne mit Lt. Col. Pratt erörtert. Leider war der Lt. Col. in dieser Angelegenheit stumm wie ein Fisch, und sein Blick richtete sich in unbestimmte Ferne, wo Leute, die nichts sagen wollen, anscheinend faszinierende Bilder sehen.

»Sie und Mike Hatch haben in Phnom Penh wohl zusammen Geschäfte gemacht?«, fragte Calvino.

»Was will Patten von Mike?«

»Er schuldet ihm Geld.«

»Wie viel?«

»Fünfzig Riesen.«

Fat Stuart lachte, verschluckte sich und spuckte Donut-Stücke. »Klar, und ich bin der Papst. Was soll denn das für ein Kerl sein, der Ihr Mädchen für lau fickt und sich dann verdrückt, weil er Schiss vor einem Zahltag mit fünfzig Riesen hat? Denken Sie doch mal nach, Calvino!«

»Was für ein Ding haben Hatch und Patten da am Laufen?«

Fat Stuart grinste, und ein paar tiefe Krater gruben sich dabei in sein Gesicht.

»Alles, womit sie durchkommen«, zischte Fat Stuart. »Hatch und seinesgleichen sahnen in Kambodscha groß ab. Sie taugen einen Dreck, aber sie werden reich. Sie haben ein paar einflussreiche Leute hereingelegt. Schlechte Karrieretaktik, seine Freunde zu betrügen.«

Die UN-Truppen standen jetzt seit achtzehn Monaten in Kambodscha. Die Wahlen waren vorüber, und der Rückzug der Truppen wurde bereits auf dem Reißbrett geplant. Alle gingen nach Hause. Außer ein paar wenigen, die einen Weg gefunden hatten, aus der Abwicklung noch Geld zu machen. Die Roten Khmer blieben ein Unsicherheitsfaktor. Sie hatten sich im Hintergrund gehalten. Seit den Wahlen waren schwere Waffen in beträchtlicher Anzahl über die Grenze gekommen. Entlang der Grenzlinie reihten sich Lagerhäuser voller Waffen auf wie an einer Perlenschnur.

»Hat Hatch Sie um Geld betrogen?«

»Fragen Sie Patten. Fragen Sie Hatch. Okay, Vinee?«, sagte Fat Stuart.

Seine fünf Riesen hatte Calvino gegenüber Fat Stuart nicht erwähnt. Hatch hatte Fat Stuart mit einer Frau betrogen. Irgendwo lag da ein Calvino-Gesetz versteckt – vertrau nie einem Mann, der deine Frau besteigt, während du beim Kacken bist.

»Auf wen wetten Sie in diesem Rennen?«, fragte Calvino.

»Saddam«, antwortete Fat Stuart. »Sie wissen schon, nach dem irakischen Diktator.«

»Woher haben Sie den Tipp?«, fragte Calvino.

»Was glauben Sie denn? Hat mir ein Pferdearsch gepfiffen«, erwiderte Fat Stuart mit seinem besserwisserischen Grinsen. Er zeigte Calvino vier silberne, computergenerierte Wettquittungen über je tausend Baht. Es war ein großer Betrag für Fat Stuart, und er setzte nur auf todsichere Tipps. Calvino lief die Terrasse hinauf und quetschte sich durch die Massen, die drei Minuten vor Rennbeginn noch ihr Geld am Wettschalter loswerden wollten. Er setzte hundert Baht, knallte den roten Schein auf den Tresen und nahm seine Wettquittung an sich. Am Eingang zu den Tribünen war ein derartiges Gedränge, dass er beschloss, das Rennen von der Lobby aus zu verfolgen, wo es auf einem hoch an der Wand montierten Monitor übertragen wurde. Chinesische Gangster mit der Figur von Sumo-Ringern, die vier, fünf Baht schwere Halsketten trugen, hatten sich um den Monitor versammelt. Schwitzende Körper pressten sich aneinander, Männer rauchten ihre Zigaretten bis zum Filter herunter, husteten und spuckten und deuteten mit ihren Mobiltelefonen auf den Bildschirm.

Hunderte von Menschen in identischen, geliehenen Schuhen, mit billigen Ferngläsern und Goldketten eilten aus der Cafeteria und bezogen Stellung bei den Monitoren. Hinter ihnen, auf langen Tischen, warteten ihre verlassenen Teller mit Huhn, ihre Mekong-Whiskys, Singha-Biere und Eimer voll Eis bis nach dem Rennen auf sie. Es war ein Ritual. Essen, Handicaps kalkulieren, trinken, über die Trainer, Besitzer und Jockeys reden, noch etwas Mekong trinken, dann die Wette platzieren und zurück auf die Terrasse, wo man über die Köpfe von Tausenden chinesischstämmiger Thais hinweg, die inoffizielle Wetten abschlossen, das Rennen beobachtete. Eine auf Geld und Essen fixierte Welt, die jemandem wie Fat Stuart gefallen musste. Der einzige Unterschied war, dass Fat Stuart nie mit dem Essen aufhörte.

Ein paar Minuten später kündigte eine kratzige, thailändische Stimme das Rennen an. Als die Pferde aus der Startbox kamen, hielt es niemanden auf seinem Sitz. In der letzten Kurve, als die Reiter auf die Zielgerade einbogen, war klar, dass mit Saddam und seinem Jockey etwas nicht stimmte. Der Jockey stand hoch aufgerichtet in den Steigbügeln und zerrte an den Zügeln; es war eindeutig, dass er das Pferd zurückhielt. Als die Ergebnisse auf der elektronischen Anzeigetafel aufleuchteten, wurde Saddam als Vorletzter geführt. Calvino zerriss seinen Wettschein und ließ die Fetzen zu Boden flattern. Er hatte hundert Baht verloren – etwa vier Dollar. Aber Fat Stuart war viertausend Baht losgeworden – und für hundertsechzig Dollar konnte man viele Donuts kaufen.

Hunderte von Rennbesuchern sahen sich so wie Calvino die Wiederholung des vierten Rennens an. Einige Chinesen mit dicken Goldketten betrachteten sie durch ihre Ferngläser. Sie waren ein Statussymbol, selbst wenn man sie nur auf einen schwarz-weißen TV-Monitor richtete. Calvino bahnte sich langsam einen Weg durch die Menge, stieg die Terrasse hinunter und setzte sich neben Fat Stuart. Er warf einen Blick auf den dicken Mann, der zur anderen Seite gesunken dasaß. Calvino hatte den Eindruck, dass sein unbehagliches Schweigen daher kam, dass Saddam Vorletzter geworden war. Wenn er ebenfalls einen Haufen Geld auf den Gaul gesetzt hätte, würden sie sich jetzt auch nicht allzu viel zu sagen haben, dachte Calvino. Es dauerte drei, vier Minuten, bis ihm aufging, dass Fat Stuart kein Trübsal blies. Er sah, dass der fette Mann ein großes, halb gegessenes Brownie mit der Faust umkrallt hielt. Seine Fingernägel gruben sich in die Ränder. Es war ein gefülltes Brownie, mit Rosinen und Nüssen. Ein besonderes Brownie, für das jemand wie Fat Stuart es sogar auf sich genommen hätte, eine der verstopften Hauptverkehrsadern von Bangkok zu überqueren. Es widersprach seiner Natur, so ein Brownie derart lange in der Hand zu halten, egal, wie deprimiert er war. Als Calvino sich vorbeugte, sah er, dass Fat Stuarts blicklose Augen starr auf die Ziellinie gerichtet waren. Er war tot.

Bei einem Fleischkloß wie Fat Stuart war es allerdings schwer zu beurteilen, ob der Mann tot war oder nur aufgehört hatte zu essen und zwischen zwei Hungeranfällen immer so aussah. Aber der Geruch des Brownies drang Calvino in die Nase, und er roch giftige Chemikalien. Fat Stuart hatte sich schließlich zu Tode gefressen, wenn auch mit ein wenig Hilfe von jemandem, der, falls noch in der Nähe, in der Menge untergetaucht war. Nur die Masse seines toten Fleisches sorgte dafür, dass er nicht umfiel, sondern einfach in sich zusammensackte.

Als die Polizei schließlich kam und Fat Stuart wegschaffte, war das sechste Rennen zu Ende. Es war Glück im Unglück, dass Fat Stuart am Fuß der unteren Terrasse gestorben war. Die einzig praktikable Möglichkeit, die Leiche zu entfernen – wenn man nicht die Zeit und das Geld für einen Kran investieren wollte –, war, sie über die Rennbahn zu tragen, wo ein Krankenwagen mit Blaulicht wartete. Ein paar Golfspieler waren in der Mitte des Fairway stehen geblieben und tuschelten auf ihre Schläger gestützt miteinander, während sie zusahen, wie sechs Polizisten und Rennbahnangestellte versuchten, Fat Stuart in die Ambulanz zu zwängen. Der Ansager gab durch, dass jemandem schlecht geworden und er in der Hitze zusammengebrochen sei. Dann machte er eine kurze Pause und wechselte das Thema: »Lek, der Jockey von Saddam im vierten Rennen, wurde auf Lebenszeit gesperrt, weil er den Sieg absichtlich verschenkt hat.«

Die Hitze von Bangkok waberte über der Rennbahn, während ein paar Golfer vom Grün aufblickten und zusahen, wie der Krankenwagen quer über das Geläuf zu einer Durchfahrt auf der Seite des Eingangs für

Clubmitglieder holperte. Fat Stuart machte im Tod einen Abgang, der ihm im Leben verwehrt geblieben war. Einen Augenblick später war der Krankenwagen verschwunden, und es schien, als ob der Zwischenfall niemals stattgefunden hätte.

Calvino kannte eine Menge Leute in Bangkok, die eine Sperre auf Lebenszeit verdient hätten, weil sie einen Sieg verschenkt hatten. Hitze flimmerte über der Betonterrasse. Fat Stuart dagegen war ein Mensch, der einmal zu oft versucht hatte zu gewinnen. Und dann hatte ihn etwas Stärkeres umgehauen, durchgekaut und wieder ausgespuckt.

Es gab einen betrügerischen Juwelier weniger in Bangkok.

2

Nackt unterwegs

Miss Alice Dugan hatte über ihre Sekretärin um zehn Uhr morgens einen Termin mit Mr. Vincent Calvino, Privatdetektiv, vereinbart. Sie erschien mit Aktenkoffer und Mobiltelefon, außerdem mehr als dreißig Minuten verspätet. Nachdem sie die zwei Stockwerke zu Calvinos Büro erklettert hatte, war sie außer Puste. Kurzatmig erklärte sie Ratana, Calvinos Sekretärin, dass sie erst in einen schrecklichen Stau auf der Sukhumvit geraten sei und sich anschließend auch noch verfahren habe.

Verkehrsstaus waren die beliebteste Ausrede Bangkoks. Es war die Lüge, mit der sich viel beschäftigte Geschäftsleute ein paar Stunden mit ihrer *Mee-uh-noi* verschafften, ohne befürchten zu müssen, dass ihre Hauptfrau die Ausrede mit dem Stau in Zweifel ziehen würde. Keiner, der sich in Bangkok eine Geliebte hielt, hatte Interesse an der Lösung des Verkehrsproblems. Wahrscheinlich war das der Grund, warum es nach zwanzig Jahren immer noch kein funktionierendes Nahverkehrssystem gab. Und warum es niemals eines geben würde. Dass Miss Dugan sich verfahren hatte, wunderte Calvino nicht. Er hatte die Erfahrung gemacht, dass die meisten Leute, die in sein Büro kamen, in einer verfahrenen Situation steckten.

Ratana reagierte mit misstrauischem Lächeln auf Miss Dugans Entschuldigungen. Wenn eine Farang sie nach Strich und Faden belog, war das eine Bestätigung dafür, dass die meisten Menschen sich im Innersten ziemlich ähnlich waren. Sie hatte einen sechsten Sinn, was Farangs betraf – deren Liebe zu Logik und Rationalität machte sie auch nicht glücklich, und wenn sie in die Enge getrieben wurden, zogen sie die Samthandschuhe aus und schlugen um sich wie jeder andere.

Miss Dugan war Anfang dreißig, mit kurz geschnittenen blonden Haaren, dunklem Kostüm, unlackierten Nägeln und einer Spur Lippenstift. Sie sah aus, als fiele ihr harte Arbeit leichter als das Lächeln. Ihre Laune wurde nicht gerade besser, als Ratana ihr erklärte, dass sie warten müsse, weil der Chef gerade telefonierte.

»Könnten Sie ihm bitte sagen, dass Miss Alice Dugan von der kanadischen Botschaft hier ist?«, fragte sie und trommelte mit den Fingern auf ihren Aktenkoffer. Ratana betrachtete Miss Dugans Visitenkarte – ihr Titel lautete Dritte Sekretärin.

Ratana kannte ihren Chef gut genug, um zu wissen, dass ihn das nicht sonderlich beeindrucken würde. Selbst wenn sie die Botschafterin persönlich gewesen wäre, hätte ihm das nicht imponiert. Der Klient kam immer an erster Stelle, pflegte er zu sagen. Also musste sie warten, bis sein Telefonat mit Patten beendet war. Ratana hielt dem Blick der Dritten Sekretärin stand, während Calvino am Telefonhörer klebte. Am Tag nach Fat Stuarts Ermordung hatte Patten einen seiner Jungs mit dem Geld in Calvinos Büro geschickt. Um zehn Uhr morgens. Das war ungewöhnlich früh für einen Typ wie Patten.

Ratana kritzelte eine Notiz und schob sich in ihrem kurzen Seidenkleid und den geschmeidigen Nylonstrümpfen hinter dem Schreibtisch hervor. Sie ging um die Trennwand herum und gab Calvino den Zettel. Er senkte den Blick und las.

»Weiße Tussi, wetzt die Krallen. Wirkt gefährlich.«

Sie tauschten ein Lächeln, während er weiter Pattens Anweisungen für die Reise nach Kambodscha lauschte. Calvino glaubte, Furcht aus Pattens Worten herauszuhören. Seine Stimme hatte einen erschöpften, ausgelaugten Klang.

Als Ratana zu ihrem Schreibtisch zurückkehrte, sah sie, dass Miss Dugan Calvinos Flugschein der Cambodian Airlines nach Phnom Penh durchblätterte. Sie hatte sie beim Schnüffeln erwischt. Miss Dugans bleiches Gesicht lief purpurn an, als würde ein Sonnenuntergang aus ihr herausleuchten.

»Sind Sie an Mr. Calvinos Reiseplänen interessiert?«, fragte Ratana.
»Ich habe nur Angkor Wat auf dem Umschlag gesehen.«

Im Unterschied zur Ausrede mit dem Verkehrsstau war das natürlich eine durchsichtige Lüge. Ratana hatte lange genug für Calvino gearbeitet, um die Kluft zwischen den Kulturen zu überspringen und Konfrontationen nicht zu scheuen. Sie nahm das Ticket an sich, warf es in die Schreibtischschublade und knallte diese zu.

»Man steckt seine Schnauze nicht in anderer Leute Angelegenheiten«, sagte Ratana. »Sagt man das nicht so, bei Ihnen in Amerika?«

»Nase«, sagte Miss Dugan. »Und ich bin Kanadierin.«

Ratana lächelte und sperrte ihre Schublade ab. Die Thailänderin und die *Mem farang* beäugten sich wie konkurrierende Sportler, die auf das Startsignal warten.

»Schnauze gefällt mir besser«, sagte Ratana. »In einem fremden Büro versucht man nicht zu lesen, was dort auf dem Schreibtisch liegt. Oder halten Sie das bei der kanadischen Botschaft anders? Wir in Thailand jedenfalls finden es ungehörig, Miss Dugan. Vielleicht sind Sie mit unseren Gebräuchen ja nicht so vertraut, darum dachte ich, ich kläre Sie besser auf. Man deutet nicht mit dem Fuß, und man schnüffelt nicht auf den Schreibtischen anderer Leute herum, wenn sie einem den Rücken zukehren. Wenn Sie diese einfachen Regeln befolgen, werden Sie im Königreich Thailand eine schöne Zeit verleben.«

Calvino blieb am Telefon und hörte sich geduldig weiter Pattens Ansichten darüber an, wer Fat Stuart ans Leder gewollt hatte. Es war eine lange Liste, und durch das Mitschreiben der Namen musste Miss Alice Dugan von der kanadischen Botschaft weitere zehn Minuten in der Nische seiner Sekretärin warten. Calvino hielt den Hörer vom Ohr weg und lauschte Pattens leiser, entfernter Stimme, während er die Liste der möglichen Mörder betrachtete.

»Irgendwie passend, dass dieses fette französische Stück Scheiße auf der Rennbahn krepiert ist«, sagte Patten. »Während er ein Scheiß-Brownie frisst. Fat Stuart hatte keine Klasse. Nicht die geringste Klasse, Calvino. Aber was solls. Jetzt ist sein fetter Hintern ein Leckerbissen für drei Kubikmeter Würmer. Ich will, dass Sie diesen Schwanzlutscher Mike Hatch auftreiben. He, aber ich bin ein vernünftiger Mensch. Wenn er nicht zu finden ist, ist er eben nicht zu finden. Das Schlimmste, was passieren kann, ist, dass ich seine fünfundvierzig Riesen selbst ausgeben muss.«

Als das rote Licht erlosch und anzeigte, dass Calvinos Telefonat mit Patten zu Ende war, führte Ratana Miss Dugan in sein Büro und deutete auf den Stuhl vor seinem Schreibtisch. Er hatte kein Jackett an, nur ein weißes Hemd mit blauer Krawatte. Das lederne Schulterhalfter trug er auf der linken Seite, und sein 38er-Police-Special steckte darin. Er hob zwei Finger, als Miss Dugan hereinkam. Ihr Gesicht war immer noch errötet von Ratanas Zurechtweisung. Von Thailändern erwartete man doch, dass sie Konfrontationen und Kritik vermieden, dachte sie, während sie Calvino betrachtete, wie er das Telefon zur Seite schob. Sie war aufgebracht und durcheinander. Die Art, wie Calvino sie musterte, war ihr unangenehm. Gegenüber der thailändischen Sekretärin eines Privatschnüfflers den Kürzeren zu ziehen – schlechter konnte der Tag für eine Botschaftsangehörige kaum anfangen.

»Ihre Sekretärin ist sehr direkt für eine Thailänderin.« Dass Calvino seine Waffe so offen trug, verblüffte sie, und sie konnte den Blick nicht davon lösen.

»Das hat wahrscheinlich etwas mit der Arbeit hier zu tun. Die tägliche Konfrontation mit Klienten, die nicht immer ganz normal sind.«

Sie ließ sich langsam in den Stuhl vor seinem Schreibtisch sinken, reichte ihm ihre Visitenkarte und starrte immer noch auf die Waffe. Er hatte etwas Italienisches an sich, gemischt mit irgendetwas Undefinierbarem, olivbraune Haut, schwarze, glatt zurückgekämmte Haare und schwarze Augen, die mehr sahen, als sie sehen sollten. Sie hatte seine Akte in der Botschaft studiert – »Vincent ›Vinee‹ Calvino, ehemaliger Anwalt, dreiundvierzig, geboren in New York, lebt seit neun Jahren in Bangkok. Beruf: Privatermittler. Langjährige Freundschaft mit Lt. Col. Prachai Chongwatana alias ›Pratt‹ von der thailändischen Polizei. Wohnt in einem Slum. Geschieden. Japanische Freundin, die inzwischen von ihm getrennt lebt und nach Japan zurückgekehrt ist. Keine bekannten Hobbys. Keine Freunde außer besagtem thailändischem Polizeicolonel. Besitzt die Lizenz, in der Öffentlichkeit eine verborgene Waffe zu tragen. Bleibt für sich, wenn er nicht arbeitet. Bevorzugt schwierige Fälle. Schwieriger Charakter. Sollte mit äußerster Vorsicht behandelt werden.«

Calvino starrte sie an, während sie versuchte, das Schloss ihres schwarzen Aktenkoffers zu öffnen. Er hatte es nicht eilig, seine Karten auf den Tisch zu legen. Erst wollte er von ihr genau wissen, warum diese dringende Verabredung, die sie fast nicht eingehalten hätte, so wichtig war. Sie begann, Papiere vor Calvino auf den Tisch zu knallen.

»Wo sind Sie her?«, fragte er.

»Vancouver«, antwortete sie.

»Die Leute aus Vancouver sollen nicht allzu viel für die aus Quebec übrig haben.«

Sie ignorierte seine Bemerkung.

»Ist die Waffe geladen?«, fragte sie endlich.

»Stellen Sie immer so persönliche Fragen?«

»Persönlich wäre es, wenn ich frage, ob *Sie* geladen haben.«

Er zog eine Augenbraue hoch. »Eins zu null für Sie, Miss Dugan.«

Er sah auf die Uhr. »Kommen wir zur Sache. Ich vermute, Sie sind gekommen, um über Fat Stuart zu reden. Die zweihundert Kilo Frankokanadier mit dem unstillbaren Hunger. Aber warum sollte die Botschaft die Dritte Sekretärin schicken? Sind Sie nicht der örtliche Schlapphut?«

Bei der Frage zuckte sie zusammen.

»Stimmts etwa nicht?«, fragte er. »Sie haben zehn Minuten, um mir zu sagen, warum der kanadische Geheimdienst an L'Blancs Tod interessiert ist, dann muss ich weg. Eine andere Verabredung. He, dabei fällt mir ein: Hat Fat Stuart jemals in Montreal Eishockey gespielt?«

»Darum geht es nicht.«

»Wohl kaum. Worum geht es also?«

Sie kehrte zu dem Text zurück, den sie sich unterwegs im Taxi zurechtgelegt hatte, und war wütend über sich selbst, weil sie sich von ihm aus dem Konzept hatte bringen lassen.

»Stuart L'Blanc stammt aus einer alteingesessenen, sehr prominenten Familie in Montreal. Und die Familie hat die kanadische Botschaft gebeten, den Umständen des Todes ihres Sohnes nachzugehen.«

»Und das ist Grund genug, mir die örtliche Geheimdienstfrau auf den Hals zu schicken?«

»Sie waren der letzte Mensch, der vor seinem Tod mit ihm gesprochen hat. Man würde sehr gerne den Inhalt dieser Unterhaltung erfahren«, sagte sie. Sie balancierte einen Notizblock auf dem Knie und hielt den Stift bereit, um Calvinos Antwort mitzuschreiben.

»Er hat mir den Tipp gegeben, auf ein Pferd namens Saddam zu setzen. Das Pferd hat verloren. Fat Stuart hat sich an einem tödlichen Brownie überfressen. Saddams Jockey wurde auf Lebenszeit gesperrt, weil er das Pferd absichtlich zurückgehalten hat. Und Fat Stuart wurde auch gesperrt, könnte man sagen.«

»Waren Sie oft mit Mr. L'Blanc zusammen auf der Rennbahn?«

»Nein.« Er betrachtete die lange Liste von möglichen Kandidaten, die Patten ihm durchgegeben hatte.

»Waren Sie mit Mr. L'Blanc befreundet?«

»Nein. Wir haben nie Murmeln getauscht.« Soweit er sich erinnern konnte, hatte Fat Stuart überhaupt keine Freunde gehabt. Nur Appetit und ehemalige Zellengenossen.

»Haben Sie ihn gut gekannt?«

»Nein.«

»Machen Sie sich jemals Sorgen, dass Ihr Schwanz zu klein ist?«

Calvino schwieg ein paar Sekunden lang. »Nein.« Er dehnte das Schweigen aus. »Sollte ich?«, fügte er hinzu.

Miss Dugan blickte mit zusammengebissenen Zähnen von ihrem Block auf und tippte mit dem Stift auf das Blatt. Sie hatte dasselbe darauf geschrieben, was in seiner Akte stand: schwieriger Charakter. Chauvinistisches weißes Arschloch.

»Würden Sie mich anlügen?«, fragte sie.

»Warum sollte ein chauvinistisches weißes Arschloch so etwas tun?«, erwiderte er, und seine Lippen verzogen sich zu einem Lächeln.

Sie drehte ihren Block um und holte tief Luft.

»Wir glauben, dass Mr. L'Blanc sich möglicherweise mit kriminellen Elementen eingelassen hat und die vielleicht für seinen Tod verantwortlich sind«, sagte sie.

»Sehen Sie, Miss Dugan, es sind meistens kriminelle Elemente, die für einen Mord verantwortlich sind. Wenn Sie Fat Stuarts Hintergrund in Bangkok überprüfen, werden Sie feststellen, dass er sich ausschließlich mit Personen aus der kriminellen Szene abgegeben hat. Und Essensverkäufern.«

»Schließt das auch Sie ein, Mr. Calvino?«

»Ich habe mich nicht mit Fat Stuart abgegeben. Ich kannte ihn vom Sehen vom Washington Square. Er hat da eine Menge Zeit beim Futtern verbracht. Und ich habe den Fehler gemacht, auf ein Pferd zu setzen, das er mir als todsicheren Sieger verkauft hat.«

»Warum waren Sie an diesem Tag auf der Rennbahn?«

»Auf der Suche nach einem Sieger«, sagte er.

»Oder auf der Suche nach Mr. L'Blanc?«

»Der war nicht zu verfehlen, auch nicht in einer Menschenmenge.«

»Das ist kein Witz, Mr. Calvino.«

»Hören Sie jemanden lachen, Miss Dugan?«

Calvino stand auf und ließ den Blick über den Schreibtisch gleiten, als hätte er etwas vergessen. Dann streckte er die Arme nach vorne und ließ langsam das Halfter von den Schultern gleiten. Er wickelte den Gurt sorgfältig um den 38er-Police-Special und legte ihn in die unterste Schublade. Schließlich zog er seinen abgegriffenen amerikanischen Pass heraus und ließ ihn auf die Schreibtischplatte schnappen.

Sie sah zu, wie er sich bückte, um die Schublade abzusperren. »Das nennt man nackt gehen.« Sie sagte es laut genug, dass Ratana auf der anderen Seite der Zwischenwand es hören konnte.

Sein Kopf tauchte über der Schreibtischplatte auf, während er nochmals an der Schublade rüttelte, ob sie auch fest verschlossen war, und dann einen abgewetzten Thai-International-Business-Class-Schlüsselring in die Hosentasche gleiten ließ. Er schaffte es nicht ganz, seine Überraschung zu verbergen, und sie genoss das Gefühl, ihn auf dem falschen Fuß erwischt zu haben.

»Stimmt. Nackt gehen.« Er konnte sie nur schwer einschätzen. Sie kannte den Slang, den Farang-Schlaumeier benutzten, weil sie ihn mal in einer Fernsehserie oder einem Mafiafilm gehört hatten. In Miss Dugans Fall war es wahrscheinlicher, dass sie den Begriff im Rahmen ihrer Ausbildung als Spionin aufgeschnappt hatte.

Calvino nahm sein Baumwolljackett vom Haken und schlüpfte hinein. Es war marineblau, maßgeschneidert und passte wie ein Handschuh.

Er richtete seine Jim-Thompson-Seidenkrawatte vor dem Spiegel und fing dabei den reflektierten Blick der Dritten Sekretärin auf. Sie sah ihm beim Anziehen zu wie ein Mann, der ein Mädchen in einer Bar tanzen sieht. Sie überspielte den Moment mit ein paar kindischen Kritzeleien auf ihrem Notizblock – AK-47, glaubte er zu erkennen.

»Wenn Sie sich den Polizeibericht ansehen, was Sie zweifellos schon getan haben, werden Sie eine äußerst vollständige Aussage vorfinden. Was nicht drin steht, davon können Sie ausgehen, war nicht wichtig«, sagte er. Als er mit seiner Krawatte fertig war, kam Ratana lautlos um die Trennwand geschlüpft wie eine Katze.

»Der Wagen zum Flughafen ist da, Mr. Calvino«, sagte sie und sah dabei lächelnd auf Miss Dugan herunter. Aber in ihrem Lächeln lag keine Wärme. Es war Ratanas Markenzeichen, ein Lächeln, das sie für Leute reservierte, in deren Gegenwart ihr unbehaglich war. Das Lächeln mit den vielen Zähnen. Sie machte ein großes Tamtam darum, Calvino das Flugticket zu überreichen. Miss Dugans Gesicht nahm die tiefrote Farbe an, die man auf den Schildern von chinesischen Goldläden in Bangkok antrifft. Ratana schien in ihren bestrumpften, aber unbeschuhten Füßen zu wachsen und kostete ihren Triumph aus, bevor sie sich wieder hinter ihren Schreibtisch zurückzog.

»Der offizielle Bericht des Leichenbeschauers nennt ›Herzstillstand‹ als Ursache von Fat Stuarts Tod. Wir mussten den Eltern erklären, dass ihr zweiunddreißigjähriger Sohn an einem Herzanfall gestorben ist. Das ist ein bisschen problematisch. Denn es handelt sich um Mord. Haben Sie irgendeine Idee, wer Mr. L'Blanc getötet haben könnte?«

Calvino schloss die Augen. Von dem Augenblick an, in dem sie sein Büro betreten hatte, hatte er geahnt, dass das ihre eigentliche Frage war. Jetzt musste sie sich mit der Antwort gedulden. Er wartete, bis sich das Schweigen aufbaute – die quälende, angespannte Art von Schweigen, die demjenigen unter die Haut geht, der auf die Antwort wartet.

»Ich weiß nicht«, sagte Calvino schließlich. »Aber die Essensverkäufer würde ich definitiv ausschließen. Das sind wahrscheinlich die Einzigen, die Fat Stuart vermissen werden.«

Sie verlor die Fassung. Tränen traten ihr in die Augen. Er reichte ihr ein Papiertaschentuch und sah zu, wie sie sich das Gesicht trocknete. »Seine Eltern glauben, es wäre unsere Schuld, dass ihr Sohn in Bangkok gestorben ist. Ich weiß, dass das idiotisch klingt. Aber sie sind tatsächlich der Überzeugung. Es sind kanadische UNTAC-Truppen in Kambodscha stationiert, und da hat es noch keinen einzigen Verlust gegeben. Aber ihr Sohn stirbt in Bangkok. Sie wollen, dass die Botschaft den Mörder findet. Wir sind eine diplomatische Vertretung, keine Polizeitruppe. Aber das begreifen sie nicht. Mr. L'Blancs Vater hat großen Einfluss in Ottawa und Washington. Und ich bekomme den ganzen Druck ab. Verstehen Sie, wie ich mich fühle? Wie soll ich denn den Mörder finden?«

Er stellte sich vor, wie sie in ihrer hübschen Botschaftswohnung saß, möbliert mit ihren alten Sachen aus ihrer Appartementschachtel mit Blick auf die English Bay in Vancouver. Mit ein paar Katzen, Goldfischen und Topfpflanzen als einziger Gesellschaft. Neben ihr ein elegantes Telefon mit Anrufbeantworter, ein Stapel Video-Raubkopien von der Patpong auf einem Designertisch mit Glasplatte, ein Exemplar von Bret Ellis' *Unter Null* aufgeschlagen neben dem Bett. Während sie sich fragte, was aus ihrem Leben geworden war. Warum ein nettes kanadisches Mädchen alleine blieb und keine Spur von Romantik erlebte, weil alle verfügbaren Männer sich mit den einheimischen Mädchen herumtrieben.

Sie wurde ihm gleich sympathischer, als sie die offizielle Maske abgelegt hatte. Sie suchte einfach nach ein paar Informationen, damit sie ihr Leben und ihre Karriere fortführen konnte, als hätte Fat Stuart sein Leben nicht auf der Rennbahn ausgehaucht. Er hätte sie gerne gefragt, warum sie nicht von Anfang an offen gewesen war, warum sie gedacht hatte, ein Spiel spielen zu müssen. Aber es war die falsche Frage zur falschen Zeit, also ließ er es bleiben.

»Miss Dugan, seinen Mörder zu finden, wird nicht einfach sein.

Wenn Sie das Vorstrafenregister aller Spieler auf der Rennbahn ausdrucken wollten, müssten Sie die Bäume von halb Burma fällen, um genügend Papier herzustellen.«

Das brachte sie zum Lächeln, und sie machte sich eine Notiz auf ihrem Block.

»Und das Schlimmste ist, dass sie sich glattweg geweigert haben, die Leiche in Bangkok einäschern zu lassen. Sie wollen, dass wir sie nach Montreal überführen.«

»Vielleicht überlegen sie sichs nochmal, wenn Sie ihnen sagen, dass es ungefähr fünfzig Riesen kostet, eine C-130 zu chartern«, sagte Calvino und lächelte in sich hinein. Fünfzig Riesen war auch der Betrag, den Patten angeblich Mike Hatch schuldete.

Sie biss sich auf die Lippe und versuchte, nicht zu lachen.

»Die haben Geld. Geld aus der Juwelenbranche. Das ist ein Klacks für die«, sagte sie und konnte ein Kichern nicht unterdrücken. »Herrgott, worüber lache ich eigentlich? Das ist verrückt. Ich werde noch hysterisch.«

»Das schwarze Schaf der Familie kriegt in Bangkok eins auf den Deckel, und schon sind alle voller Schuldgefühle. Was haben wir bloß falsch gemacht? Was ist nur aus unserem Sohn geworden? Tatsache ist, er hat gesessen. Sie haben ihn nach Thailand abgeschoben. Und jetzt wollen sie ihre Schuldgefühle auf jemand anders abwälzen. Richtig?«

So einfach war es nicht. Aber Miss Dugan konnte Calvino schlecht anvertrauen, warum die kanadische Botschaft sich wirklich für den Fall interessierte. Sie war gekommen, um herauszufinden, ob Calvino über diesen eigentlichen Hintergrund Bescheid wusste. Wenn ja, war er ein verdammt guter Schauspieler, denn er hatte zu keinem Zeitpunkt zu erkennen gegeben, dass er wusste, was Fat Stuart in Kambodscha gewollt hatte.

Er griff nach seiner Reisetasche neben dem Aktenschrank und ließ einen letzten Blick durchs Büro wandern, bevor er sich auf den Weg machte. Ratana bat ihn, auf sich aufzupassen. »Ich habe Colonel Pratt gesagt: ›Khun Vinee sollte nicht nackt nach Phnom Penh gehen.‹ Und er hat geantwortet: ›Ratana, Sie machen sich zu viel Sorgen. Er wird nicht in Schwierigkeiten kommen, ja?'« Calvino antwortete nicht gleich.

Hatte sie diesen Ausdruck bei Alice Dugan aufgeschnappt? Oder hatte sie mit Pratt gesprochen? Er fragte sich, warum die beiden Frauen in seinem Büro dauernd »nackt« als Metapher für unbewaffnet benutzten. Er versuchte, sich einzureden, dass es nichts zu sagen hatte. Aber er wurde das Gefühl nicht los, dass Metaphern sehr wohl etwas bedeuteten. Besonders Metaphern, in denen das Subjekt all seiner Kleidung verlustig ging.

»Warum habe ich nur den Eindruck, dass Sie und Colonel Pratt hinter meinem Rücken über mich reden? Wollen Sie mir nicht sagen, was das bedeuten soll?«

»Farang denken zu viel nach«, sagte sie.

Lass es, befahl er sich. Wenn er erst einmal auf diese Mauer des Schweigens gestoßen war, konnte nichts in der Welt Ratana dazu bringen, ein Wort mehr zu sagen.

Alice Dugan folgte ihm durch das Immobilienbüro der Finnen im Erdgeschoss in die Seitenstraße, wo ein Polizeiwagen mit laufendem Motor und Fahrer auf ihn wartete. Auf dem Rücksitz saß ein Offizier. Sie erkannte Lt. Col. Pratt. Er nickte ihr zu. Einen Moment lang wirkte sie linkisch, als wollte sie noch etwas sagen, nichts, was mit der Ermittlung zu tun hatte, eher etwas Persönliches. Wie »danke schön«. Oder »viel Glück«. Sie wusste nicht, wofür sie sich bei Calvino eigentlich bedanken sollte, aber sie fühlte sich dankbar und viel besser, seit sie in seinem Büro gewesen war. Mehr, als sie für möglich gehalten hätte.

»Passen Sie auf sich auf, in Phnom Penh. Es ist ein gefährlicher Ort, nach Einbruch der Dunkelheit«, sagte sie. »Kein Ort, wo man nackt bleiben sollte.«

»Danke, Miss Dugan. Ich werde daran denken.«

»Alice«, sagte sie. »Nennen Sie mich Alice.«

»Wir sehen uns, Alice.«

Sie sah ihm nach, als er hinten in den Polizeiwagen einstieg. Pratt beugte sich vor und winkte ihr zu, während der Wagen aus der Seitenstraße abbog und aus ihrem Blickfeld verschwand.

»Miss Dugan von der kanadischen Botschaft«, sagte Pratt. »Sie ist vom Geheimdienst, Vincent.«

»Womit verdient man als Geheimagent seine Brötchen, jetzt, wo der Kalte Krieg vorbei ist?«, fragte Calvino. »Bestattungsservice anscheinend.« Aber während der Fahrer auf die Sukhumvit einbog und Kurs auf den Flughafen nahm, dachte er über die AK-47 und die Diamanten nach, die Miss Dugan auf ihren Block gekritzelt hatte, während er so getan hatte, als müsse er seine Krawatte richten.

»Sie glaubt, dass du weißt, wer Fat Stuart abserviert hat.«

»Hat eigentlich schon jemand Saddams Jockey verhört? Er hat sich genügend Zeit gelassen, um vom Pferd zu springen, Fat Stuart zu vergiften und trotzdem das Rennen zu Ende zu reiten. Oder wie wärs mit Selbstmord? Menschen mit so viel Übergewicht haben manchmal genug vom Leben. Warum es nicht mit einem letzten Festessen hinter sich bringen?«

Pratt verzog die Lippen zu einem dünnen Lächeln. »Es war ein professioneller Auftragsmord.«

»Alice Dugan ist ein Profi«, sagte Calvino.

»Warum sollte die kanadische Botschaft sie zur Untersuchung von Fat Stuarts Fall abstellen?«, fragte Pratt. Er verwendete lieber die Spitznamen von Farangs. Das war natürlicher und bequemer, als den echten Namen zu benutzen, der offiziellen Anlässen vorbehalten blieb. Zum Beispiel, wenn man Fat Stuarts Leiche als Frachtgut am Flughafen aufgab, wo er im Tod wieder so hieß wie bei seiner Geburt, Stuart L'Blanc.

»Fat Stuarts Vater hat einflussreiche politische Verbindungen. Und mit zweiunddreißig schlucken die Eltern nicht so leicht einen Herzinfarkt als Todesursache«, sagte Calvino, während er die Übersetzung des offiziellen Berichts durchblätterte.

»In dem Brownie war genügend Zyankali, um eine Herde Elefanten zu töten«, sagte Pratt.

»Zyankali? Es hat gerochen wie Giftmüll. Für Fat Stuart hat es jedenfalls gereicht.«

Fat Stuarts Hand hielt immer noch das Brownie umkrampft, als man ihn in die Ambulanz geladen hatte. In den Tropen machten sich binnen

Minuten Tausende von Insekten über einen Toten her, sogar auf der Betontribüne einer Rennbahn. Die Ameisen krochen ihm übers Gesicht, kamen aus seiner Nase. Eine Hand umklammerte vier Wettscheine eines abgekarteten Rennens, in der anderen lockte ein leckeres Brownie das Ungeziefer an. Der Tod hatte ihn in ein Festbüfett verwandelt. Fehlte nur die hausgemachte Eiskrem.

Die Schnellstraße war verstopft, und der Verkehr schlich unter dem mächtigen Betonbauch einer unvollendeten Hochstraße dahin, die aus dem Grau des Regens herabhing wie die Decke einer Gefängniszelle. Einzig die Gitter fehlten. Der Regen prasselte gleichmäßig auf sie herab, während der Polizeiwagen die Ausfahrt zum Don-Muang-Flughafen nahm. Der Fahrer bremste vor den Fahrbahnschwellen und parkte in zweiter Reihe neben ein paar Taxis. Wächter in blauer Uniform, die Trillerpfeife zwischen den Zähnen, salutierten, als Pratt ausstieg und zum Kofferraum ging. Der Fahrer schloss auf und reichte ihm einen kleinen, braunen Koffer. Calvino wartete, seine Reisetasche über die Schulter gehängt, während Pratt noch ein paar Worte mit seinem Fahrer wechselte. Als der Wagen sich entfernte, wandte Pratt sich zu Calvino um, den Kopf zur Seite geneigt. Langsam ergab die Sache Sinn. Es hätte ihm schon im Büro klar werden müssen. Pratt hatte ihn nicht einfach aus Höflichkeit zum Flughafen mitgenommen. Er reiste ebenfalls nach Phnom Penh. Schon seit ein paar Wochen hatte er Andeutungen gemacht, dass seine Abteilung sich für einen Fall interessierte, in den ein paar Ausländer verwickelt waren, die von Phnom Penh aus operierten. Mehr als ein paar Worte hatte er nie darüber fallen lassen. Calvino vermutete, dass Ratana die ganze Zeit Bescheid gewusst hatte. Das war es, was sie ihm hatte sagen wollen. Er ging doch nicht nackt. Aber er hatte nicht richtig zugehört, er hatte über Alice Dugan nachgedacht, die sein Büro mit einer ganz anderen Haltung verlassen hatte, als sie gekommen war. Was hatte sie in Wirklichkeit gewollt? Es ergab keinen Sinn, dass jemand vom Geheimdienst auf den Fall von Fat Stuart angesetzt wurde.

Als das Flugzeug Reiseflughöhe erreicht hatte, öffnete Pratt seinen Gurt. Calvino musterte ihn von der Seite.

Die Stewardess kam mit dem Getränkewagen. Pratt bestellte Orangensaft. Calvino warf einen begehrlichen Blick auf die harten Alkoholika und entschied sich dann für eine Cola. Pratt lehnte sich zurück und nippte an seinem Saft.

»Wir haben ein paar UNTAC-Soldaten erwischt, die mit Waffen nach Bangkok kamen«, sagte er angelegentlich, als ginge es ums Wetter.

»Die üblichen Kriegswaffen?«, fragte Calvino.

»AK-47. M-16. Schusssichere Westen«, antwortete Pratt.

»Das sind ja wohl Kriegswaffen. Was haben sie deinen Leuten erzählt?«, wollte Calvino wissen.

Pratt spielte mit seinem Plastikbecher. Während des Verhörs hatten sie der Polizei alles erzählt, was sie wussten. Was nicht viel war. Aber Pratt hatte auf Umwegen eine Menge erfahren. Es schwirrten Gerüchte durch die Abteilungen, von Büro zu Büro, nahmen Schwung auf, zerfielen in Stücke und wurden neu wieder zusammengesetzt. Die Polizei war eine Informationsautobahn, in die verschiedene Splittergruppen Gerüchte einspeisten, um andere auf falsche Fährten zu führen, sie zu warnen oder, wenn nötig, denen zu drohen, die in fremden Revieren wilderten. Pratt war zu dem Schluss gekommen, dass er genügend wusste, um den Fall mit dem Waffenschmuggel zu Ende zu bringen. Aber da war noch ein anderer Auftrag, den ihm sein direkter Vorgesetzter persönlich erteilt hatte. Ein General, der nie im Leben Bestechungsgelder angenommen hatte. Sein Versuch, die Abteilung zu säubern, hatte ihm eine Menge Feinde eingebracht. Pratt wollte ihm helfen. Und dann gab es da noch jemand namens Kim.

»Wir haben einen UNTAC-Offizier aus Mali vernommen«, sagte Pratt. »Beladen wie ein Packesel. Er hatte ungefähr vierhundert Schuss Munition bei sich und ein Dutzend AK-47. Wir haben ihn also höflich gefragt: ›Mr. Sedah, was wollen Sie mit den ganzen Waffen und der Munition?‹«

»Was hat er geantwortet?«

»Elefanten jagen in Afrika.«

»Das kostet ihn seine Mitgliedschaft bei Greenpeace«, sagte Calvino.

»Und dann haben wir ihn nach Fat Stuart gefragt.«

»Und?«

»Nie von ihm gehört«, sagte Pratt.

Calvino schluckte schwer. »Und was ist mit Patten?«

Pratt schüttelte den Kopf.

»Aber etwas Interessantes hat er uns doch erzählt«, sagte er. »Anscheinend kennt er einen Amerikaner namens Mike Hatch. Er sagt, dass dieser Hatch ihm dabei behilflich war, eine Ladung AK-47 zu kaufen. Er hat ihn letzten Donnerstag in Phnom Penh getroffen. Ich dachte, ich sollte mal hinfahren und einen kleinen Schwatz mit Mr. Hatch halten. Ihn fragen, was das soll, Waffen durch Thailand zu schmuggeln. Wir können auf der Sukhumvit keine Kriegswaffen gebrauchen.«

»Es könnte das Verkehrsproblem lösen.«

»Und ich möchte herausfinden, in welche Geschäfte er noch verwickelt ist.«

»Andere Geschäfte?«, fragte Calvino. Von Anfang an hatte er das ungute Gefühl gehabt, dass Patten noch ein Ass im Ärmel hatte.

»Geschäfte, die ein paar wichtige Persönlichkeiten ganz nervös machen. Man dachte, dass ich mich besser vorbeugend mit Mr. Hatch in Verbindung setze. Wie es bei Shakespeare heißt, ›Der Menschen Tugend schreiben wir in Wasser, Ihr böses Treiben lebt in Erz.‹«

»Und lebt da etwas in Erz, von dem ich besser wissen sollte?«, fragte Calvino.

»Vielleicht war dein Klient nicht ganz offen zu dir, Vincent.«

»Vielleicht gibt es da noch ein paar andere Leute, die nicht ganz offen zu mir sind. Wie wärs, wenn du die Lücken auffüllst?«

»In Kambodscha schreibt man das böse Treiben der Menschen in Wasser, und das Erz der Tugend ist glatt und hohl.«

»Was bedeutet, dass du die Lücken nicht auffüllen willst.«

»Dieses Vergnügen überlasse ich Mike Hatch«, sagte Pratt.

Calvino wünschte, er hätte sich etwas Richtiges zu trinken bestellt. Ein höllischer Zorn wühlte in seinen Eingeweiden, und ein Riesendurst saß ihm tief in der Kehle. Er hatte sich hereinlegen lassen, und das machte ihn zu einem äußerst missgelaunten Reisenden.

»Kerle wie Hatch haben immer mehr als ein Ding am Laufen und genügend Ganovenfreunde, um einen Saal zu füllen«, brummte Calvino, aber nicht einmal für ihn selbst klang es überzeugend. In zehntausend Meter Höhe war es etwas zu spät, um auszusteigen und zurück ins Büro zu gehen. Vermutlich hatte Patten zusammen mit Hatch und L'Blanc eine linke Sache geplant, und alles, was überhaupt schief gehen konnte, war dabei schief gegangen. Und jetzt war auch noch ein Lieutenant Colonel der thailändischen Polizei unterwegs, um den Schlamassel aufzuräumen. Calvino begann sich zu fragen, an wie vielen Fäden Pratt im Hintergrund gezogen hatte, um ihm diesen Auftrag von Patten zu verschaffen. Oder hatte Ratana Pratt informiert, nachdem Patten sein Klient geworden war? Er wurde einfach das Gefühl nicht los, dass sein Fall ein bisschen zu gut in Pratts eigene Pläne hineinpasste.

Calvino ließ sich vom sanften Donnern der Düsentriebwerke einlullen und döste ein.

Er wachte davon auf, dass Pratt ihm in die Rippen stieß. Er schlug die Augen auf und sah, dass sie im Anflug auf Phnom Penh waren.

»Wie kann man auf einem Flug von fünfundfünfzig Minuten schlafen?«, fragte Pratt.

»Ich kann überall schlafen«, meinte Calvino.

»Du hast im Schlaf geredet.«

Calvino rieb sich die Augen. »Das tue ich manchmal.«

»Über Saddam. Den Diktator.«

»Saddam, das Pferd. Ich hasse es, hereingelegt zu werden.«

»Ich auch«, sagte Pratt. Aber er hielt irgendetwas zurück, und Calvino konnte es spüren.

»Was ist los, Pratt?«

Pratt sah zum Fenster hinaus, während das Fahrwerk herausrumpelte.

»Warum arbeitest du für einen Drecksack wie Patten? Das sieht dir gar nicht ähnlich, Vincent?«

Die Frage traf Calvino unvorbereitet. Wie viele Thais war Pratt sorgfältig darauf bedacht, Kritik an anderen indirekt zu formulieren. Das half, Gesichtsverluste und persönliche oder geschäftliche Konflikte zu vermeiden. Drecksack war ein hartes Wort, und Calvino fragte sich, warum er so direkt gewesen war.

»Er ist ein zahlender Kunde«, sagte Calvino.

»Du hattest schon Bessere.«

Calvino wollte schon sagen, dass es auch Schlechtere gegeben hatte, aber dann war er sich nicht mehr so sicher. »Worauf willst du hinaus, Pratt?«

»Ich begreife nicht, warum du für jemanden wie Patten arbeitest.«

»Für Geld. Fünf Riesen.«

»Die Geschäfte gehen schlecht in letzter Zeit«, sagte Pratt. »Aber ich hätte nicht gedacht, dass du für Geld alles machst.«

Das traf Calvino härter, als er zugeben mochte.

»Himmelarsch, Pratt. Du kriegst jeden Monat deinen Gehaltsscheck. Du musst dir nie Sorgen machen, ob du die Miete zahlen kannst. Während der letzten sechs Jahre ist jeder stinkreich geworden, den ich in Bangkok gekannt habe, nur ich bin noch genauso schlecht dran. Eher schlechter. Also nehme ich diesen Fall wegen des Geldes an. Na und? Ich kanns verdammt gut gebrauchen.«

»Du bist empfindlich«, sagte Pratt. »Aber es ist deine Angelegenheit.«

Pratt und Calvinos Freundschaft reichte lange zurück, bis in ihre gemeinsame Studienzeit in New York. Freundschaften, die in dieser Lebensphase geschlossen wurden, waren die stärksten. Sie waren wie Brüder, mit einer langen gemeinsamen Geschichte und der Verpflichtung, sich umeinander zu kümmern. Damals, Anfang der Siebzigerjahre, hatte es die halbe Welt nach Amerika gezogen. Das hatte sich innerhalb von wenigen Jahrzehnten geändert, unsichtbar wie ein Tumor, den man nicht wahrnahm und der wuchs, bis der Zustand inoperabel wurde. Amerika war ein Patient, der am Tropf hing. Es gab keine Arbeit mehr in Amerika, und zunehmend entwickelte sich eine Diaspora in Übersee. Wie einst die Juden und Chinesen wanderte der verlorene Stamm der Amerikaner um den Globus, tauchte auf der Suche nach Arbeit, Sinn und Würde in Südostasien auf und hoffte, dort das Versprechen auf Glück einzulösen, das Amerika einst verheißen hatte, aber schon lange nicht mehr einhielt – den Traum von blauem Himmel, Überfluss und einem guten Leben. Aber diese Zeiten waren überall vorbei. Ein unerfüllbarer Traum, sosehr man ihm auch nachjagte. Alles, was einem blieb, war die ewige, alte Tretmühle, die einem die Illusion von Geschwindigkeit und Tempo gab.

»Vergiss, was ich über L'Blanc und deinen Fall gesagt habe, Vincent«, meinte Pratt.

»Patten wollte von L'Blanc Informationen über Mike Hatch haben. Das habe ich dir ja schon gesagt. Aber er hatte diese Informationen nicht, oder er ist nicht damit herausgerückt. Ich habe auf seinen Tipp gesetzt. Das Pferd hat verloren. Warum? Weil der Jockey gekauft war. Ich bin hereingelegt worden. Fat Stuart wurde umgebracht. Ich will Genugtuung. Du bist Thai, diesen Aspekt kannst du doch sicher verstehen. Rache.«

Pratt lächelte. Manchmal zogen Farangs sich auf eine Argumentation zurück, die sie für thailändisch hielten, nur um etwas zu rechtfertigen, was sie ohnehin tun würden. Im Dezernat stand Rache in Großbuchstaben im Zentrum der Macht geschrieben.

»Wir sind Hatch seit ein paar Monaten auf der Spur«, sagte Pratt. »Der Afrikaner, den wir mit den AK-47 verhaftet haben, sagte, er habe die Waffen von Hatch gekauft. Er sagte auch, dass es nicht seine erste Fahrt nach Bangkok war. Und dass auch andere UNTAC-Angehörige Waffen durch Bangkok schmuggeln.«

»Sagst du mir Bescheid, wenn es eine Verbindung zwischen Patten und dieser Angelegenheit gibt? Oder wäre das Verrat von Staatsgeheimnissen?«

Nicht nur von Staatsgeheimnissen, sondern von lebenswichtigen Interessen des Staates, dachte Pratt. »Wenn AK-47 aus Kambodscha kommen, muss es auch einen Verbindungsmann in Bangkok geben«, meinte er.

»Was hat der Afrikaner über diesen Mann gesagt?«

»Er hat behauptet, dass er den Namen des Chefs nicht kennt. Er hatte lediglich die Adresse eines Lagerhauses in der Nähe des Hauptpostamts auf der New Road. Wir haben den Besitzer aufgespürt. Er sagt, er habe es auf monatlicher Basis an einen Farang vermietet.«

»Patten?«, fragte Calvino.

Pratt schüttelte den Kopf. »Stuart L'Blanc.«

»Fat Stuart ein Waffenschieber? Ich dachte, er wäre in der Juwelenbranche.«

»Manchmal überlappen sich Geschäftsinteressen. Genau das will ich in Phnom Penh herausfinden«, sagte Pratt, als die Räder auf dem regennassen Asphalt aufsetzten. Und das war es wohl auch, was Alice Dugan von der kanadischen Botschaft für ihre Herren und Meister in Ottawa herausfinden sollte.

Regentropfen klatschten gegen die Fenster. Der Sturm aus Bangkok war ihnen nach Kambodscha gefolgt. Mitten in einem schweren Schauer trafen sie in dem Land ein, über dem schon länger dunkle Wolken lasteten, als sich irgendjemand zurückerinnern konnte. Einem Land, das von den Vereinten Nationen geführt wurde, bevölkert von den Überlebenden von Terror und Tod. Ein passender erster Blick auf Kambodscha, dachte Calvino. Durch einen Regenschleier, als ob die Götter darüber weinten, was sie unter sich sahen.

3

Zu jung zum Sterben, zu alt zum Leben

Kurz vor zwölf Uhr mittags stieg Detective Superintendent Ravi Singh aus seinem schlammbespritzten weißen Toyota-Geländewagen, an dessen Seite in großen Lettern die Aufschrift UNTAC prangte. Er ließ den Land-Cruiser nur ungern in zweiter Reihe geparkt vor der Abflughalle des Long-Chenda-Flughafens stehen. Auf dem Weg ins Terminal sah er sich alle paar Schritte nach seinem Wagen um. Ja, er war noch da. Er liebte diesen Land-Cruiser, wie ein Mann eine Frau liebt, und er hatte es nicht gerne, wenn andere sich nach ihr umdrehten und auf die Chance lauerten, mit ihr durchzubrennen. Wenn ein Mann in seiner Position sich seinen Land-Cruiser vom Flughafen wegstehlen ließ, würde die Presse so über ihn herfallen, dass er lieber gar nicht darüber nachdachte. Er suchte Schutz unter einem Schirm in der Nähe des Haupteingangs und behielt mit halbem Auge den Land-Cruiser im Blick, während er nach diesem Thai-Polizisten namens Lt. Col. Prachai Chongwatana aus Bangkok Ausschau hielt.

Er hatte keine Schwierigkeiten, Pratt in der Menge zu entdecken – er sah aus wie ein Polizist, zog sich so an und hatte den passenden Gang. Ein Mann mit Autorität, Präsenz und Selbstvertrauen, einer, der in der Lage war, die Ketten aus Furcht und Zweifel abzuwerfen, die die meisten Menschen gefangen hielten. Pratt war vor Calvino durch den Zoll gekommen und trat jetzt durch die Tür nach draußen. Singh erwartete ihn unter dem von Regen triefenden Schirm, salutierte und reichte ihm die Hand. Das Leben war zu kurz für diesen Einsatz, dachte er.

Er stolperte über Lt. Col. Prachai Chongwatanas Namen und war erleichtert, als Pratt sagte: »Meine Freunde nennen mich Pratt.«

»Pratt, ich bin mit dem Wagen da. Da drüben. Ich bin Detective Superintendent Ravi Singh. Nennen Sie mich Ravi, bitte. Ich habe gestern Ihr Fax erhalten und freue mich, Sie in Phnom Penh begrüßen zu dürfen.«

»Ich habe einen Freund mitgebracht. Mr. Vincent Calvino. Er kommt gleich. Wenn es nicht zu viele Umstände macht, würde ich Sie bitten, dass wir auf ihn warten.« Pratt hatte kaum ausgesprochen, als Calvino auftauchte und die Reisetasche über eine Schulter gehängt auf sie zukam.

»Ich bin Detective Superintendent Singh«, sagte der UNTAC-Offizier.

»Mr. Singh«, nickte Calvino ihm zu. »Pratt, ich finde schon selbst in die Stadt.«

»Völlig ausgeschlossen«, sagte Singh. »Es regnet seit zwei Tagen ununterbrochen. Die Wege sind so gut wie unpassierbar. Jede Straße in Phnom Penh steht unter Wasser. Als ob wir nicht schon genügend Probleme hätten. Dieser Regen.« Er seufzte und strich sich über den Bart. »Aber man muss auch die gute Seite sehen. Seit der Regen angefangen hat, werden viel weniger UNTAC-Fahrzeuge gestohlen. Die Motoren bleiben einfach stehen. So haben wir schon etliche von den Banditen erwischt. Aber das Geballere ist ein Problem. Die Khmer haben angefangen, in den Himmel zu schießen. Man hört das Knallen fast jede Nacht. Eigentlich kein Grund zur Sorge. Sie feuern nicht aus Wut, sondern um den verdammten Regen zu stoppen. Damit sie wieder anfangen können, Land-Cruiser zu stehlen.« Er warf einen Blick zum Himmel und schüttelte den Kopf. »Wenn die UNTAC Patrouillenboote hätte, würden sie mitten in der Stadt verschwinden. Die hiesigen Gesetzeshüter sind nicht gerade auf Draht. Aber wir tun unser Bestes. Willkommen in Kambodscha.«

Detective Superintendent Singh trug eine Kombination aus seiner heimischen und der UN-Uniform – einen hellblauen Turban, in dessen Mitte eine silberne Nadel mit der Erdkugel steckte, und darunter seine sauber gebügelte, khakifarbene Polizeiuniform aus Neu Delhi. Sein Vollbart war so dicht, dass die Augen wie aus einem pulvergeschwärzten Gesicht hervorblitzten. Sie waren ständig konzentriert zusammengekniffen, als schraubte er gerade den Zünder aus einer Bombe. Er war tatsächlich ausgebildeter Sprengmeister und inzwischen einer der Besten, wenn es darum ging, die Arsenale des Krieges zu entschärfen. Er musterte Calvino wie einen verdächtigen Terroristen, der sich hinter Anzug und Krawatte versteckte. Singh war erst Anfang vierzig. Er war von seiner Truppe – der Anti-Terrorismus-Einheit von Neu Delhi – zur UNTAC-Zivilpolizei abgestellt und hatte derzeit sieben Polizeidistrikte von Phnom Penh unter sich. Detective Superintendent Singh war kein einfacher Wasserträger, den man geschickt hatte, um ein paar Besucher abzuholen, dachte Calvino. Als UNTACs oberster Polizeibeamter in Phnom Penh hätte Ravi Singh leicht jemand anders mit dieser Aufgabe betrauen können. Aber er war persönlich zum Flughafen gekommen. Dafür musste es noch einen anderen Grund geben als Höflichkeit unter Kollegen. Der Fall, über den Pratt so gar nicht sprechen wollte, schien wichtig genug zu sein, dass gleich ein hochrangiger Polizeioffizier angelaufen kam.

Auf der Fahrt nach Phnom Penh machte Pratt deutlich, dass Singh in Calvinos Gegenwart offen reden konnte. Er hatte diesen automatischen Instinkt des Polizisten, seine Zunge in Gegenwart von Zivilisten im Zaum zu halten. Was man vor zivilen Ohren sagte, unterlag der Zensur. Ein Zivilist konnte unabsehbaren Schaden anrichten.

»Ich habe schon oft mit Vincent Calvino zusammengearbeitet. Er ist in Ordnung. Was immer Sie sagen, es wird unter uns bleiben«, sagte Pratt.

»Freundschaft und Vertrauen. Eine gute Sache zwischen Männern. Es ist so schwer, sich sicher zu sein. Vor allem in Kambodscha, wenn ich das rundheraus sagen darf«, meinte Detective Superintendent Singh. »Die Roten Khmer haben Millionen Menschen umgebracht, und die Überlebenden sind sich immer noch nicht sicher, wem sie trauen können. Oder wer ihre Freunde sind. Also sollte man sich nicht allzu sehr darauf verlassen, was man so hört.«

Calvino hatte das Gefühl, dass diese Ansprache genauso sehr ihm galt wie Pratt. »Was verdient ein kambodschanischer Cop?«, fragte Calvino.

Singh warf ihm einen Seitenblick zu.

»Neun Dollar im Monat. Falls der Sold ausbezahlt wird«, erwiderte er.

»Und wie viel verdient ein UNTAC-Cop?«

»Hundertdreißig Dollar pro Tag. Bei Regen und Sonnenschein«, lächelte Singh. »Aber wer behauptet, dass das Leben fair ist? Bestimmt kein Inder oder Khmer.«

»Und auch nicht die Leute, die Waffen aus Kambodscha schmuggeln«, sagte Calvino zu Pratt.

»Was ist das für eine Geschichte mit den Waffen?«, fragte Singh.

»Warum habe ich nur das Gefühl, dass die Dinge im Land von Bruder Nummer eins ein wenig aus der Balance sind?«, lautete Calvinos Gegenfrage.

»Mr. Calvino ist Amerikaner«, warf Pratt ein, als würde das alles erklären.

Detective Superintendent Singh nickte verständnisvoll. »Asiaten haben ihre eigene Art zu denken, Mr. Calvino.«

»Sicher. Ein Westler begreift absolut gar nichts. Das weiß im Fernen Osten jedes Kind. So wie ich das sehe, haben Kriminelle mit Kultur wenig am Hut. Nur mit Gelegenheiten. Sie nehmen, was sie kriegen können, bis ihnen jemand auf die Finger klopft. Also beantworten Sie mir eine Frage: Klopft ihnen hier in Phnom Penh jemand auf die Finger? Oder sind alle bestochen?«

»Das werden Sie bald selbst herausfinden«, sagte Singh. »Es gibt wild gewordene Polizisten, die die Stadt ausplündern. Wild gewordene Soldaten. Wild gewordene Politiker. Es ist ein Dschungel voller wilder Tiere. Manchmal gehen sie sich gegenseitig an die Kehle. Manchmal machen sie Geschäfte miteinander. Aber immer sind sie erbarmungslos und brutal in der Wahl ihrer Mittel. Korruption ist allgegenwärtig.«

»Das macht es schwierig, die guten Jungs von den Kriminellen zu unterscheiden«, sagte Calvino.

»Sie sind jetzt seit einer Stunde in Kambodscha. Vielleicht können Sies mir erklären.«

Es klang wie eine Drohung. Eine Bekundung einem Außenseiter gegenüber, der unvermittelt in eine Situation eintritt, wo alles im Fluss ist, alles zu haben ist. Ein paar Minuten lang sagte keiner mehr etwas. Die Straßen waren voller abgemagerter Khmer in ihren nassen Lumpen, die durch das knietiefe Wasser hasteten wie ein Volk von heimatlosen Flüchtlingen. Sie erinnerten ein wenig an die illegalen chinesischen Einwanderer in Amerika, die in lecken Booten vor der Küste treiben. Dreckiges Abwasser schwappte in kleinen Wellen gegen ihre Beine, wenn Motorräder oder Autos vorbeifuhren. Armut war allgegenwärtig, in ihren mageren Körpern, den schlechten Straßen, den Holzhütten, den nackten Kindern, die im Wasser plantschten. Die Erwachsenen schlurften durch den Regen wie Zombies, ohne Sinn, ohne Ziel. Calvinos erster Eindruck von Kambodscha formte sich auf dieser Fahrt vom Flughafen her, während der Land-Cruiser an Gruppen von Khmer vorbeikam, Männern, Frauen und Kindern, die alle so aussahen, als wären sie gerade nach Jahren der Gefangenschaft entlassen worden – ausgestoßen aus dem Gefängnis, aber ohne die geringste Ahnung, wo sie waren oder wo sie hin sollten.

Als sie das Monorom-Hotel erreichten, war aus dem Regen ein Nieseln geworden. Pratt und Singh hatten sich zum Abendessen in einem italienischen Restaurant gegenüber dem UNTAC-Hauptquartier verabredet. Calvino war eingeladen worden, hatte aber abgelehnt. Er sah dem Land-Cruiser nach, der mit plötzlicher Beschleunigung davonschoss. Kleine Wellen schlammigen Wassers breiteten sich aus und klatschten gegen den Hoteleingang. Gegen Phnom Penh bei Regen war Bangkok der reinste Luftkurort, dachte er. Seinen Anweisungen gemäß hatte Ratana Zimmer 305 im Monorom für ihn gebucht – das Zimmer, in dem sich Mike Hatch über Fat Stuarts vietnamesische Hure hergemacht hatte. In den Sechzigern und Siebzigern waren Journalisten, CIA-Leute und andere mit Sinn für Abenteuer und fetten Spesenkonten im Monorom abgestiegen. Alle Zimmer mit einer Fünf am Ende waren Luxussuiten mit eigenem Balkon, von dem aus man einen Blick auf Phnom Penh hatte. Die Preise waren zu hoch für kleine Gauner wie Fat Stuart, die man eher in einer heruntergekommenen Absteige erwartet hätte. Calvino vermutete, dass jemand die Rechnung für L'Blanc übernommen hatte.

Während er sich eintrug, warf er einen Seitenblick über den Empfangsschalter und sah, dass Pratt Zimmer 405 hatte.

»Das Leben ist voller Überraschungen«, sagte Calvino. »Oder hat Ratana am Rad des Karma gedreht?«

»Kann sein, dass ich sie gefragt habe, wo du absteigst. Für den Fall, dass ich mit dir in Kontakt treten muss. Sie hat es für eine gute Idee gehalten. Sie sorgt sich eben um ihren Chef«, sagte Pratt und schloss seinen Eintrag ins Gästeregister ab.

Ratana war damit einen gewaltigen Schritt über die thailändische Art, Loyalität für ihren Chef zu zeigen, hinausgegangen und hatte ihn in den Kreis der Verwandtschaft aufgenommen – wo Familienangehörige sich um Familienangehörige kümmerten, für ihre Sicherheit sorgten und sich zu diesem Zweck mit anderen Mitgliedern der Familie berieten. Gegenseitige Abhängigkeiten lagen in Blutsverwandtschaft begründet. Das Konzept einer unabhängigen, eigenständigen Persönlichkeit – dieses Markenzeichen westlichen Denkens – war fremdartig, verwirrend und bedrohlich. Calvino nach Kambodscha gehen zu lassen, ohne Pratts Rat einzuholen, wäre undenkbar gewesen.

»Nachdem du nur ein Stockwerk höher bist, sollte es kein Problem sein, in Kontakt zu treten«, meinte Calvino.

»Vielleicht kein großes«, sagte Pratt. »Du solltest heute Abend zum Essen mitkommen. Mr. Singh könnte dir beim Aufspüren von Mike Hatch von Nutzen sein.«

Pratt dachte als Polizist. Calvino musste zugeben, dass er bisher nicht allzu viele Anhaltspunkte hatte. Er ging allein hinauf in sein Zimmer, zog die Vorhänge auf und warf einen Blick vom Balkon auf die Stadt. Dann setzte er sich auf das Doppelbett und knöpfte sein Hemd auf. Er zog ein Foto von Fat Stuart heraus und sah es sich näher an. Zum Zeitpunkt der Aufnahme war Fat Stuart schon ungefähr vierundzwanzig Stunden tot gewesen, aber er sah aus, als würde er vor sich hindösen, nachdem er gerade ein halbes Dutzend Hamburger verdrückt hatte.

Calvino zog sich aus und ging unter die Dusche. Er regelte die Temperatur und ließ sich das heiße Wasser genussvoll über Gesicht und Brust laufen. Dann fiel ihm ein, dass Fat Stuart unter derselben Dusche gestanden hatte. Und er dachte an L'Blancs Hure, die höchstwahrscheinlich am selben Fleck geduscht, das Wasser gespürt, sich lebendig gefühlt und gefragt hatte, was der nächste Tag wohl bringen würde. Calvinos Gesetz lautete: Manche Menschen duschten in der Vergangenheit, manche wuschen sich für die Zukunft. Aber kein Schrubben konnte den Dreck daran hindern, sich anzusammeln und einen in der Gegenwart zu begraben.

Er trocknete sich ab und ging zurück ins Schlafzimmer. Ein Blick auf die Uhr sagte ihm, dass es früher Nachmittag war. Er holte eine Flasche Mekong aus seinem Koffer, zerriss die Papierbanderole und schraubte die Kappe ab. Dann goss er zwei Fingerbreit der goldenen Flüssigkeit in ein Glas und schwenkte sie darin herum. Er dachte lange und intensiv nach, bevor er wieder ins Bad ging und eine Weile in die Toilette starrte. Endlich goss er das Glas aus und spülte nach. Er betrachtete das Wasser in der Toilette, während der Mekong sich in der Mitte des Strudels sammelte und dann verschwand. Das, was man sucht, findet man nicht um drei Uhr nachmittags auf dem Grund einer Mekong-Flasche, dachte er. Er ging ins Schlafzimmer zurück und setzte sich auf die Bettkante. Draußen vor dem Fenster peitschte der Regen auf den Boulevard Achar Mean herab. In der Ferne, halb im Grau verhüllt, konnte Calvino eine große 555-Zigarettenreklame an der Fassade des Hauptgebäudes von Psah Thmay erkennen – des neuen Marktes.

Er erinnerte sich daran, wie Pratt gesagt hatte: »Wir sind schon seit Monaten hinter Mike Hatch her. Wir wollen wissen, warum er Kriegswaffen auf die Sukhumvit Road liefert.«

Patten und Fat Stuart hatten Mike Hatch beschrieben, aber keiner von beiden hatte viel Sympathie für ihn gezeigt. Die grundlegenden Fakten über Mike Hatch hießen: Nationalität – Amerikaner, Alter – Ende vierzig, Beruf – Geschäftsmann. Patten hatte ein altes Foto von Hatch in einem Hash-House-Harriers-T-Shirt, mit wilden Augen, außer Atem und mit spindeldürren Beinen, die aus kurzen roten Laufhosen ragten. Reebok-Laufschuhe und ein verwittertes, zerfurchtes Gesicht. Scharfe Falten, tief um Augen und Mund eingegraben, Verwerfungen von sich verschiebenden tektonischen Platten in Blut und Gewebe. Er wirkte an den Rändern ausgefranst, wie jemand, der nach einem viertägigen Saufgelage beim Joggen für seine Exzesse büßt –

Exzesse, denn Sünden kannten Typen wie Hatch nicht – und gleichzeitig versucht, seine Mit-Läufer nach möglichen Geschäftsverbindungen auszuhorchen.

Und anschließend in die Bar. Ein Säufer, dachte Calvino und betrachtete nachdenklich seine Flasche Mekong. Jemand, der um drei Uhr nachmittags Alkohol trank. Das Leben tat das einer Menge Leute an. Die häufigste Droge wurde auf Flaschen gezogen und war so legal wie Schuhpolitur. Und beide hinterließen einen Glanz, der sich nach einem Spaziergang um den Block abnützte. Hatch war in Bangkok ein kleiner Geschäftsmann gewesen, der billige Kleidung, Schuhe und Spielzeug exportierte. Was er tat, tat er für Geld. Wenn es irgendwo etwas zu holen gab, stand Hatch an der Spitze der Schlange. Warum also hatte Patten Schwierigkeiten, ihm fünfzig Riesen aufzudrängen? Und wo war die Linie, die ihn selbst von Typen wie Hatch und Patten trennte, fragte sich Calvino. Mitten am Nachmittag schon an der Flasche, einer, der schmutzige Arbeit für Geld tat.

Hatch war nur einer von vielen vom Washington Square, ein Einzelgänger, der in der Gruppe trank, aber immer allein blieb. Er war Anfang der Achtziger nach Thailand gekommen, um sein Glück zu machen, zu einer Zeit, als fast jeder es schon gefunden hatte. Damals lag das Geld in Bangkok auf der Straße, man musste es nur aufheben. Wie kam es, dass ein Kerl wie Hatch die Gelegenheit verpasst hatte? Und wie hatte Calvino dieselbe Möglichkeit verpasst? Kambodscha in den Neunzigerjahren war eine zweite Chance. Eine neue Grenze, ein neuer Goldrausch. Und Typen wie Hatch und Patten wollten ihn sich diesmal nicht entgehen lassen. Aber es war nicht mehr wie in den alten Tagen, als es leicht gewesen war. Diesmal gab es größere Konkurrenz, lagen Gefahr und Risiko höher. Wirtschaftsflüchtlinge aus dem Westen hatten begonnen, nach Asien einzusickern, eine Einwandererwelle von Menschen, die nie zuvor im Ausland gewesen waren. Fat Stuarts Generation, nur ohne sein Strafregister.

Calvino dachte noch einen Moment lang darüber nach, dann rief er den Zimmerservice an und bestellte Kaffee. Er war hinter einem Kerl her, der sich gar nicht so sehr von ihm selbst unterschied. Diese Jungs hatten in Phnom Penh eine Bruchlandung gebaut, und Calvino würde die Trümmer durchstöbern müssen, um herauszufinden, was für Spuren sie hinterlassen hatten. Diesen Entschluss hatte er nach Fat Stuarts Tod gefasst. Es war eine persönliche Angelegenheit. Auch wenn Patten ihn nicht bezahlt hätte, hätte er sich auf die Suche nach Hatch gemacht. Wenn er Hatch kennen lernte, würde er vielleicht ein paar Fragen über sein eigenes Leben beantworten können. Fragen, denen er sich ungern stellte. Irgendwie hatte er die Hoffnung, durch Hatch etwas über sich selbst herauszufinden, damit er vielleicht mit sich ins Reine kam.

Patten hatte geschworen, dass er Calvino nicht in eine Falle lockte. Und Calvino hatte geschworen, dass Patten den größten Fehler seines Lebens gemacht haben würde, wenn er log. Einschließlich, sich mit seiner F-5 bei Tiefflugbombardements über Laos abschießen zu lassen. Dabei hatten sie es belassen. Calvino übernahm den Fall, und Patten beteuerte, dass er nur ein Geschäftsmann mit einem Problem sei. Nachdem der Zimmerservice eine Kanne Kaffee gebracht hatte, die so roch, als wäre etwas Grünliches, Verschrumpeltes hineingekrochen und darin gestorben, rief er in Pratts Zimmer an.

Ein paar Minuten später war er oben und erblickte einen säuberlichen Stapel von Akten auf dem Bett. Auf dem Kissen lag Pratts Tenorsaxofon. Der Kasten stand geöffnet auf dem Tisch. Pratt verließ Thailand niemals ohne sein Saxofon und eine Shakespeare- Gesamtausgabe. Das Buch lag auf dem Tisch neben einem Foto von Pratts Frau und Kindern. Mit diesen Gegenständen hatte er Zimmer 405 in ein Zuhause fern von zu Hause verwandelt. Calvino ging zum Balkon, öffnete die Tür einen Spalt weit und streckte die Hand in den Regen hinaus. Pratt saß mit übergeschlagenen Beinen am Tisch und las in einer Akte. Beim flüchtigen Hinsehen erspähte Calvino das Foto eines Ausländers. Pratt war seinem Blick gefolgt.

»Mike Hatch«, sagte er.

»Danke, dass du für mich ein Wort bei Ravi Singh eingelegt hast«, meinte Calvino und sah von dem Foto auf. »Das musstest du nicht. Aber ich vermute, dass du es so geplant hast. Auf Thai-Art. Du tust mir bei den örtlichen Behörden einen Gefallen, und jetzt schulde ich dir einen. Weil du dein Gesicht für mich riskiert hast, muss ich mich benehmen.«

»Seit wann hat mein Gesicht irgendeinen Einfluss auf das, was du tust?«

»Tja«, sagte Calvino.

»Warum sollten wir uns in die Quere kommen, wenn wir beide nach Hatch suchen? Du willst ihm Geld übergeben. Ich will ihn fragen, wo er sein Geld her hat. Und die AK-47. Siehst du das anders?«, fragte Pratt, ohne von der Akte aufzusehen.

»Ich sehe das so, Pratt: Typen wie Hatch bleiben im Untergrund. Die buddeln sich so tief ein, dass nicht einmal eine Küchenschabe den Brotkrumen folgen könnte, die sie fallen lassen.«

»Aber du meinst, du kannst ihn alleine finden?«, fragte Pratt. Insgeheim stellte sich der Colonel eine andere Frage: Warum war ein Farang beleidigt, wenn ein Asiat sagte, dass er die Denkweise eines anderen Asiaten besser verstehen konnte als ein Farang? Und nahm im selben Atemzug an, dass ein Farang einen anderen Farang auf eine Weise verstehen konnte, die für einen Asiaten nicht nachvollziehbar war? Wäre er ein Farang gewesen, hätte er diese Frage stellen können, aber als Asiat fiel es ihm leichter, sie nicht auszusprechen.

»Ich weiß nicht. Aber ich werde es versuchen.«

»Was liegt dir an einem Kerl wie Hatch?«, fragte Pratt, schloss die Akte und drehte sich halb in seinem Sitz um.

»Ich habe nicht gesagt, dass mir etwas an ihm liegt.«

»Irgendetwas nagt an dir, Vincent. Willst du darüber sprechen? Oder spielst du lieber die stereotype Rolle des Thai und sagst, dass es kein Problem gibt?«

Was einen an bikulturellen Typen wie Pratt zum Wahnsinn treiben konnte, war, dass sie wussten, wie Thais *und* Farangs dachten. Sie verstanden sich auf Spielchen, die sie – wenn keine Gefahr bestand, dabei erwischt zu werden – mit den Werten, Bräuchen und Mythen der anderen spielten.

»*Jai yen*«, sagte Calvino. Behalte ein kühles Herz. »Wenn Detective Superintendent Ravi Singh und seine UNTAC-Mannschaft Hatch nicht gefunden haben, wie soll ich das dann inmitten von all dem Schlamm und Regen schaffen?«

»Weil du die Gabe dazu hast.«

»Was soll das heißen, ich habe die Gabe dazu?«

»Manche Leute finden immer einen Parkplatz, bekommen immer einen Sitzplatz im Zug, finden immer die richtigen Aktien. Zu denen gehörst du nicht. Aber du scheinst immer zu finden, wen du suchst. Es ist eine Art Gabe. Du hattest sie schon, als wir uns in New York kennen gelernt haben. Du hast viel Zeit investiert, um Anwalt zu werden. Aber es war eine Sackgasse. Du bist zum Privatdetektiv oder Polizisten geboren, einen Beruf, für den man das Talent braucht, Leute zu finden, die nicht gefunden werden wollen.«

Calvino ging zur Tür und öffnete sie.

»Vincent«, rief Pratt ihm nach.

Er drehte sich um. »Ja?«

»Pass auf dich auf«, sagte Pratt.

»In Phnom Penh sind wir beide wie Fische auf dem Trockenen. Aber ich bin noch dazu ein Farang.«

»Dann trink kein Leitungswasser. Und Vincent, bevor du gehst, da ist etwas für dich in meinem Aktenkoffer.«

Calvino ließ einen suchenden Blick durch den Raum wandern.

»Da drüben, auf dem Stuhl«, sagte Pratt und nickte mit dem Kopf in die Richtung.

Calvino öffnete den Aktenkoffer und sah seinen 38er-Police-Special mit dem Lederhalfter drin liegen. Er nahm den 38er aus dem Halfter und überprüfte die Trommel. Sie war voll geladen. Eine Nachricht von Ratana war an das Halfter geheftet: »Sie können in Phnom Penh nicht nackt herumlaufen. Ratana.« Calvino hatte die Waffe in seiner Schublade eingeschlossen. Miss Dugan hatte ihm zugesehen, sie war eine perfekte Zeugin dafür, sein Alibi. Ratana hatte eine Chance gesehen, sich nützlich zu machen. Sie passte gut auf Calvino auf, behandelte ihn, als wäre er in einem Zeugenschutzprogramm und sie für sein Wohlergehen verantwortlich. Seit sie ihr Jura-Examen an der Ramkanghaem-Universität abgelegt hatte, drängte er sie immer wieder, sich eine Stellung als

Anwältin zu suchen. Aber sie weigerte sich standhaft, zu einer Kanzlei zu wechseln. Keiner aus ihrer Familie konnte begreifen, warum sie für einen Farang-Privatschnüffler arbeitete. Status? Null. Ansehen? Null.

Calvino hielt den 38er in der Hand und dankte allen Göttern, dass es Menschen wie Ratana und Pratt gab. Er streifte das Halfter über und zögerte einen unbehaglichen Moment lang. Sie waren hier nicht in Bangkok. Dies war feindliches Terrain, hier galten unbekannte Regeln. Er hätte fast seine Meinung bezüglich des Abendessens geändert. Aber irgendetwas hielt ihn zurück. Instinkt, möglicherweise. Er lächelte Pratt zu. Immerhin hatte Pratt in diesem Zimmer im Monorom-Hotel in Phnom Penh zugegeben, dass Calvino die Gabe hatte.

Als es Essenszeit wurde, hatte der Regen aufgehört. Calvino beschloss, in den Gecko Club zu gehen – eine dieser Instant-Kneipen, die aus dem Boden geschossen waren, um bei den UNTAC- und NGO-Leuten abzusahnen, als diese anfingen, auf der Suche nach westlichem Essen in Phnom Penh auszuschwärmen. Das war sein erster Abend in einer fremden Stadt. Er stieg in eine Fahrradriksha. Auf der Fahrt zum Gecko dachte Calvino über einen Freund nach, den er aus Bangkok kannte. Carlo Badoglio, ein alter Asienmann, den die Kommunisten in den Achtzigern in Peking inhaftiert hatten und der schon in den Sechzigern und Siebzigern Kriegsberichterstatter in Kambodscha, Laos und Vietnam gewesen war. In Bangkok hatte ihm Carlo die Namen von ein paar Leuten genannt, an die er sich in Phnom Penh wenden konnte. Leute, die nicht auf Carlos »Hassliste« standen. Er hatte lange genug gelebt, dass diese Liste mit den Jahren eine beachtliche Länge erreicht hatte. Daher war es nicht viel, was er Calvino nach Phnom Penh mitgegeben hatte. Aber immerhin ein Anfang. Carlos politische Berichterstattung aus Asien hatte ihn in Europa zur lebenden Legende gemacht.

Einer der Namen, die er Calvino mitgegeben hatte, war der eines Fotojournalisten namens Del Larson, der nach Phnom Penh zurückgekehrt war wie ein Mörder an den Ort des Verbrechens. Carlo und Del hatten in den frühen Siebzigerjahren gemeinsam ein paar heftige Gefechte in Kambodscha mitgemacht. Nach Carlos Worten basierten ein paar Szenen, die für *The Killing Fields* gedreht worden waren, auf Larsons Erlebnissen in der französischen Botschaft, als die Roten Khmer das Tor aufgebrochen und das Gebäude gestürmt hatten. Das war Del Larsons Chance auf Ruhm und Ehre gewesen, er hatte seinen Anteil an der Geschichte unsterblich machen wollen. Aber nach ein paar Minuten des Nachdenkens hatten die Produzenten die Szenen gestrichen, die auf Del Larsons Erlebnissen beruhten. Er wurde einfach aus dem Film herausgeschnitten. Er landete auf dem Boden des Schneideraums, wurde in den Müll gekehrt und auf die Straße geschmissen. So, wie es Del Larson sah, hatten sie sein Leben herausgeschnitten und es weggeworfen, als hätte es keinen Wert.

Carlo Badoglio meinte, dass dieser Groll Del Larson am Leben erhielt. Manche Leute wurden von ihren Träumen angetrieben, andere von den Verwundungen, die sie erlitten hatten. Es gab keinen Zweifel darüber, wo Del Larsons Prioritäten im großen Zusammenhang der Dinge jetzt lagen. Er behauptete, dass die Produzenten es auf ihn abgesehen hätten, die Geschichte verfälschen und Lügen über die Ereignisse in Kambodscha verbreiten wollten. Er wollte Gerechtigkeit. Er wollte Rache. Er bekam nichts davon. Aber Badoglio sagte, es bestünde eine gewisse Möglichkeit, dass Del Larson etwas über den Schmuggel mit Kriegswaffen wusste. Oder vielleicht jemanden kannte, der etwas darüber wusste. »Erwähnen Sie einfach den Namen Carlo Badoglio. Das genügt. Wir standen uns sehr nahe.« Carlo hatte zwei Finger überkreuzt und sie so gehalten, dass Calvino sie sehen konnte.

Calvino fand Larson auf der Veranda des Gecko. Er saß alleine an einem Tisch und spielte mit einer Flasche Tiger-Bier, pulte das Etikett mit einem schmutzigen Fingernagel ab. Sein Gesicht hätte gut zu einem alttestamentarischen Propheten gepasst oder Ernest Hemingways Totenmaske sein können. Es war eines dieser vom Feuer der Leidenschaften, der Reue und des jahrelangen Misserfolgs ausgebrannten Farang-Gesichter. Es zeugte von einem Leben, das von einer schrecklichen, quälenden Erfahrung geprägt war wie ein bitterer, lang gezogener und hoffnungsloser südostasiatischer Krieg. Seine großen, verquollenen roten Augen blickten voller Hass, Qual und Paranoia zu Calvino hoch.

Er hätte sich im Lonesome Hawk auf dem Washington Square zu Hause gefühlt. An der Bar, zusammen mit Patten und den anderen Ex-Soldaten.

»Darf ich mich setzen?«, fragte Calvino.

In Dels Augen spiegelten sich Widerwille und Aggression. Aber er reagierte nicht auf die Frage. Stattdessen fing er an, sich einen dicken Joint zu drehen, indem er das Marihuana mit einem gelb verfärbten Finger auf dem Zigarettenpapier verteilte.

»Das hier ist kein freies Land«, sagte er hämisch, leckte des Papier an und klebte den Joint zu.

»Schon mal so ein Land gefunden?«, fragte Calvino.

»Was wollen Sie?« Er zündete den Joint an und inhalierte. Ein paar Sekunden lang hielt er die Luft an, bevor gräulicher Rauch aus seiner Nase strömte.

»Carlo lässt grüßen.«

»Carlo wer?«, war die Antwort.

Calvino dachte an Carlos überkreuzte Finger. »Wir standen uns sehr nahe«, hatte er gesagt, während sich seine Lippen unter dem weißen Schnurrbart zu einem breiten Lächeln verzogen.

»Calvino ist mein Name. Ich bin ein Freund von Carlo. Dem Auslandskorrespondenten aus Bangkok. Sie waren 1975 gemeinsam in der französischen Botschaft«, fuhr er fort und setzte sich. Er winkte einer Serviererin und bestellte zwei Tiger-Bier. Als sie sie brachte, bedeutete er ihr, dem Moses-Doppelgänger eines davon hinzustellen.

»Gehören Sie zu einer weltweiten italienischen Verschwörung?«

»Eines für Del?«, fragte die Serviererin, eine junge australische Blondine.

»Ja, für Del«, erwiderte Calvino und wartete, bis sie wieder weg war.

»Blöde Schnalle«, sagte Del. »Meinen Namen so zu verraten.«

»Den wusste ich schon von Carlo. Er sagte, Sie könnten mir vielleicht mit einer Information weiterhelfen.«

»Warum sollte er so was sagen?«

»Weil Sie beide sich schon sehr lange kennen. Eine gemeinsame Vergangenheit haben.«

»Scheiß auf die Vergangenheit.«

»Ich suche nach jemandem namens Mike Hatch. Einem Amerikaner, der seit ein paar Monaten in Phnom Penh lebt und hier Geschäfte macht.«

»Was wollen Sie von ihm?«, fragte Larson. Er hatte einen amerikanischen Akzent.

»Ich bringe ihm Geld.«

Del steckte seinen ausgegangenen Joint wieder an, inhalierte tief, und dann explodierte er – in einem Schauer aus Speicheltröpfchen und Rauch. »Heilige-Ober-Affen-Scheiße! Sie wollen mir weismachen, dass Sie nach Phnom Penh gekommen sind, um irgendeinem Arschloch Geld zu bringen, und von mir wollen Sie wissen, wo Sie ihn finden? Von was für einem Scheißplaneten stammen Sie eigentlich?!«

»Brooklyn«, sagte Calvino. »Er kreist um Manhattan.«

Calvino konnte Dels Alter nur schwer schätzen – er musste um die fünfzig sein, aber wenn ihm jemand erzählt hätte, dass Del dreißig oder siebzig sei, hätte er auch nicht daran gezweifelt. Er hatte den Akzent der Arbeiterklasse von der Ostküste. Die Bitterkeit von New York. Die gängigen Modeaccessoires eines Obdachlosen.

»Es liegt an meinem Anzug, nicht wahr?«, fragte Calvino nach langem Schweigen.

Er hatte den richtigen Knopf gedrückt. »Ich hasse die Scheißanzüge. Die Anzugträger haben den Krieg angefangen, und dann hatten sie einen zu schwachen Magen dafür. Sie konnten nicht verkraften, was einige von uns zu berichten hatten. Und dann haben sie sich klammheimlich verdrückt und so getan, als ob die ganze Scheiße sie nichts angeht. Amerikanische Anzugträger verdrücken sich immer, wenns brennt.« Er blies eine ganze Lunge voll Rauch quer über den Tisch auf Calvino.

Carlo hatte gesagt, dass Del zu viele Dschungelpatrouillen mitgemacht hatte, dass ein Teil von ihm im Kampfgebiet zurückgeblieben war. Del durchlebte immer wieder die Vergangenheit, hatte sich tief darin verloren, irgendwo im Dschungel, wo ihm die Stimme der Paranoia ins Ohr flüsterte. Die ausgebrannten Krieger trugen alle denselben Ausdruck in den Augen ... »Da kommt der Vietcong. Ich hör ihn kommen. Mann, er muss jede verdammte Sekunde da sein. Er wird uns erschießen, Mann. Er schlitzt uns die Bäuche auf und reißt uns die Gedärme raus.«

»Vergessen Sie Hatch. Wo kann ich eine Kanone kaufen?«, fragte Calvino, während die Kellnerin ihm Pasta und Baguette brachte.

»Halten Sie irgendein Arschloch auf seinem Motorrad an und fragen Sie den.«

In der Pasta befand sich genau die richtige Menge Knoblauch, und das Baguette war frisch. Calvino trank einen Schluck von seinem Bier. »Ich frage aber Sie, Del. Ein Mann wie Sie kennt sich aus. Soviel ich weiß, sind Sie schon sehr lange hier. Bevor die Roten Khmer die Stadt entvölkert haben.«

»Vor dem Jahr Null«, sagte Del. Das Marihuana hatte ihn entspannt, aber der Verfolgungswahn hielt ihn fest in seinen Klauen. Als Calvino sich umdrehte, hatte Larson die Umrisse seiner unter dem Jackett verborgenen Waffe gesehen.

»AK-47, M-16, das ist die Art Waffen, die ich mir vorstelle«, sagte Calvino.

»Sie sind ein gottverdammter Drogenbulle!« Der Vorwurf klang halb wie eine Frage, halb wie eine Anklage. »Sie wollen mich ausschalten? Das haben andere schon seit Jahren versucht. Um mir den Mund zu stopfen. Wollen Sie deren verdammte Drecksarbeit übernehmen?«

»Ich habe Zimmer 305 im Monorom. Wenn Ihnen irgendetwas zum Waffengeschäft einfällt, rufen Sie mich an.« Calvino schob zwei Zwanzigdollarscheine über den Tisch. »An jeder Information klebt ein Preisschild, Del. Und ich bin kein Bulle. Ich schmuggle keine Waffen. Sagen wir, ich interessiere mich für Kapitalismus und den Markt. Und ein gewisser kapitalistischer Klient von mir hat Geld für Mike Hatch.«

Del betrachtete das Geld. Es juckte ihn in den Fingern, zuzugreifen, es näher zu begutachten, ob es echt war. Vierzig Mäuse in Phnom Penh, das reichte für einen Fünfjahresvorrat besten Marihuanas. »Im Krieg gewesen?«, fragte Del und stupste einen Schein an der Kante an.

»Mein erster Eindruck von Phnom Penh ist, dass er noch nicht vorbei ist.«

»Er hat nie aufgehört«, sagte Del. »Insofern haben Sie Recht.«

Er holte ein weiteres Blättchen Zigarettenpapier hervor und erschauerte, während er eine kräftige Prise Marihuana darauf verteilte. Ein Ausdruck wahnsinnigen Entsetzens glitt über sein Gesicht, als er zu Calvino aufblickte. »Es ist die Hölle. Es ist eine verdammte Hölle. Sie werden sehen.«

Als er den Gecko Club verließ, dachte Calvino an Carlo Badoglio. Seine intelligenten Augen waren voll Trauer gewesen, als er sich an jenem Tag von ihm verabschiedet hatte. Er hatte seinen Arm um Calvinos Schultern gelegt und ihn zum Eingangstor des Anwesens geleitet.

»Vincent, das Problem ist, dass wir zu lange leben. Im 19. Jahrhundert wäre ein Mann wie ich mit fünfunddreißig an irgendeiner Tropenkrankheit krepiert. Journalist in Asien gestorben, hätten sie getitelt. Sie hätten mein Bild gebracht. Ein jüngerer Mann in den besten Jahren. Ah, was für ein romantischer Abgang! Und schauen Sie sich die Scheiße heute an. Jeder Trottel wird alt. Wir haben Arzneien gegen fast alles. Wir leben viel zu lange weiter, nachdem wir schon alles getan haben, wozu wir fähig waren. Wenn Sie Del Larson sehen, werden Sie verstehen, was ich meine. Er hat den richtigen Zeitpunkt zum Sterben verpasst, und jetzt nimmt er der ganzen Welt übel, dass sie ihn weiterleben lässt. Er möchte sterben, nur weiß er nicht, wie er es anstellen soll. Aber was rede ich da? Ich habe auch zu lange gelebt. Von meinem letzten Buch sind in Europa zwanzigtausend Exemplare verkauft worden. Ich bin auch nur ein alter Trottel, der seine Chance verpasst hat, jung zu sterben.«

4

Die Lido-Bar

Schlammbespritzte Motorräder und UNTAC-Geländewagen säumten beide Seiten der Straße vor der Lido-Bar. Calvino sah dem Treiben am Straßenrand ein paar Minuten lang zu. Die Mädchen und alle, die nicht bei der UN waren, kamen und gingen auf Motorradtaxis – alles Fünfzig-Kubik-Hondas, die containerweise gebraucht aus Japan importiert wurden. Die UNTAC-Zivilpolizisten mit ihren Hundertdreißig-Dollar-Gehaltsschecks lebten in einer anderen Welt und fuhren im Stil von Dritte-Welt-Kriegsherren mit den besten Produkten der japanischen Automobilindustrie vor. Calvino arbeitete sich entlang der Reihe von Motorradtaxis vor und zeigte den Fahrern das Foto des fetten Stuart. Sie rauchten billige Zigaretten und drängten sich unter dem Balkon des Lido zusammen, um dem Regen zu entgehen.

Es waren Leute, die sich nicht zum ersten Mal die Fotos von toten Menschen ansahen. Das schien fast zur Normalität zu gehören in einem Land, in dem mehr Fotografien von Toten als von Lebenden existierten. Der erste Fahrer starrte die Aufnahme von Fat Stuart ausdruckslos an und gab sie mit der Rückseite nach oben an den nächsten in der Reihe weiter, bis jeder einen leeren, achtlosen Blick darauf geworfen hatte. Der letzte Motorradfahrer grinste und wollte Geld sehen. Calvino hielt ihm einen fleckigen Fünfhundert-Dong-Schein hin – was umgerechnet kaum mehr als ein Cent war. Das Grinsen des Fahrers verabschiedete sich, während er Calvino das Foto zurückgab und das Geld einsteckte. »Er aussieht wie du«, sagte der Fahrer glucksend. Calvino dachte darüber nach. Er war ja schon öfter beleidigt worden, aber dieser Kerl hatte den Vogel abgeschossen.

Er zuckte die Achseln und kehrte den Motorradfahrern den Rücken. Ihnen das Foto zu zeigen, war ein Schuss ins Blaue gewesen – aber manchmal hatten Leute, die auf der Straße arbeiteten, ein gutes Gedächtnis für alles Ungewöhnliche. Und fraglos würde ein Khmer, der knappe sechzig Kilo wog, einen Mann von den Ausmaßen des fetten Stuart kaum vergessen. Bei so einem Gewicht konnte sich der Rahmen eines Motorrads verbiegen, bis die Reifen platzten, die Speichen knickten und der Besitzer in hohem Bogen aus dem Transportgeschäft flog. Über zweihundert Kilo Körpergewicht erforderten spezielle Beförderungsmittel. Calvino warf einen Blick auf die vier oder fünf UNTAC-Land-Cruiser. Er fragte sich, ob Fat Stuart den einen oder anderen Freund bei der UNTAC-Polizeitruppe gehabt hatte. Bisher gab es mehr Fragen als Antworten.

Calvino ging durch den Eingang rauf zur Lido-Bar. Sie lag im ersten Stock eines alten, gedrungenen Gebäudes. Der rote Teppichboden auf der Treppe war ausgefranst, fleckig, verblasst und mit Brandstellen von Zigarettenstummeln übersät wie die Haut eines Folteropfers. Es ging auf elf Uhr zu, als Calvino den oberen Treppenabsatz erreichte und die Bar betrat. Wie in der Thermae-Bar in Bangkok bestand das Zielpublikum aus Männern, die einen stressfreien Treffpunkt suchten, wo es von anschaffenden Frauen wimmelte. Von jungen Mädchen und von älteren, die sich in den Schatten hielten, damit man ihren hohen Kilometerstand im Halbdunkel nicht gleich erkennen konnte.

Calvino hatte schon oft in Bars wie dieser getrunken. Sie zwangen einen geradezu zum Trinken. Niemand konnte an einem Ort wie dem Lido gleichzeitig nüchtern und bei Verstand bleiben. Solche Bars waren nicht etwa die letzte Haltestelle für Frauen, die zuvor in besseren Bars oder Massagesalons gearbeitet hatten. Sie waren das Ende der Straße. Sackgasse. Danach wartete nichts mehr außer dem Grab. Die Damen vom Ende der Straße hatten eine Ausstrahlung von Traurigkeit, gekoppelt mit einer gewissen Erregung. Es war wie eine Droge, die sie träge und zu faul für normale Arbeit machte. Daneben gab es noch die Halbprofessionellen – Mädchen, die am Tag ihrer normalen Arbeit nachgingen, aber ein bisschen schnelles Geld für ein Geburtstagsgeschenk oder die Miete brauchten. Wenn man sich in der Bar umsah, war es nicht schwer, die Haie von den unerfahrenen Anfängerinnen zu unterscheiden, den Ausreißern und Gestrandeten, den Drogensüchtigen. Calvino kippte einen weiteren Drink. Eine der Frauen musterte ihn. Er sah zur Seite, und sie ging weiter, auf der Suche nach Geld für einen Fix, um ihr Baby zu füttern oder die Miete zu bezahlen. Wer wusste das schon? Wen kümmerte es?

Der Innenraum des Lido war riesig. Er sah aus wie eine ehemalige Fabrikhalle, aus der man die großen, verölten Maschinen aus dem neunzehnten Jahrhundert, die Treibriemen, Kabel und elektrischen Schalttafeln entfernt hatte, um sie mit ein bisschen Farbe, ein paar Tischen und Stühlen, einem Tresen und einer Musikbox in eine Bar zu verwandeln. In der Mitte befand sich die Tanzfläche. Zur Rechten des Eingangs sah man die lange Bar mit ihren Hockern, und auf allen drei Seiten der Tanzfläche standen Tische, an denen die Mädchen mit ihren Kunden saßen. Gedämpftes Licht und dunkle Ecken verwandelten die Gestalten an den Tischen in schemenhafte Silhouetten. Das Lido war wie eine finstere Gasse. Man konnte hinein- oder herausschlüpfen, ohne gesehen oder angehalten zu werden. Es gab keine Gespräche zwischen den Tischen; die Männer blieben für sich und begutachteten die Frauen. Die Isolierung wirkte offensichtlich anziehend. Auf die Mädchen. Auf die Freier.

Calvino bestellte sich ein weiteres Tiger-Bier an der Bar. Bis es gebracht wurde, hatte er etwa hundert Frauen gezählt. Das war nur eine grobe Schätzung, denn es gab einen Balkon, der auf die Straße hinausging, und dort draußen waren auch eine Menge Frauen, tranken und unterhielten sich. Calvino schlürfte sein Bier und dachte darüber nach, warum so viele unterschiedliche Orte den vertrauten Namen Lido trugen. Er erinnerte sich an den Lido Beach in Long Island, wo die smarten Jungs vom Mob am Wochenende mit ihren Freundinnen hingingen. An das Lido-Kino in Bangkok, das irgendjemand niedergebrannt hatte. Die Pension Lido in Singapur. Auch so eine Feuerfalle, die nur darauf wartete, in Flammen aufzugehen. Und das Lido auf den Champs-Élysées in Paris natürlich, wo halb nackte Frauen mit meterhohen Federhelmen und schenkellangen Silberstiefeln tanzten. Der französische Edelschuppen, wo einer wie Stuart L'Blanc davon geträumt hätte, eines der Mädchen abzuschleppen. Wenn man ihn zur Tür hineingelassen hätte. Und jetzt saß Calvino in der Lido-Bar in Phnom Penh, wo smarte Jungs in Uniform keine Freundin länger als vierundzwanzig Stunden behielten. Und wo Zivilisten wie L'Blanc ebenfalls ihren Begierden nachgehen und vietnamesische Huren recyceln konnten, die die Nacht zuvor mit einem Uniformierten verbracht hatten.

Plötzlich tat sich etwas neben Calvino. Ein halbes Dutzend blonder, blauäugiger Männer formte einen Halbkreis an der Bar. Sie trugen Pistolen in Halftern an der Hüfte. Sie stießen mit ihren Bierflaschen an und begannen, ein deutsches Lied zu singen. Auf der linken Schulter ihrer grünen Uniformen war eine kleine Flagge aufgenäht – schwarz-rot-gold. Alle waren sie Ende zwanzig.

»Deutsche Ärzte«, sagte jemand, der rechts von Calvino an die Bar getreten war. »Das ist ein deutsches Trinklied. Sie kommen fast jeden Abend, trinken, singen, und dann gehen sie wieder gemeinsam fort. Wie ein Wolfsrudel auf der Jagd. Aber ich habe nie gesehen, dass sie ein Mädchen mitnehmen.«

Calvino drehte sich auf seinem Barhocker um.

»John Shaw«, stellte sich der Neuankömmling vor. »Ich bin aus Irland. Dublin, um genau zu sein.«

»Vincent Calvino. Aus Brooklyn. Wohnhaft in Bangkok, um genau zu sein.«

Shaw trank sein Bier, sah den Deutschen zu, betrachtete die Tanzfläche und dachte über den Mann aus Brooklyn nach. Das Musikprogramm war ein Madonna-Potpourri, und ein paar junge Mädchen bewegten sich verführerisch zum Rhythmus der Musik. Am Rand der Dunkelheit jenseits des Tanzbodens saßen Männer mit militärisch kurzem Haarschnitt an einem Tisch zusammen.

»Die UNTAC-Zivilpolizisten dürfen keine Waffen tragen. Aber die deutschen Ärzte in Kambodscha sind bewaffnet. Ist das nicht eine Ironie? Kambodscha steckt voller Ironien. Die Ironie Irlands hat uns mit Dichtern gesegnet, die Kambodschas hat uns den Fluch von Massenmördern gebracht. Ironie ist ein zweischneidiges Schwert, manchmal gutmütig und manchmal von tödlicher Schärfe. Es kann so oder so ausgehen«, sagte Shaw.

Er war in mittleren Jahren, hatte blaue Augen wie die Deutschen, aber seine waren scharf wie die eines Jagdhundes. Augen, die sich an einem Detail festbissen, damit spielten, es hin und her drehten und nicht mehr losließen. Er hatte einen flachen Bauch, trug seine schwarzen Haare kurz, und im Zwielicht der Bar zeichneten sich die Muskeln seines Unterarms deutlich unter der Haut ab, während er nach seinem Bier griff. Shaw sah aus wie ein Mann, der sich in Form hielt, Gewichte hob und im Footballteam der Polizei spielte. Die Angehörigen der Nicht-Regierungs-Organisationen hatten weichere, besorgtere, ängstlichere Gesichter. Sie trugen ihre schlaffen Körper wie einen Orden zur Schau, der zeigte, dass sie sich außerhalb des Bereichs persönlicher Gefahren bewegten, in der Sicherheit ihrer Büros. Und wenn sie rannten, dann auf der Flucht vor der Gefahr und nicht, um sich fit zu halten.

»Sind Sie Bulle oder Philosoph?«, fragte Calvino. Er kannte die Antwort, noch bevor er die Frage stellte.

»Zu Hause in Dublin bin ich Sergeant. Und wenn man aus Dublin stammt, ist man zum Philosophen geboren. Ein Dichter alleine dadurch, dass man durch die Straßen geht. Von Beruf ist man weder das eine noch das andere. Meine Dienstzeit endet in sechs Wochen. Kann nicht sagen, dass ich das alles hier vermissen werde. Aber mein Frauchen und die Kinder wiederzusehen, darauf freue ich mich wirklich.«

»Ravi Singh ist nicht zufällig Ihr Chef?«, fragte Calvino.

»Woher wissen Sie denn das?«, gab Shaw zurück und versuchte, überrascht dreinzuschauen. Aber er verdarb den Effekt durch ein breites Grinsen.

»Zum Beispiel, weil Sie wussten, dass die Deutschen zu einer Sanitätseinheit gehören.« Pratt und Ravi Singh hatten ihm einen irischen Babysitter besorgt.

»Darf ich Ihnen ein Bier ausgeben?«, fragte Shaw. »Vergessen Sie das Tiger. Versuchen Sie lieber ein VB. Die Dosen sind größer und kosten auch nicht mehr.«

Die Deutschen hatten ihr Trinklied beendet. Sie standen einander zugewandt und wirkten wie Footballspieler, die sich vor einem Match gegenseitig im Kreis aufputschen. Nach einem letzten Ausruf im Gleichklang klatschten sie in die Hände, machten kehrt und gingen aus dem Lido, ohne die Frauen eines Blickes zu würdigen, die sich am Eingang herumtrieben.

»Die Deutschen sind diszipliniert und willensstark«, sagte Calvino. »Gute Eigenschaften für einen Arzt oder Mechaniker.«

»Für ihre Disziplin kann ich meine Hand nicht ins Feuer legen. Aber ich weiß, dass Ärzte nicht mit Kanonen herumlaufen sollten«, meinte Shaw.

»In Amerika sind Waffen zu einem Modeaccessoire geworden«, sagte Calvino. »Wie Juwelen und Schmuck.«

»Juwelen sind zurzeit in aller Munde«, sagte Shaw.

Er hätte der Bemerkung beinahe noch etwas hinzugefügt, aber dann widmete er sich wieder seinem Bier. Calvino sah, wie er nachdachte und sich dann verschloss. Shaw war Polizist bis ins Mark, er hatte sich unter Kontrolle. Er lächelte und hob sein VB-Bier.

»Das Lido ist off limits für unsere Jungs«, erläuterte Shaw. »Wir haben in der UNTAC Polizisten aus dreiunddreißig Ländern. Und um ehrlich zu sein, nicht alle unsere Kollegen hier haben die gleiche, gründliche Polizeiausbildung. Es ist nicht gut, wenn sie hier auftauchen und die Mädchen mit ihren UNTAC-Fahrzeugen abschleppen. Da kann eine ganz private Angelegenheit, bevor man sichs versieht, in der Presse landen. Und das ist nicht unproblematisch. Das Frauchen in Dublin liest in der Zeitung, dass die ausländischen Polizisten in Phnom Penh alle mit vietnamesischen Prostituierten rummachen. Und das gefällt ihr nicht besonders. Nicht, dass sie was gegen Vietnamesen hätte. Hat sie ehrlich nicht, und ich muss sagen, mir gefällt auch nicht besonders, was hier los ist. Sie sollten sich mal in der Klinik umschauen. Die Jungs stehen Schlange, um ihre Schwänze begutachten zu lassen, und sehen gar nicht fröhlich dabei aus. Heute Abend wollte ich mich hier mal umsehen. Kontrollieren, wer die bösen und wer die braven Jungs sind.«

»Wir könnten aufhören, um den heißen Brei herumzureden«, sagte Calvino.

Shaw seufzte. »Warum sollte ich denn ...«

Calvino fiel ihm ins Wort. »Egal warum. Ich suche nach jemandem. Er hat gute Verbindungen …« Calvino ließ den Satz unvollendet.

»Verbindungen wohin, Mr. Calvino?«

»Das weiß ich eben nicht. Aber wenn ich raten soll, würde ich sagen, zur Armee und zu ein paar einflussreichen Insidern in Phnom Penh und Bangkok.«

»Wissen Sie eigentlich, wie schwer es ist, jemanden aus Kambodscha nach Hause zu schicken?«, fragte Shaw. Er wechselte die Gangart, während die Musik auf Heavy Metal umschaltete. »Hier gehts nur um Politik. Wie soll man eine Polizeitruppe führen, wenn man keine Kontrolle über seine Leute hat? Wenn man sie nicht rausschmeißen kann, wenns sein muss? Wissen Sie, was hundertdreißig pro Tag für einige dieser Jungs bedeuten? In einem Jahr in Kambodscha verdienen sie so viel wie in achtzig Jahren in ihrer Heimat. Und bilden Sie sich nicht ein, dass sie den ganzen Betrag für sich behalten. Das meiste geht durch eine Verteilerlinie so lang wie diese Bar, und überall unterwegs strecken sich offene Hände danach aus. Manchen bleiben am Ende nur vier Dollar am Tag für sich selbst. Ihrer Meinung nach geht es ihnen auch nicht besser als den Kambodschanern. Natürlich sind die in Wirklichkeit viel schlechter dran, aber so sehen sie es eben.«

»Der Mann, nach dem ich suche, hatte den richtigen Hintergrund, um ein kleines Nebengeschäft aufzuziehen«, sagte Calvino.

»Den haben viele Männer.«

»Dieser Mann hatte Zugang zu einigen militärischen Produktfamilien, für die weltweiter Bedarf besteht. Er war im Geschäft mit einem Juwelier aus Bangkok. Der Juwelier ist tot. Er kam öfter hierher. Vielleicht sind Sie ihm begegnet. Er war ein fetter Frankokanadier.«

»Im Lido gehen eine Menge Leute ein und aus.«

»An Fat Stuart würden Sie sich bestimmt erinnern.«

Shaw ließ eine Schulter sinken und hängte sich über die Bar. Man konnte fast sehen, wie sich die Rädchen in seinem Kopf drehten, während er das VB-Bier an die Lippen setzte. »Ein paar unserer Jungs biegen sich schon mal die Regeln zu ihrem Vorteil zurecht, wenn sie die Chance haben. Es ist ein Katz-und-Maus-Spiel. Das Lido ist off limits, aber Sie haben ja die Land-Cruiser draußen stehen sehen. Die wissen genau, dass wir sie mit Samthandschuhen anfassen müssen. Sie wegen Rumhurens nach Hause schicken? Die würden uns glatt ins Gesicht lachen, wenn wir damit drohen. Aber sie wissen auch, dass es einige Sachen gibt, für die sie so schnell rausfliegen, wie man sich bei einem Lido-Mädchen einen Schuss besorgen kann.«

»Drogen?«, fragte Calvino.

»Das würde reichen.«

»Und wie stehts mit dem Verkauf von AK-47?«

»Erst recht.«

»Haben Sie einen Verdacht?«, fragte Calvino.

»Allerdings, mein Freund«, erwiderte der Ire und stellte sein Bier ab.

»Aber nichts, was Sie beweisen könnten?«

»Wenn ich Beweise hätte, würde ich dann mit Ihnen an der Bar stehen und trinken? Meinen Sie wirklich?«

Calvino konnte ein breites Lächeln nicht unterdrücken. Shaw hatte seine Qualitäten. Man konnte es Redlichkeit oder Ehrlichkeit nennen. Und er hatte etwas von einem irischen Geschichtenerzähler an sich. Er war lange genug bei der Polizei, um zu wissen, dass es manchmal nicht darauf ankam, was die Wahrheit war. Wie Liebe und Hass war die Wahrheit etwas Unbeständiges, Veränderliches. Calvino erinnerte sich daran, was Pratt ihm über Polizeiarbeit erzählt hatte. Man observierte Leute, die auf einem schmalen Grat wanderten. Früher oder später fiel einer herunter. Man übte sich in Geduld und wartete auf diesen Augenblick. Dann musste man bereit sein, diejenigen zu packen, die das Pech gehabt hatten, das Gleichgewicht zu verlieren. Aber wie fast überall auf der Welt war es in Phnom Penh leichter, den schmalen Grat zu definieren, als herauszufinden, wer im Dunkel saß und mit den Huren redete.

»Ich suche ein vietnamesisches Mädchen«, sagte Calvino.

»Da sind Sie hier richtig. Im Lido arbeiten nicht viele Khmer. Sie haben reichlich Auswahl«, antwortete Shaw.

Damit hatte er Recht. Die Lido-Mädchen waren überwiegend vietnamesische Prostituierte – mit angemalten Gesichtern und in billigen Kleidern saßen sie an den Tischen, drückten sich an der Bar herum oder tanzten in kleinen Gruppen, während sie die Männer begutachteten, die mit ihrem Bier in der Hand am Rand der Tanzfläche standen. Bald nachdem die deutschen Ärzte verschwunden waren, tanzten ein paar Ausländer – Afrikaner, die kaum weniger wogen als Fat Stuart – mit blutjungen Prostituierten. Ihre gewaltigen Bäuche hüpften auf und ab. Die afrikanischen Friedenshüter ragten hoch über den Mädchen auf, die kichernd auf ihre schwabbelnden Bäuche deuteten. Calvino versuchte, sich vorzustellen, was wohl während des Tanzes in ihren Köpfen vor sich ging.

Schließlich rutschte er von seinem Barhocker.

»Ich sehe mich mal um«, sagte er.

Shaw zuckte die Achseln. »Aber klar, bedienen Sie sich.«

Calvino ging am Rand der Tanzfläche entlang nach hinten und schlüpfte dann auf den Balkon hinaus, der über dem Haupteingang lag. Er trat ans Geländer und sah hinunter. Der Regen prasselte auf das Vordach über dem Balkon.

Von hinten ertönte eine bekannte englische Stimme: »Es kommt darauf an, die Löcher im Dach zu umgehen.«

Calvino blickte nach oben auf das klaffende Loch und tat einen Schritt zur Seite.

»Daran erkennen die Huren die Neuankömmlinge«, sagte der Engländer. »Sie stehen immer unter einem der Löcher und lassen es sich auf den Kopf regnen. Das finden die Huren lustig. Sie meinen, wenn ein Mann nicht genügend Verstand hat, seinen Kopf trocken zu halten, dann weiß er auch nicht, was das Ficken kostet. Ist natürlich schwer zu beurteilen, ob das stimmt. Aber die Huren glauben daran. Und nur das zählt.«

»Scott, was treiben Sie in Phnom Penh?«, fragte Calvino.

»Halte mich trocken.«

Richard Scott lächelte, seinen Stuhl gegen die Wand gekippt, die Füße fest auf dem Boden. Er rauchte eine Zigarette und trank Bier direkt aus der Dose. Für jemanden, der auf die fünfzig zuging, sah er mit seinen grauen Augen und den kurz geschnittenen grauen Haaren fast jungenhaft aus. Er hatte seine Joggingsachen an – Nike-Shorts, Reebok-Tennisschuhe und ein verwaschenes Trikot mit einer Singha-Bier-Werbung auf der Brust. Scott war immer im Training. Zum Teil im Kraftraum, aber hauptsächlich bei Langstreckenläufen. Er bestritt Ironman-Rennen für Männer über fünfundvierzig und landete regelmäßig unter den ersten Zehn. Nicht schlecht, wenn man bedachte, dass viele Männer in dieser Altersklasse weder hurten noch soffen und zum Teil ehemalige Profisportler waren. In Bangkok hatte er sich als Barbesitzer versucht und gehofft, einmal einen Stall Mädchen für sich laufen zu lassen. Aber es hatte nicht funktioniert. Am Ende hatte Scott gesagt, dass man das Alter eines Barmädchens ähnlich wie Hundejahre berechnen müsse. Zwölf Monate Arbeit in der Bar zählten für fünf Jahre im Leben einer normalen Frau. Wenn ein Mädchen erst einmal fünf Jahre in einer Bar in Bangkok hinter sich hatte, mochte sie zwar noch vierundzwanzig sein, ging aber tatsächlich schon auf die vierundfünfzig zu. Scott war betrunken gewesen, als er meinte, dass alle Frauen zu alt für ihn seien, seit er ihr wahres Alter erkannt hatte. Calvino war der Ansicht, dass er in stocknüchternem Zustand dasselbe gesagt hätte.

Seine Geschichte war nicht ungewöhnlich – Hunderte oder Tausende hatten Ähnliches erlebt. Er trank zu viel und verdiente zu wenig, um gleichzeitig die Miete zahlen und die Polizei schmieren zu können. Calvino hatte Scott seit fast einem Jahr nicht mehr gesehen. Ein- oder zweimal waren sie sich zufällig beim Vierzig-Baht-Essen in der Lonesome Hawk Bar über den Weg gelaufen. Dann war Scott plötzlich aus der Szene von Bangkok verschwunden. Es war das Gerücht umgegangen, dass Scott einen einflussreichen Mann betrogen hatte, der ihn umbringen und mit Zement und Eisen beschwert im Chao-Phraya-Fluss hatte versenken lassen. Ein anderes Gerücht besagte, dass Scott nach London zurückgekehrt war und für eine Umzugsfirma arbeitete. Doch daran glaubte kaum einer. Scott war nie dafür bekannt gewesen, dass er sich gern verausgabte, es sei denn im Kraftraum oder im Schlafzimmer.

»Würde mich interessieren, was Sie hier zu suchen haben«, meinte Scott. »Wahrscheinlich eine amerikanische Verschwörung, um die Roten Khmer in Kambodscha wieder an die Macht zu bringen. Schließlich war es Ihr Land, das sie finanziert hat. Aufgerüstet hat. Und dann habt ihr gesagt: ›Seht ihr die Felder da? Die würden sich doch gut machen mit einem Haufen Leichen drin. Vielleicht habt ihr dafür ein besonderes Talent.‹ Doch wahrscheinlich reden Sie lieber nicht darüber, wer Ihre Anwesenheit in Phnom Penh finanziert. – Aber was sage ich da? Ich nehme alles zurück. Es regnet, und das ist immer ein schlechter Zeitpunkt, um über Politik zu diskutieren.«

Langsam erinnerte sich Calvino wieder, warum er Scott nicht vermisst hatte. Richard hatte einen geradezu religiösen Glauben daran, hart zu trainieren und fit zu bleiben. Und er glaubte daran, dass an allem Elend dieser Welt die amerikanische Regierung schuld war. Jeder Amerikaner war automatisch ein Agent, der den Auftrag hatte, Regierungen auf die amerikanische Linie einzuschwören oder, falls das nicht funktionierte, zu unterwandern und zu stürzen, damit sich wieder ein neuer Markt für Waffen auftat. Er glaubte nicht an Privatdetektive. Für ihn war Calvino Geheimagent. Eine Art freischaffender Dritter Sekretär, der mit Leuten wie Alice Dugan konspirierte.

»Ich hörte, Sie seien wieder nach England zurück«, sagte Calvino.

»Nur für ein paar Monate. Es war ziemlich hart. Keine Arbeit. Also habe ich beschlossen, wieder abzuhauen. Von Bangkok hatte ich die Nase voll. Aber warum es nicht mal mit Kambodscha oder Vietnam versuchen?«

»Haben Sie Fat Stuart gesehen, ungefähr vor einem Monat?«, wollte Calvino wissen.

Richard Scott kippte seinen Stuhl in die Waagrechte zurück und griff nach einem der Mädchen, das er auf seinen Schoß zog. »Er ist nicht leicht zu übersehen.«

»Er ist tot«, sagte Calvino.

»Jemand hat mal gesagt, wenn Fat Stuart im Tempo von einem Pfund pro Jahr stirbt, dann wird er leicht tausend Jahre alt.«

»Er ist gestorben, alle zweihundert Kilo auf einmal.«

»Als er zum ersten Mal ins Lido kam, hatten die Mädchen Panik. Die Huren stammen beinahe alle aus Saigon. Sie haben sicher von den Boat People gehört. Die Kleine auf meinem Schoß hier ist mit dem Bus gekommen.« Er gab ihr einen Schmatz auf die Wange, und sie schmiegte sich an ihn, spielte mit seinen Brusthaaren. »Überlegen Sie mal, wie schwer es diese Mädchen in Saigon haben müssen, dass sie sich einem lecken alten Kahn oder einem schrottreifen Bus anvertrauen. Sie haben gehört, dass es in Phnom Penh nur so von reichen Farangs wimmelt, die fürs Ficken bezahlen. Ein paar von ihnen landen hier im Lido. Als Fat Stuart durch die Tür kam, das muss ihr Fleisch gewordener Albtraum gewesen sein. Er hatte mehr Grübchen in den Knien als sie im Gesicht. Er sprach ein seltsames Französisch. Das ist für eine Frau das Schlimmste an der Armut. Entweder man verhungert, oder man lässt für ein paar Kröten ein fünfhundert Kilo schweres schwabbeliges Monster über sich drüber. Die Evolution hat schon etwas Eigenwilliges.«

»Fat Stuart hat ein bisschen über zweihundert gewogen«, sagte Calvino.

»Erklären Sie den Unterschied einem Mädchen, das knapp über vierzig wiegt.«

Als Calvino vom Geländer zurücktrat, explodierte ungefähr fünfzig Meter weiter auf der Straße automatisches Gewehrfeuer. Zwei Feuerstöße aus einem AK-47. Einen Moment lang herrschte Stille, dann wurde das Feuer aus der anderen Richtung erwidert und rückte das Lido ins Zentrum des Kreuzfeuers. Die Motorradtaxifahrer unten auf der Straße suchten Deckung hinter ihren Maschinen.

Die vietnamesischen Mädchen flüchteten vom Geländer, pressten sich mit dem Rücken gegen die Wand, hielten ihre Handtaschen vor der Brust umklammert. Eine von ihnen schluchzte. Die meisten hatten die Augen fest geschlossen und zitterten vor Angst. Sie wirkten wie zum Tode Verurteilte vor einem Erschießungskommando. Auf dem Balkon des Lido in ein Kreuzfeuer zu geraten, war nicht gerade ihre Vorstellung von einem vergnügten Abend. Sie sprachen kein Wort, machten keine Witze, sahen sich nicht einmal an. Scott trank sein Bier aus und sagte dem Mädchen auf seinem Schoß, sie solle ihm noch eines bringen. Aber sie hatte zu viel Angst, und jedes Mal, wenn er sie fortzuschicken versuchte, klammerte sie sich fester um seinen Hals.

»Bei jeder kleinen Schießerei geraten sie in Panik. Hat nichts zu bedeuten, ehrlich. Meistens schießen die Khmer sowieso nur auf die Wolken.«

»Wenn ich das richtig verstanden habe, glauben sie, das verscheucht den Regen.«

Scott nickte. »Mag stimmen. Wer weiß? Gibt es schon eine wissenschaftliche Studie über den Zusammenhang zwischen Regenwolken und Gewehrkugeln? Vielleicht hat die CIA eine gemacht.«

Weitere Salven zerschmetterten ein paar Fenster in dem Gebäude gegenüber.

»Anscheinend haben sie Schwierigkeiten, den Himmel zu treffen«, sagte Calvino, der instinktiv nach seiner eigenen Waffe gegriffen hatte. Er duckte sich hinter das Geländer und spähte auf die Straße hinab.

»Nur eine kleine Schießerei in der Nähe des Marktes. Wahrscheinlich haben die Militärs eine Straßensperre eingerichtet«, sagte Scott. »Und irgendein Trottel hat vergessen, anzuhalten. Das sollte man nämlich wissen, Sie? Sonst werden die echt sauer. Die Soldaten wollen Zigaretten oder Bares sehen. Ist ja verständlich. Die Regierung zahlt ihren Sold nicht aus. Und ihr Amis bezahlt sie nicht, weil ihr was gegen ihre politische Richtung habt. Deshalb müssen sie für sich selbst sorgen. Funktioniert anscheinend ganz gut. Wer nicht zahlen will, wird erschossen. Und wen kümmern schon ein paar tote Schlitzaugen? Allzu viele müssen sie gar nicht abknallen, denn das spricht sich schnell herum.«

Ein paar der vietnamesischen Huren krochen vorsichtig neben Calvino auf den Balkon, um zu erkennen, wo das Gewehrfeuer herkam. Aber die meisten hielten sich im Hintergrund und versuchten, sich so weit wie möglich vom Geländer fernzuhalten, wo sie den Kugeln schutzlos ausgeliefert waren. Scott erklärte ungerührt, dass die meisten der Mädchen tagsüber in den Schönheitssalons arbeiteten und erst nachts in ihre Partykleider schlüpften, um anschaffen zu gehen. Er nannte sie die Busmädchen aus Saigon. Sie hatten allen Grund, sich bei Nacht zu fürchten. Erst vor einem Monat hatten die Roten Khmer wahllos vietnamesische Männer, Frauen und Kinder mit Maschinengewehren niedergemäht. Die vorhergegangene Wahl hatte gewaltige

Hassgefühle gegenüber den Vietnamesen an die Oberfläche gespült. Für viele Khmer galt es als positives Sozialverhalten, Vietnamesen umzubringen. Eine der wenigen Aktivitäten, über die sich die Bevölkerung einig zu sein schien. Das Töten hatte in Kambodscha einen anderen Stellenwert und eine andere Geschichte, aber denselben Zweck wie überall. Nichts war besser geeignet, Entsetzen und Untertänigkeit zu erzeugen, als Massenhinrichtungen.

»He, bringst du mir noch ein Bier?«, rief Scott einem der Mädchen zu, die sich innen hinter der Tür versteckt hatten. Sie verschwand und kam kurz darauf mit einem Tiger-Bier zurück.

»Sie sind gar nicht so übel«, meinte Scott. »Ich mag die Vietnamesen. Die Huren sind genau wie wir, Calvino. Außenseiter. Sie passen nicht hierher. Sie tun ihre Arbeit und versuchen, ein halbwegs anständiges Leben zu führen. Es ist ja nicht ihre Schuld, dass die Amerikaner ihr Land verwüstet haben. Genauso wenig, wie die Kambodschaner etwas dafür können, dass Amerika auf Kambodscha mehr Bomben abgeworfen hat als während des ganzen Zweiten Weltkriegs zusammen. Dadurch, dass man einen Krieg für beendet erklärt, hört er noch lange nicht auf.«

Calvino überschlug im Kopf, dass Richard Scott nach Barmädchenjahren weit älter als hundertsechzig sein musste. So alt, dass ein Herz hart, schwarz und kalt werden konnte.

Gegenüber dem Lido sah er ein baufälliges Gebäude – gar kein Gebäude mehr im eigentlichen Sinn des Wortes, lediglich eine ausgehöhlte Betonhülle. Calvino spürte Zorn in sich aufwallen. Hinter Scotts einseitiger Verdammung der amerikanischen Politik verbarg sich ein tiefer liegender Schmerz. Feindseligkeit. Es war sehr bequem, Amerika für alle Probleme verantwortlich zu machen. Damit ersparte man sich das anstrengende Nachdenken, um Lösungen zu finden. Es war so viel leichter, einfach draufzuschlagen. Auf Juden, auf alles Fremde. Wer diese Art Hass schüren wollte, stieß auf fruchtbaren Boden. Amerika hatte sich oft genug die Hände schmutzig gemacht. Warum also noch nach anderen Ursachen suchen? Es war ja so einfach, auf einem Balkon zu sitzen, Bier zu trinken und darüber zu schimpfen, wie die Yankees alles vermasselt hatten.

Calvino fing an, dunkle Punkte in den Betonwänden zu zählen, die wie Einschusslöcher aussahen. Es war ein unzulänglicher Versuch, seinen Zorn auf Scott zu unterdrücken. Die Bauwerke waren so marode, dass die Löcher alle möglichen Ursachen haben konnten. Ihr Zustand bewies, dass menschliche Wesen bereit waren, in dieser Stadt wie die Tiere zu hausen. Tiere, die sich zufällig aufs Schreiben verstanden und deren Nester Backsteinwände hatten. Vierstöckige Hütten, deren Wände so kaputt waren wie die Vergangenheit ihrer Bewohner. Kuppeln des Leids und des Elends, gebaut von einem selbstzerstörerischen Stamm.

Im Erdgeschoss befand sich ein Metalltor, fest versperrt mit einem Vorhängeschloss. Die Farbe blätterte ab, die Fenster waren schmutzig und blind. Man konnte sich vorstellen, wie es sich drinnen anfühlte: feucht und schimmelig. In den Fenstern brannte kein Licht, nicht einmal eine Kerze. Die Räume wirkten verlassen, als ob das Gebäude keinerlei Leben enthielt. Calvino kam es so vor, als hätten die Roten Khmer gerade vor ein paar Minuten die Menschen auf Lastwagen verladen und aus der Stadt gekarrt. Keiner kehrte jemals zurück. Das Gebäude wartete auf neue Bewohner.

Unten auf der Straße hatte sich das Leben normalisiert. Die Motorräder des Lido fuhren mit Huren und Gästen vor. Ein Fahrer brauste mit einer Hure und ihrem Freier auf dem Rücksitz seiner kleinen Honda davon, verschwand im Dunkel der überfluteten Straße. Gegenüber standen immer noch mehrere UNTAC-Fahrzeuge geparkt. Ein Polizist außer Dienst – aus einem osteuropäischen Land anscheinend – verfrachtete zwei Huren mit ihren Bierdosen auf die vordere Sitzbank seines Land-Cruisers und fuhr weg. Dann bemerkte Calvino, wie John Shaw, der irische Bulle, mit dem Zündschlüssel in der Hand die Straße überquerte, in seinen Jeep stieg und dem anderen Fahrzeug folgte.

»Haben Sie zufällig Fat Stuart zusammen mit Mike Hatch hier gesehen?«, fragte Calvino und kehrte der Straße den Rücken zu. Er bekam nicht sofort eine Antwort, deshalb wiederholte er die Frage. »Haben Sie kürzlich Hatch in der Gegend gesehen?«

Scott runzelte die Stirn und rieb sich über die Wange. Er hatte einen Tic, der sich besonders bemerkbar machte, wenn er nervös war. Auge und Wange zuckten dann unkontrolliert. Die Erwähnung von Hatchs Namen hatte den Anfall ausgelöst. »Ich warte schon eine ganze Weile darauf, dass er wieder auftaucht. Seit ein paar Wochen schon. Wir sind Geschäftsfreunde«, sagte Scott. »Es braucht Zeit, so etwas zu organisieren.«

»Welche Geschäfte denn?«, fragte Calvino und ließ sich in einen Stuhl Scott gegenüber fallen.

»Das ist meine Privatangelegenheit, finden Sie nicht?«, Scotts Gesichtsmuskeln führten einen regelrechten Tanz auf, als er einen Schluck Bier trank.

»Ich frage ja nicht nach Geschäftsgeheimnissen, Scott. Und für die US-Regierung arbeite ich auch nicht, falls Ihnen das Sorgen macht.«

Aber Calvino sah, dass er so nicht weiterkam. Er zog seine Brieftasche heraus und zeigte Scott den auf Mike Hatch ausgestellten Scheck über fünfundvierzigtausend Dollar. Das Licht auf dem Balkon war schlecht, und Scott musste sein Feuerzeug zu Hilfe nehmen, um den Scheck entziffern zu können. »Den soll ich Hatch übergeben«, sagte Calvino.

»Seit wann sind Sie denn Investmentbanker?«, fragte Scott.

»Seit Hatch im Waffengeschäft ist«, erwiderte Calvino.

Die Antwort gefiel Scott nicht besonders. Er stieß die vietnamesische Hure von seinem Schoß und beugte sich vor.

»Wer behauptet, dass Hatch im Waffengeschäft ist? Patten? Dann ist er ein verdammter Lügner.« Er sah Calvino mit einem Blick an, der überrascht wirken sollte. Aber seine grauen Augen verrieten ihn. Er wusste, was für ein Spiel Patten spielte. Er gab den Scheck zurück.

Calvino faltete ihn schweigend zusammen und schob ihn wieder in seine Brieftasche. Mehrere der Vietnamesinnen sahen ihm fasziniert über die Schulter. Die Mädchen hatten ihre ständige Parade zwischen Tanzfläche und Balkon wieder aufgenommen. Am anderen Ende saßen UNTAC-Leute in Zivil mit ein paar Huren zusammen.

»Wir planen ein Projekt in Vietnam. Eine einmalige Sache. Trecking entlang des Highway Nummer Eins. Was glauben Sie, wie viele amerikanische Yuppies einen Haufen Geld dafür blechen würden, dass jemand sie über den Highway Eins führt? Tausende und Abertausende, die vom Vietnamkrieg gehört, ihn aber nicht erlebt haben. Das ist ihre einmalige Chance, den Vietcong Auge in Auge zu erleben. Es kann gar nicht schief gehen. Vergessen Sie das mit den Waffen. Die Zukunft liegt im Tourismus. Mike und ich bereiten den ersten Highway-Nummer-Eins-Marathonlauf vor. Wir verhandeln gerade über die Rechte fürs Kabelfernsehen. Es werden Presse- und Fernsehleute aus aller Welt kommen. Waffen! Wer interessiert sich noch dafür? Höchstens ein paar amerikanische Waffennarren. Ihr seid anscheinend besessen davon. Alle bis an die Zähne bewaffnet. In England schätzen wir das nicht besonders, und schon gar nicht, wenn die Leute in aller Öffentlichkeit mit Kanonen rumlaufen. Einschließlich der Polizei.«

Der Plan passte zu Scott. Er war ein fanatischer Läufer. Er liebte vietnamesische Frauen. In Bangkok war er erledigt, und dies war eine einmalige Gelegenheit, Hobby, Saufen und Huren miteinander zu verbinden und dafür auch noch bezahlt zu werden. Es klang glaubhaft. Das Einzige, was nicht dazu passte, war die Verbindung mit Mike Hatch. Scott schien Hatch zu decken und Informationen über seinen Aufenthaltsort zurückzuhalten. Aber wenn er schon nicht mit der Wahrheit herausrücken wollte, gab es doch noch eine ganz gute Möglichkeit, dass eines der Lido-Mädchen Calvino direkt zu Hatchs Wohnung führen würde, wenn der Preis stimmte.

»Welches der Mädchen hat Fat Stuart gerne genommen?«, fragte er.

Die Frage traf Scott unerwartet, und er musste prusten, dass ihm das Bier aus der Nase schoss. »Die, die so platt gedrückt ist, dass man sie von der Seite gar nicht mehr sieht.«

»Nein, im Ernst.«

Scott wischte sich die Nase und ließ seinen Blick über den Balkon schweifen. Das Mädchen, das er vom Schoß geschubst hatte, krabbelte wieder hinauf und ließ ihre Beine gegen seine nackten Schenkel baumeln. »Ich liebe es, wenn sie das machen«, sagte er.

Calvino zog das Foto von Fat Stuarts totem Gesicht hervor und zeigte es dem Mädchen. Er fragte, ob sie ihn erkannte. Sie gab keine Antwort.

»Die Mädchen können nur Vietnamesisch. Und ein bisschen Französisch«, sagte Scott. Er erklärte ihr auf Vietnamesisch, was Calvino wissen wollte. Sie schaute sich gründlich um und deutete schließlich auf eine Frau in einem engen Minirock und weißer Bluse, die bei den dienstfreien UNTAC-Leuten am anderen Ende des Balkons saß. Ihre Bluse stand halb offen, und sie schmuste mit einem Mann, der seine Hand an ihrem Bein auf und ab gleiten ließ. »Sie sagt, dass die Schüchterne da drüben mal mit Fat Stuart gegangen ist«, meinte Scott.

»Wann?«, fragte Calvino.

»Vor Lichtjahren«, antwortete Scott.

»In Barmädchenjahren?«, fragte Calvino.

»In Lido-Jahren. Hier zählen sechs Tage für ein Jahr. Die Kleine hier ist jetzt ungefähr tausend. Hat sich ziemlich gut gehalten, für ihr Alter.«

»Hatte Fat Stuart noch andere Mädchen?«

Scott und das Mädchen auf seinem Schoß sprachen noch eine Minute lang auf Vietnamesisch miteinander. »Anscheinend nicht. Dieses Mädchen ist wohl auf große Männer spezialisiert. Obwohl Fat Stuart selbst nach ihren Maßstäben ein bisschen groß war.«

Calvino erhob sich und ging zu dem Mädchen hinüber. Sie warf den Kopf zurück und zeigte ihren langen, schlanken Hals. Er tippte dem UNTAC-Soldaten auf die Schulter. »Ich will keine Schwierigkeiten machen. Ich möchte Ihrem Mädchen nur ein paar Fragen stellen. Es dauert nur ein paar Minuten.« Er drehte die Handflächen in einer Geste des Friedens nach oben. Aber das hätte er sich sparen können. Der Blick des Mannes wanderte zwischen Calvino und seinem Mädchen hin und her, dann kam er mit fliegenden Fäusten hoch. Aber er hatte getrunken, und seine Reaktionen waren verlangsamt. Er brachte ein paar ungezielte Schwinger zu Stande, die harmlos durch die Luft pfiffen, während Calvino zur Seite trat. Dann verpasste er dem Soldaten eine harte Rechte in den Solarplexus, und die Lust aufs Kämpfen verging ihm augenblicklich. Er griff Halt suchend nach dem Geländer, dann beugte er sich darüber und erbrach einen Schwall von Bier. Wieder einmal mussten die Motorradfahrer unten in Deckung gehen. Es war wirklich keine gute Nacht für sie. Calvino zog das Mädchen hinter sich her zu Scotts Tisch.

»Sie wollen sich wohl unbedingt bei den Motorradfahrern unbeliebt machen? Sie hassen es, wenn Ausländer ihnen auf den Kopf kotzen.«

»Fragen Sie das Mädchen, ob sie Mike Hatch kennt.«

Scott fragte sie und nickte Calvino zu. »Wäre möglich, dass sie lügt, aber Mike kennt eine Menge Mädchen aus dem Lido. Es kann schon stimmen.«

»Fragen Sie sie, ob sie weiß, wo Mike wohnt.«

Scott lächelte. »Warum bin ich da nur nicht selbst draufgekommen?«

Er fragte nach, und das Mädchen bestätigte, dass sie Mike Hatchs Wohnung kannte. Nicht weit von der Bar. Sie wollte lediglich etwas Geld für ihre Zeit und Mühe haben. Das klang nur fair.

Es war bereits nach Mitternacht, als Calvino mit dem Mädchen die Treppe mit dem fadenscheinigen roten Teppich hinunterging und auf die Straße hinaustrat. Die Motorradfahrer fluchten immer noch über das Erbrochene, und einige fuhren sich mit Plastikkämmen durchs Haar. Ihre Gesichter wirkten, als hätte jemand die Nervenenden durchgeschnitten. Als fühlten sie überhaupt nichts mehr. Und als ob sie den Schmerz nicht vermissten.

5

Checkpoint Charlie

Calvino hatte noch keine drei Schritte auf die Straße getan, als er schon von Motorradtaxifahrern umringt war, die alle darauf bestanden, ihn mit seiner Hure ins Hotel zu fahren. Er drängte sich zwischen ihnen durch, bis er den Rinnstein erreichte. Es hatte wieder angefangen zu regnen. Über ihm, auf dem Balkon des Lido, stand Scott, die Ellbogen aufs Geländer gestützt. Er grüßte Calvino mit einer erhobenen Dose Tiger-Bier. Calvino spürte die Regentropfen auf seinem emporgewandten Gesicht, während Scott und ein halbes Dutzend vietnamesischer Huren zu ihm herabstarrten.

»Wenn Sie Hatch finden, sagen Sie ihm ... ach was, sagen Sie ihm einfach, wenn er mich an der Nase herumführt, kann ich den Marathon auch allein machen. Ich bin immer noch ein ganz guter Läufer.«

Wieder drang automatisches Gewehrfeuer aus der Richtung des Kontrollpunktes am Hauptmarkt durch den Regen. Alle zogen die Köpfe ein, als ein paar Kugeln über sie hinwegpfiffen. Die Mädchen und die Fahrer auf der Straße spritzten auseinander, und ein paar gingen auf den Knien hinter einem UNTAC-Fahrzeug in Deckung. Näher würden sie einem Schutz durch die UN vermutlich nie kommen. Weiter unten auf der Straße konnte man die Leuchtspurmunition der AK-47 erkennen. Alle fünf oder sechs Patronen schoss ein Feuerpfeil durch Nacht und Regen und verdrängte die Dunkelheit für einen kurzen Moment. Calvino sah die Mündungsblitze. Er stand mit dem Mädchen mitten auf der Straße, ohne Deckung oder Zuflucht. Sie hockte sich instinktiv in typisch asiatischer Weise auf die Fersen, bis ihr Kopf zwischen den Knien lag. Sie hatten sich einen denkbar ungünstigen Platz ausgesucht. Das Mädchen – sie hieß Thu – hielt sich die Ohren zu und hatte die Augen fest geschlossen. Calvino ließ sich neben ihr auf ein Knie sinken und spürte, wie ihm der Schlamm durch die Hose drang. Er legte ihr den Arm um die Schulter und zog sie an sich, um sie mit seinem Körper zu schützen. Das Lido würde für ihn für alle Zeit den Geruch nach Schlamm, Bier und billigem Parfüm bedeuten. Und den Klang von Gewehrfeuer.

»Ist schon gut, wenn du nicht mitkommen willst, bleibst du eben im Lido«, sagte er.

Sie schüttelte den Kopf.

»Ich gehe mit dir«, sagte sie. Jetzt, wo kein Scott mehr zum Dolmetschen da war, zeigte sich, dass ihre Englischkenntnisse besser waren, als sie zu erkennen gegeben hatte.

Ihre Hände zitterten. Sie presste sie wieder krampfhaft auf die Ohren und schloss die Lider, als ob die Gefahr plötzlich verschwinden würde, wenn sie sie nicht mehr hörte oder sah.

»Nehmen Sie sie mit!«, schrie Scott, der sich nicht vom Balkon gerührt hatte. »Diese Mädchen sind mit Kanonendonner auf die Welt gekommen. Ist doch ein Witz, dass sie sich immer noch davor fürchten.« Aber es war kein Witz, es war bitterer Ernst. Scott meinte sich selbst. Er war ein Mensch, der gerne mit dem Tod flirtete. Aber bisher hatte der Tod sich andere Partner gesucht.

Einer der Motorradtaxifahrer, in der Standarduniform aus Plastiksandalen, weiten Hosen und Baumwollhemd, sprang auf seine Maschine, trat den Starter durch, und blauer Rauch schoss aus dem Auspuff. Er drehte sich zu Thu und Calvino um und bedeutete ihnen gestikulierend, aufzusitzen. Bevor Calvino noch etwas sagen konnte, war das Mädchen aufgesprungen und rannte auf das Motorrad zu. Sie schwang sich aus vollem Lauf hinter dem Fahrer in den Sattel und schlang ihm die Arme um die Taille. Er ließ den Motor aufheulen.

»Kommen Sie, Mister!«, schrie er.

Calvino rannte zu dem Motorrad und quetschte sich auf den schmalen Streifen Sattel, der hinter dem Mädchen noch frei war. Sie drehte sich zu ihm um und legte ihm einen Augenblick lang den Kopf gegen die Brust. Er hatte Mühe, das Gleichgewicht zu halten, als das Motorrad davonschoss. Wind und Regen peitschten ihnen ins Gesicht. Die kleine Honda raste die überschwemmte Straße entlang und zog eine

Wasserschleife hinter sich her, die Calvinos Rücken durchnässte. Zweihundert Meter vom Lido entfernt kamen sie an eine unbeleuchtete Kreuzung, und anstatt geradeaus zu fahren, legte sich der Fahrer ohne Vorwarnung in eine scharfe Linkskurve, schaltete hoch und beschleunigte. Nach kurzer Zeit war das Knattern der AK-47 nur noch entfernt zu hören, ein gedämpftes Geräusch, das vieles hätte bedeuten können. Calvino spürte, wie Thu sich entspannte und gegen ihn lehnte. Sie sah sich nach ihm um und deutete lächelnd mit dem Daumen nach oben. Zum ersten Mal, seit er sie gesehen hatte, wirkte sie fröhlich.

Nach Mitternacht lagen die Nebenstraßen von Phnom Penh völlig verlassen da. Nirgendwo war eine Menschenseele zu sehen. Kein Licht aus einem Gebäude oder von einem anderen Fahrzeug. Nichts bewegte sich hier, außer ihrem eigenen Motorrad. Calvino überkam ein seltsames Gefühl, als wäre die Zeit um ihn herum stehen geblieben. Es war das Gegenteil von Bangkok, wo jeder Winkel von Geräuschen und Bewegung erfüllt war. Er überlegte, dass es wahrscheinlich gute Gründe dafür gab, warum die Straßen so verlassen waren. Vielleicht hätte er sich vorher kundig machen sollen. Er hatte einfach nicht die Zeit dazu gehabt. Aber im Grunde konnte er sich die Antwort nach fünf Minuten Fahrt vom Lido selbst zusammenreimen: Es war extrem gefährlich, sich spät nachts im Freien aufzuhalten.

Banditen streiften durch die Straßen. In Phnom Penh gab es nur sechzehn offizielle Kontrollpunkte, und die waren leicht zu umgehen. Die Gesetzlosen konnten immer und überall lauern. Niemand glaubte ernsthaft daran, dass Raub und Mord ein soziales Problem darstellten, das die örtliche Polizei unter Kontrolle bringen konnte. Die örtliche Polizei stellte selbst einen beträchtlichen Teil des Problems dar, und es hatte noch keiner einen Weg gefunden, wie man die Kriminellen in Uniform dazu bringen konnte, sich selbst zu verhaften. Die Straße bedeutete Gefahr. Keiner ging freiwillig nach draußen. Aber Calvino war eben erst in Phnom Penh angekommen und hatte noch nicht begriffen, wie es hier bei Nacht zuging. Nach zehn Minuten war klar, dass der Fahrer nicht wusste, wohin. Er fuhr stur geradeaus in der Mitte der Straße, vorbei an endlosen Reihen dunkler Gebäude. Völlige Stille. Das

Gewehrfeuer war schon lange von der Finsternis verschluckt. Nur das Geräusch des Fünfzig-Kubik-Motors hallte von der Mauer der Nacht wider. Das Fehlen jeglicher Straßenlaternen machte die Fahrt zu einer surrealen Reise, als würden sie von einem schwarzen Loch verschluckt, aus dem kein Lichtstrahl entkommen konnte. Calvino hatte eine Vision vom Phnom Penh des Jahres 1975, nachdem die Roten Khmer die Stadt entvölkert, die Bewohner vertrieben und über das Land verstreut hatten. Das war das Jahr null gewesen. Die Ratten verhungerten in den Straßen. Die Welt glaubte, Harlem und Brooklyn hätten ein Monopol auf heruntergekommene, unsichere und gefährliche Straßen. Aber in jenen Bezirken gab es wenigstens Autos, Menschen, Bewegung, Licht und Polizeiwagen auf Streife. Die Menschen waren voller Angst, aber man konnte sie sehen. Man konnte sehen, dass die Polizei zumindest den Versuch machte, Sicherheit zu gewährleisten. Aber hier, in Phnom Penh nach Mitternacht, waren sie mutterseelenallein, drei Menschen verloren auf einem unermesslichen, nassen, braunen Friedhof. Die einzige Lichtquelle war der Scheinwerfer der Honda, der ein Meer von schlammigen Pfützen aus der Dunkelheit herausschälte.

»Du hast ihm doch die Adresse gesagt?«, fragte Calvino.

Thu verstand ihn nicht. Er wiederholte die Frage: »Hast du ihm die Adresse von Mike Hatch gesagt?«

In dem Moment geschah es. Der Zusammenbruch jeglicher Kommunikation. Thu schien plötzlich weder den Namen Mike Hatch zu kennen, noch zu wissen, was »Adresse« bedeutete. Das Wort Paranoia – diese urtümliche Furcht, ein Messer in den Rücken zu bekommen – erhielt einen neuen Sinn. Es hieß, ohne ein Wort Khmer oder Vietnamesisch zu sprechen, mitten auf einer dunklen Straße in Phnom Penh zusammen mit zwei Leuten gestrandet zu sein, die plötzlich kein Englisch mehr verstanden. Es war eine Dritte-Welt-Definition für absolut am Arsch sein. Er bedeutete dem Fahrer anzuhalten, und der Khmer gehorchte, indem er mitten auf der Straße hart in die Bremsen stieg – und in einer Mulde zum Stehen kam, wo das Wasser bis zum Motor des Motorrads reichte. Der Fahrer und Thu starrten ihn an, warteten darauf, dass er ihnen sagte, wie es weiterging. Sie hätten stundenlang gewartet.

Ein Volk, das so viel erlitten hatte wie das von Phnom Penh, hatte Geduld gelernt.

»Mike Hatch?«, fragte Calvino. Keine Reaktion. Der Fahrer sah ihn an wie ein Komapatient, der am Lebenserhaltungssystem der Intensivstation hing.

»Monorom-Hotel«, sagte Calvino, und die Frustration baute sich in ihm auf, bis er meinte, keine Sekunde länger in dieses Nichts hineinfahren zu können. Es war an der Zeit, die Suche abzubrechen und am nächsten Morgen wieder aufzunehmen. Das Monorom war immerhin ein Wahrzeichen – das berühmteste Hotel von Phnom Penh. Wer in Kambodscha hätte noch nicht vom Monorom gehört? Die Antwort lautete: der Fahrer des Motorrads.

»Monroe«, sagte der Fahrer.

»Monorom«, wiederholte Calvino langsam.

Auf dem Gesicht des Fahrers zeichnete sich keine Spur intelligenten Lebens ab. Es war, als ob man nach einem Festplattencrash in den schwarzen Bildschirm des Computers starrte. Der Fahrer hatte keinen Schimmer.

Wie konnte ein Taxifahrer so etwas nicht wissen? Das Gesicht des Mannes verriet keinerlei Gefühlsregung. Calvinos Blick wanderte zu Thu. Sie hatte zu weinen begonnen.

Er wusste, warum Scott sich über die Brüstung des Lido gebeugt und hinter ihm her gelacht hatte. Wenn es so einfach gewesen wäre, Hatch zu finden, dann hätte Scott das schon vor einer Woche getan. Calvino war mit der Arroganz des Neuankömmlings durch die fremde Stadt getrampelt. Er hatte all die offen zu Tage liegenden Warnzeichen missachtet. Nichts brachte einen schneller in den Schlamassel als das eigene Ego, wenn man in einem fremden Land jemanden aufspüren wollte und dabei alles übersah, was jeder, der hier lebte, längst wusste. Und dann, als er das Scheinwerferpaar aus der Gegenrichtung näher kommen sah, hätte er sich am liebsten in den Hintern getreten, weil er das Offensichtliche nicht schon längst gesehen hatte. Die ganze Zeit, während des Regens und des Feuergefechts, hatten ihm die Tatsachen ins Gesicht gestarrt. Während die beiden Lichter näher kamen, hörte Calvino eine unterdrückte Stimme in seinem Kopf aufschreien: »Ein Hinterhalt, man hat dich in einen Hinterhalt gelockt, und jetzt bist du tot!« Aus der Entfernung sah es so aus, als ob der Wagen direkt auf sie zuhielt.

Er stieß das Mädchen vom Motorrad und mit dem Gesicht voran in den Schlamm. Als er sich über sie warf, zerfetzte die erste Salve automatischen Gewehrfeuers die Brust des Motorradfahrers. Es war kein Auto gewesen, das auf sie zukam, sondern zwei Motorräder, die jetzt an ihnen vorbeischossen und zwanzig Meter entfernt schlendernd kehrtmachten, während Calvino seinen 38er-Police-Special aus dem Halfter zerrte und zwei überhastete Schüsse abgab. Es war finster um sie herum. Der Fahrer lag ein paar Schritte weiter tot am Boden, und das Motorrad war mit dem Scheinwerfer im Schlamm liegen geblieben. Eine weitere Salve Gewehrfeuer brüllte aus der Richtung der anderen Motorräder auf und verstummte dann. Calvino konnte nicht erkennen, wer auf sie schoss. Wer immer es war, er hatte offenbar nur ein neues Magazin in seine automatische Waffe eingelegt, denn das Schießen begann von neuem. Calvino vermutete, dass es ein AK-47 war. Ein halbes Magazin davon hatte seinen Fahrer in zwei Hälften zerrissen. Egal, was man in Film und Fernsehen zu sehen bekommt, niemand, kein einzelner Mann, hat mit einem 38er-Police-Special genügend Feuerkraft, um jemanden aufzuhalten, der mit einem M-16 oder einem AK-47 bewaffnet ist. Das einzige Ergebnis seines Gegenfeuers war, dass er seine Stellung verraten hatte. Ein weiterer idiotischer Fehler. Zwei Fehler in seiner allerersten Nacht in Phnom Penh. Gleich würden sie kommen, um ihm den Rest zu geben. Das wars dann, dachte er. In einer dreckigen Gasse in Phnom Penh totgeschossen. Kaum hatte er angefangen, sich mit dem Unvermeidlichen abzufinden, als weitere Schüsse durch die Nacht hallten. Das Feuer kam von einer Stelle, die schräg hinter den Angreifern lag.

Ein starker Suchscheinwerfer durchschnitt die Dunkelheit und tauchte die Straße in gleißendes Licht. Es war so schnell vorbei, wie es begonnen hatte. Das platschende Geräusch rennender Füße im Schlamm. Dunkle Schatten, die sich an den Rändern des Lichtkegels bewegten. Jemand kniete sich neben ihnen nieder. Drei der Angreifer lagen tot auf der Straße. Krächzende Wortfetzen aus Walkie-Talkies durchbrachen die Stille. Lt. Col. Pratt und John Shaw kauerten dreißig Meter entfernt vor einem Land-Cruiser. Mit einem M-16 im Anschlag bewegte Shaw sich vorsichtig auf die auf der Straße liegenden Körper zu und drehte einen davon mit dem Fuß auf den Rücken. Sie waren tot, aber er wollte kein Risiko eingehen. Pratt streckte Calvino die Hand hin und zog ihn aus der schlammigen Pfütze. Calvinos Haare und Gesicht starrten vor Dreck, und seine Kleidung hatte eine schleimigbraune Farbe angenommen. Er sah aus wie ein Schlammringer in der Pause zwischen den Runden. Einer, der nach Punkten zurücklag.

»Weißt du, Vincent, du solltest besser auf dich aufpassen.«

Calvino bückte sich und half Thu auf die Füße. Sie klapperte mit den Zähnen und klammerte sich mit Armen und Beinen an Calvino, als wolle sie ihn nie wieder loslassen.

»Das ist eine Freundin von mir«, sagte Calvino, während er Thu zum Land-Cruiser führte. »Thu, das ist Pratt. Thu ist Vietnamesin. Manchmal spricht sie Englisch, aber man kann sich nicht darauf verlassen. Ich hoffe, es hat einfach nur ein Missverständnis gegeben.«

»Wolltest du gerade Selbstmord begehen?«, fragte Pratt.

»Nicht ernsthaft. War nur ein Probelauf.«

»Das war eine ziemliche Dummheit, Vincent.«

Das Mädchen legte seinen Kopf in Calvinos Halsbeuge. Sie hatte noch kein Wort gesagt. Nur die Leichen angestarrt. Als wäre sie von etwas eingeholt worden, das sie zu vergessen versucht hatte.

»Fat Stuarts Mädchen. Kaum zu glauben, was?«, sagte Calvino.

»Du und Fat Stuart. Da bekommt sie ja den richtigen Eindruck von Farangs«, sagte Pratt.

Sie wateten über die unbefestigte Straße, die bis zu halber Kniehöhe unter Wasser stand. Als sie den Land-Cruiser erreichten, hatte Thu zu weinen begonnen. Der Schock hatte nachgelassen, und Erschöpfung, Hass und Furcht überfielen sie alle auf einmal. Dann verlor sie das Bewusstsein. Calvino fing sie auf, bevor sie zu Boden fiel. Das Wasser stand hier tief genug, dass man nicht mehr zu sehen war, wenn man auf den Grund sank. Das war die schlimmste Begleiterscheinung der Überschwemmungen – wenn das Wasser wieder zurückwich, hinterließ es jede erdenkliche Art von Rückständen. Plastikflaschen, Zeitungen, Treibholz und aufgeblähte, steife Körper.

»Vielleicht habe ich im Lido vergessen zu erwähnen, dass Phnom Penh nach Einbruch der Dunkelheit nicht gerade gastfreundlich ist. Es ist nicht wie in Dublin. Man muss auf der Hut sein. Eigentlich sollte man außer in Notfällen überhaupt nicht auf die Straße gehen.«

Shaw hatte soeben drei Menschen getötet. Ihre Leichen trieben halb untergetaucht in den Fluten, aber er sprach mit dem Mitgefühl eines Priesters, als wäre überhaupt nichts Ungewöhnliches vorgefallen.

»Calvino zieht Notfälle regelrecht an«, meinte Pratt.

Calvinos Blick wanderte von den beiden Männern zu dem Mädchen in seinen Armen.

»Ich würde gerne sagen, es hätte auch schlimmer kommen können. Aber ich bin nicht sicher, ob das stimmt«, sagte er.

»Es hätte verdammt viel schlimmer kommen können, Freundchen. Sie und das Mädchen könnten tot sein«, bemerkte Shaw. »Und wir müssten dann ein paar verdammt unangenehme Fragen beantworten. Zum Beispiel, warum ein enger Freund von Pratt während unserer Schicht getötet wurde.« Er öffnete die Tür des Land-Cruiser.

»Es gab eine Schießerei in der Nähe des Lido«, sagte Calvino. Vorsichtig hob er Thu in den Wagen.

Pratt leuchtete ihr mit einer Taschenlampe in die Augen.

»Sie kommt wieder in Ordnung«, sagte er.

Langsam rollten sie davon. Calvino saß auf dem Rücksitz und hielt Thu in den Armen. Shaw brach das Schweigen.

»Vor sechs Monaten hat so ein Typ einen Kontrollpunkt überfahren, und die kambodschanische Polizei hat ihn über den Haufen geschossen«, sagte er. »Eine schöne Sauerei. Ich musste ihnen klarmachen, dass man nicht gleich jemanden erschießen darf, weil er an einer Straßensperre nicht anhält. Es ist schwierig, das jemandem in Phnom Penh begreiflich zu machen. Wir haben ihnen beigebracht, in die Luft zu schießen, wenn jemand nicht anhält. Inzwischen tun sie das auch. Fahrer und Insassen knallen sie erst anschließend ab. Das nennt man Fortschritt.«

»Vincent, du hast heute ein großartiges Abendessen verpasst«, sagte Pratt auf dem Beifahrersitz. »Ich habe Ravi Singh gesagt, dass du dich nicht wohl fühlst. Es freut mich, dass du mich nicht Lügen gestraft hast.«

Shaw warf Calvino im Rückspiegel einen Blick zu. Calvino erkannte den Ausdruck in seinen Augen: fragend, ein wenig zornig und misstrauisch. Er sah einen Mann an, der eigentlich hätte tot sein müssen.

»Ich gebe besser einen Bericht durch«, sagte Shaw und griff zum Mikrophon seines Funkgeräts. »Hallo? Zwei Kilometer östlich vom Hauptmarkt hat es eine Bandenschießerei gegeben. Vier Tote. Bitte verständigen Sie die örtliche Polizei. Und sehen Sie zu, dass die Leichen vor Morgengrauen verschwunden sind. Sie wissen ja, wie sehr es die Khmer hassen, am Morgen Leichen auf der Straße zu finden.«

Aus dem Funkgerät kam eine krächzende Bestätigung, und Shaw hängte den Hörer wieder in die Gabel. Eine Weile fuhren sie schweigend dahin, begleitet nur vom Geräusch der Scheibenwischer. Calvino merkte, dass ihm Schlamm von der Nase tropfte. Er warf einen Blick auf Thu, die wieder zu Bewusstsein kam und mit hängendem Kopf vor sich hin hustete. Bisher war alles, was er in Phnom Penh angefangen hatte, gründlich schief gegangen. Hilflos saß er auf dem Rücksitz des Land-Cruisers und wünschte, er hätte Pattens Auftrag niemals angenommen. In Bangkok hatte alles so einfach geklungen. Mike Hatch aufstöbern, das Geld abliefern und zurück nach Bangkok. Vierundzwanzig Stunden Arbeit für fünf Riesen. Aber wenige Dinge im Leben funktionierten wie geplant. Das Leben war kein Film, in dem alle Mitspieler das Drehbuch im Voraus kannten. Meistens irrte das Leben so dahin, geriet irgendwann außer Tritt, stolperte und fiel mit dem Gesicht voran in den Dreck. Und nach einem kurzen Halt rappelte es sich wieder auf und hinterließ ein paar Überreste, die neben der Straße begraben wurden. Calvino dachte an die Toten, die sie zurückgelassen hatten. Vor ein paar Stunden hatten sie noch getrunken, gelacht und Zukunftspläne geschmiedet. Aber für sie gab es keine Zukunft mehr.

Sie waren Geschichte. Und wie in der Geschichte Kambodschas üblich, bereits vergessen, als sie im Schlamm ihr Leben ließen.

Ein paar Minuten später zog Shaw den Land-Cruiser auf den Gehsteig vor dem Monorom-Hotel. Thu war wieder voll bei Bewusstsein und klammerte sich an Calvinos Arm, als wollte sie ihn nie wieder loslassen.

»Du hast mir das Leben gerettet«, flüsterte sie.

»Ich dachte, du kannst kein Englisch«, flüsterte er zurück.

»Nur ein bisschen«, sagte sie, als er sie aus dem Wagen hob und in die Lobby des Monorom trug. Englisch war mit dem Bewusstsein verknüpft, und das kam und ging wie in einem Traum oder Albtraum.

An der Rezeption saß eine Frau. Sie richtete den Blick auf Calvino, der vor Schlamm triefte und eine vietnamesische Prostituierte vor sich her trug. Hinter ihm folgten Shaw mit seinem UN-Barett und Lt. Col. Pratt in Zivil und unterhielten sich angelegentlich, als wären Calvino und das Mädchen ein ganz alltäglicher Anblick.

»Zimmer 305«, sagte Calvino, als er die Rezeption erreicht hatte.

»Mr. Calvino?«

»Ich bin von einer Honda gefallen«, meinte er.

Sie starrte ihn an, dann musterte sie Thu, mit ihren nassen und zerwühlten Haaren, von Kopf bis Fuß. Ihr Gesichtsausdruck veränderte sich nicht, verriet mit keiner Miene, was sie dachte. Thu klammerte sich an Calvino und hielt den Blick gesenkt. Sie sprach kein Wort.

»Wir sind beide runtergefallen«, ergänzte Calvino, der dem Blick der Rezeptionistin gefolgt war.

Er war im Dreck gelandet, und er war auf einer Honda gefahren, aber das war natürlich nur die halbe Geschichte. Die Rezeptionistin holte Calvinos Zimmerschlüssel, sorgfältig darauf bedacht, seine schmutzige Hand nicht zu berühren. Im letzten Moment zögerte sie, aber bevor sie etwas sagen konnte, trat Pratt neben Calvino und sagte: »Den nehme ich. Und bitte geben Sie mir auch gleich den Schlüssel für Zimmer 405.«

»Dann bis morgen«, sagte Calvino und wandte sich zum Aufzug.

Shaw trat ihm in den Weg.

»Nichts für ungut«, sagte er. »Sie schwimmen da in einem Teich, der ein paar sehr eigenartige Lebensformen hervorgebracht hat. Ich habe sie unter dem Mikroskop beobachtet. Aber nichts, was eine heiße Dusche nicht wegspülen könnte. Ich komme morgen vorbei, um Sie abzuholen. Sagen wir acht Uhr, wenn Ihnen das recht ist?«

Jetzt fing dieser irische Bulle auch noch an, seinen nächsten Morgen zu verplanen. Aber schließlich hatte der Mann ihm das Leben gerettet.

»Acht wird ein bisschen knapp«, meinte Calvino. »Sagen wir neun.« Immer noch triefnass stieg er mit Thu in den Aufzug. Während sich die Türen hinter ihnen schlossen, sah er, wie sich ein schiefes Lächeln auf Shaws Gesicht stahl. Pratt trat neben ihn. Die beiden wirkten, als hätten sie noch eine Menge zu bereden.

Calvino stand unter der Dusche und ließ sich das heiße Wasser direkt ins Gesicht prasseln. Der Strahl wusch über ihn hinweg wie Wellen, die auf den Strand laufen. Er hatte die Augen geschlossen und öffnete sie erst, als Thu zu ihm unter die Dusche schlüpfte. Sie schlang ihm die Arme um die Taille und legte ihr Gesicht an seine Brust. Er wollte sich ihr entziehen, aber sie hielt ihn fest. Mit weit aufgerissenen Augen sah sie zu ihm auf, während ihr das Wasser über die Haare strömte und sie in einen dichten schwarzen Pelz verwandelte. Sie hatte vorher schon fünfzehn Minuten lang geduscht, Calvino dann aber das Bad überlassen, als er an die Tür klopfte. Jetzt war sie zurück, und er konnte nicht unterscheiden, ob sie lachte oder weinte. Die Lippen in ihrem feuchten Gesicht waren zurückgezogen und entblößten die Zähne. Sie war fast noch eine Fremde für ihn, und er vermochte ihren Gesichtsausdruck nicht zu deuten. Dass sie gemeinsam dem Tod so nahe gewesen waren, hatte die üblichen Vorspiele der sexuellen Vereinigung ersetzt und ein Gefühl zwischen ihnen erzeugt, das einer echten Beziehung nahe kam. Nichts beseitigt Fremdheit schneller als gemeinsam durchlebte Todesgefahr. Aber er konnte die Botschaft in ihrem Gesicht und in ihrem Körper nicht entziffern. Er spürte, wie sie zitterte. Er schwankte auf einem Grat, wo er entweder seinen Empfindungen nachgeben oder sich zurückziehen musste. Schließlich entschied er, dass es Zeit war, zum Geschäft zu kommen.

»Hast du schon einmal mit Fat Stuart geduscht? Einem großen Franzosen aus Kanada?« Durch das Wasser, das ihr übers Gesicht lief, sah er denselben leeren Blick, den sie ihm schon auf dem Motorrad zugeworfen hatte. »Großer Bauch«, sagte er und machte eine entsprechende Geste, aber sie reagierte nicht. Egal. Calvino konnte sich die Frage selbst beantworten, auch ohne Thus Bestätigung. In der Dusche von Zimmer 305 im Monorom-Hotel hatte höchstens Fat Stuart allein Platz gehabt, aber niemand sonst. Er war nicht einmal sicher, dass Fat Stuart hier in einem Stück hätte duschen können.

»Ich bin Frühaufsteher«, flüsterte er ihr ins Ohr und stellte das Wasser ab.

Sie standen noch eine ganze Weile tropfend in der Duschkabine, hielten sich gegenseitig fest und dachten, was für ein Wunder es war, am Leben zu sein. Dass sie jetzt hier nackt beieinander standen, sauber und in Sicherheit, hoch über den tödlichen Gefahren der Straße. Weder Sex noch Drogen konnten einem ein auch nur annähernd vergleichbares Hochgefühl verschaffen.

Im Schlafzimmer setzte sich Calvino, das Handtuch um die Hüfte geschlungen, auf die Bettkante. Sein Schulterhalfter und der 38er-Police-Special hingen über dem Bettpfosten.

Sie schenkte sich ein Glas Mekong ein und blieb dann, in ihr Handtuch gehüllt, vor ihm stehen. Die Maske und das Make-up der Hure waren in der Dusche zurückgeblieben. Calvino sah, dass sie ihm nichts vormachen wollte.

»Du hast mir heute Nacht das Leben gerettet«, sagte sie.

»Nein, meine Freunde haben dir das Leben gerettet. Ich habe dich in Gefahr gebracht«, erwiderte er. Wenn es darum ging, sich Verdienste zu erwerben und Verpflichtungen einzufordern, wurde es immer problematisch. Sie redete sich da etwas ein. Aber was zählte es, was sie gerne glauben wollte?

Sie schüttelte den Kopf. Trank einen kleinen Schluck von ihrem Mekong und erschauderte.

»Bevor sie gekommen sind. Du hast mich gerettet. Die Roten Khmer hassen uns. Sie bringen alle Vietnamesen um.«

Auf die Entfernung, mit den nassen schwarzen Haaren, die ihr glatt auf die Schultern fielen, hatte sie wie Anfang zwanzig ausgesehen. Jetzt stand sie am Rande des Lichtkegels der Nachttischlampe und ließ das Handtuch über ihre Hüften heruntergleiten, hielt aber ihre Beine bedeckt. Unter der Dusche hatte er sie nicht so genau betrachten können. Aber jetzt, als Calvino den Körper unter dem Handtuch erblickte, hätte er weinen mögen. Sie trug viel zu viele Narben für eine Frau in den Zwanzigern. Nach Barmädchenjahren gerechnet war sie älter als der Fliegende Holländer. Ihre Narben zu zählen, war so, wie die Jahresringe eines Baumstamms zu zählen. Ihr Körper enthüllte, was ihr Gesicht verdeckt hatte – sie war eine Frau in den Dreißigern, an der das Leben in den Frontregionen eines Kriegsgebietes seine Spuren hinterlassen hatte.

Ihr Bauch war von einem Muster breiter Narben überzogen, wie Schwangerschaftsstreifen – als hätte ihr jemand einen fleischfarbenen Kordstoff aufgenäht. Calvino zog ihr das Handtuch von den Beinen. Um einen Fußknöchel hatte sie aufgeschwollene rote Striemen. Auf der anderen Seite sah die Haut aus, als hätte sie Blasen geworfen, als wäre sie in einer höllischen Hitze geschmolzen und beim Abkühlen zu einer roten Kraterlandschaft erstarrt, voller zerklüfteter Schluchten und Spalten.

»Napalm«, sagte sie. »Ich bin Achtundsechzig verbrannt worden. Da war ich sechs. Ist schon lange her. Aber ich lebe noch. Denkst du, ich bin hässlich?«

Calvino wandte den Blick ab.

»Nein, du bist nicht hässlich.« Es war ihm Ernst. Sein Abwenden hatte nichts mit dem Anblick ihres Körpers zu tun, sondern mit seinen Empfindungen. Manche Frauen gingen einem Mann unter die Haut. Nicht so, wie sie glaubten, aber sie konnten einen Weg direkt zu seinem Herzen finden. Das hatte Thu gerade getan.

Er vermochte vielleicht nicht in ihrem Gesicht zu lesen, aber ihr Körper war ein offenes Buch mit einer Geschichte voller Leiden, die in vielen Kapiteln von ihren Füßen bis zu ihrem Bauch reichte. Leid war etwas Relatives. Irgendwann überschritt es eine bestimmte Schwelle, und dann ging es nur noch ums Überleben. Es war die Grenze zwischen unglücklich sein und am Leben bleiben. Thu kannte sie, dachte Calvino. Irgendwann auf ihrem Weg hatte sie anscheinend eine Zeit im Gefängnis verbracht. Sie hatte in ihrer Kindheit erlebt, wie Feuerbomben vom Himmel regneten. Und sie war am Leben geblieben. In dieser Nacht hatte sie wieder einmal überlebt. Und als Überlebende sah sie in Calvino nicht mehr nur den Kunden, sondern jemanden, der Zeuge ihres bevorstehenden Todes geworden war und sie vom Abgrund zurückgerissen hatte. Thu streckte die Hand aus und drehte Calvinos Gesicht zu sich.

»Du weinst um Thu?«, fragte sie und starrte ungläubig auf die Feuchte seiner Tränen an ihrer Hand. »Niemand hat je um Thu geweint«, sagte sie ohne Trauer oder Selbstmitleid. Sie stellte einfach eine Tatsache fest.

»Ja, ich weine«, sagte er und berührte ihre Napalmnarben. »Auch deswegen.« Seine Finger strichen über ihren Bauch.

»Dafür nicht weinen«, sagte sie und klopfte sich auf den Bauch. »Das war mein Baby. Deswegen bin ich nicht traurig. Ich bin nur traurig, wenn du denkst, dass Thu ein hässliches Mädchen ist.«

Ihre Hand glitt über seine Wange. Es war eine Geste voller Zärtlichkeit, ohne sexuellen Anklang. Die Geste einer Überlebenden, die Hass und Gewalt kennen gelernt hatte. Sie war in Vietnam auf der Flucht gewesen und auch in Kambodscha eine Verfolgte geblieben. Er drückte fest ihre Hand, dann nahm er das Handtuch und legte es ihr um die Schultern. Es gab noch andere Narben, die man nicht auf der Haut trug, sondern tief drinnen. Narben, die in der Nacht durch Albträume kreischten. Die meisten der vietnamesischen Mädchen im Lido waren älter, als sie aussahen – sie hatten ein Leben gegen ein anderes getauscht.

»Ich mache dich glücklich«, sagte sie.

»Du möchtest mich glücklich machen?«

Sie nickte.

»Erinnerst du dich an dieses Zimmer?«

Sie sah sich um, und ein paar Falten traten auf ihre Stirn, als versuche sie zu begreifen, was an diesem Raum für Calvino so besonders war.

»Erinnerst du dich an ihn?«, fragte Calvino und zeigte ihr ein Foto von Fat Stuart.

Sie betrachtete schweigend das Bild. »Er ist ein sehr schlechter Mensch«, sagte sie und gab ihm das Foto zurück.

»Du hast wenigstens gute Menschenkenntnis«, meinte Calvino. »Und sein Freund? Mike Hatch? Erinnerst du dich an den?«

»Er ist auch ein schlechter Mensch«, antwortete Thu. »Warum fragst du mich nach diesen schlechten Menschen?«

»Warum sind sie schlecht?«, fragte Calvino.

Das brachte sie zum Lachen. »Sie unterstützen die Roten Khmer. Geben ihnen Geld.«

»Geld wofür, Thu?« Er zog sie zu sich aufs Bett und setzte sich mit untergeschlagenen Beinen neben sie. »Für AKs«, sagte sie.

»Woher weißt du das?«

Sie blinzelte und legte den Kopf schief.

»Willst du mich glücklich machen?«, fragte er schnell.

Sie nickte. »Dann sag mir, woher du von den Waffen weißt.«

»Kann ich heute Nacht bei dir bleiben? Ich habe Angst heimzugehen.« Einen Augenblick lang glomm tiefe Furcht in ihren Augen auf. Sie sah zum Fenster.

»Natürlich kannst du bleiben.«

Ein Stockwerk höher erklang der tragende, weiche Ton von Pratts Tenorsaxofon. Calvino lauschte der Musik. Thu lehnte ihren Kopf an seine Schulter und ließ die Beine über die Bettkante baumeln. Im Jazz lag Trost. Er war eine Erfindung der Verwundeten und Ausgestoßenen Amerikas, Menschen schwarzer Hautfarbe, die den Klang von Tränen in Musik gefasst hatten. Pratt zuzuhören, war, als schwebte man in einer Regenwolke. Oder wäre zur Gebetsstunde in einem Schlachthaus, dachte Calvino. Pratt hatte nicht schlafen können. Deshalb hatte er das Saxofon ausgepackt und getan, was er am liebsten tat in einer tintenschwarzen Nacht voller Regen und Zweifel.

»Kannst du mir etwas über die AKs erzählen?«, fragte Calvino.

Sie lächelte, entspannte sich ein wenig und hob den Kopf lange genug von seiner Schulter, um sich eine Zigarette anzuzünden. Sie ließ das Feuerzeug noch eine Sekunde lang brennen, und die Flamme tanzte in ihren braunen Augen im Rhythmus der Jazzmusik. Dann erlosch das flackernde Licht, und sie sog den Rauch tief in die Lungen. Sie nahm die Zigarette aus dem Mund und neigte ihren Kopf zu ihm, bis ihre Stirn die seine berührte. Sie zitterte.

»Dein Freund Richard, er hat mir davon erzählt. Ob es stimmt? Ich weiß nicht. Vielleicht hat er sich lustig gemacht«, sagte sie. Sie wich ein Stück zurück, sodass sie ihm in die Augen sehen konnte.

»Thu, weißt du, wo ich Mike Hatch finden kann?«

Sie ballte die Hände zu Fäusten, und er sah, dass die Muskulatur auf ihren bloßen Unterarmen gut entwickelt war. Sie war eine kräftige Frau, an körperliche Arbeit gewöhnt.

»In der Hölle«, sagte sie.

»Ist er tot?«

»Solche wie er sterben nicht so leicht.«

»Wie oft warst du mit Mike zusammen?«

Statt einer Antwort hielt sie zwei Finger in die Höhe, dann drei, vier und schließlich alle fünf.

»Wo hat er dich hingebracht?«

»Hotel.«

»Sein Apartment?«

»Nein. Wollte er nicht. Vielleicht aus Angst, dass ich dann weiß, wo er wohnt.«

Der Klang der Wahrheit. Calvinos Gesetz: Gib nie einer Prostituierten deine Adresse, wenn du in Phnom Penh Waffen schmuggelst.

»Heute Abend auf dem Motorrad, was hast du zu dem Fahrer gesagt?«

Sie lachte. »Gar nichts. Ich spreche nicht Khmer. Er ist einfach immer weiter gefahren. Er hat die AKs beim Lido gehört und wollte nur noch weg. Er wusste nicht, wohin. Er hatte Angst.«

Als Calvino den Fahrer zuletzt gesehen hatte, steckten seine Beine im schlammbedeckten Wrack der Honda fest, und sein Gesicht trieb halb untergetaucht in den Fluten. Die AK-47 hatten ihn regelrecht in Stücke gerissen. Seine Arme schwammen ausgebreitet im Wasser, und eine große Luftblase war in seinem Hemd aufgestiegen, sodass es aussah, als hätte er einen Buckel. Der Fahrer war erst seit ein paar Minuten tot gewesen, aber sein im Wrack festhängender Körper wirkte bereits aufgetrieben.

»Der Fahrer wusste nicht, wo er hinwollte?«, fragte Calvino.

Ihre bloßen Schultern zuckten, als wollte sie sagen: »Wer zum Teufel weiß schon in Phnom Penh nach Mitternacht, wo er hinwill?« Aber dann sagte sie etwas ganz anderes.

»Meine Freundin, sie kommt aus Saigon wie ich, sie kennt Mikes Wohnung«, enthüllte sie. »Sie schneidet ihm die Haare. Sie kommt zu ihm nach Hause und bumst Mike, nachdem sie ihm die Haare geschnitten hat.«

»Kein Scheiß, Thu?«

»Du hast mir das Leben gerettet. Deshalb erzähl ich dir das.« Ihre Stimme klang gemessen, und sie schnippte nachdenklich zwei Zentimeter Zigarettenasche in einen Aschenbecher.

»Bringst du mich morgen zu deiner Freundin?«, fragte er.

Sie inhalierte tief und behielt den Rauch in der Lunge, während sie über Calvinos Bitte nachdachte. Die Rädchen drehten sich. Es war immer ein Risiko, jemandem einen Gefallen zu tun, eine Freundin einem Fremden auszuliefern. Einem Fremden, der hinter einem Waffenschmuggler her war. Einem Fremden, der ihr das Leben gerettet hatte.

»Gut, ich frage sie. Wenn sie ja sagt, bringe ich dich zu ihr.«

Sie legte sich in die Kissen zurück. Pratts Tenorsaxofon klang weich und schmelzend wie eine Kerzenflamme, die sanfte Schatten auf die Wände der Seele warf. Innerhalb von wenigen Minuten war Thu fest eingeschlafen. Calvino nahm ihr die Zigarette aus den Fingern und drückte sie im Aschenbecher aus. Er löschte das Licht.

Dann streckte er sich auf dem Bett aus und dachte, dass das immerhin ein Anfang war. Seine erste Nacht in Phnom Penh. Er war noch keine vierundzwanzig Stunden in Kambodscha, und schon beschlich ihn dieses Gefühl von Einsamkeit. Ein Gefühl, das aus der instinktiven Erkenntnis geboren war, an einem Ort gelandet zu sein, wo Trost und

Mitleid Fremdwörter waren. Es war ein schmerzliches Gefühl. Eine Art von Schmerz, die man mit Mekong für eine Nacht kurieren konnte. Der letzte Funke von Thus Zigarette verglimmte im Aschenbecher. Es war sehr spät. Als er endlich einschlief, war Pratts Saxofon verstummt.

Er wusste nur noch, dass eine Frau verzweifelt geschrien hatte, als er aus seinem Albtraum erwachte. Aber es war kein Traum gewesen. Er lag hellwach in seinem Hotelzimmer in Phnom Penh, und die Frau neben ihm im Bett hatte sich aufgesetzt und schrie aus vollem Hals in einer Sprache, die er nicht verstand. Er legte die Arme um sie und zog sie an sich. Er kannte das vietnamesische Wort für Albtraum nicht, aber das war auch nicht so wichtig. Ihre Schreie verebbten langsam, während er sie festhielt und ihr durchs Haar strich. Danach hatte sie Angst, die Augen wieder zu schließen. In der Dunkelheit der Nacht lauerten Bilder darauf, dass das Bewusstsein sich abschaltete. Bilder von bewaffneten Männern. Bilder von Feuer, das vom Himmel fiel. Bilder von Leichen im Schlamm. Er sagte ihr, dass alles gut sei, und sie wollte ihm gerne glauben. Aber sie hatte schon vor langer Zeit aufgehört, jemandem zu glauben.

6

Das UNTAC-Hauptquartier

Calvino beugte sich über das Balkongeländer seines Hotelzimmers und beobachtete die Leute auf der Straße. Über Nacht war die Überschwemmung zurückgegangen und hatte eine Spur von Ablagerungen zurückgelassen, die die Farbe von unter tropischer Sonne knochentrocken gedörrter Hundekacke hatten. Die Straßen von Phnom Penh sahen aus und rochen wie eine Badewanne, in der sich eine ganze Belegschaft Kohlebergleute getummelt hatte. Die Nebenstraßen waren nur noch verschlammte Fahrspuren, deren Schlaglöcher zu einem abgelegenen Dorf im Hinterland gepasst hätten. Thu hatte sich schnell angezogen, und als er sich umdrehte, stand sie hinter ihm. Sie umklammerte unsicher ihre Tasche und trat vom einen Bein aufs andere – sie wollte gehen. Und sie wartete auf seine Erlaubnis.

Er begleitete sie in die Lobby und sah ihr nach, während sie durch die Tür auf die Straße trat. Fragte sich, ob er sie je wiedersehen würde. Sie hatte sich nicht verabschiedet. Der Morgen danach brachte einen starken Fluchtreflex, wenn Kunde und Mädchen sich im harschen Sonnenlicht gegenüberstanden. Außerhalb der Schatten, ohne den Einfluss des Alkohols war die Verbindung der vergangenen Nacht unterbrochen. Es schien fast, als wären Hinterhalt und Tod völlig anderen Menschen zugestoßen, in einem anderen Leben. Er blieb im Eingang stehen, bis er sie nicht mehr sehen konnte. Dann machte er sich auf den Weg zum Hotelrestaurant. Shaw saß an einem Tisch und las eine Zeitung aus Bangkok. Er war die Freundlichkeit selbst, in seinen blauen Shorts, Turnschuhen und einem hellblauen Hemd mit blauen Epauletten auf den Schultern. Sein Funkgerät lag auf dem Tisch. Er hatte zugesehen, wie Calvino das Mädchen zur Tür brachte. Während er an seinem Kaffee nippte, war ihm nicht entgangen, wie sie beim Abschied einen Moment gezögert hatten. Eine flüchtige Berührung, schweigend.

Als Calvino sich abwandte und auf das Restaurant zuging, hatte Shaw sich bereits wieder hinter seiner Zeitung vergraben. Jetzt musste er nur eine Augenbraue hochziehen, und schon eilte ein Kellner mit einer Tasse dampfenden Kaffees herbei. Calvino setzte sich zu ihm und gähnte.

»Ich hoffe, die zweite Hälfte des Abends war angenehmer als die erste«, begrüßte ihn Shaw.

Calvino trank einen Schluck von seinem Kaffee und schnitt eine Grimasse. Er rührte langsam einen Löffel Milchpulver ein. Dann sah er Shaw an.

»Danke wegen gestern Nacht. Von Rechts wegen müsste ich tot sein …«, sagte er.

»Damit hatte ich nichts zu tun. Es gab eine Schießerei zwischen ein paar Khmer wegen eines Motorrads. Sie haben ja keine Ahnung, wie oft das hier vorkommt. Mein Bericht ist bereits eingereicht. Nur die nackten Fakten. Drei tote Khmer. Die Waffen und Motorräder wurden von der UNTAC-Zivilpolizei beschlagnahmt. Wie ein UNTAC-Sprecher mal gesagt hat: Während des Rückzugs der UNTAC-Kräfte wird es vermehrt zu Gesetzesübertretungen kommen.« Shaw brach ein Stück Baguette ab. »So lautet der offizielle Bericht«, fügte er kauend hinzu. »Sie waren ja nicht dabei. Ich habe den Vorfall untersucht. Punkt. Aus. Probieren Sie doch das Brot. Das ist das einzig Gute, was die Franzosen Kambodscha hinterlassen haben. Stangenweißbrot.«

»Haben Sie Pratt heute Morgen schon gesehen?«, fragte Calvino.

»Er trifft sich im UNTAC-Hauptquartier mit Mr. Singh. Wir können ja zu ihnen gehen, wenn Sie mit Ihrem Kaffee fertig sind. Es sei denn, Sie hätten schon eine andere Verabredung.« Der letzte Satz war ohne jede Ironie gesagt. Shaw war eine Seltenheit – ein ehrlicher Bulle, anständig und außerdem ein Spitzenschütze.

»Ich habe nicht viel aus dem Mädchen herausgebracht, wenn es das ist, was Sie wissen wollen«, sagte Calvino und probierte, ob sein Kaffee jetzt trinkbar war.

»Hätte mich auch überrascht«, meinte Shaw.

Calvino schob den Kaffee von sich.

»Sehen wir nach Pratt«, sagte er.

Shaw zog eine laminierte Plastikkarte mit Anstecknadel aus der Tasche. Es war ein offizieller UNTAC-Presseausweis mit Calvinos Foto darauf. Calvino begutachtete den Ausweis. Anscheinend war er ein Reporter der New York Free Press.

»Die Zeitung gibt es nicht in New York«, sagte Calvino.

»Tatsächlich? Darüber würde ich mir keine Sorgen machen. Ein unbedeutendes Detail. Es ist ein linksgerichtetes Untergrundblatt, falls jemand fragen sollte. Irgendwie schien mir der Name New York Free Press zu Ihnen zu passen«, meinte Shaw, faltete seine Zeitung zusammen und schob sie Calvino hin. Die Schlagzeile lautete: »Kambodschanische Behörden bestreiten Menschenrechtsverletzungen im Gefängnis von Phnom Penh«.

»Eines Tages werde ich einen Weg finden, einen Journalisten ins T-3-Gefängnis einzuschleusen. Wie wärs, melden Sie sich freiwillig? Menschenrechtsverletzung ist ein schwacher Ausdruck für diese Hölle auf Erden.«

»Sie klingen wie ein Priester«, sagte Calvino.

»In jedem Iren steckt etwas von einem Priester. Und genug vom Teufel, um zu wissen, dass man nicht immer gewinnen kann, wenn man sich an die Regeln hält.«

Shaw beglich die Rechnung und stand auf. Er sah, dass Calvino die Zeitung aus Bangkok betrachtete. Auf Seite eins stand ein Artikel, dass saudi-arabische Regierungskreise öffentlich Kritik an den Ermittlungen der thailändischen Polizei in einem lange zurückliegenden Juwelendiebstahl geübt hatten. Es war eine alte Geschichte – zwei Jahre her. Aber alle paar Monate kochte sie wieder hoch. Ein ungelöster Fall, für den niemand die Verantwortung übernehmen wollte; es gab offizielle Dementis, wenn von saudischer Seite wieder einmal der Vorwurf der Vertuschung erhoben und Genugtuung verlangt wurde. Pratt gehörte zur Fraktion derjenigen, die das gestohlene Geschmeide wiederzubeschaffen versuchten – aber einflussreiche Kreise taten alles, um das zu verhindern. Calvino fragte sich, ob Pratt den Artikel gelesen hatte. Und während er Shaw folgte, fragte er sich auch, warum Shaw ihn ins T-3-

Gefängnis locken wollte und warum er dafür gesorgt hatte, dass er den Bericht über den zwei Jahre zurückliegenden Diebstahl der Saudi-Juwelen sah.

Das UNTAC-Hauptquartier lag direkt gegenüber von Wat Phnom. Der Tempel lag auf einem großen Hügel, der sanft in ein grünes Feld abfiel. Der Stupa erhob sich steil in den Himmel und war der Mittelpunkt einer kreisförmigen Anlage. Calvino sah mehrere Mönche, die die in den Hügel eingelassene Steintreppe emporkletterten. Der Wat blickte auf das UNTAC-Hauptquartier hinab oder das Hauptquartier zum Wat empor – je nach Standpunkt, meinte Shaw. Der Eingang zum Hauptquartier war dick mit Sandsäcken geschützt. Dahinter standen ein paar Soldaten neben einem Maschinengewehr. Sie wirkten nicht besonders angespannt, machten aber einen harten, wachsamen Eindruck. Sie behielten die Straße im Auge und sahen sich jeden genau an, der sich dem Eingang näherte. Direkt in ihrem Schussfeld warteten dutzende von Motorradtaxis auf UNTAC-Mitarbeiter.

Shaw erzählte, dass hier vor einer Woche ein kambodschanischer Polizist einen Motorraddieb verfolgt hatte. Der Dieb war direkt auf den Eingang zugefahren. Als der Mann am Maschinengewehr endlich reagierte, sah er den kambodschanischen Polizisten mit gezückter Pistole auf sich zu rasen und glaubte an einen Überraschungsangriff. Er hatte den Polizisten in Stücke geschossen. Der Vorfall trug nicht besonders dazu bei, die Moral der kambodschanischen Polizeitruppe zu heben oder dafür zu sorgen, dass Motorraddiebe intensiver verfolgt wurden.

»Ich kann es der Khmer-Polizei eigentlich nicht vorwerfen, dass sie sich nicht weiter um das Diebstahlproblem kümmert«, sagte Shaw. »Die armen Kerle kriegen nicht mal ihre neun Dollar Gehalt pro Monat ausbezahlt. Also sagen sie, zum Teufel damit. Irgendwie verständlich. Es ist lebensgefährlich, seit die meisten Diebe mit automatischen Waffen herumlaufen. Und dann schießt die UNTAC auch noch einen ihrer Leute über den Haufen. Macht keinen guten Eindruck.«

Als der Land-Cruiser den Kontrollpunkt erreichte, trat einer der

Wachposten vor und hob die Hand. Shaw erkannte er sofort, aber Calvino auf dem Beifahrersitz musterte er lange und misstrauisch.

»Presse«, erklärte Shaw.

Calvino hielt dem Soldaten seinen pinkfarbenen Presseausweis hin. Der Soldat sah ihn sich an, dann salutierte er vor Shaw und winkte sie durch.

»Nach unserer Verabredung sollten Sie vielleicht zur Pressekonferenz gehen. Jetzt, wo Sie Reporter sind, wäre es keine schlechte Idee, sich bei den täglichen Verlautbarungen blicken zu lassen«, meinte Shaw.

Der Land-Cruiser fuhr an einer Reihe einstöckiger Containerbauten vorüber, bevor Shaw gegenüber der Kantine parkte. UNTAC-Soldaten saßen an den Tischen, ließen sich Pfannkuchen und Eier mit Speck schmecken und tranken Kaffee. Shaw ging voraus zum Büro des Operationsleiters der UNTAC-Zivilpolizei. Pratt, Detective Superintendent Singh und einige andere Männer erwarteten sie bereits. Pratt stellte Calvino vor, und ein paar Sekunden sagte niemand etwas, während man sich gegenseitig musterte. Dann brach Pratt das Schweigen.

»Wir haben gerade rekapituliert, was wir über Mike Hatch wissen«, führte er aus. »Er ist in Hell's Kitchen in New York aufgewachsen. Damals war er ein kleiner Strolch von der Straße mit Ohrringen und Pferdeschwanz. Aber hier ist ein neueres Foto von Interpol. Sieh es dir an, Vincent. Ich habe gerade erwähnt, dass du Mike Hatch schon in Bangkok durchleuchtet hast und vielleicht ein paar Informationen beitragen kannst.«

Calvino lächelte und sah auf Hatchs Foto hinab. Er hatte direkt in die Kamera gestarrt und seinen besten »Fick dich selbst«-Blick aufgesetzt. Ein langes, schmales Gesicht mit den Augen eines Junkies, einer Nase, die mehrmals gebrochen schien, und Lippen wie Mick Jagger. Sein schmutzigblondes Haar sah aus, als wäre es wochenlang nicht gewaschen worden. Er trug ein Harley-T-Shirt und hatte sich eine Zigarette hinters Ohr geklemmt. In einem Ohrläppchen hingen drei kleine Diamantohrringe. Calvino fragte sich, ob sie ein Geschenk von Fat Stuart waren. Mike Hatch wirkte wie die schlechte Kopie eines Rockstars. Die anderen im Zimmer beobachteten ihn, während er das Foto betrachtete und es schließlich auf den Schreibtisch des Operationschefs zurücklegte. Aber der hoch gewachsene, elegante Mann hinter dem Schreibtisch beugte sich vor und schob es ihm zu.

»Behalten Sie das, Mr. Calvino«, meinte er. »Vielleicht können Sie es noch brauchen.«

So hatten sie sich das also gedacht. Pratt hatte ihm den Weg bei der UNTAC-Zivilpolizei geebnet, indem er sagte, dass Calvino sich in die Gedankengänge eines Mannes wie Hatch hineinversetzen konnte. Wer, wenn nicht Calvino, der in derselben Stadt unter ganz ähnlichen Umständen aufgewachsen war? Er kannte Pratt gut genug, um zu wissen, dass er seinen Auftritt hier sorgfältig vorbereitet hatte. Außerdem hatte Calvino den Ruf, dass er Leute aufspüren konnte, die nicht gefunden werden wollten, oder? Bis jetzt konnte er zwar keine brandaktuellen Insiderinformationen über Mike Hatch beitragen. Aber schließlich war er ja auch gerade erst in Phnom Penh angekommen. Dem Interpol-Bericht entnahm Calvino lediglich, dass Hatch die typische Karriere eines Farang-Gauners durchlaufen hatte, der sich in Bangkok mit kleinen Betrügereien und zwielichtigen Geschäften über Wasser hielt.

Der Leiter der Operationsabteilung, der Calvino als Robert Burke vorgestellt worden war, war ein Mann Anfang fünfzig. Er hatte knochige Arme, weiße Haare, hohe Wangenknochen und ein Gesicht, aus dem Augen von einem derart hellen Blau leuchteten, wie man es normalerweise nur auf der Kinoleinwand zu sehen bekam. Er war jetzt schon der zweite irische Polizist, der mit dem Fall des »illegalen Waffentransports« zu tun hatte – ein Ausdruck, den Calvino auf einer Mappe auf Burkes Schreibtisch entziffert hatte. Die gemeinsame Anwesenheit von Shaw und Burke vermittelte den Eindruck, dass die irische Polizei die Ermittlungen gegen Hatch und zur Zerschlagung des Waffenschieberrings leitete. In der dreitausendsechshundert Mann starken UNTAC-Polizeitruppe taten nur vierzig Iren Dienst. Wie hoch mochte wohl die Wahrscheinlichkeit sein, dass zwei von ihnen bei derselben Ermittlung aufeinander trafen? Aber Calvino schob den Gedanken beiseite und beschloss, ihn nicht zu erwähnen.

»Mike Hatch ist ein gewöhnlicher kleiner Gauner, der auf der Straße groß geworden ist«, sagte Calvino. »Gefälschte Pässe, gestohlene Kreditkarten und Reiseschecks. Vor einem Jahr hat er geklaute Fernseher, Videorecorder, Faxgeräte und so ziemlich alles, was mit Elektronik zu tun hat, auf der Sukhumvit Road an Ausländer verhökert. Etliches von dem Zeug stammte vom Hafen von Klong Toey, der Rest wurde am Don-Muang-Flughafen unterschlagen. Hatch ist der Typ, der sein ganzes Leben nichts anderes getan hat als zu stehlen. Ich bin mit Kerlen wie ihm groß geworden. Das Stehlen liegt ihnen im Blut. Sie saugen es mit der Muttermilch auf. Sie sind ewig pleite. Das liegt an der Umgebung. Aber ich schätze, dass Hatch am Ende der Boden unter den Füßen zu heiß geworden ist – er war mit der Miete im Rückstand.«

Jetzt hatte er ihre ungeteilte Aufmerksamkeit. Er nahm den Bericht von Interpol und blätterte ihn durch. Schlampig, dachte er. Die Jungs hatten einen Teil der Geschichte recherchiert. Aber sie hatten so viel ausgelassen, dass der Bericht wie *Hamlet* ohne die letzten beiden Akte klang.

»Ist das alles, was Sie über Hatch wissen?«, fragte Robert Burke.

Calvino wechselte einen Blick mit Pratt.

»Ein paar Dinge habe ich schon noch aufgeschnappt.«

»Zum Beispiel?«, wollte Burke wissen.

»Sagen wir mal, vielleicht hat sein chinesischer Vermieter sich mit einem Zweitschlüssel Zutritt zu Hatchs Zimmer verschafft und dort ein Dutzend Mikrowellen, eine Kiste voller Sony-Walkmen, mehrere Blanko-Flugtickets und ein paar Pässe vorgefunden – amerikanische, kanadische und japanische. Und es kam, wie es kommen musste. Der Vermieter benachrichtigte nicht die Polizei, sondern nahm sich Hatch persönlich vor. Er erklärte sich zu seinem Partner und verlangte neunzig Prozent der Einnahmen für sich selbst, würde ich sagen. Also veranstaltete Hatch einen Ausverkauf – machte innerhalb von achtundvierzig Stunden so viel zu Geld, wie er konnte, nahm einen der falschen Pässe, füllte einen der Blanko-Flugscheine aus und flog nach Phnom Penh. Er ist seit vier, fünf Monaten nicht mehr in Bangkok gesehen worden. Was die Kriminalitätsrate ungefähr halbiert haben dürfte.«

»AK-47 sind eine andere Klasse als Mikrowellen«, meinte Ravi Singh.

»Für einen Gauner wie Hatch sind das Waren wie alle anderen. Wo liegt der Markt? Was kann man schnell verkaufen? AKs sind auch nur etwas, das man stehlen und mit Profit verscherbeln kann.«

»Ein Mann ohne Skrupel«, sagte Robert Burke. Als höchstrangiger Offizier im Raum und Leiter der Operation war es kaum verwunderlich, dass er eine moralisch überlegene Position gegenüber einem Gauner wie Hatch einnahm.

»Warum ist er dauernd pleite?«, wollte Shaw wissen.

Calvino verstand langsam, warum es zwischen Polizisten und Ganoven zu keiner Verständigung kommen konnte. Zwischen beiden lag eine Kluft so tief und breit wie zwischen zwei unterschiedlichen Kulturen. »Wenn Hatch einen Coup gelandet hat, geht er danach schnurstracks nach Patpong und schmeißt Lokalrunden in ein paar Bars voller Freier, dann zieht er weiter in die Privatclubs, kauft sich ein paar teure Mädchen, mietet eine Hotelsuite und bestellt Delikatessen und Schnaps beim Zimmerservice. Und vierundzwanzig Stunden später kann er sich seine Zimmermiete in irgendeinem heruntergekommenen Loch nicht mehr leisten. Aber in diesen vierundzwanzig Stunden ist er Gott. Er genießt Aufmerksamkeit. Er steht im Mittelpunkt. Mike Hatch, der Mann des Tages. Er ist wie ein Filmstar, von Frauen umschwärmt. Die Leute klopfen ihm auf die Schulter. Da denkt man nicht daran, für die Rente zu sparen. Er stiehlt, um seine Sucht nach Starruhm zu finanzieren.«

Nach ein paar Minuten hatte sich die Atmosphäre gelockert. Die anfängliche Zurückhaltung war gewichen, und die UNTAC-Zivilpolizisten warfen sich Blicke zu, als wollten sie sagen, dass der thailändische Polizist Recht gehabt hatte – Calvino schien in Ordnung zu sein.

»Möglicherweise ist der Schmuggel der AK-47 nur eine von mehreren Unternehmungen. Unser Mr. Hatch scheint ja ein krimineller Hansdampf in allen Gassen zu sein«, sagte Robert Burke im förmlichen Ton des Operationsleiters.

Daran hatte Calvino auch schon gedacht.

»Hatch ist vermutlich nur ein Frontmann«, sagte Pratt.

»Die Fassade für den kriminellen Kopf des Ganzen, der unerkannt im Hintergrund agiert und Hatch und seinesgleichen für die Schmutzarbeit benutzt. Hatch ist wie ein Frontsoldat in einer kriminellen Armee. Der, der im Kugelhagel steht. Der in den Knast geht. Dieser Bericht erwähnt nicht, dass Hatch und L'Blanc eine Zeit lang gemeinsam gesessen haben. Schlamperei. Ein paar Monate in einem Gefängnis in Bangkok. Ich frage mich, wie diese Information verloren gehen konnte?«, meinte Calvino.

Pratt fühlte Ärger in sich aufwallen. Irgendwer in seiner Abteilung hatte den Bericht manipuliert. Calvino hatte Recht. Aber Calvino wusste nicht, wie weit diese Leute gehen würden, um jeden zum Schweigen zu bringen, der versuchte, Fat Stuart L'Blanc mit ihnen oder ihren Freunden in Verbindung zu bringen.

Calvinos Gesetz lautete: Es gibt immer genügend Beweise, um den Frontmann hinter Gitter zu bringen, aber niemals, um die Hintermänner zu belangen. So funktionierte das System. Die oben behielten ihren Reichtum, ihre Freiheit und ihren Einfluss. Und die unten? Sie waren wie Papierfiguren in einem Wirbelsturm. Sie wussten nie, wo es sie hinblies oder ob sie in tausend Fetzen zerrissen wurden. Sie waren so entbehrlich wie eine alternde Amme. Sie erreichten nie ganz den Status von menschlichen Wesen. Der blieb den Hintermännern vorbehalten.

»Das ist genau der Grund, warum wir hier zusammengekommen sind, Mr. Calvino«, sagte Robert Burke. »Weil wir des Hintermannes oder der Hintermänner habhaft werden wollen, die diese Unternehmung so geschickt eingefädelt haben. Der Leute, die verantwortlich sind.«

Er sagte »verantwortlich« im selben Ton, wie er vorher »ohne Skrupel« gesagt hatte. Die Kriminellen hatten leichtes Spiel, solange Polizisten wie Robert Burke zu anständig, fair und gerecht waren, um den Unterschied beurteilen zu können zwischen den Regeln, nach denen die Kriminellen spielten, und den Regeln des Gesetzes, das sie im Zaum halten sollte. In der Welt eines Mike Hatch konnte der Gier nur mit Gewalt Einhalt geboten werden. Um Mike Hatch zu fassen, musste man die Regeln über Bord werfen und eine Welt betreten, in der Ehre und Fairness Risikofaktoren waren.

»Der große Fisch«, sagte Ravi Singh. »Den wollen wir erwischen.« Kein langes Palaver oder Drumherumgerede mehr.

»Und was wollen Sie von Mike Hatch?«, fragte Shaw Calvino.

Calvino sah ein wenig betreten drein, während er Pattens zerknitterten und fleckigen Scheck hervorzog. Das Papier war vom Schlamm und Regen gewellt, der letzte Nacht durch seine Jackettasche gesickert war. Es war kaum noch als Scheck zu erkennen. Pattens Tinte war in der Feuchtigkeit verlaufen und hatte die Buchstaben unleserlich gemacht.

»Ich bin engagiert worden, um ihm das hier zu überbringen.«

Er legte den Scheck auf den Schreibtisch des Operationschefs.

Alle Augen richteten sich auf den Scheck und dann auf Calvino.

Pratt sprach als Erster. »Der Scheck ist heiß, Vincent. Bevor wir aus Bangkok abgeflogen sind, habe ich das überprüft. Eine Sekretärin der Standard Chartered Bank in Hongkong hat sich mit achtundzwanzig Blankoschecks abgesetzt. Elf davon sind wieder aufgetaucht. Die anderen ...«

»Sind noch im Umlauf«, beendete Calvino den Satz. Er kam einfach nicht dahinter, was Pratt für ein Spiel spielte. Wenn er daran dachte, wie er in der Nacht zuvor beinahe getötet worden wäre, kochte es in ihm hoch. Aber hier vor den ganzen UNTAC-Zivilpolizeioffizieren eine Szene zu machen, widerstrebte ihm. Er sah sich noch mit Thu im Schlamm liegen, die vor Angst zitterte und die ganze Nacht Albträume gehabt hatte. Am meisten irritierte ihn, dass Pratt von dem Scheck gewusst hatte. Ratana musste es ihm erzählt haben. Bevor Calvino es verhindern konnte, hatte er es ausgesprochen: »Wenn du und meine liebe Sekretärin das wussten, warum hat mir nicht einer von euch in Bangkok Bescheid gesagt? Und mir eine Menge Schwierigkeiten erspart?«

»Man flüstert Graus'ges; unnatürlich Tun gebäret unnatürliche Zerrüttung. Die kranke Seele ... von Rache glühn sic«, antwortete Pratt mit einem Zitat aus *Macbeth*. Das zauberte eine Mischung aus Überraschung und Bewunderung auf die Gesichter der beiden irischen Polizisten, und auch Mr. Singh blieb nicht unbeeindruckt von der unerwarteten Kundgebung des thailändischen Polizeioffiziers.

Für Calvino war diese Demonstration von Belesenheit normal. Seit dem Tag, an dem sie sich in den Siebzigern auf dem Washington Square zum ersten Mal begegnet waren, hatte er Pratt Shakespeare zitieren hören. Er machte das regelmäßig, und er machte es gut. Es war ein Mittel, um sich aus der Affäre zu ziehen. Sobald er sich in Shakespeares Geist und Sprache versetzte, betrat er einen Bereich, in dem er vor Gesichtsverlust geschützt war. Wenn man sein Gesicht verlor, erschien man als Narr. Aber wenn man Shakespeare zitierte, konnte man damit die eigene Narretei oder die eines dummen Freundes kaschieren. Shakespeare kannte sich aus mit Herzen voll Kummer, mit Rache und der Schwierigkeit, einen sicheren Pfad durch die Felder voller Gefahren und Intrigen zu finden.

»Das war Shakespeare«, knurrte Calvino.

»Das wissen sie, Vincent«, meinte Pratt.

»Na schön, dann wissen sie es eben. Und sie wissen auch, dass Hatch ein kleiner Ganove aus New York ist, und deshalb glauben sie, dass ich mich in ihn hineinversetzen kann.« Er ließ den Blick durch den Raum schweifen.

Es ließ ihm keine Ruhe. »Es war Ratana.«

»Sie hatte Angst, dass Patten dich in eine Falle lockt. Sie wusste nicht, dass die Schecks heiß sind. Ich habe ihr nichts davon gesagt.«

Gott sei Dank, dachte Calvino. Sie hatte nur ihre Arbeit getan und versucht, einem Kriminellen wie Patten immer einen Schritt voraus zu sein. Pratt hatte sich bemüht, Calvinos Gesicht zu wahren, indem er seiner Sekretärin vorenthielt, dass er sich einen gefälschten Scheck hatte andrehen lassen.

»Wir sind zuversichtlich, dass Sie uns behilflich sein können«, bestätigte Robert Burke.

Calvino riss sich zusammen. »Der gute Mike ist ja höchst begehrt. Patten will ihn haben, Sie wollen ihn haben. Und wahrscheinlich wollen ihn auch eine Menge andere, gefährliche Leute haben. Er scheint kriminelle Elemente anzuziehen, Polizisten aus weiß Gott wie vielen Ländern und …«

»Und Vincent Calvino«, warf Burke ein.

»Ja, mich auch. Ich denke, dass der gute Mike vielleicht so unvorsichtig war, Patten einen heißen Blankoscheck anzudrehen. Also beschloss der, mich zu engagieren, um Hatch zu suchen. Und dann hätte er ihn ohne mein Wissen umlegen lassen.«

»Wie Mr. L'Blanc«, sagte Robert Burke.

»Wissen Sie, es würde mich interessieren, ob Fat Stuart und Mike Hatch auch Juwelengeschäfte miteinander gemacht haben«, meinte Calvino.

»Wir hoffen sehr, dass Sie uns helfen können, Mr. Hatch zu finden«, sagte Shaw.

»Vincent wird Mr. Hatch aufspüren«, sagte Pratt. »Machen Sie nicht den Fehler, ihn zu unterschätzen.«

»Und wenn Sie ihn gefunden haben, Mr. Calvino? Was dann?«, fragte Ravi Sing, strich sich mit der Hand den Bart und lächelte unter seinem Turban.

»Ich skizziere ihm die Lage«, sagte Calvino.

Der Operationschef hob die Augenbraue. »Und wie würde diese Skizze aussehen?«

»Nichts allzu Abstraktes. Ein farbiges Bild von einem Mann, der noch am Leben ist. Und ein zweites, wie er tot in einem Mülleimer in Phnom Penh hängt – falls es in diesem Kaff Mülleimer gibt. Kerle wie der gute Mike haben selten Probleme zu entscheiden, welches ihnen besser gefällt«, sagte Calvino.

»Ich kann gar nicht genug betonen, wie wichtig es ist, dass wir mit ihm reden können, wenn Sie ihn finden«, sagte Robert Burke.

»Falls Sie ihn lebend antreffen«, meinte Ravi Singh, und ein Lächeln riss ein breites Loch in seinen Bart.

Als Calvino den offenen Pavillon betrat und sich einen Platz im Hintergrund suchte, hatte die Pressekonferenz bereits begonnen. Der UN-Sprecher war ein Engländer Anfang fünfzig, der eine Goldrandbrille auf der Nasenspitze, ein blaues Oxfordhemd mit hochgekrempelten Ärmeln und hellbraune Hosen trug, die auf seinen braunen Lederschuhen aufstanden. Er hatte weiße Haare und das weiche, bleiche Gesicht eines

Priesters mit einem Alkoholproblem in einer Ghettogemeinde. Ungefähr sechzig Personen, die rosa UNTAC-Presseausweise um den Hals oder ans Hemd gesteckt trugen, hatten sich zusammengefunden. Die Hälfte der Journalisten waren Frauen. Calvino blieb hinter einer von ihnen stehen. Sie balancierte ihren Laptop auf den Knien und schrieb die vorbereitete Erklärung des Briten mit. Calvino erkannte sie sofort als jemanden, der es nicht nötig hatte, sich bei einer Pressekonferenz in Phnom Penh Notizen zu machen.

Sie war Anfang dreißig, hatte kurz geschnittene, kastanienbraune Haare, eine hübsche Figur (wenn auch etwas füllig) und schlanke Beine, die in abgeschnittenen Jeans steckten. Der Gesamteindruck entsprach etwa dem von Jodie Foster mit zwölf Kilo Übergewicht. Die roten Streifen auf ihren schönen Beinen hatte ein Laptop für fünftausend Dollar hinterlassen. Wahrscheinlich hatte ihr Computer mehr Gedächtnisspeicher als ganz Kambodscha. Am linken Handgelenk trug sie eine Rolex und am rechten ein goldenes Diamantarmband. Der große Rundumschlag des Reichtums. Hände, die Geld zur Schau stellten. Es war ein Spiel, das sie gut beherrschte. Ihre Fingerknöchel sahen aus, als wären sie nie mit etwas rauerem als Seife in Berührung gekommen.

Sie blickte nicht von ihrer Tastatur auf, während der Sprecher sagte: »Der Generalstabschef der Friedenssicherungskräfte hat an die Roten Khmer appelliert, sich ruhig zu verhalten und den Waffenstillstand zu respektieren.« So ging es weiter. Ein Sermon über die Notwendigkeit, den verfassungsbildenden Prozess seitens der internationalen Gemeinschaft zu unterstützen. Über ihre Schulter hinweg las Calvino vom Bildschirm ab: »Die Treffen der verschiedenen politischen Fraktionen fanden in offener Atmosphäre statt. Die Parteien bemühen sich, eine einheitliche Kommandostruktur aufzubauen. Die drei Fraktionen arbeiten daran, ihre Truppen zu einer einzigen Armee zu vereinigen. Das nächste Treffen ist für kommende Woche am gleichen Tag um 14.30 Uhr angesetzt. Die militärische Lage während der letzten achtundvierzig Stunden: ruhig, nur vereinzelte Zwischenfälle in Batambang und Kompong Cham. Nichts Bemerkenswertes. In Kompong Cham starben zwei Soldaten auf der Route 5 und Route 16. Fahrzeugbewegungen ohne UN-Eskorte sind verboten. Und irgendein Arschloch steht hinter mir und liest von meinem Bildschirm ab.«

Die Pressekonferenz war zu Ende, und die Journalisten standen auf und fingen an, sich in kleinen Gruppen miteinander zu unterhalten. Ein paar traten ans Podium und redeten den Sprecher an wie Schulkinder, die sich nach dem Unterricht beim Lehrer einschmeicheln wollen.

»Sie haben nichts ausgelassen. Aber die Geschichte mit dem Arschloch. Heißt es in Amerika nicht, hinter jeder großen Frau steht irgendein Arschloch von Mann?« Calvino sah der Reporterin zu, wie sie die Datei abspeicherte. Ihr Blick hob sich und blieb an Calvinos Presseausweis hängen, den er an seinen Anzug gepinnt hatte.

»New York Free Press? Nie gehört«, sagte sie mit amerikanischem Akzent. Er las den Namen auf ihrem Ausweis. Carole Summerhill-Jones vom *San Francisco Chronicle*.

»Das ist eine Neuerwerbung der Murdoch-Kette, Carole. Er kauft Zeitungen wie andere Brötchen«, sagte er. »Ich bin hier, um über den Abzug der UNTAC zu berichten. Als leckere Frühstücksbeilage.«

»Sie haben Dreck auf dem Jackett, Vincent«, stellte sie fest und las ihrerseits von seinem Presseausweis ab.

Sie hatte sicher ein Auge für Details. Aber den Matsch auf seinem Anzug konnte man kaum noch als Detail bezeichnen. Höchstens als Ausdruck eines seltsamen, von der Lower East Side in Manhattan geprägten Modebewusstseins oder als Beweis dafür, dass er wenig modebewusst, aber sehr betrunken eine ganze Weile auf Händen und Knien im Schlamm herumgekrochen war. Sie tippte eher auf Letzteres.

»Ich bin vom Motorrad gefallen«, gab Calvino zu.

Sie starrte auf ihren Bildschirm, drückte die Scroll-Taste und tat so, als würde sie etwas suchen.

»Wie lange sind Sie schon in Phnom Penh?«, fragte sie.

Er sah auf seine Armbanduhr, eine billige Casio. »Ungefähr siebenundzwanzig Stunden.«

»Lange genug, um die Koffer auszupacken und in den Dreck zu fallen.«

»So ähnlich.«

Calvino hielt das Foto von Mike Hatch vor ihren Bildschirm. Sie nahm den Finger von der Scroll-Taste und betrachtete es.

»Haben Sie den Kerl schon mal gesehen?«

»Sind Sie ein Bulle, oder was?«, fragte sie.

»Sehe ich aus wie ein Bulle?«

Sie musterte seine Kleidung, seinen Presseausweis und versuchte, zu erkennen, ob er unter seinem verschmutzten Jackett eine Waffe trug.

»Bullen sehen aus wie ganz normale Menschen«, sagte sie. »Meistens ein bisschen sauberer als Sie. Aber das könnte Tarnung sein.«

»Ich bin jedenfalls keiner«, sagte er. »Sehen Sie das Foto? Ignorieren Sie die Zahlen unter seinem Kinn. Mike hat sich nie fotografieren lassen, außer von der Polizei. Er hat Kopien davon ziehen lassen und an seine Freunde verteilt. Seine Mutter hat sich eins rahmen lassen und über den Kamin gehängt.«

»Wollen Sie mich etwa anbaggern?«, fragte sie.

»Noch nicht. Aber ich denke drüber nach.«

Die Offenheit seiner Antwort entspannte sie und nahm ihren Worten die Schärfe. Sie lächelte und gab ihm das Foto von Hatch zurück.

»Ich habe ihn ein paar Mal im Gecko Club gesehen. Letzte Woche ist er an meinen Tisch gekommen und hat ein paar Runden spendiert.«

Kann ich mir vorstellen, dachte Calvino. Beim Anblick von all dem Gold, den Diamanten, der Rolex und dem ultramodernen Laptop würde Mike Hatch das Wasser im Mund zusammenlaufen, während Carole Summerhill-Jones die ganze Zeit dachte, dass er von ihrer geschliffenen Country-Club-Persönlichkeit beeindruckt war.

»Gefällt Ihnen daran etwas nicht?«

»Nein, nein. Aber warum unterhalten wir uns nicht beim Mittagessen weiter darüber?«

Sie schaltete den Laptop aus, schloss den Deckel mit einem Klicken und musterte Calvino gleichzeitig von Kopf bis Fuß, als wolle sie entscheiden, ob sie zueinander passten.

»Ich gehe in den Club der Auslandskorrespondenten«, sagte sie.

»Eine gute Wahl.«

»Ich habe nicht gesagt, dass ich mit Ihnen gehe.«

Calvino nickte. »Aber Sie haben auch nicht gesagt, dass Sies nicht tun.«

Der Club der Auslandskorrespondenten lag im ersten Stock eines frisch renovierten Ladenhauses an der Stelle, wo Tonle Sap und Mekong zusammenflossen. Die Bar mit den Hockern lag zur Linken, zum Speisesaal ging es nach rechts. Die Wände waren kürzlich gelb gestrichen worden. Calvino mochte die Farbe nicht. Sie war nicht gerade appetitanregend. Der Maler hatte sich scheinbar vom Farbton eines Gelbfieberkranken inspirieren lassen. Calvinos Gesetz lautete: Ein Speisesaal in der Farbe von Nikotin ist nur für Leute geeignet, die ein Mittag- und Abendessen aus der Flasche bevorzugen.

Carole ließ sich in einen der braun gepolsterten Stühle sinken und griff nach der Speisekarte. In einer Ecke stand ein Fernseher, der das CNN-Programm zeigte. Calvino vermutete, dass Carole in einem exklusiven Stadtteil von San Francisco aufgewachsen war, wo der gefährlichste Teil der Jugend darin bestand, einen plötzlichen Anfall von Tennisarm zu vermeiden. Aus zwei Lautsprechern hinter der Bar dröhnte Jazzmusik. An der Decke drehten sich großflügelige Ventilatoren. Auf dem Gehsteig unten auf der Straße hängte eine Frau Wäsche auf – Handtücher, Jeans, Kleider, Unterwäsche. Sie wischte sich mit ihrer Schürze übers Gesicht und verschwand. Während Carole sich in die Speisekarte vertiefte, brannte die Sonne auf die alten, schäbigen Kleider herunter – merkwürdige Größen, ausgebleicht und unansehnlich.

»Der Salat ist nicht überlebbar«, sagte sie.

»Tödlicher Salat. Klingt wie eine Schlagzeile aus Kalifornien«, meinte Calvino.

Sie blickte von der Speisekarte auf und bestellte sich einen Salat.

»Das ist heute das zweite Risiko, das ich eingehe«, sagte sie. »Und ich habe so ein Gefühl, dass es nicht bei zwei bleiben wird, Mr. Calvino. Ich frage mich, warum ich Ihnen helfen sollte? Können Sie das beantworten?«

»Sie meinen, was für Sie dabei rausspringt?«

Sie steckte sich eine Zigarette an, drehte den Kopf weg und blies den Rauch zur offenen Veranda. Er folgte ihrem Blick. Auf der anderen Straßenseite, gegenüber dem Club, priesen große Plakatwände Bier und Zigaretten an – Oscar, Tiger, Foster's, 555. Jenseits der Plakatwände legten vietnamesische Fischer auf dutzenden von Sampans ihre Netze aus. Wo die Flüsse sich vereinten, zeichnete sich ein dünnes grünes Band gegen den Horizont ab. Fahrradrikschas fuhren den Kai entlang. Ein kleiner Junge auf einem Fahrrad zog ein Spielzeugauto an einer Nylonschnur hinter sich her. Wie ein Tragflächenboot zischte es über die Pfützen voll braunen Wassers.

»Wie wärs, wenn ich es arrangieren könnte, dass Sie Exklusivaufnahmen aus dem T-3-Gefängnis bekommen?«, fragte er.

Sie löste ihren Blick vom Fenster und sah ihn mit hochgezogener Augenbraue an. Es war ihm gelungen, ihr Interesse zu wecken. Jetzt war sie am Zug. Er wartete, während sie sich die Möglichkeiten durch den Kopf gehen ließ. Unter der senkrecht stehenden Sonne verdampfte das letzte Regenwasser. In ein paar Stunden würden wieder Wolken aufziehen und Dauerregen einsetzen. Und der Junge würde geduldig warten, bis die Sonne wieder durchbrach und er mit seinem Fahrrad am Kai entlangfahren und seine Fantasie durchspielen konnte – dass das Spielzeugauto ein richtiges Auto war, an dessen Steuer er saß, und durch die Pfützen rauschte, dass es nur so spritzte, während ihm die Sonne ins Gesicht schien.

»Wessen Schwanz muss ich dafür lutschen?«, fragte sie schließlich.

Calvino grinste.

»Ist das der übliche Preis?« Er war wirklich neugierig.

»Die Tage von Kipling und ritterlichen Handschlägen sind vorbei. Heute gibt man jemandem einen Insidertipp für die Börse oder man bläst ihm einen.«

»Und jetzt werden Sie mir gleich erzählen, dass Sie diese lächerlichen Handschläge vermissen?«

»Kommt drauf an, an welchem Arm die Hand hängt«, erwiderte sie.

Er musste lediglich Shaw dazu überreden, dass er Carole ins T-3-Gefängnis ließ – und die strikten internen Sicherheitsmaßnahmen umging –, damit sie die Gefangenen fotografieren konnte, deretwegen ihm am Morgen im Speisesaal des Monorom-Hotels das Herz geblutet hatte.

»Ich verlange lediglich ein persönliches Treffen mit Mike Hatch«, sagte er. »Was immer Sie mit Ihrem Mund vorhaben, ist Ihre Sache.«

»Höre ich da den harten Burschen aus den Straßen von New York? Erwarten Sie, dass mich das beeindruckt? Mir vielleicht ein bisschen Angst macht, hm? Vergessen Sies! Ich habe von allen Schlachtfeldern zwischen Afghanistan und Kambodscha berichtet. Miesere Arschlöcher, als Sie je kennen lernen werden, haben auf mich geschossen. Es sind so dicht neben mir Raketen eingeschlagen, dass mir der Dreck ins Gesicht gespritzt ist. Ich habe Malaria gehabt.« Sie kam gerade so richtig in Fahrt, als der Kellner ihren Salat und einen doppelten Whisky für Calvino brachte. Nachdem der Kellner den Tisch wieder verlassen hatte, war sie wieder zu sich gekommen und machte den Eindruck, als würde sie ganz gerne ein paar Sekunden Dialog löschen. Sie hantierte mit Messer und Gabel, bis sie aus Gurke, Tomate und grünem Salat einen perfekten, mundgerechten Bissen geformt hatte.

»Ich hoffe nur, Sie werden nie Ihre letzten zwölf Millionen Dollar angreifen müssen«, sagte Calvino.

Sie lachte und entblößte ein Stück Salat, das in einem teuren zahnärztlichen Kunstwerk klemmte. »Sie bringen mich zum Lachen. Das spricht für Sie. Gut. Wie kann ich Ihnen helfen? Ich sage nicht, dass ich es tun werde. Aber nehmen wir mal an, dass Sie nicht nur voller heißer Luft stecken und tatsächlich Verbindungen ins T-3 haben ...«

»Es gehört Ihnen.«

»Da gibt es nur ein Problem«, sagte sie.

»Und das wäre?«

»Ich weiß auch nicht besser als Sie, wo Mike Hatch zu finden ist.«

»Es gibt jemanden, der es wissen könnte«, meinte Calvino.

»Wer?«

»Del Larson. Er hängt im Gecko herum. Raucht Joints so dick wie ein Ofenrohr.«

Sie hörte auf zu kauen. »Doch nicht der! Der spinnt.«

»Er wartet. Das macht ihn noch nicht zu einem Spinner«, erwiderte Calvino.

»Und worauf wartet er?«, fragte Carole.

Calvino erinnerte sich daran, was Carlo in Bangkok über Larson gesagt hatte.

»Er ist auf einem Dschungelpfad und wartet auf den Vietcong.«

»Total verrückt. Außerdem, warum fragen Sie ihn nicht selbst? Und schreiben auch die T-3-Gefängnisstory selbst?«

»Er kann mich nicht leiden. Erinnern Sie sich an die Bar in Krieg der Sterne? Kein ersichtlicher Grund. Die außerirdische Kreatur hasst Sie einfach vom ersten Moment an. Die Art von Problem ist das.«

»Bei der Pressekonferenz hat es von Journalisten gewimmelt. Warum gerade ich?«

Er beugte sich über den Tisch.

»Mir gefällt Ihr Arsch.«

Sie hörte auf zu essen.

»Mein …«

»Arsch.«

»Sie sind offensichtlich schon lange nicht mehr in Amerika gewesen«, sagte sie. »Kein amerikanischer Mann würde es wagen …«

»Ein Mann darf nicht sagen, dass ihm der Arsch einer Frau gefällt?«

Sie lächelte mit ihrem perfekten Gebiss. »Manche Frauen würden auf der Stelle zur Waffe greifen.«

»Und Sie?«

»Ich trage nie eine Waffe.«

Calvinos Blick schweifte über die Veranda zum Horizont, wo der weiß leuchtende Himmel drückend auf der schmalen, grünen Uferlinie lastete. Vier Khmer-Jungs liefen mit Angelruten aus Bambus über den Schultern den Kai entlang. Die Schnurstücke, die sie an die Ruten geknotet hatten, baumelten in der Brise hin und her. Kinder ohne Probleme. Kleine, kambodschanische Tom Sawyers. Sie kamen an einem nackten Buben um die acht vorbei, der sich am Kai sonnte. Ein Schnellboot mit Fiberglasrumpf schoss zwischen den Sampans hindurch und warf die kleinen Schiffchen durcheinander, während die Bojen der Fischernetze in den Wellen tanzten.

Der Nachmittag war fast zu schön, um ihn damit zu vergeuden, ein Treffen mit einem Ganoven namens Mike Hatch zu planen. Er fragte sich, warum das Böse in der Welt existierte und warum es sich in Männern wie Hatch manifestierte. Kinder, die am Flussufer zum Angeln gingen. Ein Bild der Unschuld, aber ohne Bestand. Warum holte das Böse die Kinder in Phnom Penh, Bosnien oder Harlem ein und brachte sie um? Wie konnten Menschen den Glauben an ihre Nachbarn, Freunde, Gott oder sich selbst behalten angesichts der Gewissheit, dass das Böse nicht aufzuhalten war? Und die Gesichter des Bösen – sie waren allgegenwärtig, in jeder Stadt, jedem Land, jeder Menschenmenge auf der Straße oder dem Markt.

Es war nicht der Teufel, der die Trennlinie zwischen den Hintermännern und ihren Marionetten erfunden hatte. Und das Böse war auch nicht etwas, das irgendwo da draußen auf einen lauerte. Das Erschreckende an den spielenden Kindern war der fatale Irrtum, dass ihre Unschuld irgendetwas zu bedeuten hätte. Die Neigung zur Gewalttätigkeit forderte Menschen wie Calvino und Pratt heraus, sich ihr zu stellen und zu versuchen, sie zu besiegen. Das gehörte zum Spiel. Die Illusion war, dass der Sieg über schlechte Menschen den Sieg über das Böse bedeutete. Nichts konnte gefährlicher sein als dieser Glaube.

7

Der Preis der Nacht

Calvino schlug vor, der Empfehlung des Operationschefs zu folgen und im La Paillote zu Abend zu essen, einem französischen Restaurant hinter dem Zentralmarkt. Es war ein teures Restaurant, bei dem man erwartete, dass der Besitzer Rick hieß, aussah wie Bogart und vor einer dunklen Vergangenheit auf der Flucht war. Allerdings gab es keinen Klavierspieler namens Sam. Nicht einmal ein Klavier. Was das La Paillote mit dem Film gemeinsam hatte, waren die üblichen Verdächtigen, die es in ein Land zog, das unter militärischer Fremdherrschaft stand – oder die dorthin abkommandiert waren. Die Tatsache, dass dieses Militär unter UN-Regie stand, änderte nichts daran, dass es Fremde waren, die bewaffnet durch die Straßen liefen. Phnom Penh starrte vor Waffen. Und nicht alle davon befanden sich in den richtigen Händen oder blieben darin.

Die Situation vor dem La Paillote war etwas angespannt – eine Art Patt zwischen den Besitzenden und den Habenichtsen. Die Besitzenden erschienen in Armeeuniformen oder Geschäftsanzügen. Allabendlich füllten sich die Tische mit UNTAC-Soldaten, ausländischen Geschäftsleuten und Mitarbeitern von Nichtregierungsorganisationen. Die Habenichtse beobachteten diese allabendliche Parade zum Vordereingang des Restaurants.

Eine Horde von abgerissenen Bettlern stand Spalier, mit ausgestreckten Händen und flehend verzerrten Gesichtern wie eine verlorene Ehrengarde aus der Hölle. Einigen der Bettler fehlten Gliedmaßen. Das unverwechselbare Merkmal eines Habenichts aus der Dritten Welt. Irgendwo auf dem Land hatte ihnen eine Mine einen Fuß oder ein Bein abgerissen, und sie kamen nach Phnom Penh, weil es auf dem Land keine Arbeit gab. Aber es gab nirgendwo Arbeit. Das gesamte Land sei arbeitslos, hatte Shaw gesagt. Und Arbeitslosenunterstützung – Fehlanzeige. Man bekam nur die Unterstützung, die man sich selbst beschaffte. Manche der Bettler waren demobilisierte Soldaten. Ihre alten Uniformen hingen in Fetzen an ihnen herunter und verwandelten sie in Vogelscheuchen, die am Rande des Restaurants Patrouille gingen, immer auf der Suche nach einem reichen Ausländer, der ihnen ein paar Riel zuwarf, damit sie sich eine Hand voll Reis kaufen konnten.

Ein Kellner kam Pratt und Calvino zu Hilfe, als sie an der Tür von Bettlern umringt wurden. Er schrie wie ein Ladenbesitzer, der Straßenköter verscheucht. Calvino zeigte auf einen Platz im Hintergrund, und der Kellner führte sie hin, vorbei an Tischen, die von anderen Ausländern besetzt waren. Pratt trug ebenso wie Calvino einen Anzug. Sie hätten leicht als zwei weitere Geschäftsmänner durchgehen können, die nach einer Chance suchten, aus der Präsenz der UNTAC Profit zu schlagen.

»Warum sollte Carole Summerhill-Jones dir helfen, Mike Hatch zu finden? Kannst du mir das sagen, Vincent?«, fragte Pratt Calvino.

Ein Kellner schenkte ihnen Wasser ein und reichte ihnen die Speisekarte.

»Das liegt an meinem gewinnenden Wesen«, meinte Calvino bescheiden.

Er bestellte sich einen doppelten Whiskey, grünen Salat und Tintenfisch. Pratt entschied sich für Lammcurry und Orangensaft.

Pratt gab dem Kellner die Karte zurück. »Hast du ihr ein Exklusivinterview mit Pol Pot versprochen?«

»Ist mir durch den Kopf gegangen.«

»Kann ich mir vorstellen!«

Calvino hob sein Glas und prostete Pratt zu.

»Aber ich hab ihr das Zweitbeste verschafft.«

»Und das wäre?«

»Frau Pol Pot. Die Gattin von Bruder Nummer eins. Wahrscheinlich bedeutet das, dass sie Schwester Nummer eins ist. Oder Ehefrau Nummer eins. Da schwanke ich noch. Aber bis jetzt hat sie noch niemand gesehen oder mit ihr gesprochen.«

»Nachdem du die Anwaltskarriere an den Nagel gehängt hast, hättest du Alleinunterhalter in Greenwich Village werden sollen.«

»Hat meine Mutter auch gesagt.«

»Farangs hören nie auf ihre Mütter. Deshalb wird so selten etwas aus ihnen«, sagte Pratt.

»Sie ist reich.«

»Wer? Deine Mutter?«

»Nein, Carole Summerhill-Jones. Alter Holzadel aus San Francisco. In Kambodscha fühlt sie sich wie zu Hause. Bei dem ganzen illegalen Holzeinschlag durch die Khmer und die thailändische Armee entlang der Grenze kriegt sie richtig Heimweh nach ihrer Familie. Sie ist reich und gelangweilt. Und inzwischen süchtig nach Kriegsschauplätzen. Sie interviewt Generäle, sieht zu, wie die Raketen in Gebäude einschlagen, zählt die Leichen am Straßenrand und schickt ihren Artikel los. Das nächste Mal, wenn sie im Country Club auftaucht, reden alle übers Fernsehen oder Fußball. Außer Carole. Sie kann mit Kriegsgeschichten aufwarten. Sie war an der Front. Und bingo, schon hat sie ein Publikum und ist ein Instant-Held.«

»Heldin.«

»Seit wann drückst du dich denn politisch korrekt aus?«

»Seit du letztes Mal abstinent warst.«

»Ich war noch nie abstinent«, erwiderte Calvino.

»Da hast du deine Antwort. Sie ist also reich. Was hat das damit zu tun, dass sie dir helfen sollte?«

»Ich hab ihr den Pulitzerpreis versprochen, wenn sie mir hilft. In ihrer Gesellschaftsschicht legt man eine Menge Wert auf Pokale und Preise. Da fühlt man sich geliebt.«

»Sind wir damit wieder bei Mrs. Pol Pot angelangt?«

»Nein, wir sind im T-3-Gefängnis und machen Fotos.«

»Du bekommst niemals die Genehmigung«, sagte Pratt. Seine Stimme wurde ernst, als er begriff, dass Calvino keine Witze machte.

»Ich hatte auch nicht vor, danach zu fragen.«

Sie waren beinahe fertig mit dem Essen, als eine hoch gewachsene, elegante Frau im Abendkleid an ihrem Tisch vorbeiglitt. In ihrem Kielwasser folgte ein Mann Ende vierzig mit Schnurrbart, teurem Anzug und einer Fünftausend-Dollar-Armbanduhr. Sie setzten sich an den

Tisch neben Calvino und Pratt. Ihr Auftritt brachte die Unterhaltung zum Verstummen. Die Frau sah herüber und lächelte Calvino an. Ihr Kleid war tief ausgeschnitten und ließ viel von ihren Brüsten sehen.

»Ich heiße Vincent Calvino«, stellte er sich vor. »Das hier ist Pratt. Er ist Thai. Ich bin Yankee.«

»Mein Name ist Dr. Veronica Le Bon. Ich arbeite im französischen Krankenhaus.«

»Nett, Sie kennen zu lernen, Frau Doktor.« Er dachte, dass sie sich nicht wie eine Ärztin anzog.

»Und mein Freund hier ist ...« Sie wollte ihn vorstellen, doch er fiel ihr ins Wort.

»Philippe«, sagte er.

»Er ist gerade aus Moskau zu Besuch.«

Diese Auskunft schien Philippe nicht besonders glücklich zu machen. Dr. Veronica begriff, dass eine angelegentliche Unterhaltung unmöglich war in Gegenwart eines Mannes, der keinerlei Lust hatte, mit Fremden zu sprechen.

»Vielleicht ein andermal. Besuchen Sie mich doch im Krankenhaus, dann zeige ich Ihnen meine Arbeit.«

»Und was tun Sie da, Frau Doktor?«

Sie lächelte. »Ich arbeite mit jungen Khmer, die Gliedmaßen verloren haben. Landminenopfer. Ein falscher Schritt, und es ist vorbei. Keine Beine mehr. Es ist furchtbar traurig anzusehen. Manche sind noch so jung.«

Calvino fand, dass Philippe die Augen eines Mörders hatte. Sein Blick war nicht einen Millimeter von ihm gewichen. Kalte, durchdringende Augen, die man sich gut hinter einem Zielfernrohr vorstellen konnte. Keiner, der zum Lächeln neigte. Er zog ein goldenes Zigarettenetui hervor und bot auch Pratt und Calvino eine Zigarette an. Sie lehnten ab. In das Etui war ein Diamant eingelassen. Sicher nicht viel größer als ein Karat. Calvino fragte sich, was ihn nach Moskau geführt hatte. Aber am meisten verwirrte ihn die Art, wie Dr. Veronica ihn ansah, als ob sie sich kennen würden. Ob er ihr in Bangkok schon einmal begegnet war?

Frauen wie sie ließen sich normalerweise nicht auf ein Gespräch mit ein paar Männern am Nebentisch ein, es sei denn, ihr Begleiter langweilte sie buchstäblich zu Tode. Oder sie hatten etwas entdeckt, das sie haben wollten. Aber was war es, das Dr. Veronica haben wollte? Sicher nicht oberflächliche Konversation. Nachdem die Höflichkeiten ausgetauscht waren, gab es nicht mehr viel zu sagen. Aber umso mehr nachzudenken. Eine französische Ärztin im tief ausgeschnittenen Abendkleid, in Begleitung eines weiteren Franzosen, der aus Russland kam. Philippe machte den Eindruck, als wäre es ihm verdammt gleichgültig, wenn allen Kindern der Welt ein oder mehr Gliedmaßen fehlten. Ein seltsames Paar: Sie war freundlich, er ablehnend. So abweisend und feindselig, als wäre jemand in sein Revier eingedrungen.

»War sicher teuer, das Etui«, sagte Calvino.

Philippe ließ es in die Tasche gleiten.

»Viertausend US-Dollar«, erwiderte er gleichgültig. »Rauchen ist eine teure Sucht.«

»Es heißt, dass Gold und Diamanten noch viel süchtiger machen«, meinte Calvino.

Er kippte den Rest seines Getränks hinunter und rief nach der Rechnung. Pratt war dem kurzen Wortwechsel gefolgt und wunderte sich wieder einmal, dass es zwischen Farangs nicht öfter zu Blutvergießen kam.

»Sie wollen schon gehen?«, fragte Dr. Veronica.

»Wir haben noch eine Verabredung«, antwortete Calvino.

Pratt waren die Blicke nicht entgangen, die Calvino und die Ärztin gewechselt hatten, und er fragte sich, was da vorging. Er hätte schwören können, dass es zwischen ihnen gefunkt hatte. Aber da musste er sich getäuscht haben. Doch warum wollte Calvino so plötzlich gehen? Die Luft knisterte regelrecht von einer Spannung, die sich Pratt nicht recht erklären konnte.

Bevor sie die Tür erreichten, kam ihnen Dr. Veronica nachgelaufen und berührte Calvinos Arm.

»Das hier haben Sie vergessen«, sagte sie und gab ihm ein Foto.

Er hatte eine Aufnahme von Fat Stuart auf dem Tisch liegen lassen.

»Kennen Sie ihn?«

Sie blickte verständnislos drein.

»Den Mann auf dem Foto?«

»Sollte ich?«, erwiderte sie mit einem warmen Lächeln.

Calvino zuckte die Achseln und ging mit Pratt zur Tür hinaus.

»Du kannst einen Köder in die Falle legen, aber du kannst den Bären nicht immer hineinlocken«, sagte Pratt.

»Hat Shakespeare das gesagt?«

»Ich habe das gesagt.«

Pratt musste wieder an Calvinos Plan denken, der Auslandskorrespondentin ohne Genehmigung Zutritt zum T-3 zu verschaffen.

»Du legst es darauf an, ermordet zu werden«, sagte er im Hinausgehen.

»Aber eigentlich machst du dir um jemand anders Sorgen, stimmts?«

»Wenn Carole Summerhill-Jones umgebracht würde. Das wäre wirklich unangenehm.«

»Und in meinem Fall bloß eine kleine Unannehmlichkeit.«

Calvino war erleichtert, dem Restaurant entkommen zu sein. Aber er warf einen Blick zurück, um zu sehen, ob die Ärztin immer noch in der Tür stand. Sie tat es nicht. Calvino wollte genauso wenig über sie sprechen wie Pratt.

»He, Pratt. Vergiss eines nicht: Wir haben das Glück der Iren auf unserer Seite.«

»John Shaw?«

»Schon mal bemerkt, dass es in der UNTAC-Zivilpolizei anscheinend von Iren wimmelt? Es ist wie früher bei der Polizei von New York. Im Übrigen, habe ich gesagt, dass jemand uns helfen würde?«

»Warum sollte John Shaw das Risiko eingehen, euch ins T-3 zu bringen?«

Shaw saß draußen in einem Land-Cruiser. Als Pratt und Calvino den Ring der Bettler überwunden hatten, winkte er sie zu sich.

»Frag ihn doch selbst«, sagte Calvino, während sie auf den Wagen zugingen.

»Es wäre klüger zu warten, bis er es mir freiwillig sagt.«

Calvino lächelte. »Hast du Angst, dass er sein Gesicht verliert?«

Pratt schüttelte den Kopf. »Nein. Ich habe Angst, dich nicht in einem Stück wieder nach Bangkok zurückzubekommen.«

Shaw bedeutete ihnen, in den Land-Cruiser zu steigen. Die Türen knallten zu. Erst als sie ein ganzes Stück weit gefahren waren, ergriff Shaw das Wort.

»Wir haben einen Tipp über einen illegalen Kontrollpunkt bekommen. Nichts Ungewöhnliches in Phnom Penh«, sagte er. »Aber diesmal könnte es etwas anderes sein. Es heißt, dass einige Soldaten dem Waffenschieberring zuarbeiten. Sie bringen ihre AKs zur Sperre, lassen sie konfiszieren, werden bezahlt und verschwinden. Vielleicht ist auch UNTAC-Personal darin verwickelt. Die AKs gehen per Luft- oder Seefracht an die Käufer. Ich würde sie gerne aufhalten. Als Abschiedsgeschenk an Kambodscha.«

Pratt warf Calvino einen Blick zu. Der zog eine Augenbraue hoch und nickte.

»Und Thailand«, sagte Pratt.

»Ein paar der AKs finden eine neue Heimat bei euren Muslimen im Süden«, meinte Shaw.

»Und ein paar andere landen wahrscheinlich in den Händen der IRA«, erwiderte Calvino.

»Das würde mich nicht überraschen«, sagte Shaw. »Und diese Waffen sind für das irische Volk genauso schädlich wie für das thailändische.«

Es gab nicht allzu viele Idealisten bei den Polizeikräften in Thailand. Vielleicht war ein idealistischer Cop ein Widerspruch in sich, dachte Pratt. Es lag Leidenschaft in der Art, wie Shaw sprach, die Überzeugung, das Richtige zu tun. Dass es Sinn hatte. Und Aussicht auf Erfolg.

Irgendwo von rechts drang sporadisches Gewehrfeuer zu ihnen. Es klang weit entfernt. Nach achtzehn Monaten Dienst in Phnom Penh kannte Shaw die Seitenstraßen ebenso gut wie die von Dublin. Während sie dahin holperten, fing es an zu regnen, und die Straßen verwandelten sich in morastige Wasserläufe.

»Wir waren ein paar Mal im Innenministerium, das auch für die nationale Sicherheit zuständig ist, und haben nach Akten über gewöhnliche Kriminelle gesucht«, sagte Shaw zu Pratt, der zwischen ihm und Calvino saß.

»Vermutlich ein einziges Durcheinander«, meinte Pratt.

»Mit einem Durcheinander könnte ich leben. Aber sie haben überhaupt keine Akten über Kriminelle. Keiner weiß, wie das passieren konnte. Eine der Theorien lautet, dass sies einfach vergessen haben. Eine andere, dass sie sich geweigert haben, Akten zu führen, bis sie anständig bezahlt werden. Interpol schickt ständig Informationen über gesuchte Kriminelle. Aber niemand interessiert sich für Interpol, und die könnten Tag und Nacht Berichte und Aktualisierungen schicken. Alles erleidet dasselbe Schicksal – es landet im Papierkorb. Ungelesen. Falls irgendjemand im Ministerium überhaupt lesen kann.«

»Das gelobte Land für jeden Gauner«, sagte Calvino.

»Und glauben Sie nicht, dass die das nicht inzwischen begriffen haben!«

»Wie Mike Hatch«, meinte Calvino.

»Phnom Penh hat tausende von Mike Hatchs hervorgebracht«, sagte Shaw.

Die Scheibenwischer verloren langsam den Kampf gegen den heranpeitschenden Regen, und die Straße verschwamm im Scheinwerferlicht des Land-Cruiser. Shaw deutete in eine Seitenstraße, und einen kurzen Moment lang konnten sie den mobilen Kontrollpunkt in einem Block Entfernung sehen, dann schaltete Shaw die Scheinwerfer aus und näherte sich der aus einem Jeep und einem Lastwagen bestehenden Barrikade vorsichtig von der anderen Seite her. Er stellte den Motor ab und ließ den Wagen ausrollen. Immer wieder zuckte Mündungsfeuer durch den nächtlichen Himmel – vom hundert Meter entfernten Kontrollpunkt her. Ein paar Soldaten hatten das Feuer auf einen Pick-up eröffnet, der dem Befehl zum Anhalten nicht gefolgt war. Schießwütig war eine treffende Beschreibung für den Anblick, der sich ihnen bot. Im Dunkeln sitzend beobachteten sie, wie die Soldaten eine Flasche einheimischen Schnaps herumgehen ließen. Die Sauferei hatte ihnen Lust gemacht, auf alles zu schießen, was sich von ihnen wegbewegte. Zum Glück für die Insassen des Kleinlasters waren die Soldaten viel zu betrunken, um noch richtig zielen zu können, und sie entkamen in die Dunkelheit. Niemand in Shaws Land-Cruiser sagte etwas. Sie wurden Zeugen eines Vorfalls, der Teil eines größeren Ganzen war, das Calvino erst langsam zu verstehen begann.

»Irgendetwas fehlt in Kambodscha«, sagte Shaw.

»Recht und Gesetz«, meinte Calvino.

Aber es war komplizierter als Recht und Gesetz, wie Shaw erklärte, während sie zusahen, wie das Saufen und Schießen vor ihren Augen weiterging. Ebenso wie in Irland musste man in Kambodscha die Geschichte des Landes kennen, um es zu verstehen. Kambodscha beherbergte ein Geheimnis, das sich einem erschloss, wenn man in der Nacht nach Kleinkriminellen, Straßenräubern, Waffenschmugglern und Huren suchte. Die Kontinuität der kambodschanischen Gesellschaft war zerstört, zerbrochen, und etwas Grundlegendes in der menschlichen Seele war auf dem Schlachtfeld des Krieges zurückgeblieben. Es war ein Land ohne Aufzeichnungen. Die Aktenschränke der Behörden waren leer. Dass diese Betrunkenen da am Kontrollpunkt wild durch die Gegend schossen, war kein vereinzelter nächtlicher Zwischenfall. Unter der Oberfläche, zerstückelt und beziehungslos, war in der Bevölkerung die Verbindung zwischen Vergangenheit und Gegenwart gekappt worden. Dieses wichtige Bindeglied durch die Zeiten, mittels dessen sich ein Volk durch seine Geschichte, Bräuche, Gesetze und Gesellschaftsform definiert. Pol Pot hatte so viele Menschen physisch zerstört, dass er die kambodschanische Gesellschaft ausgeblutet hatte – wie viele kambodschanische Despoten vor ihm, die diese Kontinuität zerrissen hatten. Der Maßstab ging verloren, mit dem man zwischen Gut und Böse unterscheiden konnte. Die Grenze zwischen Fantasie und Realität, Gesetz und Verbrechen, Richtig und Falsch löste sich auf. Die Trennlinien verschwammen. Warum hätte jemand in einer solchen Gesellschaft ein Interesse daran haben sollen, Akten über Kriminelle zu sammeln?

»Die Soldaten sind kaum mehr als Kinder. Sehen Sie den da drüben?

Der ist nicht älter als vierzehn, fünfzehn«, sagte Shaw. »Dreiundvierzig Prozent der Bevölkerung sind unter fünfzehn Jahre alt. Und dreiundsechzig Prozent der Erwachsenen sind Frauen. Kambodscha ist wie ein riesiger Kinderhort, in dem die Kinder automatische Waffen tragen.«

Der illegale Kontrollpunkt – eine andere Bezeichnung für eine von Kriminellen in Uniform errichtete Straßensperre – lag in der Nähe der Kreuzung, wo die CPP, die kambodschanische Volkspartei, ihr Hauptbüro hatte. Dort war auch das alte Kino – das schon lange geschlossen hatte. Allnächtlich wurden in Phnom Penh sechzehn mobile Kontrollpunkte errichtet. Die Anzahl der illegalen Kontrollpunkte zu zählen, hatte die UNTAC-Zivilpolizei aufgegeben. Shaw funkte das Polizeipräsidium von Phnom Penh an, um zu bestätigen, dass es sich um eine illegale Sperre handelte.

»Fertig?«, fragte Shaw und ließ den Motor an.

Pratt nickte. Calvino biss die Zähne zusammen und sah starr geradeaus. Den 38er-Police-Special-Revolver hielt er im Schoß bereit. Shaw schaltete die Scheinwerfer an, legte den Gang ein und fuhr direkt auf den Kontrollpunkt zu. Innerhalb von Sekunden verstellten ihnen vier bewaffnete Soldaten mit ihren AK-47 im Anschlag den Weg. Als sie den UNTAC-Land-Cruiser erkannten, senkten sie die Waffen und begannen zu lächeln.

»Legen Sie die Waffe auf den Boden«, zischte Shaw.

Calvino umklammerte sehnsüchtig den Stahl seines Revolvers, dann ließ er die Hand sinken, und der 38er glitt auf den Fahrzeugboden.

Ein Khmer-Offizier, der eine Regenhaut übergestreift hatte, kam zur Fahrertür und klopfte mit den Knöcheln gegen die Scheibe. Shaw fuhr sie herunter. Regenwasser rann dem Offizier von der Nase, als er den Kopf hereinstreckte. Seine Augen waren weit aufgerissen, und die Adern in seinem Hals quollen heraus wie blaue Seile, während er Pratt und Calvino musterte.

»Was wollt ihr Jungs denn?«, fragte Shaw.

»Fahrzeugkontrolle«, sagte der Offizier. Er schob die Kapuze seiner Regenhaut zurück. Seine Haare waren so nass wie sein Gesicht, und das Wasser tropfte ihm vom Kinn. Er wirkte nicht gerade gut gelaunt.

»Und ein bisschen schießen, oder?«

Der Offizier grinste und nickte. Der Geruch nach billigem Whiskey erfüllte den Land-Cruiser.

»Die Polizei mag es nicht, wenn ihr Jungs Kontrollpunkte einrichtet. Das wisst ihr doch. Außerdem werdet ihr patschnass in so einer Nacht.«

Der Offizier zuckte die Achseln, als wolle er sagen: »Das kümmert uns doch einen Scheißdreck, was die Polizei von Phnom Penh mag oder nicht. Dies ist eine offene Stadt. Wer zuerst kommt, mahlt zuerst.«

John Shaw griff vorsichtig in seine Hemdtasche und brachte ein Päckchen Zigaretten und drei Eindollarscheine zum Vorschein – was rund einen Dollar pro Nase für die Besatzung der Straßensperre ergab. Das war der übliche Wegezoll. Wer mehr zahlte, war ein Idiot. Wer es mit weniger versuchte, war tot. Er reichte dem Offizier die Zigaretten und das Geld. »Wir würden gerne AKs kaufen. Können Sie uns helfen?«

Der Armeeoffizier riss das Zigarettenpäckchen auf, beschirmte es mit den Händen gegen den Regen und steckte sich eine in den Mund. Er beugte sich vor, und Shaw gab ihm Feuer. Mit halb geschlossenen Augen inhalierte der Offizier.

»AKs«, wiederholte Shaw wie ein geduldiger Lehrer.

»Machbar. Hundertfünfzig das Stück.«

»Fünfzig das Stück«, sagte Shaw.

Der Offizier warf ihm einen harten Blick zu, während sich Rauch aus seiner Nase kräuselte.

»Neunzig. Ist guter Preis.«

»Fünfzig ist ein besserer Preis. Wie viele haben Sie anzubieten?«

Der Offizier hielt neun Finger in die Höhe, oder vielleicht sollten es zehn sein, denn der Mittelfinger seiner linken Hand fehlte. Shaw klärte die Frage, indem er selbst alle zehn Finger hochhielt, und der Armeeoffizier nickte.

»Achtzig«, sagte der Offizier.

»Fünfundfünfzig. Letzter Preis.«

Der Offizier dachte einen Augenblick lang nach, bevor er sich umwandte und ein paar Befehle bellte. Zwei Soldaten kamen angerannt, jeder mit fünf AK-47, die sie hinten in den Land-Cruiser luden. Shaw zählte fünf Hunderter und einen Fünfziger von einer Geldrolle ab und reichte dem Offizier das Geld durchs Fenster. Er zählte dreimal nach, bevor er den Weg freigab. Während der gesamten Transaktion waren Calvino und Pratt lediglich unbeteiligte Zuschauer gewesen. Sie hatten kein Wort gesagt und zugesehen, als würde er ihnen eine Lektion erteilen, wie es auf der Straße zuging. Wenn das Shaws Absicht gewesen war, hatte es funktioniert.

Die AK-47 schepperten hinten im Wagen, während sie davonfuhren, und abermals hallte entferntes Gewehrfeuer durch die düstere Nacht. Es kam nicht von dem Kontrollpunkt, an dem sie die Waffen ergattert hatten, sondern von einer regengepeitschten Straße ein paar Blocks weiter. So machte man Geschäfte auf dem mobilen nächtlichen Markt von Phnom Penh. Ein Fahrer zahlte Wegezoll, kaufte Waren oder starb im Regen.

»An wie vielen Kontrollpunkten werden AK-47 verkauft?«, fragte Pratt, offensichtlich erschüttert.

»Drei, vier? Niemand weiß es genau«, erwiderte Shaw.

»Wollen Sie damit sagen, niemand hat einen Anhaltspunkt, wer alles darin verwickelt ist oder wie viele Personen an diesem Spielchen beteiligt sind?«, fragte Calvino.

»Das bringt es auf den Punkt, Mr. Calvino«, antwortete Shaw. »Der Waffenhandel ist der erste völlig privatisierte Industriezweig in Kambodscha. Wir wissen einfach nicht, wie viele Händler auf eigene Rechnung tätig und wer ihre Kunden sind. Das ist das Verteufelte daran. In jedem anderen Land der Welt könnte man es herausfinden. Man setzt Undercoveragenten ein und bezahlt Informanten. Und irgendwann kommt man der Sache auf den Grund. Aber in Kambodscha stoßen Sie nur auf einen bodenlosen Abgrund. Die Schattenarmee bleibt im Dunkel.«

Shaw patrouillierte noch zwei Stunden durch die Straßen von Phnom Penh, dann war seine Schicht zu Ende. Er kannte die Stellungen der offiziellen Kontrollpunkte. Sie kauften noch ein Dutzend AKs, M-16 und einen Raketenwerfer, der vermutlich defekt war. Shaw machte seinen Standpunkt deutlich. Die erste, provisorisch aufgebaute Straßensperre der betrunkenen und mit AK-47 bewaffneten Soldaten war kein Einzelfall gewesen. Quer durch die Stadt schossen illegale Kontrollpunkte aus dem Boden, und die Männer kassierten von jedem, der des Weges kam. Der Zoll war in Zigaretten und Bargeld festgesetzt. Sie machten den sechzehn legalen Kontrollstellen der UNTAC-Zivilpolizei Konkurrenz.

Phnom Penh bei Nacht war ein Albtraum rivalisierender, verfeindeter Fraktionen – Staatsbeamte, Einheimische, politische Parteien, das Militär. Alle spielten sie Streifenpolizist auf der Suche nach dem großen Zahltag. Der Staat zahlte keine Gehälter, jeder musste selbst sehen, wo er blieb. Die Mächte der Willkür waren losgelassen in der Stadt. In den Augen des Armeeoffiziers an der Straßensperre hatten sie den Ausdruck eines Mannes gesehen, der es gewohnt war, Leichen zu plündern, Waffen zu verkaufen, sich in Regen und Dreck zu betrinken und den Schmerz zu ertragen … denn der Schmerz war nicht länger wichtig. In dem Sturm, der in der Seele tobte, war alle Energie darauf gerichtet, bis zum morgigen Tag zu überleben.

Richard Scott trug ein verwaschenes Trikot mit einem Werbeaufdruck für Saigon-333-Bier und schwarze Jogginghosen. Er saß auf einem Holzstuhl auf dem Balkon des Lido und trank ein Tiger-Bier. Als Calvino mit leeren Händen heraustrat, starrte er auf die Straße hinunter und tat so, als würde er ihn nicht bemerken.

»Nichts zu trinken?«

Calvino zog eine kleine Flasche Mekong aus der Jacketttasche und trank einen großen Schluck. Scott grinste von einem Ohr zum anderen.

»Schon besser. Ich kann Kerle nicht leiden, die nichts trinken. Einen Kater kriege ich nur vom Essen. Bier ist die einzig wahre Nahrung. Bei unserem Highway-Eins-Marathon wollen wir eine Brauerei als Sponsor finden. Ich glaube, das ist eine gute Idee. Was halten Sie davon, Vinee?«

»Wie ich sehe, sind Sie gerade beim Training.«

»Wer, ich? Training? Wir können doch nicht alle professionelle Footballspieler sein, oder?«

Eine vietnamesische Hure in blauem Minikleid und goldenen Ohrringen strich um Scott herum wie eine Katze, bevor sie sich auf seinen Schoß sinken ließ. Er ließ sie auf seinem Knie reiten, und sie kicherte mit der Hand vor dem Mund. Einer ihrer schwarzen, hochhackigen Schuhe fiel herunter, und sie lachte wie ein Kind, das seine Freude herausprustete.

»Ab und zu mögen sie einen kleinen Ritt, Vinee«, sagte Scott und trank aus seiner Bierflasche. »Ich habe vorhin mit Miss Thu gesprochen. Wissen Sie, dass Sie sie gestern Nacht ziemlich deprimiert haben? Sie sagte, Sie wollten nicht zulassen, dass sie Sie glücklich macht. Das ist ein ziemlicher Affront für eine Lido-Nutte. Sie wissen doch, wie leicht diese Mädchen ihr Gesicht verlieren. Wenn Sie sie nicht ficken, fassen sie das als Zurückweisung auf. Es ist eine tiefe persönliche Beleidigung, sie nicht zu ficken. Nicht wie bei diesen weißen Maden, die es in jedem Fall als Beleidigung auffassen, egal, ob man sie fickt oder nicht. Als ob man ihre Weiblichkeit anpinkeln würde.« Scott war an dem Punkt gelandet, wo jedes Gespräch mit ihm endete, wenn es um weiße Frauen und Sex ging. Weiße Frauen waren Maden.

»Ich habe schon nach ihr gesucht. Haben Sie sie heute Abend gesehen?«, fragte Calvino.

»Sie ist gegangen.«

»Wohin?«

Scott grinste hämisch und küsste seine vietnamesische Hure auf den Hals.

»Sie hat erwähnt, dass gestern Nacht auf sie geschossen worden ist. Aber es kommt öfter vor, dass diese Huren im Traum Gewehrfeuer hören. Ich sag ja nicht, dass sie gelogen hat. Wahrscheinlich lag es einfach an Ihrem Geschnarche«, sagte Scott.

»Wenn Sie wissen, wo sie ist, dann sagen Sie es mir bitte«, sagte Calvino. Eigentlich hatte er nicht vorgehabt, Scott zu drängen.

Das Ergebnis war vorhersehbar.

»Bin ich etwa Thus Agent?«, fragte Scott und trank sein Bier aus. Jetzt hatte er Oberwasser. »Sie ist mit einem Kunden weg. Irgendein Osteuropäer. Aus einem dieser Dracula-Staaten, wo sie noch mit Pferdefuhrwerken fahren, die Frauen mit fünfundzwanzig fett und hässlich sind und die Armee das modernste Equipment hat, alles auf Kredit von den Amerikanern. Vielleicht war er auch Kanadier. Wahrscheinlich nur eine schnelle Nummer. Ich bin sicher, sie kommt bald zurück, wenn Sie warten wollen.«

»Sie sind nicht zufällig seit gestern Nacht Mike Hatch begegnet?«, fragte Calvino.

»Nicht, dass ich wüsste«, erwiderte Scott.

Calvino griff in seine Brieftasche und zog einen Hundertdollarschein heraus. »Hilft das Ihrem Gedächtnis weiter?«

Jetzt hatte er Scotts volle Aufmerksamkeit. Die vietnamesische Hure auf seinem Schoß wurde ganz still und starrte den Hundertdollarschein in Calvinos Hand an wie eine Gottesanbeterin, die auf einem Blatt eine Ameise erspäht hat.

»Ich will nur mit ihm reden, Richard«, sagte Calvino, der sah, dass Scott unter der Begehrlichkeit seiner Schoßgenossin weich zu werden begann.

Er streckte die Hand aus und nahm den Schein.

»Ist morgen früh genug?«

»Ich habe Zeit«, sagte Calvino.

»Sagen wir fünf Uhr. Wir gehen zusammen einen trinken, in einem Ladenhaus am Independence Monument. Kennen Sie den Kreisverkehr da?«

Calvino bestätigte, dass er den Ort kannte. Er war ein Wahrzeichen von Phnom Penh. Eines dieser Wahrzeichen, deren Name sich ironischerweise auf Worte wie Unabhängigkeit oder Demokratie reimte. Big-Brother-Slogans, eingesetzt vom Bruder Nummer eins dieser Welt.

»Nehmen Sie die Straße, die zum Fluss führt«, fuhr Scott fort. »Nach fünfzig Metern sehen Sie schon das Ladenhaus. Ein Chinese führt es, mit seiner thailändischen Frau.«

»Gleich bei der Polizeistation?«, fragte Calvino.

»Genau«, erwiderte Scott.

Calvino kannte die Polizeistation. Er war schon drinnen gewesen. Ravi Singh und Shaw waren dort stationiert. Er war an einem Ort mit

Mike Hatch verabredet, der nur zweihundert Meter entfernt von den Räumen lag, wo Shaw seinen Kaffee trank und Ravi Singh die gesamte UNTAC-Zivilpolizei von Phnom Penh dirigierte. Calvino gefiel diese kleine Ironie. Und irgendwann würde es ihm noch mehr gefallen, Shaw zu berichten, wo er Mike Hatch gefunden hatte.

Die Rezeption des Monorom-Hotels war unbesetzt, als Calvino nach ein Uhr morgens zurückkam. Sein Schlüssel lag nicht in dem Fach, wo er hätte sein sollen. Calvino ging um den Empfangsschalter herum und stieß die Tür dahinter auf. Er fand eine Khmer-Frau vor, die auf einem Bürostuhl saß und den Rock bis zu den Hüften hochgeschoben hatte. Sie war vornüber vorgebeugt und rollte gerade den zweiten von einem Paar schwarzer Nylonstrümpfe über den Knöchel hoch. Ihre Blicke trafen sich. Die Rezeptionistin schob hastig ihren Rock herunter und lächelte. Calvino hatte einen schnellen Blick auf den Markennamen der Verpackung auf dem Boden werfen können. Die Nylonstrümpfe stammten aus Thailand. Der Preis war in Baht ausgedruckt. In Kambodscha waren importierte Nylonstrümpfe ein absoluter Luxusartikel für eine Hotelangestellte. Er nahm sich Zeit, die seidige schwarze Glätte an ihren Beinen zu bewundern, und fragte sich unwillkürlich, ob sie je zuvor welche getragen hatte.

»Entschuldigen Sie die Störung«, sagte Calvino.

»Was kann ich für Sie tun?« Sie glättete ihren Rock und schwenkte den Stuhl zu ihm herum.

Er hatte sie unterbrochen, und während der Nylonstrumpf an ihrem linken Bein bis zum Schenkel hochgezogen war, blieb das rechte Bein vom Knöchel aufwärts unbedeckt. Sie sah aus wie eine Werbung für Bräunungscreme.

»Mein Schlüssel ist nicht am Empfang. Ich dachte, Sie hätten ihn vielleicht«, sagte er und wandte ihr den Rücken zu.

»Jemand wartet oben auf Sie«, sagte sie und zog schnell ihren zweiten Strumpf hoch.

»Pratt?«

»Nein, eine Dame.«

»Hat sie ihren Namen gesagt?«

Die Rezeptionistin seufzte, als sie mit dem Nylonstrumpf fertig war.

»Sie hat gesagt, Sie kennen sie.«

»Und Sie haben ihr einfach so den Schlüssel gegeben?«

»Warum nicht? Letzte Nacht hatten Sie auch ein Mädchen. Warum nicht heute eine andere? Alle Männer sind gleich in Kambodscha.«

»Hübsche Strümpfe.«

»Ihre Freundin hat sie mir gegeben«, sagte sie.

Er musterte die Rezeptionistin und wunderte sich, dass ihr Englisch so gut war. Sie war nicht der bäuerliche Typ und sah auch nicht chinesisch aus. Er schätzte ihr Alter auf Mitte dreißig. Ihre Haare waren nachlässig hinter dem Kopf zusammengebunden, und sie hatte ein rundes Gesicht mit zuversichtlichen, selbstbewussten Augen, die einen fünfzig Meter weit entfernten Panzer ins Visier nehmen konnten, ohne dass das Lächeln jemals nachließ.

»Nettes Geschenk«, sagte er.

»Das erste Paar seit langem«, erwiderte sie.

»Sie waren gestern Nacht nicht hier.«

Sie nickte. »Ich arbeite im Krankenhaus.«

»Warum arbeitet eine Krankenschwester in einem Hotel?«

Ihr Lächeln wurde breiter, als hätte sie sich das Beste bis zuletzt aufgespart. Das Lächeln besagte: »Das haben Sie sich ja alles schön zurechtgelegt, aber Sie liegen völlig daneben.«

»Ich bin Ärztin«, sagte sie. »Ich habe zweimal die Woche eine Vierundzwanzig-Stunden-Schicht im Krankenhaus. Den Rest der Woche von sieben Uhr morgens bis abends um sechs. Danach komme ich ins Hotel und arbeite hier.«

»Sie, als Ärztin?«

»Warum nicht?« Ihre Augen loderten.

Sie hatte die richtige Frage gestellt. Und er zog ständig die falschen Schlüsse. Calvino lächelte. Ihm gefiel die Art dieser Frau. Sie wirkte, als sei sie in einer Umgebung aufgewachsen, wo es den Unterschied zwischen Leben und Tod bedeuten konnte, ob man die Kontrolle über eine Situation behielt und Haltung bewahrte.

»Stammen Sie aus Phnom Penh?«

»Ich bin hier geboren. Mein Vater war Universitätsprofessor. Pol Pot hat ihn umbringen lassen. Wir haben fünfzehn Familienangehörige verloren. Sie sind auf dem Land umgekommen. Nichts zu essen, keine Medizin. Sie sind verhungert. Es gab keine Nahrung. Die Muskeln lösen sich einfach auf. Es war sehr schwer, Menschen so sterben zu sehen. Jetzt denke ich nur noch an meine Familie – meine Mutter, meine Brüder und Schwestern. Wir machen weiter. Was sonst?«

»Kambodscha verlassen«, schlug Calvino vor.

Sie lächelte ihn an und sagte: »Davon träume ich.«

»Dann gehen Sie.«

»Geben Sie mir ein Ticket?« Ihr Lächeln wurde fester.

»Und was ist mit Ihrem Mann?« Er wusste, dass das eine lahme Antwort war. Die Verantwortung auf den Ehemann abschieben, das taten Narren, Komiker oder Sadisten. Calvino bereute seine Wortwahl.

»Kümmern Sie sich nicht um ihn. Geben Sie mir einfach ein Ticket. Mein Mann findet schon eine neue Frau. Kein Problem. Ein Flugticket aus Phnom Penh hinaus zu bekommen, das ist ein Problem.«

»Klingt nach einer glücklichen Ehe«, sagte er.

»In Kambodscha ist man glücklich, wenn man am Leben ist«, erwiderte sie.

Eigentlich hatte er nur seinen Schlüssel gesucht, aber gefunden hatte er eine Ärztin, die die Felder des Todes überlebt hatte und den einfachsten aller Träume träumte – den von einem besseren Leben irgendwo anders, so weit weg wie möglich von dem Ort, wo Bruder Nummer eins mit seinen Helferbrüdern ihre Familie abgeschlachtet hatte. Und ihre ganze Freude waren im Moment ein Paar schwarze Nylonstrümpfe.

Das Leben ging weiter. Es war ein Vergnügen, mit den Beinen in neue Nylonstrümpfe zu schlüpfen. Es war ein Vergnügen, den Traum von einem neuen Leben zu träumen. Das eine war unmittelbar und real, das andere eine Illusion. Die Jagd nach einem Phantom. Aber warum nicht hin und wieder nach einem Flug ohne Rückflugticket fragen? Manchmal geschahen noch Wunder. Aber nicht heute Nacht und nicht mit ihm.

Sie stieß Calvino einen Zweitschlüssel für sein Zimmer hin. Das Schmiergeld von einem Paar Nylonstrümpfe bedeutete, dass sie ihm keinesfalls verraten würde, wer oben auf ihn wartete. Oder was diese Person von ihm wollte. Unwichtig. Er stellte eine kurze Berechnung an, ob vielleicht Miss Thu nach ihrer schnellen Nummer ins Lido zurückgekehrt war und von Scott erfahren hatte, dass Calvino nach ihr suchte. Es war die Gepflogenheit des Hotels, keine Huren auf den Zimmern zu erlauben. Vielleicht hatte sie sich mithilfe von einem Paar Nylonstrümpfen den Weg freigekauft.

Er sah der Ärztin nach, während sie vor ihm in die Lobby zurückging und in ihren neuen Nylons den Platz hinter dem Empfangsschalter des Monorom einnahm. Calvino folgte ihr. Sie würdigte ihn keines Blickes mehr und starrte in den Fernseher in der Lobby. Für sie hatte er aufgehört zu existieren. Vor zehn Stunden hatte sie noch Soldaten operiert. Auch daran hatte sie jedes Interesse verloren. Jetzt klebte sie am Fernsehschirm.

Ein paar andere Hotelangestellte hatten es sich mit ihren Verwandten auf einer Bank gemütlich gemacht. Sie sahen sich eine Seifenoper an, die gerade mitten in der üblichen Szene angelangt war, wo der Vater stirbt und die Tochter weinend an seinem Bett sitzt. Diese Szene tauchte in tausend verschiedenen asiatischen Seifenopern auf. Der Vater war eine Fehlbesetzung – er wirkte zehn Jahre jünger als seine Fernsehtochter. Die dicke Schminke hatte sich unter den Studioscheinwerfern verflüssigt und lief ihm übers Gesicht. Er sah aus, als würde er schmelzen wie die böse Hexe im *Zauberer von Oz*.

Die Story im Fernseher nahm eine plötzliche, unerwartete Wendung, die sie in den Bereich eines Sciencefiction-Films entführte. Eines der Zimmermädchen des Monorom fing an zu weinen. Der sterbende Vater war ein unerschöpflicher Quell der Tränen. Die meisten der Mädchen hatten ihre Väter verloren. Sie erlebten diese ewig wiederkehrenden Momente im Fernsehen, als würden sie ihnen selbst zustoßen. Das ausgezehrte, schweißtriefende Abbild eines sterbenden Mannes und die Verzweiflung der Tochter, die unfähig war, den Mann zu retten, den sie Vater nannte. Mit Fremden konnten sie ohne die geringste Anteilnahme reden, ohne dabei einen Moment lang aufzuhören zu lächeln. Aber der Fernsehtod eines fiktiven Vaters rührte sie zu Tränen. Was lernen wir daraus?, dachte Calvino. Waren die Menschen auf der ganzen Welt so betäubt von der Realität, dass sie sich nur noch erfundenen Charakteren und Geschichten öffnen konnten? Er drückte den Fahrstuhlknopf und betrachtete die vor dem Fernsehgerät versammelten Gestalten. Aber sein Verstand nahm nicht mehr auf, was er sah. Er war sich noch nicht klar darüber, ob die Person in sein Zimmer gekommen war, um ihm eine traurige Geschichte zu erzählen oder um ihn zu töten.

8

Perlen vor die Säue

Calvino stand vor der Tür zu seinem Hotelzimmer. Er lauschte auf den Klang seines eigenen Herzens und dann auf das vertraute Gewehrfeuer in weiter Ferne; es klang gedämpft, ein Widerhall von entlegenen Mauern. Die genaue Richtung, aus der die Schüsse kamen, ließ sich ebenso wenig bestimmen wie der Grund für die Schießerei. Sein Herz trommelte wie wild vor Furcht bei dem Gedanken, dass ihm jemand auflauerte. Ihn vielleicht töten wollte. In Kambodscha war ein solches Gefühl keine Paranoia. Menschen ohne diesen Instinkt starben schnell. Die anderen lebten länger, klopfenden Herzens, während sie im Land der Rätsel auf die Quelle eines Gewehrfeuers lauschten und ihre Flucht planten. Er spielte auf Zeit. Er dachte an Pratt, der im Zimmer über dem seinen Saxofon spielte. Das Klügste wäre, hochzugehen und sich Rückendeckung zu verschaffen. Hilfe suchend zu Pratt zu rennen. So würde es nämlich aussehen – wenn er es nicht schaffte, selbst mit der Situation fertig zu werden. Er würde damit ein Geheimnis preisgeben. Dass er Angst hatte. Es war ein Geheimnis, das ein Mann lieber für sich behielt.

Er dachte daran, dass Scott keine Gelegenheit ausgelassen hatte, ihm von dem heimlichen Krieg zu erzählen, den die Amerikaner hier in den Siebzigern geführt hatten. Und es hatten heimliche Exekutionen durch die Roten Khmer stattgefunden. Heimliche Waffenkäufe bei den Chinesen in den Achtzigern. Geheime Edelstein- und Holzgeschäfte mit Thailand in den Neunzigern. Vorher waren die Franzosen da gewesen, bauten Villen für sich selbst und Gefängnisse für die Einheimischen. Jedes Jahrzehnt hatte neue Geheimnisse und Verschwörungen hervorgebracht. Und die Übeltäter von gestern waren nicht loszuwerden. Franzosen, Amerikaner und Chinesen hatten immer noch ihre Leute vor Ort. Die Roten Khmer hatten immer noch eine Armee in Stellung.

Die Übeltaten hörten nicht auf, sie wechselten höchstens das Land, die Region, die Ideologie und suchten sich neue Opfer. Kambodscha war ein Land ohne schriftliche Aufzeichnungen. Alle waren auf der Flucht, untergetaucht, warteten, lauschten dem Gewehrfeuer, das von überall zu kommen schien, fragten sich, welche geheimen Pläne schon wieder ausgeheckt wurden, um noch mehr Menschen ins Jenseits zu schicken.

Er legte sein Ohr an die Zimmertür und lauschte. Wieder hörte er nur sein Herz und das entfernte Gewehrfeuer. In einem anderen Zimmer, ein paar Türen weiter, hustete jemand. Der Aufzug setzte sich mit metallischem Scheppern in Bewegung. In diesem Land der heimlichen Transaktionen war es für einen Fremden leicht, in Abwesenheit des Bewohners einen Weg in sein Hotelzimmer zu finden.

Angeblich erwartete Calvino eine Frau in seinem Zimmer. Darauf hatte er das Wort einer Khmer-Ärztin, die zum ersten Mal seit langer Zeit die Säume eines Paares Nylonstrümpfe glatt strich. Es war in Phnom Penh mindestens ebenso dumm wie überall auf der Welt, sich auf das Wort eines Menschen zu verlassen, der gerade den eigenen Zimmerschlüssel für ein paar Nylonstrümpfe herausgerückt hatte. Wenn nicht sogar gefährlich. Es lag auf der gleichen Ebene, wie sich bei einer Pferdewette auf einen Tipp von Fat Stuart zu verlassen. Calvinos Gesetz lautete: Nach zehn Jahren stellt man als alter Hase in Asien fest, dass man kaum an der Oberfläche gekratzt hat – nach zwanzig Jahren merkt man dann, dass es gar keine Oberfläche gibt, sondern nur ein System unzugänglicher, durch nichts zusammengehaltener Zwischenräume.

Während Calvino unentschlossen vor seiner Tür stand, erwog er, einfach kehrtzumachen und wegzugehen. Das wäre das Klügste. Zum Teufel mit dem Machismo-Trip. Er sollte sich nicht von seinem italienischen Blut zu einer Unbesonnenheit hinreißen lassen. Aber er wusste, dass er hineingehen würde. Nichts konnte ihn zurückhalten. Außer einer Frage: Warum gab es keinerlei Geräusch? Nicht einmal ein Radio. Nichts. Stille konnte alles bedeuten, Erwartung, Bedrohung oder Langeweile. Es lag im Auge des Betrachters, was er hineininterpretieren wollte. Er drehte vorsichtig am Türknopf und stellte fest, dass nicht abgeschlossen war. Wenn er genau hinsah, konnte er im Spalt unter der

Tür einen schwachen Lichtschein wahrnehmen. Irgendjemand wartete in der Stille und ließ zu, dass das Licht seine Gegenwart verriet. Der Augenblick der Wahrheit rückte näher. Hätte Thu der Ärztin an der Rezeption ein Paar brandneuer Nylonstrümpfe gegeben?

Eine Hand auf den Türgriff gelegt, presste Calvino sich seitlich gegen die Wand und schwang die Tür weit auf. Er hatte seinen 38er-Police-Special aus dem Schulterhalfter gezogen. Nach einem schnellen Blick wirbelte er geduckt und in schussbereiter Haltung in den Raum, beide Hände um den Revolvergriff gekrallt. Miss Thu war nicht in seinem Zimmer. Es war Carole Summerhill-Jones. Sie befeuchtete ihren Finger und blätterte ohne aufzusehen eine Seite in einem Taschenbuch um. Sie lag nackt im Bett, lediglich mit einer doppelt geschlungenen Perlenkette bekleidet. Unter den Perlen baumelten wie Hundemarken ihre Plastikpresseausweise. Manche Journalisten trugen diese Ausweise von den Kriegsschauplätzen der Welt wie Orden. Sie wiesen sie als Veteranen aus, die an der Front gewesen waren, die alles gesehen hatten, die Bescheid wussten und viele Schlachten überlebt hatten. Die Plastikrechtecke machten Carole zum Mitglied einer besonderen Kaste; die Perlen zum Mitglied einer privilegierten Klasse. Eine splitternackte Frau, aber sie hatte genügend Informationen um den Hals hängen, dass sie aussah wie ein Teil der Datenautobahn. Für diejenigen, die sich mit solchen Autobahnen auskannten. Das Licht der Lampe beschien sie von oben, während sie in Daniel Defoes *Moll Flanders* las. Neben dem Bett stand ein Sektkühler mit einer ungeöffneten Flasche Champagner. Calvino ließ die Hand mit dem Revolver sinken.

Carole Summerhill-Jones warf ihm lächelnd einen Blick über den Buchrand zu. Er schob sein Jackett zurück, sodass das Halfter sichtbar wurde.

»Hat Ihnen schon mal jemand gesagt, dass Sie irgendwie süß aussehen, wenn Sie jemanden umbringen wollen? Nein, stecken Sie den Revolver nicht weg. Ich will ihn sehen«, sagte sie. »Hat Ihnen Ihre Mutter nicht beigebracht, dass man nicht mit Waffen spielt?«

»Sie hat mir beigebracht, gut drauf aufzupassen«, meinte Calvino und trat an die Bettkante.

»Näher«, sagte sie.

Er fühlte sich unbehaglich mit der Waffe, die nicht mehr als dreißig Zentimeter von der nackten Frau auf dem Bett entfernt war. Sie hatte ihr Buch beiseite gelegt und schlitzte jetzt mit ihren langen Fingernägeln eine Kondomhülle auf. Geschickt zog sie das feuchte Kondom heraus.

»Und was soll das werden?«

»Sicher ist sicher«, erwiderte sie und streifte das Kondom über den Lauf des 38er. Es passte ganz gut und verlieh seiner Waffe eine ganz neue Persönlichkeit, wie ein zwergenhafter Ku-Klux-Klan-Großmeister. Sie machte eine große Show daraus, sich die Finger abzulecken und damit den kondomgeschützten Lauf zu streicheln. Dann fuhr sie mit der Zunge darüber.

»An einem Revolverlauf schmeckt es ganz anders«, sagte sie und lehnte sich auf das Bett zurück.

Calvino starrte seine Waffe mit ihrem schlappen Regenmantel an.

»Vermutlich soll das heißen, dass Sie sich freuen, mich zu sehen«, meinte er.

»Sie sind nicht wütend?«, fragte sie und griff nach ihrem Buch.

»Nein, ich bin überglücklich«, antwortete er. »Die Perlen gefallen mir. Sie machen mir Appetit auf Austern. Wie wir sie früher in Long Island gegessen haben. Die Presseausweise sind auch toll. Damit hätten wir als Teenager so richtig angeben können.«

Ihr Zeigefinger spielte mit dem Doppelstrang, bis sie sich die Perlen um die Hand gewickelt hatte. Sie hob einen der Presseausweise an und zeigte ihn Calvino. Sie präsentierte ihn so, wie ein Veteran sein Verwundetenabzeichen aus dem Zweiten Weltkrieg. Das war der letzte Krieg – vielleicht mit Ausnahme des Koreakrieges –, dessen Teilnehmer noch auf ihre Orden und Abzeichen stolz waren.

»Mein Vater hat sie mir geschenkt, als ich 1985 aus Kabul zurückkam. Mutter sagt, dass sie ihn fünfundzwanzigtausend gekostet haben. Ich hab ihm eine Szene gemacht. Er hätte das nicht tun sollen. Ich glaube, er wollte mich irgendwie aufwerten. Oder bestechen, damit ich zu Hause bleibe. Vater ist schwer zu durchschauen. Man kennt nie sein eigentliches Motiv für ein Geschenk. Aber er hat immer eines. Und die Perlen hier sind ungefähr fünfundzwanzigtausend wert. Vater hat eine gute Hand für Investitionen, finden Sie nicht?«

»Kommt darauf an«, sagte Calvino.

»Worauf?«

»Ob Sie eine Zukunft haben, in die Sie investieren können.«

Ihre blauen Augen weiteten sich. »Ich wollte schon immer mal einen Privatdetektiv ficken. Ich habe Ihre Karte gefunden. Vincent Calvino, Privatermittlungen, Bangkok. Sie sehen nicht aus wie ein Korrespondent. Reden tun Sie auch nicht so. Nichts passte zusammen. Also habe ich herumgefragt. Niemand hatte je von Ihnen oder Ihrer Zeitung gehört. Ich habe mich bei einem Freund im Presseamt der UNTAC erkundigt.«

»Haben Sie ihm ein Paar Nylonstrümpfe geschenkt?«, fragte Calvino.

»Zwei Rollen Kodakfilm. Vater sagt immer, in diesem Leben gibt es nichts umsonst.«

»Also geben Sie sich Mühe, jedermanns Preis herauszufinden«, meinte Calvino. »Was ist meiner? Eisgekühlter Champagner?«

Sie ignorierte den verbalen Schlag. »Die Presseleute sagen, dass Sie beste Verbindungen zur UNTAC-Zivilpolizei haben. Ich war schon immer ein Groupie für Männer mit besten Beziehungen.«

»Wie Mike Hatch«, sagte Calvino.

»Ich habe mich schon gefragt, wann Sie ihn ins Spiel bringen würden.«

»Hoffentlich habe ich Sie nicht enttäuscht.«

»Sie können Ihre Kanone jetzt wegnehmen«, sagte sie.

Er zog sein Jackett aus und schmiss es auf einen Stuhl. Sein Lederhalfter baumelte unter der linken Achsel, und die Gurte kreuzten sich auf dem Rücken. Er stemmte einen Arm in die Hüfte und hob mit der anderen den 38er-Police-Special-Revolver.

»Haben Sie was dagegen, wenn ich den Pariser entferne?«

»Betrachten Sies einfach als amerikanische Art der Rüstungskontrolle.«

»Wir sprachen gerade über Mike«, sagte Calvino, zog das Kondom ab und schob die Waffe ins Halfter. Irgendetwas an Carole erinnerte ihn an Alice Dugan, die Dritte Sekretärin der kanadischen Botschaft. Eine bestimmte Direktheit in ihrem Blick.

»Sie haben über ihn gesprochen.«

»Und?«

»Ich habe Ihren heruntergekommenen Freund im Gecko Club aufgetrieben. Del Larson ist unheimlich. Verkorkst. Er lebt in einer Fantasiewelt. Verschollen in Asien. Aber ich mag Männer wie ihn. Er sagte, dass Mike meistens nachmittags auf dem russischen Markt herumhängt. Hasch. Das Übliche. Und Sie werden es nicht glauben.«

»Dass Sie Dels Preis herausgefunden haben?«, meinte Calvino.

»Das musste ich gar nicht. Mike Hatch kam zu uns an den Tisch. Er hat uns zum Essen eingeladen«, sagte sie mit dem Stolz einer Eroberin.

»Was ist aus Ihren Kleidern geworden?«, wollte Calvino wissen, löste seine Krawatte und warf sie auf den Stuhl. Er hatte daneben gezielt, und sie landete auf dem Boden.

»Mir ist beim Warten ganz heiß geworden.«

»Oder ist Ficken lediglich ein Preis, den Sie zahlen würden, um zu kriegen, was Sie wollen?«

»Sie Mistkerl«, sagte sie und bedeckte ihre Brüste mit dem Taschenbuch.

»Wie banal. Alle weißen Männer sind Mistkerle, und alle weißen Frauen sind unterdrückte Heilige?«, meinte er. Er schlüpfte aus den Schuhen und knöpfte sein Hemd auf.

»Ich bin beinahe versucht, Sie abzuschreiben. Und das wäre ein Jammer. Denn dann wüssten Sie nicht, wo Sie morgen Mike Hatch treffen können.«

»Aber Sie werden mich nicht abschreiben. Und wissen Sie, warum? Weil mir Ihre Perlen gefallen«, sagte Calvino und setzte sich mit nacktem Oberkörper auf die Bettkante. Er hob die Perlen von ihrer Brust.

»Wann hast du das letzte Mal bei einer weißen Frau zweimal hingesehen?«

»Als man einer weißen Frau noch die Tür aufhalten konnte, ohne sich eine Ohrfeige zu fangen, weil man sie nicht als gleichwertig behandelt«, meinte Calvino. Das stimmte nicht ganz. Bei Dr. Veronica hatte er mehr als zweimal hingesehen.

»Wann hast du es zum letzten Mal mit Vorspiel versucht?«

»Wann treffe ich Mike Hatch?«

»Planst du ein Vorspiel für Mike? Männer haben so ihre Probleme mit dem Sex. Sie fühlen sich unwohl und werden nervös, wenn sie eine Frau auf gleicher Basis ficken sollen.« Sie kicherte.

»Auf gleicher Basis ficken. Kein Problem. Aber beim Ficken über Gleichberechtigung diskutieren. Damit habe ich ein Problem. Vielleicht ist New-Age-Sex mit einer Amerikanerin ja so. Kann ich nicht beurteilen. Ich bin schon eine ganze Weile weg.«

»Keine Sorge, das merkt man.«

»Hör mal, es ist ziemlich wichtig für mich, mit Mike Hatch zu reden.«

»Und warum sollte ich dir helfen?«

»Weil ich bereit bin, mich von dir bekehren zu lassen. Zeig mir den Weg zu sexueller Gleichberechtigung, Glücklichsein und zollfreiem Champagner. Außerdem ist das der Preis dafür, in mein Zimmer einzubrechen«, sagte Calvino.

»Er sagte fünf Uhr nachmittags. Aber du weißt ja, wie Männer sind. Sie kommen fast niemals pünktlich, und wenn doch, sind sie meistens betrunken.«

»Kommt darauf an, auf welche Art Mann du wartest«, sagte Calvino.

»Man kann keinem trauen«, meinte sie. Sie drehte den Korken des 85er Veuve-Clicquot-Ponsardin-Champagners hin und her, bis er knallte, mit einem dumpfen Plopp von der Decke abprallte und harmlos zu Calvinos Füßen herunterfiel. Sie hatte keinen Tropfen vergossen. Er fragte sich, wie viele Flaschen Champagner man öffnen musste, bevor man diesen Grad von Perfektion erreichte.

»Magst du einen Schluck?«, fragte sie. »Vielleicht fällt es dir dann leichter, mich als Person zu betrachten.«

»Es würde mir widerstreben, dich alleine trinken zu lassen.«

Sie füllte sein Glas zur Hälfte und schenkte sich selbst ein zweites ein. Die Art, wie sie mit der Champagnerflasche und den Gläsern hantierte, bestätigte, dass sie damit aufgewachsen und es ihr zur zweiten Natur geworden war, Champagner zu öffnen und einzuschenken. So ähnlich, wie die Armen der Welt Wasser aus einem Brunnen schöpften. Nach dem dritten Glas Champagner wurden sie beide gelöster. Calvinos Schultern und Halsmuskeln entspannten sich langsam.

»Wann hast du zum letzten Mal eine weiße Frau gefickt?«, wollte sie wissen.

Er lächelte, verengte die Augen und tat so, als würde er es an den Fingern abzählen. Das war die Frage, die sie eigentlich hatte stellen wollen.

»Vor ungefähr zehn Jahren«, sagte er.

»Vor zehn Jahren bin ich noch zur Schule gegangen. Dann war ich auf einer dieser Universitäten, wo man nicht miteinander ging. Man hat einfach gefickt. Das war unsere Kultur«, sagte sie und nippte an ihrem Champagner. »Aber genug von mir geredet. Ich vermute, du bist auf einer rein asiatischen Mädchendiät. Oder steht irgendeine spezielle asiatische Freundin auf der Speisekarte?«

»Die Speisekarte ist voller Spezialitäten«, meinte er.

»Liegt das daran, dass du Angst hast vor jemandem in deinem eigenen Alter, jemandem mit einem funktionierenden Gehirn?«

Er dachte an Kiko, seine japanische Freundin, die vor sechs Monaten nach Japan zurückgekehrt war. Bangkok war ihr zu viel geworden – der Verkehr, Staub, Lärm, die Korruption und das Maß der Umweltverschmutzung, das jeden Luftzug, die Flüsse, Klongs und Straßen in Ströme von Gift und Dreck verwandelte. Sie war etwa in seinem Alter und hatte mehr Verstand als jede andere Frau, der er begegnet war. Verstand genug, um die Beziehung zu beenden. Zu Thailand und zu ihm. Es war nichts Persönliches. Er konnte es ihr nicht verübeln, dass sie gegangen war. Sie konnte ihm nicht verübeln, dass er blieb. Und Kiko musste schließlich an ihr Kind denken. Aber er vermisste sie trotzdem.

»Wenn du fragst, ob ich Angst davor habe, dich zu ficken, dann ist die Antwort: Es hat nichts mit Angst zu tun. Es gibt andere Gefühle, die stärker sind als Furcht ...«

»Aha, ein philosophierender Privatdetektiv.« Sie rollte sich auf den

Bauch und legte seinen Telefonhörer neben den Apparat. »Was sind das für andere Gefühle?«

»Wirst du mich morgen früh auch noch respektieren?«, fragte er und warf einen Blick aufs Telefon. »Befürchtest du einen Anruf? Vielleicht ein Spendensammler von deiner Universität?«

Sie kicherte. »Du bist süß. Gefährlich. Aber definitiv absolut süß. Und ich hasse definitiv Unterbrechungen.«

Er beugte sich vor und streifte ihre Lippen mit den seinen. Sie setzte ihr Champagnerglas ab und leckte sich über die Lippen. »Das hat besser geschmeckt, als es aussah. Ich möchte mehr davon«, sagte sie und schlang ihm die Arme um den Nacken.

»Darf ich das als Zustimmung auffassen?«

»Brauchst du es schriftlich?«

»Man weiß ja nie …«

»Erzähl mir etwas von dir, das ich noch nicht weiß«, sagte sie.

Es war schwierig, bei jemandem wie Carole persönliche Geheimnisse für sich zu behalten. Sie zog sie einem aus der Nase. Wie in einer Art Focktherapie. Im Rhythmus des Sex sprach sie über ihre Vorlieben, was sie noch vorhatte, was sie schon alles getan hatte. Nach einer Weile hörte sie auf zu reden. Ihr Stöhnen übertönte das Gewehrfeuer vor dem Fenster. Er betrachtete ihr Gesicht, die Augen geschlossen, die Lippen zusammengepresst. Die sexuelle Gegenwartsform des Lebens. Dann schloss auch er die Augen, und während sich ihre Körper im Gleichklang bewegten, durchstreifte er altvertrautes Terrain, dunkle Gassen, sah Gesichter – von Toten und Lebenden –, erwünschte und unerwünschte, und mit diesen Erinnerungen, die ihn als Menschen einzigartig machten, zog er sich in sich selbst zurück und betrachtete den Sonnenschein auf langem Haar.

»Sag mir, was du gerade denkst«, flüsterte sie ihm ins Ohr.

Er dachte an eine andere Frau in Bangkok. Wollte sie das wirklich hören?

»Du kannst mir alles erzählen«, sagte sie.

Also erzählte ihr Calvino vom Gesicht des Barmädchens, dessen Bild er nie richtig scharf stellen konnte. Er versuchte, das Abbild festzuhalten, aber es entglitt ihm, und es war ohnehin nicht so wichtig. Denn er kannte ihre Geschichte. Er war einmal Teil davon gewesen. Aber was wusste Carole von den Geschichten Südostasiens? Nur das, was sie über die Bars gehört oder gelesen hatte. Keiner, der durch die Bars von Asien zog, bekam einen Eindruck vom wahren Ausmaß des Leidens, der Verzweiflung und Mutlosigkeit hinter den Kulissen, bevor er die Landessprache erlernte und mit einem der Barmädchen von Mensch zu Mensch gesprochen hatte. Es war ein riskantes Unterfangen. Man musste sich darauf gefasst machen, eine Schreckensgeschichte nach der anderen zu hören. Berichte aus der Hölle, wo Unglück, Armut und Missbrauch durch die Bambuswände der Hütten in den Dörfern sickerten. Die Brutalität ihrer Kindheit besudelte ihre Träume wie ein mit Dreck bespritztes Glasfenster. Die L'Blancs, Hatchs und ihresgleichen hatten sich ihrer seit frühester Jugend bedient, und sie erwartete nichts anderes mehr. Sie hatte keinen Vater, der mit einer Perlenkette auf sie wartete. Sie war abgehärtet und bereit, alles zu tun, womit sie einem das Geld aus der Tasche ziehen konnte. Sie kannte jede dumme Anmache, die sich jemals jemand ausgedacht hatte. Um durch ihre harte Schale zu dringen, brauchte man einen Vorschlaghammer und eine Menge Zeit. Meistens war es der Mühe nicht wert. Meistens war es unmöglich. Und wenn man Erfolg hatte, stellte man möglicherweise fest, dass die harte Schale schon alles gewesen war.

Abermals blitzte das Bild des Mädchens in Calvinos Gedanken auf. »Da war es wieder«, sagte er zu Carole.

Sie konnte sich bestimmt auch an ihn nicht erinnern, dachte er. Er verstand, warum wir Gesichter vergessen müssen, warum gewisse Erinnerungen besser begraben bleiben. Das sagte er Carole. Und er erzählte ihr von diesem Mädchen. Wie jede Erinnerung an die Männer in ihrem Leben unerträglichen Schmerz auslöste – die Trunksucht ihres Vaters, das Sterben ihrer Schulfreunde an der Grenze zu Kambodscha, Verwandte, die im Gefängnis gelandet oder mit anderen Frauen durchgebrannt waren, ihre Kinder im Stich gelassen hatten.

Bei Typen wie Mike Hatch schrillten die Alarmglocken, und sie sah ein Zeichen in ihren Augen, das kein Mann bei sich selbst lesen konnte:

Männer sind feige. Sie verdrücken sich. Typen wie Hatch waren nichts auf Dauer. Männer wie L'Blanc waren keine guten Investitionen. Sie zahlten sich nie aus. Einmal waren sie gemeinsam in diesem Raum gewesen, Hatch und L'Blanc. Mit einem Mädchen. Einem Mädchen namens Thu. Thu, die gesagt hatte, dass man diesen Menschen niemals sein Innerstes anvertrauen durfte. Ihr Leben war durch den Krieg geformt worden, Bomben, Tod. Sie lebte mit Furcht, Verzweiflung, Schrecken und Hoffnungslosigkeit. Sie hatte den Hunger kennen gelernt und harte Arbeit und Wasser aus einem Brunnen voller Tränen geschöpft. Das System ließ einem die grundsätzliche Wahl, entweder seinen Reis selbst zu pflanzen oder ihn jemand anderem zu stehlen. Ihre Zukunft stand bereits fest, als sie im Alter von zehn Jahren die Schule verließ und in die Welt der Arbeit eintrat – sie hatte alles kennen gelernt: die Felder, die Fabriken und Geschäftshäuser. Die Hurenhäuser. Mit Haut und Haaren wurde sie von Ereignissen verschlungen, die sie weder verstehen noch kontrollieren konnte. Voller Verletzungen, die nicht heilen wollten, und Fremde, denen sie gleichgültig war. Ihr Körper war ihr ganzer Besitz, das Einzige, was sie verkaufen konnte. Sie würde nie lernen, wie man Champagner einschenkte oder trank. Das Höchste war, dass jemand wie Mike Hatch ihr ein Bier spendierte. Während die Monate zu Jahren wurden, lernte sie, dass Männer wie Mike Hatch oder L'Blanc nur auf Zeit waren. Sie verließen ihr Bett und zogen weiter, um andere Leben zu zerstören, eins nach dem anderen, Nacht für Nacht. Sie kamen und gingen nach Belieben, stellten ihre Forderungen, wenn nötig mit Gewalt, hatten ihr Vergnügen und machten sich dann auf die Suche nach einem jüngeren Opfer. Oder sie endeten wie L'Blanc – tot, bevor sein Pferd durchs Ziel ging. Oder wie Hatch – auf der Flucht. Sex war ein Zeitvertreib. Er bedeutete nicht mehr als das gestrige Abendessen. Ein Austausch ohne bleibenden Wert, sagte Calvino. Dann sagte er lange Zeit gar nichts mehr.

Als er sich schließlich auf die Seite rollte, tropfte ihm der Schweiß von der Brust.

»Es gibt Dinge, die wir in unserem Kopf verschließen sollten«, sagte er.

Sie antwortete nicht gleich, sondern legte die Hände über ihre Brüste und berührte die Brustwarzen, bevor sie ihm ihr Gesicht zuwandte und ihn anstarrte.

»Hast du je zuvor eine Frau so gefickt?«, fragte sie.

Er gab zu, dass er das nicht hatte.

»Ich bin froh, dass du es nicht getan hast«, sagte sie.

»Was nicht getan?«

»Es in deinem Kopf verschlossen. Man könnte süchtig werden nach solchem Sex«, meinte sie.

»Süchtig ist nur ein anderer Ausdruck für eine schlechte Angewohnheit.«

»Mit schlechten Angewohnheiten ist es wie mit Feinden: Es werden nie weniger«, sagte sie und drehte sich zur Seite, um nach der Champagnerflasche zu greifen. Sie trank direkt aus der Flasche. Dann fing sie an, ein altes Beatles-Lied zu summen – *It's Been a Hard Day's Night* –, bevor sie sich ins Bad zurückzog.

Calvino schlang sich ein Handtuch um die Hüften, ging zum Balkon und zog den Vorhang zur Seite. Er sah dutzende von Gesichtern auf der dunklen Straße unter sich. Die Kreuzung war voller dreirädriger Fahrradrikschas, Radfahrer und Huren mit Miniröcken und hochhackigen Schuhen. Ein rauschendes sexuelles Nachtleben unter dem Hotel, ständiges Kommen und Gehen, heimliche Transaktionen, Geld gegen Sex, Sex zum Vergnügen. Als er sich wieder umwandte, war Carole vollständig angezogen und schlüpfte in ihre Schuhe.

»Bis morgen«, sagte sie. »Und danke für die Nacht.«

Er hatte zwei Rote – zwei Fünfhundert-Baht-Scheine – in ihre Handtasche gesteckt, während sie im Bad war. Scott hatte er mehr für seine Informationen bezahlt. Aber natürlich ging es hier nicht direkt um Informationen, das war ihm klar. Danach hatte er sich viel besser gefühlt – das Geld schuf einen gewissen Abstand. Aber er sagte nichts. Er versuchte, sich einzureden, dass es eine Art Jux war, ein Protest gegen die politische Korrektheit, aber er konnte wirklich nicht sagen, ob er sich da nicht etwas vormachte. Eine Perlenkette im Wert von fünfundzwanzig Riesen und eine Flasche teurer Champagner lagen ihm schwer auf der Seele.

Sie warf einen Blick auf seinen 38er-Police-Special.

»Nette Kanone.«

»Nettes Halfter«, erwiderte er.

Nachdem sie gegangen war, trank er den Champagner aus. Er rief in Pratts Zimmer an und sagte ihm, dass Scott ein Treffen mit Mike Hatch arrangiert hatte. Dann lehnte er sich in die Kissen zurück, überkreuzte die Füße und schloss die Augen. Es klopfte an der Tür.

»Es ist offen«, sagte er.

Carole stürmte mit gerötetem Gesicht herein. Sie warf ihm die beiden Fünfhundert-Baht- Scheine vor die Füße.

»Du Schweinehund.«

»Ich hatte schon befürchtet, dass es zu wenig ist.«

Sie warf einen Aschenbecher und eine Lampe nach ihm, bevor sie auf dem Absatz kehrtmachte und die Tür hinter sich zuknallte. Er schloss die Augen wieder und lauschte dem Summen des Aufzugs, der in die Hotelhalle hinunterfuhr.

Da war ein Hämmern, erst leise und dann immer lauter.

Die Tür krachte auf, und Pratt stand mit gezogener Waffe in der Öffnung. Sein Blick huschte auf der Suche nach einem Eindringling durch den dunklen Raum. Die Vorhänge waren zurückgezogen, und von der Straße her drang genügend Licht herein, dass er die Möbel, das Bett und Calvino alleine auf dem Bett liegend erkennen konnte. Calvino schlotterte auf dem schweißdurchnässten Laken, als er das Licht anknipste.

»Die Rezeption hat mich angerufen«, sagte Pratt. »Sie dachten, jemand versucht, dich umzubringen.« Er ließ seine 9-mm-Pistole sinken. »Du hast meinen Namen geschrieen. Sie dachten, du wirst ermordet.«

»Ich hatte einen schlimmen Traum. Vergiss das. Ich hatte einen gottverdammten Albtraum«, sagte Calvino mit klappernden Zähnen und zitternden Händen. »Den über die alten Tage. Den ich dir schon mal erzählt habe. Jemand hat ein paar Erinnerungen ausgelöst. Du weißt schon. Erinnerungen aus New York, von denen ich gedacht hatte, sie wären lange begraben.«

Pratt hob die leere Champagnerflasche auf und betrachtete das Etikett.

»Für den Preis dieser Flasche könnte man in Phnom Penh ein paar Leute umbringen lassen.«

»Oder einen Mann dafür bezahlen, dass er einen ins T-3-Gefängnis bringt.«

Pratt stellte die Flasche zurück in den Eiskühler, der jetzt voller Wasser war. »Glaubst du wirklich, dass Mike Hatch auftaucht?«

Calvino bekam das grausige Netz aus seinem Traum nicht aus dem Kopf. Mike Hatch war in derselben Umgebung aufgewachsen wie er, und er fragte sich, ob er auch Albträume davon hatte. Und ob Hatch genauso neugierig war, jemanden wie ihn kennen zu lernen, dem die große Flucht gelungen war.

»Ich würde sagen, er kommt«, meinte Calvino. »Die Bar ist in einem Ladenhaus beim Independence Monument.«

»Ich kenne die Bar. Sie liegt zweihundert Meter entfernt vom nächsten Polizeirevier.«

»Das hat doch Stil«, sagte Calvino.

»Es zeigt Arroganz oder Dummheit. Ich bin noch nicht sicher, welches von beidem«, sagte Pratt. Bei sich dachte er, dass Calvinos Reporterfreundin mit ihrer teuren Champagnerflasche so etwas wie eine Visitenkarte hinterlassen hatte – jedenfalls, wenn die Geheimdienstberichte stimmten. Der Mann hinter den Kulissen hatte Kontakte zur internationalen Presse. Den Gerüchten zufolge war er ein gebürtiger Franzose, der in Intellektuellenkreisen verkehrte. Auch Pol Pot war ein französischer Intellektueller gewesen, wie Pratt sich erinnerte. Er hatte veranlasst, dass der Hintergrund von Philippe, dem Franzosen mit dem goldenen Zigarettenetui aus dem französischen Restaurant, überprüft wurde. Bisher lagen noch keine Berichte vor.

War Philippe der Mann mit dem Codenamen Kim? Der Name war Pratt in Bangkok immer wieder begegnet. Immer in Verbindung mit Kambodscha. Hatte er Carole Summerhill-Jones benutzt, um Mike Hatch oder Vincent Calvino in einen Hinterhalt zu locken? Oder bezahlte er jemanden dafür, Calvino im T-3 eine Falle zu stellen? War er der Mann, der an ihrem ersten Abend in Phnom Penh versucht hatte, Calvino töten zu lassen? Das ging Pratt nicht aus dem Kopf.

Aber es gab noch andere Fragen bezüglich Kim, die bei der letzten Besprechung mit seinen Vorgesetzten in Bangkok erörtert worden waren. Einige Generäle mussten in die Sache verwickelt sein, und es gab nichts Gefährlicheres, als sich mit einem hochrangigen Offizier anzulegen. Zu viel Gesichtsverlust für zu viele wichtige Leute stand auf dem Spiel.

Die Generäle in Bangkok bedienten sich eines Profis, und der würde alles tun, was nötig war, um das Geschmeide wieder zu beschaffen, das Fat Stuart L'Blanc irgendwie aus dem Land geschafft und in Kambodscha versteckt hatte. Aber dazu musste er Mike Hatch finden. Es wurde vermutet, dass er im Besitz der Juwelen war. Die Geschichte mit den saudischen Juwelen hatte dem Ruf und den Interessen Thailands größeren Schaden zugefügt als irgendein anderer Skandal in jüngerer Geschichte. Ganz abgesehen von dem tiefen Riss, der jetzt durch die Polizei ging. Jedes Mal, wenn Pratt die Zeitung aufschlug, las er eine andere Geschichte, wer innerhalb des Dezernats in die Sache verwickelt war. Informationslecks, Gerüchte, Spekulation. Irgendjemand kannte vermutlich alle Fakten. Aber Pratt war es bestimmt nicht. Sein Vorgesetzter hatte eine Menge persönliches Vertrauen darauf gesetzt, dass er Mike Hatch fand und das Collier zurückbrachte, dachte Pratt. Aber bis jetzt gab es nichts Greifbares nach Bangkok zu berichten.

Pratt hoffte, dass Hatch seine Verabredung mit Calvino einhielt. Aber er hatte seine Zweifel. Dass Calvino in eine Bar gleich neben einer Polizeistation gelockt werden sollte, beunruhigte Pratt. Und je länger er Calvino im Dunkeln tappen ließ, desto lausiger fühlte er sich. Er hätte ihn am liebsten eingeweiht, ihm gesagt, warum er wirklich in Kambodscha war und um was es ging. Für Pratt war die Sache klar – der Ruf seiner Abteilung und die Ehre Thailands standen auf dem Spiel. Waffenschmuggel war lediglich eine Landplage. Pratts Loyalitäten und Sympathien lagen im Widerstreit. Er hatte seinem kommandierenden Offizier fest zugesichert, dass er mit keinem Außenstehenden sprechen würde. Sein Vorgesetzter war der Ansicht, dass Farangs die thailändische Denkweise nicht verstehen konnten. Pratt hatte nicht widersprochen.

Leute mit Kontakten zur Presse waren ein Risiko. Die Presse war korrupt. Einflussreiche Leute hatten schon mehr als einmal die Medien benutzt, um ihre Feinde zu isolieren und in die Ecke zu drängen, sie zu erniedrigen und ihnen das Gesicht zu rauben. Es zählte nicht, dass man Familie hatte und sich noch nie etwas hatte zu Schulden kommen lassen. Eine einzige Zeitungsausgabe konnte einen ruinieren. Es gab käufliche Reporter. Redakteure mit politischen Ambitionen und Freunden, die alte Rechnungen begleichen wollten. Das Einzige, was sie darin von der Polizeitruppe unterschied, war eine Idee – Pressefreiheit. Egal, wie unsachlich die Zeitungen berichteten, diese Freiheit trugen sie vor sich her wie den heiligen Gral. Und Pratts Abteilung hatte keine Möglichkeit, sich gegen die Angriffe zur Wehr zu setzen. Sie war wie ein Boxer, dem man die Arme auf den Rücken gebunden hatte. Und niemand trat dazwischen, um den ungleichen Kampf zu beenden.

Es hieß, dass Pratts Vorgesetzter wenige Freunde in Polizei und Presse hatte. Er spielte mit offenen Karten, egal, mit wem er es zu tun hatte, und einer Menge Leute missfiel es, dass dieser General nicht käuflich war. Derselbe General, der Calvinos Namen niemals direkt erwähnte – das wäre unthailändisch gewesen.

Aber Pratt wusste genau, dass »keine Außenstehenden« Calvino mit einschloss. Er musste lächeln bei dem Gedanken, dass Calvino die ganze Nacht mit der Presse im Bett verbracht hatte. Vielleicht war das die richtige Art, mit der Presse umzugehen. Aber Pratt musste an seine Familie denken. Er hatte eine Frau und zwei Kinder. Die Kinder gingen auf eine Privatschule. Ihr Leben konnte verpfuscht sein, wenn er einen Fehler machte. Und was stand für Calvino auf dem Spiel? Sein Leben. Und wie ernst hatte Calvino sein Leben während der letzten Jahre genommen? Er war wie ein Schlafwandler auf dem Hochseil, ohne Netz und doppelten Boden. Kein Wunder, dass er seine Albträume in die Nacht hinausschrie.

9

Wahl der Waffen

Die ersten Worte am nächsten Morgen kamen von einer vertrauten Stimme, die das Telefon in der Lobby benutzte. »Ich dachte, das interessiert Sie vielleicht. Thu hatte letzte Nacht ein Rendezvous mit einer Granate«, sagte Scott.

»Ist sie am Leben?« Calvino sah auf die Uhr. Acht. Drei Stunden waren vergangen, seit Pratt die Tür zu seinem Zimmer aufgetreten hatte. Aber er hatte nur noch eine Stunde Schlaf gefunden und fühlte sich miserabel.

»Soweit ich gehört habe, ja. Aber sie könnte sicher ein bisschen ärztliche Betreuung brauchen. Wenn Sie natürlich denken, sie ist bloß eine Hure und es kommt nicht darauf an ...«

»Richard?«

»Ja?«

»Es kommt darauf an. Also stecken Sie sich diese scheinheilige Scheiße sonst wohin und hören Sie auf, so zu tun, als wären Sie der Einzige auf der Welt, der sich um die Schmerzen anderer Leute schert.«

Ein kurzes Schweigen trat ein.

»Ich warte in der Lobby auf Sie«, sagte Scott.

Calvino knallte den Hörer auf die Gabel und schwang sich aus dem Bett. Sein Kopf hämmerte vom Champagner und Schlafmangel. Er trat auf etwas Feuchtes und Weiches, das an seiner Fußsohle kleben blieb. Langsam hob er den Fuß und pellte es ab. Es war ein gebrauchtes Kondom mit Erdbeergeschmack. Er hasste den Morgen nach einem flüchtigen sexuellen Abenteuer, wenn von Körpersäften klebriges Zeugs wie Landminen auf dem Boden lauerte und zwei kleine Eishockeyspieler in seinem Hinterkopf mit ihren Schlägern aufeinander einhieben. Er duschte, ließ sich das heiße Wasser übers Gesicht laufen und dachte an die Perlenkette im Wert von fünfundzwanzigtausend Riesen, die Carole getragen hatte. Es fiel ihm schwer, sich bei dem Gedanken nicht zu übergeben. Nachdem er sich fertig angezogen hatte, rief er Shaw an.

»John, ich habe gerade beim Frühstück gehört, wie ein paar Mitglieder von Nichtregierungsorganisationen sich über einen Bombenanschlag heute Nacht unterhalten haben. Wissen Sie etwas darüber?«

»Ein paar Schießereien an den Kontrollpunkten.«

»Nein, ein Anschlag mit einer Granate.«

Shaw lachte. »Es wäre nicht das erste Mal, dass die Nichtregierungsleute etwas in die falsche Kehle bekommen.«

»Ja, sie bringen Tatsachen und Gerüchte durcheinander. Ein wirrer Haufen aus Nobelpreisträgern und Vollidioten.«

»Wenn Sie eine Weile in Kambodscha sind, bekommen Sie alle möglichen Gerüchte über Anschläge zu hören, die nie passiert sind«, sagte Shaw. Er schwieg eine Weile. »Wollen Sie Ihre Reporterfreundin heute ins T-3-Gefängnis mitnehmen?«, fragte er. »Das könnte ich arrangieren.«

»Morgen wäre besser.«

»Ich hole Sie nachher ab. Sie müssen sich die Felder des Todes ansehen. Gleich außerhalb der Stadt hat man eines im ursprünglichen Zustand erhalten. Es spricht für sich selbst. Haufenweise sonnengebleichte Schädel.«

»Ich rufe Sie lieber zurück.« Er legte auf und zog seinen 38er-Police-Special, um ihn zu überprüfen. Während er die Kammern kontrollierte, musste er bei dem Gedanken grinsen, wie Carole das Kondom über den Lauf gestreift hatte. Er schob die Waffe ins Halfter und wünschte, es gäbe ein Leben und einen Ort, wo niemand je eine Waffe benutzte, es sei denn vielleicht als Vorspiel zum Sex. Kambodscha war kein solcher Ort.

Als Calvino das Hotelrestaurant betrat, sah er Scott, der eine zwei Tage alte Zeitung aus Bangkok las. Er setzte sich zu ihm an den Tisch.

»Wer hat Ihnen von dem Anschlag erzählt?«, fragte Calvino und drückte den Rand der Zeitung herunter, damit er Scott ansehen konnte.

»Eine von Thus Zimmergenossinnen. Wenn das der richtige Ausdruck ist. Eine Mithure. Sie wollte erst zu Ihnen ins Hotel. Die Mithure. Das ist es, was ich meine. Die Mithure ist unverletzt. Thu geht es schlecht. Aber ihre Mithure wollte hier ins Hotel. Das ging nicht. Huren ohne Begleitung lassen sie nicht zur Tür rein. Also ist sie zu mir gekommen, wo es keine blöden Regeln gibt. Ich bin zusammen mit ihr zurückgekommen, aber an der Rezeption hieß es, dass Sie jemanden auf dem Zimmer haben. Wir wollten uns nicht aufdrängen. Aber ich sagte: ›Holen Sie ihn ans Telefon.‹ Es war besetzt. Ich vermute, Sie wollten nicht gestört werden.«

Scott nahm Calvinos verbissene Miene wahr und grinste. Er war sich nicht bewusst, dass er Calvinos Gefühle falsch interpretierte. Er verwechselte Verzweiflung und Zerknirschung mit Frustration. Calvino machte sich Vorwürfe. Er hatte mit Carole nicht gestört werden wollen. Er hätte den Hörer wieder auf die Gabel legen sollen. Hatte er aber nicht ... der Champagner, die Perlen, die Designerkondome, das Gefühl der Haut einer weißen Frau. Das hatte die Linie verwischt zwischen dem, was er hätte tun sollen und was er tatsächlich getan hatte.

»Sie könnte tot sein«, sagte Calvino.

»Könnte sein. Wer weiß? Aber ich dachte, wir sollten uns persönlich vergewissern. Nur für den Fall, dass sie noch am Leben ist.«

»Wer hat es getan?«, fragte Calvino.

Scott wirkte momentan verwirrt. Dann nickte er.

»Sie meinen, wer die Handgranate geworfen hat? Weiß nicht. Habe ich mich auch schon gefragt. Mir ist da ein kleiner General in den Sinn gekommen. Und damit meine ich nicht Napoleon.«

»Was wollen Sie damit sagen?«, fragte Calvino.

Ein Kellner erschien mit einer Tasse Kaffee und stellte sie vor Calvino hin. Er trank einen großen Schluck.

»Sie sehen aus wie ein verdorbenes Pastrami-Sandwich«, sagte Scott.

»Sie hätten gestern Nacht auf mein Zimmer kommen sollen.«

»Die Rezeption hat gesagt, Sie seien beschäftigt«, erwiderte Scott. Er räusperte sich, legte seine Zeitung zusammen und strich die Stelle glatt, wo Calvino sie in der Mitte zerknittert hatte.

»Sie haben mir noch nicht geantwortet. Wer hat es getan?«

Scott zuckte die Achseln. »Kambodschaner«, sagte er. Er verstummte, als er sah, dass Calvino drauf und dran war, sich über den

Tisch hinweg auf ihn zu stürzen. »Die Kambodschaner machen sich ein Vergnügen daraus, Vietnamesen umzubringen. Es ist so eine Art Nationalsport. Vor den Wahlen haben die Politiker sich gegenseitig darin zu übertrumpfen versucht, wer die Vietnamesen am meisten hasst. Das ist normal. Jeder braucht jemanden, den er hassen kann. Was ein Volk antreibt, ist Hass. In diesem Land bedeutet er Wählerstimmen. Und Stimmen bedeuten Macht. Die Kambodschaner haben sich auf die Vietnamesen eingeschossen. Sie sind schuld. Thu ist eine von ihnen. Die UNO nennt es Demokratie. Jeder hat dasselbe Recht auf einen gewaltsamen Tod.«

Calvino versuchte, ein dumpfes Gefühl abzuschütteln. Den Schmerz, der sich mit dem Bewusstsein einstellt, dass man etwas hätte unternehmen können und es nicht getan hat.

»Wo ist sie?«

»Ein Stück vom Hotel entfernt. Draußen beim See.«

Die ganze Zeit, während Calvino sich in Carole Summerhill-Jones bewegt hatte, ihr von der Lektion über das Leben erzählte, die Thu ihn gelehrt hatte, sie benutzte, um mit Carole zu schlafen, hatte Scott versucht, ihn zu erreichen. Eine Welle von Schuldgefühlen überschwemmte ihn. Er hatte nichts gelernt. Als ob seine Jahre in Asien absolut nichts zählten. Null. Die ganze Zeit hatte er geredet und geredet und Geschlechterpolitik gespielt, als ob das irgendetwas bedeutete. Und unten stand Thus Freundin ohne importierte Nylonstrümpfe, mit denen sie sich den Weg in Calvinos Zimmer hätte erkaufen können. Sie hatte versucht, ihren Hilferuf anzubringen. Und wo war er gewesen, als dieser Hilferuf ungehört verhallte? Er hatte eine teure Perlenkette durch seine Finger gleiten lassen.

Zusammen mit Scott verließ er das Hotel. Er hatte das Gefühl, dass er irgendetwas tun musste, um die letzte Nacht wieder gutzumachen. Er musste mit Thu ins Reine kommen.

Der See hieß Boeng Kak, und am Nordufer zog sich mehr als fünf Kilometer lang eine Kette von winzigen Bordellen hin – kaum mehr als Holzhütten –, bevölkert von Legionen vietnamesischer Huren, die per

Bus von Saigon gekommen waren. Scott, der zwischen dem Fahrer und Calvino auf dem Sozius der 50-ccm-Honda saß, erläuterte, dass die Prostitutionsindustrie am Boeng Kak von den UNTAC-Soldaten lebte.

»Die Bus-People«, sagte Scott. »Nicht zu verwechseln mit den Boat-People, die es nach Amerika oder Australien geschafft haben. Soweit sie nicht unterwegs von Piraten abgeschlachtet worden sind.«

Ein leichter Regen trieb ihnen ins Gesicht. Der Motorradfahrer, der den Kopf auch nicht einen Millimeter nach links oder rechts drehte, trug ein billiges Plastikregencape. Er wirkte wie ein Roboter auf Autopilot. Unter dem Gewicht der beiden Farangs auf dem Sozius der Honda waren die Reifen beinahe platt. Langsam tuckerte die Maschine den Boulevard Achar Mean entlang, vorbei am französischen Hospital. Das Schild vor dem Eingang war falsch geschrieben, da stand »Hoptial‹. Am Kreisverkehr nahm der Fahrer die erste Abzweigung. Kurz darauf kam das Motorrad auf eine Straße, die nur aus Schlamm und Schlaglöchern zu bestehen schien. Als sie den ausgedehnten Bordellkomplex am Seeufer erreichten, prasselte ein Regenschauer hernieder. Junge Mädchen in rosa und gelben Pyjamas kamen durch den Regen angerannt, als das Motorrad anhielt. Eines legte Calvino den Arm um die Taille und wollte ihn gar nicht mehr loslassen.

»Bumbum, Bumbum, vier Dollar.« Sie klangen wie den Kinderschuhen noch nicht entwachsene Cheerleader, die einen neuen Jubelschrei für den Abschlussball übten. Aber das hier war weniger ein Jubelschrei als ein Werbeangebot. Vier Dollar war der übliche Preis. Die Soldaten kamen auf der Suche nach einem billigen Fick zum See.

Calvino schüttelte den Kopf und versuchte, sich das Mädchen vom Leib zu halten, aber so leicht ließ es sich nicht abschütteln. Sie klammerte sich mit Händen und Füßen an ihn, sodass er sie durch den Schlamm mitschleifte.

Scott wischte eines der Mädchen zur Seite, als wäre sie ein lästiges Insekt, das auf seinem Arm gelandet war.

»Ich hab mal eine gefragt, warum sie keine schwarzen Pyjamas tragen. Wissen Sie, was die kleine Hure mir geantwortet hat? Sie war um die fünfzehn. Sie hat gesagt: ›Mutter trägt Schwarz. Ich trage Pink. Viel bessere Farbe‹, hat sie gesagt. ›Schwarz ist Farbe des Todes.‹ Hat mir irgendwie gefallen. Natürlich war es eine Lüge. In China ist Weiß die Farbe des Todes. Könnte es sein, dass die Vietnamesen eine amerikanisierte Einstellung zu Farbe und Tod haben?«

Calvino folgte ihm auf die Holzveranda eines Bordells. Die Tür stand offen, und drinnen konnte man mehrere Mädchen sehen, blass, die Haare zerwühlt, die Augen voller Furcht, auf Bambusmatten zusammengerollt. Scott konnte genügend Vietnamesisch, um die Mädchen davon zu überzeugen, dass sie sie nicht umbringen wollten. Außerdem wies er darauf hin, dass er ja wohl nicht im Entferntesten kambodschanisch aussah. Eine alte Frau mit gelben Augen und einem langen Schlachtermesser hörte ihm zu. Sie ließ das Messer sinken und ging voraus. Sie folgten ihr schnell durch eine Reihe kleiner Zimmer, dann durch einen Vorhang aus Bambusperlen, der den Hinterausgang darstellte, schließlich über einen langen, schmalen Holzsteg. Hinter dem Haus lag der See. Er hatte die Farbe von Schwefelsäure, und zum Ufer hin wurde das Wasser zu einem schilfbewachsenem Sumpf voller weggeworfener Plastikflaschen und herumdümpelndem Müll. Es herrschte ein scharfer Gestank nach ungeklärten Abwässern, der einem die Tränen in die Augen trieb. Am Ende des Laufstegs lagen mehrere kleinere Gebäude. Der Geruch von Verwesung hing in der Luft, und nicht einmal der Regen schaffte es, ihn auf den verdreckten See hinauszutreiben.

Die alte Frau schob ein Betttuch vom Eingang zu einem der Räume zur Seite. Sie gingen hinein und fanden Thu in einem Zimmer vor, das kaum größer war als eine Gefängniszelle. Sie lag auf dem Bett, den rechten Arm und das rechte Bein in blutdurchtränkte Lumpen gewickelt. Ein zweites Mädchen hockte auf dem Boden, schlug nach den Fliegen und hörte Rock 'n' Roll im Radio.

Calvino beugte sich zu Thu, kniete sich dann hin und betrachtete ihre geschlossenen Augen. Ihr Gesicht war dreckverschmiert. Die Haare rochen feucht von Schweiß. Ihre Haut fühlte sich kalt an. Sie war immer noch im Schock. Er löste vorsichtig den schmutzigen Verband. Das Fleisch war an mehreren Stellen zerrissen. Eintrittswunden von der Größe seines Daumens, und er konnte die gezackten Metallteile der Granate spüren. Die alte Frau hielt ihm das Messer hin, in der Annahme, er wäre Arzt und gekommen, um das Mädchen zu behandeln. Das war die Geschichte, die Scott ihr aufgetischt hatte. Calvino warf einen Blick auf das Messer, dann sah er die alte Frau an und schüttelte den Kopf. Unter seiner Berührung öffnete Thu die Augen einen Spalt weit.

»Du kommst Thu holen. Thu noch einmal retten. Ja?«

»Sie scheint sich an Sie zu erinnern«, sagte Scott. Eines der Mädchen kam angerannt und reichte Scott eine Dose Tiger-Bier.

»Halten Sie den Mund, Richard.«

»Sie hat eine Menge Blut verloren«, sagte Scott. Er lehnte sich gegen die Wand, riss die Bierdose auf und trank einen großen Schluck. Es war ihm schleierhaft, wie Calvino da am Fußende von Thus Bett knien und ihre Verbände aufwickeln konnte, ohne ein Bier zu brauchen.

»Wir müssen sie ins Krankenhaus bringen«, sagte Calvino ebenso zu sich selbst wie zu Scott. »Wenn sie hier bleibt, stirbt sie mit Sicherheit.«

»Auf einem Motorrad?«, fragte Scott. Das Problem in Phnom Penh war das Fehlen geeigneter Nahverkehrsmittel. Sie würden es niemals schaffen, jemanden dazu zu bewegen, zum See herauszukommen. Ein Motorrad schien die einzige Lösung zu sein.

Calvino hüllte das zerschmetterte Bein in Handtücher.

»Wer hat dir das angetan, Thu?«

Ihr Kopf rollte zur Seite, und dann kamen ihr die Tränen. Es war schlimm genug, ihren Schmerz zu sehen, aber angesichts der Tränen, die auf das schmutzige Betttuch flossen, während Rockmusik aus dem Radio des anderen Mädchens hämmerte, wurde einem auf schreckliche Weise klar, wie die Welt funktionierte. Immer weiter, immer weiter, ohne Mitleid, ohne Gnade. Calvino hob sie sanft in seine Arme, machte kehrt und trat durch das Tuch in der Türöffnung.

»He, wo wollen Sie hin?«, fragte Scott.

»Ins Krankenhaus.«

»Gute Idee«, meinte Scott. Er trank sein Bier leer und warf die Dose beim Hinausgehen in den See.

Die alte Frau, die immer noch ihr Messer umklammert hielt, lief ihnen voraus in einen anderen Raum. Dort blieb sie stehen und zog ein Badehandtuch vom Eingang zurück. Sie bedeutete Calvino, einen Blick hineinzuwerfen.

»Sie glaubt, Sie wären Arzt«, sagte Scott. »Sie möchte, dass Sie sich das ansehen.«

Calvino sah ins Zimmer und wünschte sich sofort, er hätte es gelassen. Mit Thu auf dem Arm stand er in der Türöffnung. Die alte Frau hatte zu jammern begonnen und wischte sich über die Augen.

Zwei tote Mädchen lagen mit offen stehenden Mündern Seite an Seite auf dem Boden. Ihre Wangen berührten sich, und Fliegen krabbelten auf ihren Gesichtern herum. Einem der Mädchen war ein Teil des Gesichts weggeschossen worden, und ihre Augenhöhle war nur noch ein schwarzes Loch, eine leere, grausame Wunde. Sie sah aus, als wäre sie etwa sechzehn, und trug einen weißen Pyjama. Thu begann in Calvinos Armen zu weinen, und er wandte sich ab, floh aus dem Zimmer zurück auf den Laufsteg.

»Na großartig«, sagte Scott. »Die Kambodschaner hassen diese Mädchen. Es ergibt keinen Sinn. Aber was in der Welt tut das schon?«

Das war die erste ehrliche Frage, die Calvino bisher von Scott gehört hatte. »Gehen wir«, sagte Calvino.

»Sie wollen mich töten«, sagte Thu. »Aber sie töten meine Freundin.«

»Warum?«, fragte Calvino und rannte beinahe den Laufsteg entlang.

»Wegen schlechtem Mann.«

»Du kennst die Männer, die dich verletzt haben?«

Aber sie wurde wieder ohnmächtig, und als sie den Aufenthaltsraum erreichten, waren ihre Augen verdreht. Inzwischen goss es in Strömen. Er hatte Thu genau so vorgefunden, wie Scott vorausgesagt hatte. Miss Thu kämpfte um ihr Leben in einem Dreckloch neben einem See, der im umhertreibenden Müll erstickte und stank wie eine aufgestaute Kloake. Er musste sie da rausholen. Sie auf das Motorrad zu setzen, kam nicht infrage. Sie in dem Bordell zurückzulassen, war ausgeschlossen.

Im Aufenthaltsraum legte er sie auf eine Bambusmatte. Er musste nachdenken. Eines der vietnamesischen Mädchen brachte Scott ein weiteres Tiger-Bier. Scott setzte sich auf einen Stuhl und trank. Calvino wandte seine Schritte zurück durch die Korridore des Slums, bis er hinaus auf die Straße kam. Vietnamesische Mädchen in ihren Pyjamas stoben ihm aus dem Weg, als würden sie instinktiv etwas Schlimmeres riechen als den See – den sauren Gestank des Todes, der an seinen Armen klebte, mit denen er Thu getragen hatte. Scott tauchte hinter ihm auf und blickte die Straße auf und ab. Nichts regte sich.

»Da können wir lange warten«, sagte Scott.

Es war ein lähmender Gedanke, dass es noch Ewigkeiten dauern konnte, bis sie Thu in ein Krankenhaus bekamen. Calvino stand mitten auf der schlammigen Straße. Der Regen kümmerte ihn nicht. Scott zündete sich eine Zigarette an und spuckte in eine Pfütze. Ein Teenager aus Brooklyn wäre doppelt so schnell auf die Lösung verfallen, dachte Calvino.

»Schon mal ein Auto gestohlen?«

Die Frage überraschte Scott. Er lächelte, trank sein Bier aus und zerdrückte die Dose, bevor er sie auf die Straße warf.

»Hier draußen gibts keine Autos.« Er sog an seiner Zigarette. »Aber sonst ist es eine glänzende Idee. Haben Sie noch mehr davon? Einen Hubschrauber, vielleicht?«

Calvino ging ins Haus zurück und betrachtete Thus Gesicht. Sie lächelte schwach, und dieser Versuch, ihn zu trösten, machte alles noch viel schlimmer. Er schützte ihren Kopf mit einem sauberen Handtuch, das eines der Mädchen gefunden hatte. Dann hob er sie von der Bambusmatte auf und trug sie auf die Veranda, hinaus in den Regen. Es war noch zu früh am Morgen, als dass die Bordelle entlang des Weges Kundschaft gehabt hätten. Da entdeckte er einen etwa dreißig Meter entfernt geparkten UNTAC-Land-Cruiser. Scott lächelte, und zum ersten Mal zeigte sich so etwas wie Wärme in diesem Lächeln. Vielleicht lag es auch nur an dem Tiger-Bier.

»Ich habe gerade einen fahrbaren Untersatz für uns gefunden«, sagte Calvino und blickte zurück zu Scott auf der Veranda.

»Vielleicht sind Sie doch nicht so verkehrt«, meinte Scott und schnippte seine Zigarette in eine Regenpfütze.

»Gehen wir«, sagte Calvino.

Der dreckbespritzte weiße UNTAC-Land-Cruiser stand schlampig geparkt vor einer Holzhütte. Das Heck ragte in die Straße. Sie liefen durch den Regen, dann rannte Scott voraus, schlüpfte durch den Perlenvorhang in das Bordell und kam gerade wieder heraus, als Calvino mit Thu den Land-Cruiser erreichte.

»Wem gehört er?«, fragte Calvino und stützte sich unter Thus Gewicht auf den Wagen.

»Aus einem Hinterzimmer ragen ein paar haarige weiße Beine.«

»Haben Sie gesagt, dass es ein Notfall ist?«

Scott nickte. »Sie haben gesagt, wir sollen uns verpissen.«

»Haben Sie gesagt, dass wir hier ein schwer verletztes Mädchen haben?«

»Calvino, das ist denen schnurzpiepegal.«

Calvino sah zum Eingang hin. Scott hatte wahrscheinlich Recht. »Sind sie bewaffnet?«

Scott zuckte die Achseln. »Sie dürfen keine Waffen tragen. Aber sie haben Pistolen. Asien ist voller Widersprüche.«

Calvino probierte die Tür des Land-Cruiser, und sie schwang auf. Vorsichtig hob er Thu hinein.

»Steigen Sie ein und passen Sie auf sie auf«, sagte er zu Scott.

»Wo wollen Sie hin?«, fragte der.

Calvino zog seinen 38er-Police-Special.

»Die Schlüssel holen.«

»Ich dachte, Sie wollten ihn kurzschließen«, meinte Scott.

»Dazu braucht man ein Ingenieurdiplom oder lebenslange Erfahrung. Oder eine Kanone.«

»Ich glaube nicht, dass denen das besonders gefallen wird.«

»Was Sie glauben, ist mir ziemlich egal, Richard.«

Scott riss schnell die Tür auf der Beifahrerseite auf, kletterte hinein und knallte die Tür hinter sich zu. Einen Augenblick lang trafen sich ihre Blicke. Scott sah Calvino nach, wie er in dem verwahrlosten Hurenhaus verschwand, die Waffe an den Oberschenkel gedrückt. Die Mamasan, die in ihren braunen Pantoffeln kaum einen Meter fünfzig groß war, sah den Revolver und schenkte ihm ein breites Lächeln voller schwarzer Zähne. Sie drehte sich einfach zur Seite und wies mit einem knochigen Finger auf einen notdürftig abgeteilten Raum im Hintergrund. Calvino legte einen Finger an die Lippen, dann an die der alten Frau, deren Blick nie von seiner Waffe wich. Auf einem Tisch neben dem Fenster waren leere Bierflaschen und ein roter Schal. Er schnappte sich den Schal, band ihn sich vors Gesicht und hielt dann auf das Stöhnen und Grunzen zu, das aus dem Hinterzimmer drang. Er fand zwei nackte UNTAC-Polizisten vor, die sich mit vietnamesischen Mädchen auf den Bambusmatten vergnügten. Er schob den Perlenvorhang zur Seite und richtete den 38er-Police-Special auf sie. Einer der beiden, mit blonden Haaren und ausladendem Unterkiefer, spannte die Brustmuskulatur und sah aus, als wollte er gleich auf Calvinos Waffe losgehen. Scott hatte Recht gehabt. Sie waren bewaffnet. Calvino sah zwei 9-mm-Pistolen in Lederhalftern gleich hinter der Tür liegen. Er stieß sie mit dem Fuß hinter sich. Dann richtete er seinen Revolver auf die Stirn des blonden Mannes und spannte den Hahn, bis er mit einem Klicken einrastete. Dieses Geräusch war nicht zu überhören.

»Einen einzigen Mucks, du Muskelmann, und ich blase dir das Gehirn raus. Zurück. Zurück, schnell. Ich will eure Uniformen. Werft sie raus. Und zwar sofort, Arschloch«, forderte er. Der Adrenalinstoß traf ihn wie ein Schock, während er in den Raum trat.

»Sie uns nicht können ausrauben«, sagte einer der beiden Polizisten mit starkem Akzent.

»Wollt ihr mir erzählen, dass es gegen das Gesetz ist? Wie zum Beispiel das unautorisierte Tragen von Handfeuerwaffen? Wie ich das sehe, kann ich tun, was mir gefällt. Genau wie ihr beiden. Und jetzt bewegt euch!«

Der zweite Mann, der mit den schwarzen Haaren, ballte die Fäuste. Aber es war mehr Theater, um seinen Partner zu beeindrucken, als eine echte Drohung. Niemand ging geradewegs auf einen auf ihn gerichteten Revolverlauf los. So etwas gab es nur im Kino.

Die Erektionen der beiden Männer zeigten mittlerweile nach Süden. Drei Vietnamesinnen drängten sich zitternd in einer Ecke zusammen und zogen die dünnen, braunen Beine bis zum Kinn hoch. Sie hielten die Knie mit den Armen umschlungen und hyperventilierten. Wahrscheinlich dachten sie, es wäre wieder ein Angriff der Roten Khmer, mit einem Verrückten, der das Gesicht eines Farang hatte. Calvino tat einen Schritt nach vorne und trat den Mann, der die Fäuste geballt hatte, in den Bauch. Er sackte in sich zusammen und verdrehte die Augen.

»Gaaanz langsam. Werft die Hosen zuerst rüber«, sagte Calvino.

Die beiden Männer übergaben ihm Stück für Stück ihre Uniformen. Auf den Schultern waren bulgarische Flaggen aufgenäht. Calvino nahm das Geld aus beiden Brieftaschen und warf es den Mädchen in der Ecke zu. Dann zog er sich mit Hosen, Hemden, Unterwäsche und Schuhen der Männer aus dem Zimmer zurück. Vor der Tür las er ihre Pistolen vom Boden auf und ging nach draußen. Er klimperte mit den Wagenschlüsseln, während er von der Veranda sprang und hinter das Steuer des Land-Cruiser schlüpfte.

»Hier sind ein paar Klamotten«, sagte er zu Scott und warf ihm die Uniformen zu.

»Bulgaros als Blitzer in den Straßen von Phnom Penh. Wäre nicht das erste Mal. Wenn Sie jemanden berauben wollen, sind die Bulgaren eine gute Wahl. Niemand in Kambodscha kann sie leiden. Das wäre doch eine interessante Geschichte für AP – Bulgaros ficken, während Kambodscha in Schutt und Asche fällt«, sagte Scott und durchstöberte die Taschen.

»Ihr Geld habe ich den Frauen gegeben.«

»Bulgaroblitzer von italo-amerikanischem Robin Hood ausgeraubt. Die Geschichte wird ja immer besser.« Scott berichtete, dass die bulgarischen Truppen sich als Bösewichter der UNTAC-Streitkräfte etabliert hatten. Vielleicht war ihr Ruf, was Herumhuren, Saufen, Bestechen, Rauben, Betrügen, Lügen und andere Missetaten anbetraf, nicht ganz gerechtfertigt, aber schließlich brauchte jeder einen Sündenbock. Einen Frontmann. Und die Bulgaren erfüllten diese Funktion für die in Phnom Penh ansässigen Journalisten.

Calvino hörte nicht länger zu. Er ließ den Motor an und fuhr mit durchdrehenden Reifen los. Ein Schauer aus Schlamm spritzte über die Veranda des Bordells.

Calvino lenkte den Land-Cruiser auf das Gelände des französischen Hospitals. Vor dem Haupteingang hielt er an und stellte den Motor ab.

»Geben Sie mir die Schlüssel«, sagte Scott. »Für die Kiste hier finde ich schnell einen Käufer. Machen wir halbe-halbe. Es wäre sowieso nur eine Frage der Zeit gewesen, bis die Bulgaros sie auf dem Schwarzmarkt verkaufen.«

»Der Wagen steht nicht zum Verkauf.«

Calvino zog die Schlüssel ab und steckte sie in die Tasche.

»Ein ehrlicher Autodieb«, sagte Scott. »Ich kann mir nicht vorstellen, dass das in Phnom Penh zum Trend wird.«

Thu war bewusstlos, als Calvino sie aus dem Wagen hob und ins Krankenhaus trug. Scott blieb ihm auf den Fersen und murmelte irgendetwas über die Ethik des Stehlens. Die Ärztin, die mit Latexhandschuhen und neuen Nylonstrümpfen den Untersuchungsraum betrat, hatte ein vertrautes Gesicht. Sie war die Rezeptionistin aus dem Hotel. Wortlos rollte sie die Handtücher von Thus Verletzungen zurück und tastete die Eintrittswunden mit dem Finger ab. Eine Krankenschwester fand schließlich eine Vene und legte einen Tropf an.

»Mr. Calvino, Zimmer 305«, sagte die Ärztin. »Und Begleitung.« Damit meinte sie nicht Scott.

»Wird sie es schaffen?«, fragte Calvino.

Das lächelnde, runde Gesicht verriet nichts. Keinerlei Gefühlsregung war darauf abzulesen. Eine Jugend unter der Herrschaft der Waffen der Roten Khmer hatte eine ganze Generation solcher freudloser, nichtssagender Lächeln geschaffen.

»Sie wird das Bein vielleicht verlieren«, sagte sie endlich. »Sie sollten lieber in Ihr Hotel zurückgehen. Wir kümmern uns schon um sie. Leben Sie wohl, Mr. Calvino.«

Er war hier in ihrem Revier. Und nicht länger Gast. Er beugte sich über Thu und strich ihr die Haare aus dem schweißfeuchten Gesicht.

»Passen Sie auf sie auf.«

»Warten Sie draußen.«

»Kennen Sie eine gewisse Dr. Veronica? Eine französische Ärztin?«

Die Khmer-Ärztin legte den Kopf schief.

»Sie kennen Dr. Veronica?«

Plötzlich waren seine Aktien wieder gestiegen.

»Sie ist eine alte Freundin.«

»Ich sage ihr Bescheid, dass Sie hier sind.« Sie verschwand im Operationssaal und ließ Calvino im Korridor zurück.

Scott flüchtete sich schleunigst zurück in die Stadt, wo er angeblich eine Verabredung mit einem Investor für sein Vietnam-Projekt hatte. Eine glatte Lüge. Aber Calvino war ohnehin froh, allein zu sein. Eine halbe Stunde später kam Dr. Veronica aus dem Operationssaal, in den sie Thu gebracht hatten. Sie erinnerte sich aus dem Restaurant an ihn. Hier im Krankenhaus wirkte sie ganz anders. Kein tief ausgeschnittenes Abendkleid. Stattdessen ein schmutziggrünes Oberteil und weite Hosen, die Haare unter einer Haube versteckt. Sie streckte ihm die Hand entgegen. Im Restaurant hatte es dabei gefunkt – als hätte jemand ein erotisches Feuerwerk über ihren Köpfen abgebrannt. Als er ihr hier gegenüberstand, geschah nichts dergleichen. Ihr Verhalten war kühl und professionell distanziert. Sie schüttelten sich die Hände.

»Kommen Sie doch mit in mein Büro.«

Calvino hatte im Restaurant das Gespräch von Tisch zu Tisch begonnen. Hier im Krankenhauskorridor fand er keine Worte. Sie ließ ihm auch keine Zeit, sondern wandte sich ab und ging voraus, in der Gewissheit, dass er folgen würde. Er dachte, dass wohl schon viele Männer dieser Frau nachgelaufen waren.

Sie öffnete eine Tür und schaltete das Licht an. Es war ein schmuckloses Büro mit einem Schreibtisch voller Krankenblätter.

»Bitte setzen Sie sich, Mr. Calvino.«

Sie musterte ihn von Kopf bis Fuß. Wahrscheinlich fragte sie sich, was für eine Art von Mann das war, der ein Mädchen wie Thu in ihrem Zustand ins Krankenhaus brachte und dann auch noch dablieb, um zu hören, wie es um sie stand. Sie streifte ihre Haube ab, und die langen, schwarzen Haare fielen ihr über die Schultern. Ohne die Schminke und das Kerzenlicht im Restaurant wirkte sie älter. Sie sah müde aus, die Art von Müdigkeit, die bis auf die Knochen ging und eine fünfunddreißigjährige Frau wie fünfzig aussehen ließ.

»Ist sie …?«

»Sie wird sich wieder erholen.«

»Ich erinnere mich. Landminenopfer sind Ihre Spezialität. Ihr Bein?«

»Wir konnten es nicht retten. Wir haben, weiß Gott, alles versucht. Aber wir mussten es hier abnehmen.« Sie machte eine schneidende Geste unterhalb des rechten Knies. Mit einem Achselzucken fügte sie hinzu: »Aber sie wird leben.«

»Herrgott. Wie denn?«

»Ihr wird schon etwas einfallen. Die Vietnamesen sind ein intelligentes Volk«, sagte die Ärztin. »Sie haben kein leichtes Leben in Kambodscha. Aber das wissen Sie vermutlich selbst. Die Männer, die ihr das angetan haben, gehören erschossen. Aber natürlich wird wieder einmal gar nichts geschehen.«

»In jener Nacht im La Paillote haben Sie den Eindruck erweckt, alles sei möglich.«

»Ich war gefesselt von Ihnen und Ihrem thailändischen Freund.«

»Phnom Penh ist ein fesselnder Ort …«

»Entschuldigen Sie, wenn mein Englisch nicht so gut ist«, sagte sie. »Sie wird doch nicht sterben, oder?«

Dr. Veronica zuckte die Achseln.

»Das ist schwer vorherzusagen. Aber ich glaube nicht.«

»Sie hat mir geholfen, jemanden zu suchen.«

»Ist das Ihr Job? Leute in Phnom Penh zu suchen?«

Calvino beugte sich vor. »Eher, dafür zu sorgen, dass Leute am Leben bleiben. Ein bisschen wie Ihr eigener Job. Aber ich muss zugeben, dass ich darin in Phnom Penh nicht besonders gut bin. Zwei andere Mädchen sind bei demselben Anschlag am See getötet worden. Ich habe die Leichen gesehen.«

Gespräche wie dieses trivialisierten den Tod, dachte er. Die Mitteilung machte keinen sonderlichen Eindruck auf Dr. Veronica. Nicht mehr, als Thu das Bein abzunehmen oder der Gedanke daran, was für ein Leben Thu mit nur einem Bein bevorstehen würde. Zornig auf sich selbst, gelang es ihm gerade noch, diesen Zorn zu verbergen. Er wandte das Gesicht ab.

»Manche Wunden scheinen sich nie richtig zu schließen. Seit ich Sie zum ersten Mal gesehen habe, hatte ich das Gefühl, dass Ihnen sehr viel an der Mission des Heilens liegt. Dann dachte ich: Das ist eine Frau, die eine größere Berufung hat. Und ich fing an, mich zu fragen, warum Sie mich eingeladen haben, das Krankenhaus zu besuchen. Ob Sie vielleicht denken, ich könnte Ihnen irgendwie von Nutzen sein. Was immer Sie vorhaben. Allerdings haben Sie sich meinen Besuch sicher anders vorgestellt. Nicht so, dass ich mit einem Mädchen mit zerschmettertem Bein auftauche.«

Dr. Veronica wirkte wie ein freiwilliger Helfer, der zu lange draußen gewesen ist. Eine Frau, die in Paris aufgewachsen war und sich freiwillig in ein Krankenhaus in Südostasien gemeldet hatte, weil sie dachte, dort Gutes tun zu können. Und dann feststellen musste, dass »Gutes« ein Begriff war, der sich der Realität im Feld nicht so leicht anpassen ließ.

»Haben Sie eigentlich die geringste Ahnung, was diese Menschen durchgemacht haben?«, fragte sie.

»Wahrscheinlich nicht«, antwortete er.

»Das ist vielleicht die einzige ehrliche Antwort, die ich den ganzen Tag bekommen habe«, sagte sie. »Dann möchte ich versuchen, eine Lücke in Ihrem Wissen auszufüllen. Wir Franzosen sind schon seit dem letzten Jahrhundert hier. Wir haben die Vietnamesen importiert, damit sie die Zivilverwaltung der Kolonie übernehmen.«

»Die Franzosen waren fünfzig Jahre lang in Kambodscha, bevor sie die erste Schule gebaut haben«, meinte Calvino.

»Einige Wissenslücken haben Sie also gefüllt, seit wir uns im Restaurant kennen gelernt haben. Ja, wir haben Fehler gemacht. Eine Menge Dummheiten begangen und viel versäumt. Also tut man sein Bestes, um mit der Geschichte zu leben, die einem die eigenen Landsleute hinterlassen haben. Dafür sollten Amerikaner doch ein bisschen Verständnis haben. Ja?«

»Wir verstehen«, sagte Calvino.

Sie ließ Kaffee kommen, und dann erzählte sie ihm eine Geschichte.

Sechs Monate zuvor war sie mit dem Hubschrauber nach Battambang geschickt worden. Es gab einen medizinischen Notfall mit einem UNTAC-Mitarbeiter, und sie hatte sich bereit erklärt, hinzufliegen. Sie war über Nacht geblieben. Während sie schlief, begannen die Roten Khmer, das Dorf mit Raketen und Granatwerfern zu beschießen. Eine Bedienstete kam mit einer Taschenlampe in ihr Schlafzimmer gerannt. Das Gesicht der Frau hatte sich Dr. Veronica unauslöschlich eingeprägt, als sie sagte: »Pol Pot. Er ist zurück.« Der Ausdruck des Todes malte sich im Zwielicht auf ihren Zügen. Es war eine grauenvolle Maske des Entsetzens im Schein der Taschenlampe. In den Augen der alten Frau stand die Furcht eines Menschen, der den Tod gesehen und verstanden hatte.

Zwei einfache Worte, aber sie hatten die Macht, schieres Entsetzen auszulösen – Pol Pot. Die alte Frau hatte eine Zeit überlebt, in der diese Worte Tod verbreiteten. Nicht so, als ob man einmal einer verirrten Kugel ausweiche, sondern monatelang, über Jahre hinweg, während eines nicht enden wollenden Kugelhagels. Diese Zeit hatte sie geformt, bildete den Stoff, aus dem ihre Albträume waren. Die Ereignisse, deren Zeugin sie während der Pol-Pot-Zeit geworden war, waren so über alle Maßen grauenvoll, dass sie einfach nicht glauben konnte, dass es zu Ende war – sie waren Teil von Kambodscha und würden es immer sein. Da draußen lauerte etwas, wie ein wildes, hungriges Tier, das einen zu verschlingen drohte. Man konnte so weit laufen, wie man wollte, es kam immer zurück. Und jetzt bombardierte dieses Tier ihr Dorf mit Granaten. Es war immer noch hinter ihr her. In diesem Augenblick war ihr Gesicht eine Maske des Todes. Das war es, was Veronica so erschüttert hatte – dass die Lebenden die Maske des Todes trugen.

Als sie zu Ende erzählt hatte, glitt ein verlegener, leicht verärgerter Ausdruck über ihr Gesicht.

»Wahrscheinlich denken Sie, ich nehme das Leiden zu persönlich, ja?«

»Wie sollte man das Leiden sonst nehmen?«

Sie entspannte sich und nippte an ihrem Kaffee.

»Wir Franzosen sind mitverantwortlich für das Leiden des kambodschanischen Volkes.«

Er sah, dass das nicht einfach eine politische Stellungnahme war, sondern aus tiefstem Herzen kam.

»Und als Ärztin hierher zu kommen …«

»Ist meine Art der Wiedergutmachung«, warf sie schnell ein. »Es sind mehr als bloße Gesten nötig. Es muss in großem Maßstab etwas getan werden. Und dazu braucht es Geld. Sehr viel Geld. Und in einer Welt, die vom Kapitalismus auf Eigennutz programmiert ist, wo bekommt man da so viel Geld her?« Sie sprach mit großer Bestimmtheit. Sie hatte alle Aspekte und möglichen Schwierigkeiten bedacht und ihren Entschluss gefasst.

»Was Sie da sagen, ist, dass der Zweck die Mittel heiligt?«, fragte Calvino.

»Wenn der Zweck gerecht ist, dann muss man selbstverständlich alles Erdenkliche tun, um diesem Zweck zu dienen.«

»Auch stehlen?«

»Was ist Diebstahl? Manche Dinge sind schon so oft gestohlen worden, dass niemand mehr weiß, wer der rechtmäßige Besitzer ist. Der ursprüngliche Dieb? Oder der Gauner, der sie zuletzt gestohlen hat?«

»Und wie steht es mit Mord?«

»Ja, wie steht es damit?«

»Wird auch der von Ihren Zwecken geheiligt?«

»Wie viele Vietnamesen hat Ihre Regierung in Vietnam ermordet?«

»Das war im Krieg.«

»Und das hier ist etwas anderes?«

Eine Krankenschwester kam herein und flüsterte der Ärztin etwas ins Ohr. Dr. Veronica sah auf und nickte.

»Sie können Miss Thu jetzt sehen, wenn Sie möchten.«

»Ich würde lieber unser Gespräch fortsetzen.«

»Wie Sie wollen.«

»Wenn Diebstahl und Mord zu rechtfertigen sind, wie steht es dann mit Lügen?«

»Um einem höheren Ziel zu dienen, ja«, sagte sie.

»Haben Sie je einen Frankokanadier namens Stuart L'Blanc getroffen? Einen Juwelier aus Bangkok?«

Ein Lächeln stahl sich auf ihr Gesicht.

»Ich begegne vielen Leuten, natürlich. Ich kann mich nicht an jeden Einzelnen erinnern.«

»Er hat ungefähr zweihundert Kilo gewogen.«

»Das ist ziemlich ungesund.«

»Inzwischen ist er tot.«

»Sehen Sie.«

Als Calvino in Thus Zimmer kam, war sie noch nicht bei Bewusstsein. Er stand neben ihrem Bett und dachte darüber nach, wie Menschen versuchten, ihre eigenen Sünden und die von anderen wieder gutzumachen. Es war eine Lebensaufgabe, die Fehler und Missgeschicke der Vergangenheit zu bereinigen. Eine Aufgabe, die nie zu Ende war. Wenn er an den Abend im La Paillote zurückdachte, fiel ihm auf, dass Pratt fast gar nichts über die französische Ärztin gesagt hatte. Seltsam, dass er so wenig Neugier gezeigt hatte. Fast so, als wäre sie unsichtbar für die Welt, ein Schatten, der über schlammige Wege strich. Calvino setzte sich an Thus Bett und folgte dem Rhythmus ihres Atmens. Ihr Gesicht war auf dem Kissen zur Seite gewandt, und in ihren Armen steckten Schläuche. Wenn es eine Landkarte des Schmerzes gab, dann hatte sie sich diesem schlafenden Gesicht eingeprägt.

Irgendetwas darin erinnerte ihn an ein Barmädchen aus Bangkok. Das Mädchen bekam ein Kind von einem Farang. Der Vater wählte einen Namen für seinen Sohn und ließ ihn eintragen. Er brachte die Geburtsurkunde mit nach Hause. Das Baby hieß Bandit. Der Kleine war in einen Stamm von Frauen hineingeboren worden, die durch die Umstände ihrer Geburt zu Ausgestoßenen geworden waren. Mütter, die Kinder mit dem Namen Bandit zur Welt brachten. Mütter, die viele hundert Jahre alt waren. Calvino strich die Haare aus Thus Gesicht. Er wünschte, er hätte die Macht, das Unabänderliche zu verändern – Thus Schicksal, Bandits Schicksal und das der vielen anderen wie sie. Die Spirale von Leid und Elend drehte sich gnadenlos weiter. Hass und

Grausamkeit waren die Kinder dieses bodenlosen Elends. So, wie Bandit das Kind einer Hure war.

Dr. Veronica beobachtete ihn schweigend von der Tür aus.

Sie fragte sich, was in dem Mann vorging, der da neben dem Bett saß. Sein Gesicht war verzerrt, als hätte er gerade eine Niederlage erlitten. Sie ging, ohne ihre Gedanken zu äußern. Sie war froh, dass er in ihr Krankenhaus gekommen war, und hoffte, es würde nicht das letzte Mal gewesen sein.

10

Die Abrechnung

Die beiden bulgarischen UNTAC-Unteroffiziere, die Calvino splitternackt im Hurenhaus zurückgelassen hatte, tobten vor Wut. Solange Wut und Hass hochkochten, gab es nichts Besseres als Rache. Die beiden Männer, die mit schweißtriefenden Gesichtern Calvinos Stuhl umkreisten, hatten Blut geleckt. Aber ihr Blutdurst war noch nicht gestillt. Ein dritter Mann, ein Offizier, rauchte gelassen eine Zigarette und sah seinen Männern zu, als wäre das hier eine Übung auf dem Exerzierplatz. Einer der Männer aus dem Bordell stieß Calvino mit einem hölzernen Schlagstock gegen die Brust. Die lederne Schlaufe hatte er sich ums Handgelenk geschlungen.

Sie hielten Calvino in einem kleinen Zimmer in einem oberen Stockwerk gefangen. Die Fensterscheiben waren schwarz überstrichen, und eine einsame, nackte und verstaubte Sechzig-Watt-Birne hing wie eine gläserne Henkersschlinge über seinem Kopf. Auf einer Strohmatte waren fünf oder sechs Kilo ungereinigtes Haschisch gestapelt. Leere Bierflaschen lagen im ganzen Raum verstreut. Die fleckigen Tapeten hatten sich in langen, gelblichen Zungen von den Wänden abgeschält, als leckten sie an der schalen Luft wie das Hologramm einer toten Kreatur, die in einer anderen Dimension ermordet worden war. Der Geruch nach Hasch stand in der Luft, aber er mischte sich mit einem abscheulichen Gestank, den er nicht identifizieren konnte. Calvino blickte sich um. Sie hatten ihn nicht gerade in ein Fünf-Sterne-Hotel verschleppt; der ästhetische Anspruch lag auf demselben Niveau wie in dem Hurenhaus am See. Endlich entdeckte er die Quelle des fauligen Gestanks. Er ging von einem fleckigen, kaffeebraunen Tampax aus, das jemand wie eine verdorbene Waffel an die gegenüberliegende Wand geklatscht hatte. Anscheinend benutzten die UNTAC-Jungs das Zimmer zum Bumsen. Scott hatte gemeint, dass die Bulgaros im Ruf standen, bösartig zu sein. Bisher hatte sich meistens herausgestellt, dass in Scotts Worten ein Körnchen Wahrheit lag. Aber diesmal hatte er voll ins Schwarze getroffen: Dies waren ein paar üble Burschen, und zufällig auch noch Bulgaren.

Die drei Männer hatten ihn mit verbundenen Augen aus einem UNTAC-Fahrzeug gezerrt und ihn zwei Stockwerke hoch in dieses Zimmer geschleift. Dann hatte einer ihm die Augenbinde abgerissen und ihn brutal ins Gesicht geschlagen.

»Ich weiß schon«, meinte Calvino. »Ihr wollt mich ohne Abendessen ins Bett schicken.« Er schüttelte den stechenden Schmerz ab.

»Wir dich machen kaputt«, sagte einer der Männer.

»Du denken wir quitt? Du durchkommen mit die ganze Scheiß?«, sagte der andere und fuchtelte Calvino mit seinem eigenen 38er-Police-Special vor dem Gesicht herum.

»Ich weiß schon. Ihr habt das Folterabitur und außerdem auf der Klippschule Draculaenglisch gelernt.«

Dann neigte er den Kopf zur Seite, fühlte sein Gesicht anschwellen und spuckte Blut auf den Boden. Auch aus seiner Nase floss das Blut in Strömen. Der Anblick des vielen Blutes und seiner Schmerzen brachte sie zum Lachen.

»Wer sagt, du darfst spucken auf unsere Boden?«, fragte einer der Männer.

»Er kein Respekt vor uns. Er niemals spucken auf eigene Boden.«

»Vielleicht wir machen ihn auflecken?«

»Ihr Jungs seid gute Friedenshüter«, sagte Calvino. »Wahrscheinlich seid ihr sogar bei Greenpeace. Müsliesser. Brave, anständige Bürger. Aber wisst ihr, was?«

»Jaah?«, fragte der Offizier und trat einen Schritt vor.

»Wenn ihr mich noch einmal schlagt ...«

»Dann töten Sie uns, ja?«

Calvino schüttelte den Kopf.

»Falsch. Ihr Jungs seht zu viel bulgarisches Fernsehen.« Calvino grinste und versuchte, nicht ohnmächtig zu werden. Er schwankte auf dem Grat, wo der Schmerz das Bewusstsein ausschaltete. Es war nicht das erste Mal. Es fühlte sich an wie eine Art Bahnsteig, von dem aus er in einen Zug aus reinstem Licht eintauchte, und plötzlich ging es dahin. Er fühlte nichts mehr, dachte nichts mehr und raste auf einem messerscharfen Gleis dahin, das Verstand und Erinnerung umkreiste.

Die drei Männer bauten sich über ihm auf.

»Was tust du, Amerikanerjunge? Sags uns. Wir wollen wissen.« Ein Faden aus Furcht schoss durch das Nadelöhr der Frage.

Das gefiel Calvino. Dieser Anflug von Besorgnis gab ihm eine Handhabe.

»Schwarze Magie«, sagte er. »Ihr Jungs aus dem Vampirland versteht doch was von schwarzer Magie. Hexerei. Böse Flüche.«

»Schnauze«, sagte einer der Soldaten.

»Mächtige schwarze Magie. Die Art, die das Böse tief in eure Liebesgehänge schickt. Tick, tick, tick, und eines Tages, vielleicht macht ihr gerade einen Spaziergang oder müsst pissen, fällt alles ab. Oder beim Ficken. Ihr merkt gar nichts. Ihr sehts bloß. Alles voller Maden und Würmer.«

Keiner der Männer, die über ihm standen, glaubte auch nur ein Wort davon, aber sie hätten auch ungern zugegeben, dass es ihnen kalt über den Rücken lief, wenn sie diesen blutenden weißen Mann wie einen Hexendoktor darüber reden hörten, ihre Eier mit einer Art Zeitbombe zu infizieren, die auch dann noch losgehen konnte, wenn sie sich gerade frei von Phnom Penh und dem ganzen Mist zu fühlen begannen.

Calvino hatte sich kaum mehr als zwei Schritte vom Krankenhauseingang entfernt gehabt und sich mit Dr. Veronica unterhalten, die neben ihm ging – und dabei seine Hand berührte. Eine sanfte, zarte Berührung, die hundert verschiedene Verbindungen unter Strom setzte. Gerade hatten sie noch über Gut und Böse, Richtig und Falsch, Mittel und Zweck geredet. Und einen Augenblick später wachte er davon auf, dass er von der Straße in einen kleinen Raum geschleppt wurde und mehrere Fäuste von der Größe von Güterzügen in sein Gesicht krachten. Langsam kehrten noch andere Bilder zurück. Dr. Veronica behauptete, dass Menschen das Leben in Bildern erlebten. Sie hatte Recht. Woran er sich wieder erinnerte, war das Bild, wie diese Männer Dr. Veronica zur Seite gestoßen hatten. Sie stolperte, fiel auf ein Knie und brüllte sie an, Calvino loszulassen, aber sie hörten nicht darauf, und einen Augenblick später lag sie im Dreck und weinte. Ein weiterer Akt der Brutalität in Phnom Penh. Brutale Gewalt und Macht erzeugten Furcht und Gehorsam. Furcht war in Phnom Penh keine abstrakte Idee. Ideen zählten hier keinen Pfifferling, die Worte waren Fußnoten des tatsächlichen Geschehens. Er dachte an die Geschichte über den Raketenangriff im Hinterland. An den Gesichtsausdruck der Bediensteten, der Dr. Veronica frisch im Gedächtnis haften geblieben war, so wie er ihn jetzt selbst im Geiste aufblitzen sah, mit einem Ausdruck des Grauens in den Augen. Sie hatte gesagt, Pol Pot sei zurück. Die Lehre aus Dr. Veronicas Geschichte hieß, dass er nie fortgegangen war. Der Mann und sein Name suchten das Land immer noch heim.

Calvinos letztes Bild von Dr. Veronica war, wie sie sich im Schlamm hochstemmte und die Männer anbrüllte: »Das können Sie nicht tun!« Aber sie taten, was sie wollten. Wie es ihnen passte. Dann fielen ein paar weitere Puzzlestücke in seiner Erinnerung an ihren Platz. Thu würde überleben. Sie würde leben, aber sie hatte ihr Bein verloren.

Er versuchte, das rechte Auge zu öffnen, aber es war zu geschwollen. Sie hatten aufgehört, ihn zu schlagen. Er war ohnmächtig geworden, und sie warteten darauf, dass er wieder zu Bewusstsein kam. Es machte keinen Spaß, einen Mann zu verprügeln, der nichts davon merkte. Als er die Augen aufschlug, sah er den Offizier vor sich.

»Sie haben mit vorgehaltener Waffe auf der Straße den Wagen meiner Männer angehalten und ihnen ihre Kleider weggenommen. Sie haben gedroht, sie zu töten. Und Sie haben ihr Geld gestohlen. Nur weil sie Bulgaren sind. Weil Sie auf uns herabsehen. Sie glauben, wir wären minderwertig. Aber eine Beleidigung fordert Rache. Wir haben das Recht, Sie für Ihre Beleidigungen zu bestrafen.« Er verstummte. Etwas von seinem Zorn war verebbt. »Warum haben Sie meine Männer erniedrigt, die nur ihre Pflicht als UN-Soldaten erfüllt haben?«

»Ich würde nicht gerade sagen, dass es ihre UN-Pflicht war, was sie da erfüllt haben«, sagte Calvino. Seine Hände waren hinter dem Rücken gefesselt.

»Aber Sie geben zu, dass Sie mit Waffengewalt ein UNTAC-Fahrzeug gestohlen haben?«

Calvino, dessen Augen wie blutgefüllte Blätterteigpasteten aussahen, blutete aus einem Schnitt an der Oberlippe. Vielfacher Schmerz schoss ihm durch den Schädel, als er sich im Stuhl zurücklehnte. Er nickte und versuchte, hart und zuversichtlich auszusehen, aber er wusste, dass es nicht funktionierte. Er sah aus wie einer, der unter Umgehung des Krankenhauses auf direktem Weg zum Friedhof war. Mit gefesselten Händen konnte er das ganze Ausmaß des Schadens nur erahnen, aber er versuchte, den Schmerzen entsprechende Verletzungen zuzuordnen. Er verlor die Orientierung, wusste nicht mehr, ob er die Augen geschlossen oder jemand anders sie ihm zugedrückt hatte.

»Ihre Freunde waren draußen am See. Off limits. Und sie waren bewaffnet. Oder haben sie den Teil ausgelassen?«

»Eine weitere Lüge, um uns zu verleumden.«

»Der Kalte Krieg ist vorbei. Lesen Sie denn keine Zeitung?«

Der Offizier, der das Verhör führte, versetzte Calvino einen Schlag, der ihn vom Stuhl warf. »Stehen Sie auf. Stehen Sie auf, oder ich bringe Sie um«, sagte er.

Calvinos erster Versuch, auf die Beine zu kommen, war ein kläglicher Fehlschlag. Er schwankte, verlor das Gleichgewicht und knallte mit dem Gesicht voran auf den Boden. Die drei Männer standen lachend über ihm. Ich hasse es, zusammengeschlagen zu werden, dachte er. Es ist wieder wie zu Hause in Brooklyn.

»Habt ihr Kerle je daran gedacht, in die Lower East Side auszuwandern? Halb Osteuropa ist sowieso schon da«, sagte er und spuckte Blut. Irgendwo, wie von ganz weit her, vernahm er einen dumpfen Schlag.

Calvino hob mühsam den Kopf vom Boden. Er hatte Schwierigkeiten, Pratt zu erkennen, der die Tür eingetreten hatte und mit einem M-16 in den Raum gestürmt kam. Er hob das M-16 an die Schulter und zielte auf den Kopf des Offiziers.

»Wenn Sie ihn noch einmal schlagen, töte ich Sie«, sagte Pratt. Der

Offizier starrte ihn an und hatte keinerlei Zweifel, dass er dem Tod ins Auge sah.

Calvino hob den Blick und grinste; Blut lief ihm über die Zähne.

»Sonst zitiert er immer Hamlet«, sagte er. »Hamlet, wie in Shakespeare.«

Shaw folgte Pratt in den Raum. Er hielt Abstand zum Geschehen und blieb ein Stück links hinter Pratt. Er hatte ein Walkie-Talkie bei sich.

»Wo waren Sie denn so lange, John?«, fragte Calvino.

»Wir sind so schnell gekommen, wie wir konnten.«

Er hatte Calvino mittels des Nummernschildes aufgespürt, an das Dr. Veronica sich glücklicherweise hatte erinnern können. Sie hatte das UNTAC-Hauptquartier alarmiert. Dann hatte sie Pratt im Monorom-Hotel angerufen und ihm gesagt, dass sein Freund in Schwierigkeiten stecke. Shaw hatte einen kleinen Umweg gemacht und Pratt abgeholt. Während der Fahrt hatte er ihm erzählt, dass dieser Raum schon lange von Offizieren zum Trinken, Spielen und Bumsen benutzt wurde. Es hatte bereits zwei Razzien da gegeben. Shaw hatte das untrügliche Gefühl, dass er die Bulgaren und den Wagen mit dem von Dr. Veronica genannten Kennzeichen dort vorfinden würde. Er hatte Recht gehabt. Der Wagen parkte direkt vor dem Haupteingang. Sie hatten Calvino zum erstbesten Platz geschafft, der ihnen eingefallen war. Nicht, weil niemand anders davon wusste; sie hatten tatsächlich gedacht, sie würden damit durchkommen. Mit der Macht kommt die Arroganz und das Gefühl, ungestraft alles tun zu können. Diese Art Polizisten machte denselben Fehler wie alle Kriminellen – sie dachten, sie würden mit ihren Verbrechen durchkommen.

Während Shaw Calvino auf die Füße half, hielt Pratt die anderen Männer mit dem M-16 in Schach. Das Blut lief Calvino, der die Hände immer noch hinter dem Rücken hatte, über Hemd und Krawatte.

»Losbinden«, sagte Pratt und richtete das Gewehr auf den verhörenden Offizier.

»Verzeihen Sie. Ich bin zufällig ein Offizier der UN-Friedenstruppe. Ich nehme keine Befehle von Schlitzaugen in Zivil an«, sagte der Bulgare ungläubig und hielt den Blick ausschließlich auf Shaw gerichtet.

Nach seinen Achselstücken zu schließen hatte er einen höheren Rang als Shaw, aber sich darauf zu berufen, schien keine gute Idee zu sein.

Calvino raffte seine letzten Kräfte zusammen und trat dem bulgarischen Offizier so fest er konnte in die Hoden.

»Nenn meinen Freund nicht Schlitzauge«, sagte er.

Der Offizier ging mit hervorquellenden Augen zu Boden und presste die Hände in den Schritt. Die beiden Soldaten starrten ihren gestürzten Kollegen an.

»An Ihrer Stelle würde ich keine Dummheiten machen«, sagte Shaw und nickte Pratt zu, der das Gewehr auf den Kopf des Offiziers gerichtet hielt.

»Sie haben mich gehört. Ich sagte: losbinden!«, wiederholte Lt. Col. Pratt. »Auf der Stelle. Schnell.«

Calvino ging zu dem Verhörleiter und kehrte ihm den Rücken zu.

»Ich habe Sie gewarnt. Schwarze Magie. Schlimme Dinge, die mit Ihren Eiern passieren. Sie wollten es ja nicht glauben«, sagte Calvino, der sich von Sekunde zu Sekunde besser fühlte. Besser als seit Tagen.

Der Offizier beäugte nervös das M-16. Es gab einen Augenblick – einen winzigen, spannungsgeladenen Moment –, in dem Calvino und alle anderen im Raum glaubten, Pratt würde abdrücken. Es lag ein Ausdruck um seinen Mund und die Augen, der sagte, dass er zu töten bereit war.

»Deputy Superintendent Shaw ...«, stammelte der Offizier.

»Ihre Männer haben sich auf verbotenem Gelände aufgehalten«, sagte Shaw. »Sie wissen genau, dass der See off limits ist.«

»Dieser Mann hat mit vorgehaltener Waffe ein UNTAC-Fahrzeug entführt. Das wird ein politisches Nachspiel haben«, sagte der Offizier.

»Weil Sie Bulgaren sind?«

»Natürlich weil wir Bulgaren sind. Niemand kann einfach herumlaufen, UNTAC-Soldaten bedrohen und ihre Land-Cruiser stehlen. Es ist ein Verbrechen. Das wird einigen Kreisen in der UNTAC ganz und gar nicht gefallen.«

Pratt behielt den Offizier im Auge, während der, noch auf den Knien liegend, mit seinem Messer den Strick um Calvinos Handgelenke durchschnitt. Calvino trat von ihm weg und massierte sich die Hände, bis der Blutkreislauf wieder in Gang kam. Der Offizier kam auf die Beine wie ein Boxer, der zu viele Schläge einstecken hat müssen, mit wackligen Knien, aber zu stolz, um sich einfach fallen zu lassen. Calvino ging um ihn herum zu dem Soldaten, der seinen 38er-Police-Special eingesteckt hatte.

»Den nehme ich.«

Der Soldat sah den Offizier an, und sie redeten eine Weile hitzig auf Bulgarisch aufeinander ein. Der Offizier starrte zu Boden, auf die Stelle, wo Calvino hingespuckt hatte. Seine Schultern sackten nach vorne.

»Geben Sie ihm die Waffe«, sagte Shaw. »Betrachten Sie es einfach als eine Geste guten Willens zwischen den Nationen.«

»Und Sie versprechen, dass es einen vollständigen Bericht über diesen Vorfall geben wird?«, fragte der Offizier aufblickend.

»Das würde bedeuten, auch den Teil mit einzuschließen, in dem Ihre beiden Männer mit illegalen Waffen in einem vietnamesischen Bordell waren und anschließend einen Zivilisten an einem Ort zusammengeschlagen haben, der für illegale Drogengeschäfte bekannt ist. Selbstverständlich kann ich einen solchen Bericht abfassen, der dann ans Hauptquartier und Ihren kommandierenden Offizier geht. Es wird eine Anhörung geben. Wahrscheinlich wird die Presse darüber berichten. Aber wenn Sie darauf bestehen, werde ich natürlich einen Bericht einreichen.«

Der Offizier dachte nach. Die beiden Worte des Schreckens waren »Anhörung« und »Presse«, und mit diesen beiden konfrontiert, lenkte er ein.

»Ich gebe mich mit einer Entschuldigung zufrieden«, sagte der Offizier.

»Dafür, dass ich mit meinem Gesicht Ihre Hände verprügelt habe?«, fragte Calvino. »Für den Angriff auf eine französische Ärztin?«

»Für das, was Sie meinen Männern angetan haben«, schnappte der Offizier.

Alle Welt betete denselben Gott an. Den Gott des Gesichtwahrens. Alle Augen ruhten auf Calvino. Was machte es schon für einen großen

Unterschied, wenn er dieses Arschloch sein Gesicht wahren ließ? Calvinos Gesetz lautete: Bodenfische schwimmen im Rudel und gründeln immer an derselben Stelle des Aquariums. Wenn einer davon ein Goldfisch genannt werden wollte, warum ihn nicht einen Goldfisch nennen?

»Ich verspreche, dass ich es nie wieder tun werde«, sagte Calvino. Unterdrückt fügte er an Shaw gerichtet hinzu: »Außer natürlich, es handelt sich um einen Notfall.«

Pratt war überrascht, dass sie Calvino noch am Leben vorgefunden hatten. Es ergab keinen Sinn, was er getan hatte. Er hatte den Stolz zweier Militärangehöriger verletzt, um einer verwundeten Prostituierten zu helfen. Er hatte sie nackt zurückgelassen, ihren Wagen gestohlen und ihr Geld an die Huren verteilt. Und da hielten die Amerikaner immer die Asiaten für emotionale und irrationale Menschen! Kein Asiat hätte das wegen eines Mädchens getan. Nicht weil er kein Mitgefühl für ihre Notlage empfunden hätte; sondern weil ihm klar gewesen wäre, dass eine derartige Handlungsweise den Stolz eines Soldaten zerstören und zu noch mehr Gewalt führen würde. Gewalt, bei der das Leben von mehr als einer Prostituierten auf dem Spiel stand. Männer in Uniform waren stolz. Sie besaßen Macht und Privilegien. Ihre Anwesenheit hatte über Jahrhunderte hinweg Furcht und Schrecken verbreitet. Die Beleidigung durch einen Außenseiter verletzte ihre Männlichkeit, ihre Ehre, und berechtigte sie dazu, Rache zu üben. Der Mann, der dir deinen Stolz raubt, muss dieselben Qualen erleiden, die er dir zugefügt hat, dachte Pratt. Wenn er die bulgarischen Soldaten ansah, erkannte er in ihnen die zahllosen Männer, die genauso gehandelt hätten, ohne dass ihnen jemand einen Vorwurf daraus gemacht hätte. Der Vorwurf hätte immer Calvino gegolten.

»Wie habt ihr mich gefunden?«, fragte Calvino. Er betastete sein Gesicht, das sich stellenweise taub anfühlte und an anderen Stellen spannte wie eine Maske. Sie waren im französischen Krankenhaus. Seine rechte Wange hatte mit fünf Stichen genäht werden müssen, sein Kinn mit weiteren vier. Er betrachtete sich im Spiegel und dachte, dass er schon einmal besser ausgesehen hatte. Dann warf er Pratt, der schräg hinter ihm stand, einen Blick zu. Ein, zwei weitere Schritte dahinter sah er Shaw, der ihm mit vor der Brust verschränkten Armen im Spiegel zugrinste.

»Wir hatten Hilfe von einer sehr guten Ärztin. Anscheinend haben Sie Eindruck auf sie gemacht«, meinte Shaw.

»Geht es Dr. Veronica gut?«

»Sie war ein bisschen angeschlagen und ist nach Hause gegangen. Aber es fehlt ihr nichts weiter.«

»Aus irgendeinem für Mr. Shaw nicht nachvollziehbaren Grund war Dr. Veronica sehr besorgt um dich«, sagte Pratt.

»Die Khmer-Ärztin, die an der Hotelrezeption arbeitet, war auch sehr hilfreich«, ergänzte Shaw.

»Du verdankst diesen beiden Ärztinnen dein Leben, Vincent«, sagte Pratt.

»Das nenne ich Zimmerservice«, meinte Calvino. Aber so leicht würde er nicht davonkommen, das wusste er. »Na schön, was ich getan habe, war dumm. Wir haben vorher gefragt. Ihnen gesagt, dass es ein Notfall ist. War ihnen egal. Sie waren viel zu sehr mit Bumsen beschäftigt. Wenn wir den Wagen nicht gestohlen hätten, wäre das Mädchen jetzt tot. Und wie Dr. Veronica zu sagen pflegt, manchmal heiligt der Zweck die Mittel«, erklärte er und wandte sich um. »Hört ihr, was ich sage? Ohne den Land-Cruiser wäre sie gestorben. Was ist gleich wieder die Aufgabe der UNTAC? Menschen zu helfen.«

»Und du wolltest der UN bei ihrer Mission behilflich sein?«, fragte Pratt.

»Ich weiß, dass du aufgebracht bist, Pratt. Dazu hast du allen Grund. Ich habe in Phnom Penh schon für so viel Gesichtsverlust gesorgt, dass ich als Meisterruhestörer durchgehe. Ein Arschloch, das in die Annalen für zerstörte und zerschlagene Gesichter eingehen wird.«

»Dein eigenes Gesicht sieht auch nicht besonders aus«, sagte Pratt. Zum ersten Mal seit der Rettungsaktion und ihrer Ankunft im Krankenhaus lächelte er.

»Ich könnte mir vorstellen, dass Sie einen Artikel darüber schreiben wollen«, meinte Shaw. »Gegen die Männer, die Sie zusammengeschlagen haben. Wenn es die Zeitung wirklich gäbe, für die Sie angeblich schreiben.«

»Es war ein Missverständnis. Man sollte es besser vergessen. Meinen Sie nicht auch?«

Pratt nickte, lächelte dann. Calvino hatte ihm damit bedeutet, dass es besser war, die Dinge bei einem Unentschieden zu belassen. Die Soldaten hatten ihre Rache gehabt. Das Gleichgewicht war wiederhergestellt. Die Gefühle würden sich beruhigen.

Shaws Lippen verzogen sich zu einem schiefen Grinsen. »Nett von Ihnen. Die Sache unter den Tisch fallen zu lassen, macht mir das Leben sehr viel leichter.«

Die Tür ging auf, und Dr. Veronica schob Thu in einem Rollstuhl herein.

»Ich dachte, Sie wären nach Hause gegangen«, sagte Calvino.

»Ich habe gehört, dass Sie hier sind.«

»Sie verfügen über einen guten Geheimdienst, Frau Doktor.«

Sie erwiderte nichts darauf. Calvino kniete sich neben den Rollstuhl. Thus blasses, erschöpftes Gesicht wurde von einer Gefühlsaufwallung verzerrt. Das Bein war ihr am Knie amputiert worden. Der Stumpf war bandagiert. Die Wirkung der Medikamente ließ langsam nach, und sie gehörte ins Bett, nicht in einen Rollstuhl. Sie sah Calvino an, und Tränen stiegen ihr in die Augen. Sie begann zu weinen. Die Khmer-Ärztin kam einen Augenblick später dazu.

»Wir haben darauf bestanden, dass sie im Bett bleibt. Aber Miss Thu wollte unbedingt etwas sagen«, erklärte sie. »Sie war sehr hartnäckig.«

Thu unterdrückte ihre Tränen und schluchzte auf.

»Danke, dass du mir geholfen hast«, sagte Miss Thu.

Es war eine der wenigen völlig aufrichtigen Bekundungen, die Calvino in seinem Leben gehört hatte. Er ergriff ihre Hand und drückte einen Kuss darauf, dann blickte er auf und strich ihr die Tränen aus dem Gesicht.

»Wenn sie dich hier entlassen, dann bringe ich dich nach Hause. Zurück nach Saigon. Irgendwie habe ich das Gefühl, dass du dich bei deiner Familie sehr viel besser fühlen würdest. Du weißt schon, bei deinen eigenen Leuten. Also tu, was diese Ärzte dir sagen. Ich komme wieder. Verstehst du, was ich sage? Ich komme morgen wieder und übermorgen, so lange, bis du wieder gesund bist. Dann überlegen wir uns, wie es weitergeht. Also mach dir darum keine Sorgen. Erhol dich. Hör auf das, was die beiden lieben Ärztinnen hier sagen. Versprichst du mir das?«

»Versprochen«, sagte Miss Thu.

Calvino sah hoch zu Dr. Veronica, die ihn nicht aus den Augen gelassen hatte. Sie dachte über etwas nach, was sie ihm gerne gesagt hätte. Dass sie in der Tür gestanden und ihn neben Thus Bett beobachtet hatte und dass sie sich in dem Moment ein wenig in ihn verliebt hatte. Er sah, wie sich ihre Lippen bewegten, aber die Worte wollten nicht kommen. Es war nicht der richtige Zeitpunkt für Worte. Also berührte er im Hinausgehen ihre Hand und drückte sie kurz.

»Sie haben das gut gemacht«, meinte er.

»Manchmal denke ich, nicht gut genug.«

»Danke«, sagte er.

Sie sah ihnen von der Zufahrt aus nach, während Shaw den Land-Cruiser auf die Straße lenkte.

Während sie vom Krankenhaus wegfuhren, fragte sich Pratt, was ein einziges gerettetes Bauernmädchen schon bedeutete. Er saß auf der Rückbank des Land-Cruiser und sah aus dem Fenster. Die Bauern hatten immer in Furcht gelebt, ausgebeutet, am Rande der Existenz, ermordet und gefangen gesetzt von den jeweils regierenden Kriegsherren. Diese starken Männer besaßen unbestrittene und uneingeschränkte Macht über die Landbevölkerung. Wer von ihnen hätte sich um das Schicksal eines einzelnen Bauernmädchens geschert? Jede Woche traten Hunderte Khmer auf Landminen, und es sah so aus, als würde das auf unabsehbare Zeit so weitergehen. So war es eben, und sie würden Tod und den Verlust von Gliedmaßen einfach hinnehmen. Diese Denkweise war für Calvino nur schwer zu ertragen. Er war geformt von der Kultur eines Volkes, das einem geradezu religiösen Glauben an die Menschenrechte huldigte. Fünfzehn Jahrhunderte lang waren die

Bauern dieses Landes absolut rechtlos gewesen. Das Recht zu wählen, das Recht auf freie Rede und Versammlungsfreiheit – selbstverständlich hatten sie keines dieser Rechte besessen. Mit etwas Glück erfreuten sie sich des Schutzes eines einflussreichen Potentaten, dessen Schutzmacht nur so gut war wie die Bündnisse, die er schloss, seine Armee und die Loyalität seiner Männer. Die Bauern in einem der zahllosen verstreuten Weiler zu töten, die unter dem Schutz eines anderen Prinzen standen, diente dazu, dessen Stolz zu zerstören, seine Macht und Ehre zu brechen. Es war eine Methode, den eigenen Einflussbereich zu erweitern. Ein Kriegsherr wie Pol Pot, der das gesamte Land unter seiner Regierung einigen wollte, musste viele Bauern töten. Das war normal. Zehn Mal während der letzten zweihundert Jahre war es in Kambodscha zum großen Morden gekommen. Wenn die Rettung eines Bauern, dem man keine Treue schuldete, der Weg zur Einführung der Menschenrechte war, dann würden die Menschenrechte noch lange brauchen, bis sie die Region erreichten. Dachte Pratt.

Anderer Herren Bauern waren kein Objekt des Mitgefühls; sie waren lediglich Objekte. Eine jahrhundertelange Geschichte der Zerrissenheit auf den Kopf zu stellen, dazu war mehr nötig als Zeit. Das alte System war gespalten in Figuren auf dem Schachbrett und die Hintermänner und Prinzen, die sie hin und her schoben. Es basierte auf Macht und Furcht, nicht auf Recht und Sicherheit.

»Du bist so still, seit wir das Krankenhaus verlassen haben«, sagte Calvino und drehte sich nach Pratt um.

»Ich überlege, ob die Wahlen irgendetwas in Kambodscha verändern werden«, sagte der.

Shaw warf dem Colonel im Rückspiegel einen Blick zu. Die Frage hatte er sich auch schon gestellt.

»Du meinst, ob das Kämpfen aufhört?«, fragte Calvino.

»Ob eine Nation zusammenwächst«, erwiderte Pratt.

Calvino hätte das Treffen mit Mike Hatch in der Bar in der Nähe des Independence Monument um nichts in der Welt verpassen wollen. Er war zu früh dran – es war erst ungefähr halb fünf. Pratt sah es gar nicht gern, dass er das Monorom-Hotel ohne Rückendeckung verließ und auf ein Motorradtaxi stieg. In Phnom Penh den einsamen Ritter zu spielen, war ein Job ohne große Zukunft. Aber Shaw hatte eingegriffen und sich auf Calvinos Seite gestellt.

»Wir werden nie mehr als zweihundert Meter entfernt sein. Außerdem ist er verkabelt. Falls irgendetwas schief gehen sollte, was ich bezweifle, erfahren wir es ebenso schnell wie Mr. Calvino.«

»Bei Vincent geht immer etwas schief«, meinte Pratt.

»Anscheinend hat er einen talentierten Schutzengel«, sagte Shaw. »Sonst wäre er seit heute Mittag tot.«

»Wenn meine Mutter mit irischem Akzent gesprochen hätte, hätte sie genauso geklungen wie Sie, John«, sagte Calvino. »Ganz zu schweigen von der Art, wie ihr beide euch unterhaltet. Erinnert mich daran, wie meine Eltern sich darüber gestritten haben, ob ich Hausarrest bekomme oder nicht, weil ich mich geprügelt hatte.«

Das machte der Diskussion ein Ende. Zwanzig Minuten später kam Calvino bei dem Ladenhaus an, wo er mit Mike Hatch verabredet war. Es wurde von einem Chinesen Anfang dreißig geführt, der passabel Thai sprach und geschmuggelten Alkohol verkaufte, der aus zollfreien UNTAC-Lieferungen stammte. Deshalb sei der Johnny Walker Black Label so günstig, erklärte er. Seine thailändische Frau schlug draußen vor dem Geschäft einen Schirm über einem der drei runden Stahltische auf und wischte die Tischplatte ab. Sie blickte zum wolkenverhangenen Himmel, streckte die Hand aus, zuckte die Achseln und starrte missbilligend Calvinos Gesicht an. Verschwollen und genäht sah es nicht gerade Vertrauen erweckend aus.

»Erwarten Sie Regen?«, fragte Calvino.

»Regnet zu viel. Ist schlecht«, sagte sie. »Hat jemand Ihr Gesicht getreten?«

Das fragte ihn eine Frau, deren eigenes Gesicht von der Mühsal und Verzweiflung gezeichnet war, die ihr tägliches Brot bedeuteten.

»Eine Herde wild gewordener Maultiere«, sagte er lächelnd und sah zu, wie ihre Hand über die Tischplatte fuhr.

»Phnom Penh voller schlechter Menschen.«

Das stand außer Frage, dachte er.

»Schlechte Menschen sind überall«, erwiderte er.

Er bestellte ein Tiger-Bier, und als sie weg war, kippelte er den Metallstuhl auf zwei Beine zurück. Die Sonne brach durch die Wolken wie ein Laserstrahl durch einen dichten, gräulichen Regenvorhang. Pratt und Shaw hatten ein paar Details ermittelt, die mit dem Granatenanschlag am See zusammenhingen. Aber nichts davon würde veröffentlicht werden. Warum auch? Was für eine Rolle spielte es in der Gesamtplanung der UNTAC? Miss Thu hatte ein Bein verloren, und zwei Prostituierte waren tot. Der Tod der zwei Huren in einer Hütte neben einem See, dessen Namen niemand kannte, würde genauso wenig in die Nachrichten gelangen, wie er jemals Sinn ergeben würde. Calvino trank sein Bier und sah zu, wie Wind und Sonne dunkelgrüne Wellenmuster auf die Grasfläche gegenüber malten. Er beobachtete das Spiel des Lichts, bis ein Motorrad am Rinnstein anhielt. Patten stieg vorsichtig mithilfe seiner Holzkrücke ab, bezahlte den Fahrer und kam zu Calvinos Tisch gehinkt. Irgendetwas an Patten schien verändert, während er sich setzte, aber Calvino konnte sich keinen Reim darauf machen.

»Sie sind weit weg vom Washington Square«, sagte Calvino.

Patten lehnte seine Krücke an den Tisch.

»Vermutlich sind Sie ein wenig überrascht, mich zu sehen?«

Calvino schüttelte den Kopf und trank von seinem Bier.

»Ich hatte mich schon gewundert, wo Sie so lange bleiben«, sagte er.

Patten musterte Calvinos Gesicht.

»Wer ist denn über Sie hergefallen?«

»Ich habe die Namen nicht ganz mitbekommen.«

»Sie haben jedenfalls ganze Arbeit geleistet.«

»Ja, ich glaube, sie hatten eine Menge Übung.«

In dem schmalen Streifen zwischen Pattens bleistiftdünnem Schnurrbart und seiner Oberlippe sammelten sich Schweißtröpfchen, die an den Mundwinkeln herunterliefen und auf das lederne Armpolster seiner Krücke tropften. Sein Anzug war zerknittert, und am Jackett fehlte ein Knopf. Der Wind fing sich in einer braunen Haarlocke, und Patten wischte sie sich immer wieder vergeblich aus den Augen.

»Haben Sie Hatch gefunden?«, fragte er und kramte ein Päckchen Lucky Strike hervor.

»Ich treffe ihn hier in ungefähr einer halben Stunde«, sagte Calvino.

»Ach, tatsächlich?« Patten wölbte eine Augenbraue.

Calvino gab keine Antwort und widmete sich seinem Tiger-Bier.

Die Bedienung kam und nahm Pattens Bestellung auf, einen doppelten Gin Tonic mit viel Eis.

»Tja, ich könnte Ihnen noch ein paar Dinge verraten, die Sie wissen sollten, Calvino. Aber es ist nicht mehr wichtig. Weil Sie für mich arbeiten. Und ich sage Ihnen, dass der Fall abgeschlossen ist. Erledigt. Verstanden?«

»Ich bin gefeuert?«, fragte Calvino.

»Ich entlasse Sie aus Ihren Pflichten. Sie arbeiten nicht mehr für mich.«

»Habe ich jemals für Sie gearbeitet, Patten?«

Patten wischte sich den Schweiß vom Gesicht und trank seinen Gin Tonic in einem Zug aus. Er hielt das leere Glas hoch und winkte der Serviererin. Als er Calvino wieder ansah, mit müden, besiegten Augen, wurde Calvino klar, was Patten als Extragepäck von Bangkok nach Phnom Penh mitgebracht hatte. Furcht. Der Mann hatte Angst. Sie stand in seinen Augen, verzerrte seinen Mund zu einem totenkopfartigen Grinsen und ließ ihn trocken schlucken. Und seine Stimme klang erstarrt von Panik, die sich wie Trockeneis in seinem Magen ausbreitete und ihn zu einem harten, gefrorenen Knoten machte. Er versuchte, sie im Alkohol zu ertränken.

»Sie spielen da mit ein paar sehr gefährlichen Leuten, Patten.«

»Verdammt, ich habe mit dem Teufel persönlich gespielt und ihn in den Arsch getreten! Und mit genügend anderen gefährlichen Arschlöchern, dass es für ein Dutzend Leben reicht. Ich habe neben ihnen gekämpft und gegen sie. Sie haben mich vom Himmel geschossen. Und ich bin immer noch am Leben.«

Ein Sturm tobte in Pattens Gesicht, als hätten sich seine Worte von dem abgelöst, was er wirklich fühlte. Der zweite doppelte Gin kam, und Patten trank seufzend einen großen Schluck.

»Wenn ich raten sollte, würde ich sagen, Hatch hat Sie zu dem Treffen eingeladen«, sagte Calvino. »Und dass Sie schon eine Weile in Phnom Penh sind und einfach abwarten.«

»Was abwarten?«

»Ich dachte, das könnten Sie mir sagen«, sagte Calvino.

Wie aus dem Nichts tauchte eine Autokolonne in der Nähe des Independence Monument auf. Sie folgte dem Sivutha Boulevard in Richtung des Tonle-Sap-Flusses, während die vorausfahrenden, auf Hochglanz polierten Limousinen in der Sonne glitzerten. Kleine Wimpel flatterten auf den vorderen Kotflügeln jedes Wagens. Hinter den beiden Limousinen folgte ein schneeweißer Panzerspähwagen, auf dem fünf UN-Soldaten mit ihren blauen Baretten stolz und hoch aufgerichtet Hab-Acht standen. Zu ihnen gehörte eine außergewöhnlich schöne Frau in voller Kampfmontur. Ihre vollen, feuchtglänzenden roten Lippen formten einen perfekten Schmollmund, und ihr Augen-Make-up hätte jeder Modenschau zur Ehre gereicht. Die Haare trug sie unter dem UN-Barett zusammengesteckt. Sie sah aus wie eine Göttin des Krieges oder ein Topmodel auf Friedensmission. Sie war wie geschaffen, den Frieden zu wahren, und als sie an der Straßenbar vorbeifuhr, winkte sie huldvoll, eine Schönheitskönigin auf einem Karnevalswagen. Sie lächelte Calvino zu, der ihr spöttisch salutierte, indem er sich mit zwei Fingern an die Stirn tippte.

»Ich fliege auf Frauen in Uniform«, sagte er.

Ein letztes Zuzwinkern, ein letztes Nicken, dann war die Soldatin vorüber. Hinter dem Panzerspähwagen kamen zwei weiße UNTAC-Truppentransporter, jeder mit einem Dutzend Soldaten aus Dritte-Welt-Ländern besetzt.

Der diplomatische Autokorso rollte durch eine Stadt, in der 1975 die Uhren auf das Jahr null zurückgedreht worden waren, entvölkert, das Land mit Leichen übersät. Die UNTAC war gekommen, um die Uhr wieder auf die Neunzigerjahre des zwanzigsten Jahrhunderts einzustellen.

Patten identifizierte die Nationalität einiger der Soldaten nach ihren Abzeichen.

»Indonesier«, sagte er. »Echte, vorbildliche Demokraten.«

Calvino hörte nicht mehr zu. Zwanzig Meter hinter dem letzten Lastwagen tauchte ein Motorrad auf, eine chromblitzende Harley, gefahren von einem hoch gewachsenen, schlanken Ausländer, der einen Dreitagebart, Jeans, Lederjacke und T-Shirt trug. Seine langen, schmutzigblonden Haare wehten im Fahrtwind und gaben den Blick auf drei Ohrringe frei. In seinem Mundwinkel baumelte ein Joint. Er machte ein Wheelie, riss das Vorderrad der Harley in die Luft wie ein Cowboy, der ein feuriges Pferd zureitet.

»Anscheinend fährt Hatch die einzige Harley in ganz Kambodscha«, sagte Calvino.

»Das muss man ihm lassen«, ergänzte Patten.

»Ich muss ihm gar nichts lassen.«

»Das sieht er vielleicht anders.« Patten trank seinen Gin aus und winkte nach einem weiteren, während Mike Hatch seine Harley abstellte. Das passende Accessoire für Gangs und Gangster. Hell's Angels. Engel der Hölle. Dann marschierte Hatch, während er die Fäuste auf- und zumachte, direkt auf ihren Tisch zu. Calvino fühlte sich an die Bulgaren erinnert. Ein weißer Plünderer ohne Uniform, auf der Suche nach Kriegsbeute.

Endlich hatte Calvino den Mann gefunden, nach dem alle suchten. Und jetzt fragte er sich, wie um alles in der Welt ein einzelner Mann von Nirgendwo so viele Probleme verursachen konnte. Indem er Waffen nach Thailand schmuggelte? Die Rolle des Waffenschmugglers passte zu ihm. Aber um derartige Aufmerksamkeit auf sich zu ziehen, musste er schon Schwerwiegenderes im Gepäck haben.

11

Der russische Markt

Sonnenstrahlen tanzten auf den drei winzigen Diamantohrringen, die einen Halbmond um einen Wulst an Hatchs rechtem Ohrläppchen formten. Vielleicht war es auch eher eine Runzel als ein Wulst, eine Vertiefung im Ohrläppchen. Calvino erinnerte sich, gelesen zu haben, dass eine solche Vertiefung ein genetisches Anzeichen für einen frühen Herzinfarkt war. Die Wissenschaftler wussten nicht, warum Menschen mit Ohrläppchen wie Hatch einem frühen Tod ins Auge sahen. Aber da ging es ihnen wie den meisten Menschen: Sie beobachteten etwas, ohne es vollständig zu begreifen. Calvinos erster Eindruck von Hatch war, dass angesichts der Kreise, in denen er sich zurzeit bewegte, der Herztod im Sattel seiner Harley seine geringste Sorge war.

Hatch strich seine Jeans glatt und setzte sich dann zu Calvino an den Tisch, ohne eine Einladung abzuwarten. Von nahem betrachtet erkannte man, dass wohl eine Mischung von Hochprozentigem aus der Flasche und einer Designerdroge wie Ecstasy sein Gesicht gemeißelt hatte. Das Ergebnis hatte nicht die Klasse einer Skulptur am Mount Rushmore; es hatte überhaupt keine Klasse. Es war einfach ein schlecht geschnittenes Gesicht, dessen Züge von Drogenmissbrauch, zu wenig Schlaf und zu vielen Stunden in verrauchten Zimmern verwittert waren. Er war das verkörperte Klischee eines Kriminellen, dessen Träume immer doppelt so groß sind wie die Erträge seiner kleinen Gaunereien. Aber inzwischen war er in die Oberliga aufgestiegen. Er musterte Calvino mit hartem Blick, als wolle er ihn einschüchtern. Calvino kannte diesen Blick aus den Straßen von New York. Der machte ihm keine Sorgen. Aus der Nähe konnte Calvino sehen, dass Hatchs Augäpfel hinter den halb geschlossenen Lidern eine gelbliche Farbe hatten. Wie hart gekochte Eier, bei denen das Gelb durch die Oberfläche schimmert.

»Das ist der Mann, von dem ich Ihnen erzählt habe, Mike. Vincent Calvino«, sagte Patten mit leichtem Beben in der Stimme. »Er ist einer von uns. Aus New York.«

»Ah ja?«, sagte Hatch. »Sie sind also der Wichser, der mir quer durch halb Phnom Penh auf den Fersen ist und jede Hure im Lido nach mir fragt.«

Der Akzent aus New Jersey war unverkennbar.

»Ich habs erst bei der Auskunft versucht, aber Sie stehen nicht im Telefonbuch«, meinte Calvino.

Hatchs Lächeln entblößte eine Reihe abgesplitterter Zähne.

»Ah ja?«

»Patten hier hat mich angeheuert, um Ihnen das Geld zu bringen, das er Ihnen angeblich schuldet«, sagte Calvino. »Klang nach einem ziemlich merkwürdigen Auftrag. Aber ich habe ihn in dem Wissen angenommen, dass er etwas anderes wollte. Etwas, das er für sich behielt. Ich wollte herausfinden, was für ein Spielchen ihr beide eigentlich treibt. Und wie ein Typ namens Fat Stuart da hineinpasst. Bevor er ermordet wurde. Also habe ich mich entschlossen, Ihnen das Geld zu bringen und festzustellen, wie tief Sie in der Scheiße stecken. Soviel ich sehen kann, bis zum Hals, und Sie sinken schnell tiefer. Ich lasse mich nicht gerne hereinlegen. Und wie ich das sehe, war das Treffen mit Fat Stuart eine Falle. Leider bin ich nicht hineingetappt. Wenn Sie einen Strohmann suchen, sollten Sie was von Heu verstehen. Meiner Ansicht nach seid ihr zwei Typen alles andere als Profis, und ihr steckt tief in einer Sache, die euch eine Heidenangst macht.«

Patten wandte den Blick ab. Er war blass geworden.

»Sehe ich so aus, als ob ich Angst hätte?«, fragte Hatch.

»Niemand taucht unter, wenn er keine Angst hat«, erwiderte Calvino.

»Wer sagt, dass ich mich verstecke? Haben Sie ihm gesagt, dass ich mich verstecke?« Er wandte sich zu Patten und funkelte ihn an.

»Das habe ich nie gesagt«, meinte Patten.

»Sie sind falsch informiert«, sagte Hatch.

»Ich wurde dafür bezahlt, Sie zu finden.«

»Es war noch nie nötig, einen anzuheuern, um mir Geld nachzutragen. Das wär das erste Mal.« Als er geendet hatte, stellte die Serviererin eine große Dose VB-Bier vor ihn hin.

»Aber es ist sowieso egal«, sagte Calvino.

»Warum das?«

»Weil mein Klient mich von dem Fall abgezogen hat.«

Hatch prostete ihm mit seiner Dose VB zu. »Auf leicht verdientes Geld.« Dann wandte er sich an Patten, der auf die Straße starrte. »Und auf Leute, die für etwas bezahlen, was sie auch umsonst haben könnten.«

»Ihr Jungs habt immer noch nicht kapiert, oder? Ihr seid ein paar sehr mächtigen Leuten bei ihren Geschäften in die Quere gekommen. Lest ihr keine Zeitung? Sonst müsstet ihr doch wissen, dass geschäftliche Konflikte die häufigste Todesursache im Wirtschaftsleben von Bangkok sind«, meinte Calvino.

»Wusste gar nicht, dass Sie Betriebswirtschaftler sind.« Hatch sah plötzlich aus wie ein Hell's Angel, der auf Streit aus ist.

Calvino beugte sich vor, packte Mike Hatchs Handgelenk und zog ihn über den Tisch, wobei er Pattens Glas und eine leere Flasche Tiger-Bier umstieß.

»Kleiner Schlaumeier, was? Das hier ist nicht New Jersey. Wenn Sie hier dem Falschen auf die Füße treten, finden Sie sich ganz schnell in einer dunklen Gasse wieder. Und irgendein Arschloch, das nicht mal weiß, wie man ›Arschloch‹ schreibt, jagt Ihnen eine Kugel in den Kopf. Sie können keine Waffen von Phnom Penh nach Thailand schmuggeln, ohne dass das ein paar einflussreichen Leuten auffällt. Und diese einflussreichen Leute stellen sich immer wieder dieselbe Frage: Für wen arbeiten Sie? Diese Frage macht sie verrückt. Nervös. Wissen Sie, was ›einflussreiche Leute‹ in Thailand bedeutet? Glauben Sie mir, Sie wollens gar nicht so genau wissen. Sie wollen nicht mal danach fragen. Sagen wir einfach, dass sie in höheren Regionen existieren. Und Kerle wie ihr lebt in der Gosse. Und schließlich fangen diese Leute an, sich ernsthaft für ein Arschloch in Phnom Penh auf einer Harley zu interessieren, das sich für Dennis Hopper in *Easy Rider* hält. Das Leben in Harlem ist hart, richtig? In Brooklyn auch. New Jersey, mag sein. Aber die Leute, die sich hier Gedanken über Sie machen, lesen Ihnen nicht Ihre verfassungsmäßigen Rechte vor. Die lassen Sie nicht mit Ihrem Anwalt telefonieren und spendieren Ihnen in der Zwischenzeit ein Eis mit Sahne. Die legen Ihnen eine Stacheldrahtschlinge um die Eier und ziehen schön langsam zu. Die lassen Sie bluten. Sie glauben, Sie hätten Verbindungen? Verlassen sich darauf, dass die Sie schützen. Die sind nicht mehr wert als Hühnerkacke. Wenn sie mit Ihren Eiern fertig sind, fangen sie bei den Zehen aufwärts zu schneiden an, bis Ihre Beine in Stümpfen am Knie enden. Ich weiß nicht, ob ich mich klar genug ausdrücke. Wenn ich nicht ein paar direkte Antworten von euch bekomme, würde ich euch beiden empfehlen, schon mal euer Testament zu machen. Dann endet ihr wie Fat Stuart, und die Ameisen fressen euch die Zungen aus dem Hals.«

Calvino ließ Hatchs Handgelenk los, und der plumpste in seinen Stuhl zurück. Er rieb sich die schmerzende Hand. Tiefes Schweigen breitete sich aus.

»Sie wussten das mit Fat Stuart nicht?«, fragte Calvino.

Hatchs Gesicht verzog sich zu einem hässlichen Grinsen, dann wandte er sich an Patten, als wäre Calvino Luft für ihn.

»Er ist tot«, bestätigte Patten.

»Der fette Arsch? Er ist tot? Wie …« Das Wort blieb Hatch im Hals stecken wie eine Fischgräte.

»Auf der Rennbahn. Er hatte eine Prise tödliche Chemie in seinem Brownie«, sagte Calvino.

»Ich glaube, so wäre es Fat Stuart am liebsten gewesen«, sagte Patten und ließ unter dem Tisch seine Fingerknöchel knacken. Er war so nervös, dass er jeden Moment abheben konnte.

»Der fette Arsch war nur ein Stück Abschaum von der Straße, mit dem wir Geschäfte gemacht haben, Patten. Herrgott, ich fasse es einfach nicht, dass Sie es mir nicht gesagt haben!«

»Schließlich habe ich Fat Stuart angeheuert.«

»Bockmist«, sagte Hatch. »Er ist meinetwegen auf Sie zugekommen. Ich hatte mal ein paar Uhren für ihn verkauft. Ein andermal waren es Diamanten. Deshalb ist er zu Ihnen gekommen.«

»Ganz zu schweigen davon, dass Sie gemeinsam gesessen haben«, warf Calvino ein.

Pattens Augen verengten sich. »Das höre ich zum ersten Mal.«

»Na, da haben wir ja jede Menge Premieren«, sagte Hatch. Er war in Rage, und man hörte es ihm an. »Zum Beispiel diesen Kerl hier anzuheuern, statt selbst herzukommen. Mir nicht zu sagen, dass jemand L'Blanc umgebracht hat. Warum? Haben Sie gedacht, ich würde nicht herausfinden, dass Fat Stuart tot ist? Wer hat ihn getötet? Raus mit der Sprache.«

Patten lenkte ein. »Jetzt nehmen Sies doch nicht so schwer. Na schön, Sie hatten schon mal Geschäfte miteinander gemacht. Das ist Vergangenheit. Sie waren doch der, der gesagt hat: ›Der ist auch nur so ein haltloser Arsch, der auf Thai-Huren steht. Gibt tausend Ärsche wie ihn. Er ist bloß doppelt so groß.‹ Das waren Ihre Worte, Mike. Also, was regen Sie sich auf wegen Fat Stuart. Er war ein hoffnungsloser Fall. Die Welt hat bei seinem Tod nicht aufgehört, sich zu drehen. Verdammt, nicht mal das nächste Rennen hat sich um mehr als dreißig Minuten verzögert. Die Welt kümmert es nicht, dass Fat Stuart tot ist. Und mir ist es auch scheißegal.«

»Patten, wer mich hintergeht, lebt nicht lange«, sagte Hatch.

Patten setzte sich kerzengerade auf, und seine Nackenhaare sträubten sich.

»Wollen Sie mir drohen?«, fragte er.

»Wenn ich Ihnen drohen wollte, hätten Sies schon gemerkt, Patten.« Er starrte ihn an. »Heute bin ich nicht in Stimmung.«

»Aber Sie sind noch in Stimmung, Waffen nach Thailand zu schmuggeln?«, fragte Calvino.

Hatch trank von seinem Bier und versuchte, wie ein harter Bursche auszusehen.

»Direkt zum Geschäft, was?«, sagte er.

»Das habe ich ihm nie erzählt«, beteuerte Patten. Er hockte auf der Stuhlkante, und der Schweiß floss ihm übers Gesicht wie Regen über einen verstopften Gully.

Hatch lächelte. »Das hat er auch nicht behauptet, Patten.«

»Woher kann er sonst davon wissen?«, fragte Patten.

»Patten, im Vergleich mit Ihnen klingt der Khmer-Abschaum von der Straße manchmal wie reinster Einstein. Ich habe mich immer gefragt, ob Ihr Hirn bei diesem Flugzeugabsturz nicht Schaden gelitten hat. Seit heute bin ich sicher«, sagte Hatch.

Calvino hörte den beiden dabei zu, wie sie sich gegenseitig an die Kehle gingen. Die Sonne verschwand langsam hinter den Sturmwolken. Er dachte an die Schönheit, die vor kurzem auf dem Panzerwagen vorbeigefahren war. Die Krieger trugen Make-up. Und die Zivilisten schlugen sich in den Biergärten über linke Geschäfte die Köpfe ein. Seine Gedanken schweiften ab zu Dr. Veronica. Er war selbst am meisten von den Gefühlen überrascht, die er ihr entgegenbrachte – Gefühle zwischen Mann und Frau, wie er sie seit Jahren nicht mehr bei einer *Mem Farang* empfunden hatte. Dann wurde seine Aufmerksamkeit unvermittelt wieder in die Gegenwart gerissen.

Hatch saß mit dem Rücken zur Straße, und Patten hatte zu viel Angst, um über seine Nasenspitze hinauszusehen. Aber Calvino erblickte den Land-Cruiser der UNTAC-Zivilpolizei, während er langsam an dem Ladenhaus vorbeifuhr. Pratt saß am Steuer, und Shaw, der mit seiner Kamera auf dem Beifahrersitz saß, schoss ein halbes Dutzend Fotos von ihrem Tisch. Pratt hatte einen neutralen Gesichtsausdruck aufgesetzt, wie er ihn immer trug, wenn er nicht besorgt aussehen wollte. Aber Calvino spürte, dass es ihn all seine Selbstbeherrschung kostete, nicht anzuhalten und Calvino in den Wagen zu ziehen. Ein paar Sekunden später glitt Ravi Singhs weißer Stabswagen an ihnen vorbei, und Calvino erhaschte einen kurzen Blick auf den blauen Turban und das lächelnde Gesicht des Inders. Er zeigte mit dem Daumen nach oben und zwinkerte Calvino zu. Es war wie eine Parade.

»Patten hat mich beauftragt, Ihnen fünfundvierzig Riesen zu geben«, sagte Calvino.

»Ach, tatsächlich?« Hatch starrte Patten mühsam mit unterdrückter Gewalttätigkeit an.

Patten schwitzte. »Ich weiß, dass eigentlich Schluss sein sollte. Aber dann haben wir doch noch zwei Fuhren gemacht. Ich wollte nicht, dass

Sie denken, wir wollten Sie übergehen. Oder nicht beteiligen. Diese Typen waren sehr hartnäckig. Wir waren denen was schuldig, Mike. Wir konnten nicht Nein sagen. Eine der Lieferungen ist in Bangkok aufgeflogen. Unsere Leute hatten feste Zusagen gemacht. Also konnten wir nicht anders. Verdammt, Sie sollten nicht denken, dass ich Sie um Ihren Anteil betrügen wollte«, sagte er. Er wirkte so, als würde er gleich einen Panikanfall bekommen. Er hielt sich an seiner Krücke fest und sah aus, als sei er den Tränen nahe.

»Wir hatten Schluss gemacht, Patten.«

»Ich weiß ... aber ...«

»Verstehe ich das richtig? Sie und dieser fette Arsch Fat Stuart haben zwei zusätzliche Lieferungen gemacht? Und jetzt ist er tot und Sie sind auf der Flucht. Und wohin kommen Sie gerannt? Direkt vor meine verdammte Haustür. Sie dämlicher Arsch. Wenn Sie kein Krüppel wären, würde ich Sie jetzt auseinander nehmen.«

»Was haben Sie da gesagt?«, fragte Calvino.

»Ist schon gut, Calvino«, sagte Patten.

»Haben Sie irgendein Problem, Dr. Frankenstein?«, fragte Hatch mit einem Blick auf die Nähte in Calvinos Gesicht.

»Habe ich allerdings«, erwiderte Calvino.

»Dann sollten Sie beim Rasieren besser aufpassen.«

»Ach ja?«

Hatch fasste das als persönliche Herausforderung auf und wurde augenblicklich unangenehm und bösartig. Er ballte die Hand zur Faust. Aber er wartete einen Wimpernschlag zu lange – lange genug, dass Calvino die Hand unter den Tisch schieben, Pattens Krücke packen und Hatch das Achselpolster ins Gesicht rammen konnte. Er hatte noch nie jemanden mit einer Krücke geschlagen. Die Wirkung war nicht so vernichtend, wie jemandem eine Bierflasche übers Gesicht zu ziehen. Aber der Stoß betäubte Hatch, und sein Blick verschwamm und wurde glasig, während ihm das Blut aus Mund und Nase schoss. Calvino zog die Krücke zurück und verrutschte dabei sein Jackett, sodass der 38er-Police-Special sichtbar wurde. Es war keine Absicht gewesen. Zeig niemals deine Kanone, es sei denn, du willst sie auch benutzen. Das war nicht nur Calvinos Gesetz, es war ein Gesetz so alt wie die erste Schusswaffe. Er hatte nicht die Absicht, sie zu benutzen, aber er war zornig genug, um zu verstehen, wie Leute in der Hitze des Augenblicks zur Waffe griffen.

»Sagen Sie niemals Krüppel zu einem Mann«, sagte Calvino. »Ich kann so was nicht leiden. Es zeigt schlechte Erziehung und mangelnden Respekt. Aber ich werde drüber hinwegsehen, Hatch. Worüber ich nicht hinwegsehen werde, ist, was Sie über den Waffenschmuggel nach Thailand wissen. Im Süden tauchen bereits AK-47 auf. Terroristen schießen Züge, Schulen und Busse zusammen. Unschuldige Menschen müssen sterben, damit Typen wie Sie schnelles Geld machen können. Aber überschätzt euch nicht. Ihr seid nicht besser als billige Drogenkuriere. Ihr macht nur die Drecksarbeit. Ihr lebt und sterbt wie Fat Stuart. Dumm. Ihr habt keinen Schimmer, auf was ihr euch da eingelassen habt. Alles, was ich will, sind ein paar Namen. Und wenn ich die nicht bekomme, können Sie Ihr Testament machen. Ihre einzige Chance ist, mir diese Namen zu geben und aus Kambodscha zu verschwinden. Heute Nacht noch oder morgen. Sie haben keine Wahl.«

»Patten, gehen wir«, sagte Hatch.

»Eines noch, bevor Sie gehen«, warf Calvino ein. »Wir haben Fotos von uns dreien hier am Tisch gemacht. Solche Fotos haben es an sich, in die falschen Hände zu gelangen. Wenn wir also nicht wissen, wem wir sie keinesfalls zeigen dürfen, könnte das peinlich für Sie werden ... und es gibt keinen Ort, wo sich jemand verstecken könnte, der im Waffenschmuggel zum Problem geworden ist.«

»Wir kennen seinen Namen nicht«, platzte Patten heraus.

»Halten Sie den Mund!«, schnappte Hatch.

»Fat Stuart und Mike hatten noch ein privates Nebengeschäft. Ich habe ihnen gleich gesagt, dass es verdammt dumm ist. Die Sache war eine Nummer zu groß für sie. Man kann als Farang Waffen schmuggeln, aber sich mit kostbaren Juwelen abzugeben, das kann tödlich enden. Deshalb haben sie Fat Stuart kaltgemacht. Mike, Sie müssen es zurückgeben, sonst bringen die Sie um«, sagte Patten.

»Stecken Sie sich doch eine Kanone in den Mund und drücken ab, Arschloch«, erwiderte Hatch und spuckte Blut und Speichel aus.

Pratt hatte Calvino etwas verheimlicht, und jetzt wusste Calvino ohne jeden Zweifel, dass sein Freund nicht nach Kambodscha gekommen war, um Waffenschieber zu jagen. Er war auf wesentlich wichtigere Beute aus.

»Erzählen Sie mir von den Juwelen. Das klingt interessant. Komisch, dass Sie das in Bangkok nicht erwähnt haben. Oder war es Ihnen entfallen?«, fragte Calvino.

Patten fand keine Gelegenheit zu antworten, denn Hatch brüllte ihn an.

»Patten, ich will mein verdammtes Geld haben. Und es wäre wirklich ungesund, wenn Sie versuchen, mich zu verarschen. Kapiert?«

Calvino fing Hatchs Blick ein.

»Wollen Sie ihm drohen?«

»Ich kassiere nur, was mir zusteht.«

Hatch stand auf, stieg auf seine riesige Harley und ließ den Motor an. Er warf Calvino seinen härtesten Blick zu, aber er prallte einfach an ihm ab. Das gefiel Hatch nicht. Es war ein schlechtes Omen. Bevor er losfahren konnte, rief ihm Calvino zu: »Tun Sie sich einen Gefallen, Hatch.«

»Und das wäre?«

»Begleiten Sie mich ein paar Schritte die Straße hinunter, und lassen Sie uns mit Lieutenant Colonel Pratt reden. Er ist ein Freund. Er kann Ihnen helfen.«

»Ein thailändischer Colonel möchte sich mit mir anfreunden? Klar, und ich bin von der Regierung und nur hier, um Ihnen zu helfen. Bockmist.«

»Kennen Sie sonst jemanden, der Ihnen freiwillig das Leben retten würde? Oder glauben Sie, dass Sie hart genug sind, um alleine durchzukommen?«

Hatch starrte Calvino an, dann fuhr er sich mit dem Handrücken über die Nase und betrachtete das Blut. »Ich brauche Ihre verdammte Hilfe nicht. Und ich habe schon genug Probleme mit thailändischen Bullen.

Ich kann auf weitere Freundschaftsangebote von ihren Colonels oder Generälen verzichten. Die haben keine Ahnung, was Freundschaft ist.«

Er warf die Harley von der Stütze und brauste davon.

»Verdammt, Calvino, Sie hätten ihm nichts von dem Geld sagen sollen«, sagte Patten.

»Ich dachte, dafür hätten Sie mich angeheuert.«

»Ich hätte nie geglaubt, dass Sie ihn finden.«

»Sie haben geglaubt, ich würde nicht lange genug leben, um ihn zu finden, Patten.«

»Hören Sie, Calvino, lassen Sie uns mit offenen Karten spielen.«

»Das wäre ja etwas ganz Neues«, meinte Calvino, während eine neue Runde Getränke kam.

»Ich weiß, dass es nicht richtig war, was ich getan habe. Aber ich mache es wieder gut. Es hat mir gefallen, wie Sie es Hatch gerade gegeben haben. Wenn einen jemand einen Krüppel nennt, na ja, Sie wissen schon. Ich schulde Ihnen was. Ich glaube, ohne Sie hätte Hatch mich umgebracht. Und ich weiß zu schätzen, was Sie gesagt haben. Nicht, dass ich mich nicht selbst gegen einen Schwanzlutscher wie Hatch durchsetzen könnte.«

»Was bieten Sie mir an?«

»Ich denke, ich kann Ihnen helfen, Kim zu finden. Den Drahtzieher hinter den Kulissen.« Patten grinste und nippte an seinem Gin Tonic.

»Und warum sollten Sie das tun?«

»Hatch wollte mich zum Sündenbock machen. So etwas lasse ich niemandem durchgehen.« Mit Hatchs Abgang war Pattens Mut zurückgekehrt.

»Und jemand aus Bangkok hat Sie dafür bezahlt, Hatch an Kim auszuliefern. Aber die schmutzige Arbeit sollte ich für Sie erledigen. Oder irre ich mich?«

Das Lächeln auf Pattens Gesicht erlosch. Und Calvino begann sich zu fragen, was der wahre Grund war, warum er gegen Hatch physische Gewalt angewendet hatte. Um einen Krüppel zu verteidigen? Oder hatte er nur versucht, ihm Angst einzuflößen? Ihm das Gefühl zu geben, Calvino würde es überall und jederzeit mit ihm aufnehmen?

»Ich habe bar bezahlt. Wegen dem Geld können Sie nicht sauer sein«, sagte Patten.

»Nein, ich bin sauer, weil Sie mich wegen Fat Stuart belogen haben. Er hat nie gemeinsam mit Ihnen und Hatch Waffen geschmuggelt. Er war immer noch in der Juwelenbranche. Und weil die beiden Sie nicht an ihrem Nebengeschäft beteiligen wollten, haben Sie sie verraten.«

Patten sah schlimmer aus als Hatch, nachdem sein Gesicht mit der Krücke Bekanntschaft gemacht hatte. Vielleicht hatte er in dem Moment so ausgesehen, als die SAM-Rakete sein Flugzeug getroffen hatte und er wusste, dass der Erdboden viel zu schnell näher kam.

»Ich wünschte, ich hätte mich nie darauf eingelassen, Calvino. Das müssen Sie mir glauben. Es war ein Albtraum. Ich dachte, ich könnte das regeln. Ich wusste nicht, dass sie Fat Stuart umbringen wollten. Sie sagten, dass sie nur mit ihm reden wollten. Und wenn er die Juwelen zurückgäbe, würde es keine Probleme geben. Sie wissen ja, wie sehr die Thais Konfrontationen hassen. Herrgott, Sie haben ja keine Ahnung, wie ich mich gefühlt habe, als er umgebracht wurde!«

»Verängstigt«, meinte Calvino.

»Ich habe Sie angeheuert, um Hatch zu suchen.«

»Das ist nur ein Teil der Geschichte, Patten. Tatsächlich haben Sie gehofft, dass er mich umbringt. Dann wären Sie aus der Schusslinie gewesen. Und Hatch in einem kambodschanischen Gefängnis. Dann hätten Sie sich nicht von dem Geld trennen müssen, das Sie ihm schulden. So sehe ich das.«

Pattens Gesicht verzog sich, als hätte ihm jemand einen heftigen Schlag versetzt.

»Sie verstehen Männer wie Hatch nicht.«

»Ich verstehe Hatch sehr gut. Und langsam fange ich auch an, Sie zu verstehen«, sagte Calvino.

»Ich habe gehofft, er begreift, wie ernst die Lage ist, wenn er Sie sieht. Ich schätze, ich bin Ihnen was schuldig.«

»Wer ist Kim?«, fragte Calvino. »Klingt nicht nach einem Feld-Wald-und-Wiesen-Auftragskiller.«

»Hat das jemand behauptet?«

Calvino glaubte nicht, dass es einfach sein würde, Patten irgendwelche brauchbaren Informationen zu entlocken, und natürlich war es das auch nicht. Patten war Kim nie persönlich begegnet. Er war eine Figur im Dunkel, abgeschirmt durch mehrere Schutzschichten von Strohmännern. Warum war die Wahl auf ihn gefallen? Patten hatte da so eine Theorie. Kim hatte Verbindungen im Waffenschmuggel, und wenn er gewissen thailändischen Generälen zu ihren Juwelen zurückverhalf, bedeutete das einen inoffiziellen Freibrief, Waffen in jedes beliebige Land der Dritten Welt über Bangkok zu verschiffen. Aber vor allem verstand er es, seine Identität vor Feinden wie Freunden verborgen zu halten. Für ihn war das ein und dasselbe. Es war lediglich eine Theorie, aber für Calvino klang sie plausibel. Calvinos Gesetz lautete: Wenn ein Betrüger anfängt, die Wahrheit zu sagen, ist der Tag gekommen, an dem die Lämmer sich zu den Löwen legen.

»Sie machen Geschäfte mit Kim?«

»Wenn man Waffen schmuggelt, kommt man zwangsläufig mit seiner Organisation in Berührung«, erwiderte Patten. »Er vertraut niemandem. Keiner hat ihn je gesehen oder mit ihm gesprochen.«

Patten hatte zwar keine Ahnung, wer Kim war, aber er kannte jemanden, der jemanden kannte, der nach einem dicken Joint behauptet hatte, er habe ihn mit zwei Diplomatenkoffern voller Hundertdollarscheine aus der Frachtzone des Flughafens kommen sehen. Kim war von zwei uniformierten UNTAC-Soldaten begleitet worden, die Kisten voller Gewehre in ein Frachtflugzeug luden – dasselbe, mit dem das Geld gekommen war.

»Ich denke, ich bin Ihnen was schuldig, Calvino. Deshalb tue ich etwas, das mir vielleicht noch Leid tun wird.«

»Und das wäre?«

»Ich mische mich in die Angelegenheiten von gefährlichen Leuten.«

Es herrschte immer noch Tageslicht, als Patten mit seiner Geschichte zum Ende kam und sie den russischen Markt erreichten. Die Person, die behauptete, jemanden zu kennen, der Kim gesehen hatte, arbeitete dort.

Patten schwitzte. Er stützte sich schwer auf seine Krücke und humpelte voraus durch die Reihen von Händlern, die auf Bambusplattformen zwischen Haufen aus bräunlichem Marihuana zu beiden Seiten saßen. Einige von ihnen drehten Joints daraus. Andere packten es in Beutel. Beutel voller erstklassigen Pots. Patten deutete darauf. »Dreißig Stäbchen für vierzig Cents«, sagte er. Billig und in solchen Massen, dass die Stadt Tag und Nacht stoned bleiben konnte, dachte Calvino. »Wollen Sie etwas?«

»Nein danke«, antwortete Calvino. »Bleib sauber, und du bleibst am Leben.«

Eine andere Erklärung für das wilde Geballer in der Nacht ging ihm durch den Sinn, während sie den schmutzigen Gang zwischen den Tischen voller Marihuana entlanggingen. Die Soldaten an den Kontrollpunkten rauchten das Zeugs; manche behaupteten, wenn sie high waren, würden sie erst zum Spaß in die Luft ballern, dann aber schnell alle Hemmungen verlieren und letzten Endes schießen, um zu töten. Andere behaupteten, dass das Quatsch sei. Das Marihuana mache sie fröhlich, entspanne sie und dämpfe den Killerinstinkt. Vielleicht hatte es gar nichts mit Hass zu tun. Töten war einfach eine Methode, Schulden einzutreiben. Hatch hätte diese Logik verstanden, dachte Calvino.

Sie kamen an einer Reihe von Händlern vorbei, die UNTAC-Shirts feilboten. Der aktuelle Preis lag bei zwei Dollar für eines mit der kanadischen Flagge. Calvino drehte ein Hemd um und sah es sich genauer an. Unter der Flagge stand »Australien«. Vielleicht kam das von zu viel Dope oder einfach von der Unkenntnis, welche Flaggen zu welcher der in Kambodscha stationierten Truppen gehörten. Überall herrschte Verwirrung. Man konnte fast meinen, alle Kambodschaner wären von einem UFO entführt und wieder abgesetzt worden, desorientiert, ohne eine Ahnung, wo sie waren. Wie sollten sie da wissen, wo die anderen Nationen hingehörten? Kanada. Australien. Konnten die wirklich unterschiedliche Fahnen haben? In Vietnam abgefüllte Flaschen von Stolychnaya-Wodka wurden für anderthalb Dollar verkauft. Khmer-Männer öffneten Säcke mit Schlangen und zeigten den Inhalt her, während sie vorbeigingen. Kim, dachte Calvino. Es war ein guter Tarnname an einem Ort wie Phnom Penh. Er konnte asiatisch sein. Er konnte auf einen Mann hinweisen oder auf eine Frau. Er hatte einen hübschen Anklang von Kipling. Die allgegenwärtigen Bettler griffen nach Pattens Krücke und versuchten, ihm mit einer traurigen Geschichte das Geld aus der Tasche zu ziehen. Er trat nach ihnen und sagte, dass sie keine Ahnung hätten, was ein schweres Leben bedeute. An der Straße gegenüber dem Markt machten die Geldwechsler gerade ihre Geschäfte dicht.

Patten bog um eine Ecke, und sie kamen auf einen Teil des Marktes, wo Fleisch, Gemüse, Silber, Pornovideos, Audiokassetten, Buddhas, Bier und Fischdosen zum Verkauf standen. Bei Stand Nummer 465 hielt Patten an. Eine Frau in den Dreißigern sah von ihrem Notizbuch auf und begrüßte ihn. Patten stellte sie als Sitha vor.

»Das hier ist ein Freund aus Bangkok. Er ist geschäftlich in Phnom Penh. Ich habe ihm gesagt, dass du ihm vielleicht helfen kannst.«

Sitha lächelte.

»Aus welchem Land Sie sind?«, wollte sie wissen.

»Aus den Staaten«, antwortete Calvino.

»Ich mögen Amerikaner. Amerikaner Nummer eins. Sprechen gut Englisch.«

Sie zeigte ihm ihr Notizbuch, das sie nach Nationalitäten unterteilt und wo sie in jeder Rubrik ein paar Schlüsselsätze der Landessprache aufgeschrieben hatte. Bangladesch und Jordanien waren noch leer. Der Hauptteil bestand aus Englisch und Französisch.

»Mein Freund sagt, Sie haben einen Verwandten, der am Flughafen arbeitet«, begann Calvino.

Sitha zuckte die Achseln, und ihr Blick wurde ausdruckslos.

»Ja, kann sein«, sagte sie.

»Und dass er jemanden namens Kim gesehen hat. Es würde sich für Sie lohnen, wenn Sie mich mit Ihrem Cousin zusammenbringen«, sagte Calvino, zog die Hand aus der Tasche und zeigte eine Rolle Zwanzigdollarscheine.

Sitha schloss ihr Notizbuch und legte es auf ein Tischtuch neben den Stolychnaya-Wodka. »Das nicht gut, glaube ich.«

Ein Beinamputierter in Soldatenuniform machte beim Anblick von Calvinos Geldrolle eine Kehrtwendung, humpelte heran und blieb neben Patten stehen. Mit seinem Armeemesser deutete er auf das Geld.

»Verdammt, die Bettler hier treiben einen zum Wahnsinn«, sagte Patten.

»Nicht gut für wen?«, fragte Calvino die Frau.

»Für meinen Cousin, mich, Sie und Patten. Warum nicht kaufen etwas Wodka. Ich mache sehr gutes Preis«, sagte Sitha.

Calvino griff nach ihrem Notizbuch, steckte fünf Zwanzigdollarscheine hinein und schrieb seine Zimmer- und Telefonnummer im Monorom-Hotel daneben. »Ich nehme zwei Flaschen von dem Wodka«, sagte er.

Sie ließ die Finger zwischen die Seiten gleiten und befühlte das Geld.

»Wie heißt Ihr Cousin?«

»Nuth«, sagte sie. »Sie jetzt gehen. Bitte.«

Als sie den russischen Markt verlassen hatten, wirkte Patten müde. Es war dunkel geworden und nicht leicht, ein Motorradtaxi zu bekommen. Seit der Unterhaltung an Sithas Stand hatten sie kaum ein Wort gewechselt. »Die Leute haben Angst, Calvino. Man bekommt nichts aus ihnen heraus. Aber ich habe nur versprochen, es zu versuchen, mehr kann ich nicht tun. Ich glaube, dass wir jetzt quitt sind.«

Sie kamen an ein paar Tischen vorbei, wo Leute beim Essen saßen. Auf jedem Tisch brannte eine Petroleumlampe. Calvino erkannte die Anspannung in Pattens Gesicht und fragte sich, wie Leute wie er es schafften, älter zu werden als neunzehn.

»Ja, Sie glauben richtig, Patten. Wir sind quitt.«

Aber Pattens Aufmerksamkeit war bereits abgelenkt von vier Männern, die um eine Holzkiste auf einem der Tische herumstanden. Sie schlossen Wetten ab. Calvino trat ein paar Schritte vor und warf einen Blick in die Kiste. Darin sah er eine Python. »Das ist der vietnamesische Einfluss«, sagte Patten. »Die Vietnamesen lieben diese blutigen Wetten.«

Das war ein Riesenvieh in der Kiste, dachte Patten. Ein Schauer lief ihm über den Rücken, als der Kellner eine fette Ratte brachte, sie auf den Tisch legte und ihr die Vorderbeine mit einem Stock brach. Der Kellner grinste die Wetter an, ließ die verletzte Ratte am Schwanz über der Kiste baumeln und warf sie hinein. Alle drängten sich mit aufgerissenen Augen um die Kiste und sahen zu, wie Ratte und Python gegeneinander antraten. Die Python schlang sich langsam um die Ratte, die sich ihr auf den Hinterbeinen zu entziehen versuchte. Aber es war ein einseitiger Kampf. Die Khmer, die an den Nebentischen zu Abend aßen, begannen zu kichern, während sie lauschten und mitzählten, wie die Knochen im Körper der Ratte brachen, als die Python die Schlinge zuzog.

Nachdem es vorüber war, wandte sich Calvino zum Gehen.

»He, das war noch gar nichts«, sagte Patten. »Während des Krieges kannte ich ein paar Vietnamesen, die hatten eine Sechsmeterpython. Einmal habe ich gesehen, wie ein Einheimischer ein lebendes Huhn zu diesem verdammten Riesending reinwarf. Das Huhn ist einfach erstarrt. Man konnte den Angstschweiß des Vogels beinahe riechen. Ging einem bis ins Mark. Ausweglos. Dieses Huhn war so gut wie tot. Hundertprozentig am Arsch, der Vogel. Es wurde einem richtig schlecht vom Zusehen. Die Python war derart riesig, dass sie sich nicht mal die Mühe gemacht hat, das Huhn zu umschlingen. Der Kopf kam einfach vorgeschossen, das Maul einen halben Meter weit aufgerissen, und weg war das Huhn mit einem einzigen Bissen. Ich habe immer noch Albträume wegen dem verdammten Huhn. Wie es da so im Schlund von dieser Scheißpython verschwand, als wärs ein leckeres Bonbon mit ein paar Federn dran.«

12

Der Marathon-Mann

Lieutenant Colonel Pratt und Calvino rollten langsam durch die Straßen in der Gegend östlich des Monivong Boulevard. Die Spannung zwischen ihnen hatte sich verschärft. Calvino fühlte sich betrogen und Pratt ebenso. Calvino hatte darauf bestanden, erst zum Flughafen zu fahren und sich nach diesem Nuth zu erkundigen, bevor sie die Suche nach Hatch wieder aufnahmen. Es passte ihm nicht, dass er benutzt worden war, um Hatch zu finden. Und jetzt musste er auch noch etwas über jene andere Person herausfinden, die nach Hatch suchte und ihn auslöschen wollte. Zuerst zum Flughafen zu fahren, war seine kleine Rache, und Pratt ließ sie ihn haben, unterstützte seinen Vorschlag gegenüber Shaw. Aber keiner von ihnen hatte ein gutes Gefühl, als sie jetzt nach dem Zwischenstopp am Flughafen weiterfuhren.

»Du hättest Hatch nicht gehen lassen sollen. Das war ein Fehler«, sagte Pratt.

»Ein Fehler? Arbeite ich etwa für dich? Und was hätte ich denn machen sollen? Ihn festnehmen? Erschießen?«

Der Anflug von Ärger in Calvinos Stimme war beunruhigend. Pratt ließ mehrere Minuten verstreichen, bevor er etwas sagte. »Er hat keine Ahnung, in welcher Gefahr er steckt«, sagte er.

»Er weiß es. Er ist nicht dumm. Und er weiß, dass jemand von deiner Abteilung hier hergeschickt wurde, um ihn zu töten. Diese kleine Information hast du für dich behalten«, erwiderte Calvino.

»Ich hatte strikten Befehl«, sagte Pratt.

»Wozu? Deinen besten Freund in die Schusslinie zu schicken? Oder mache ich mir da Illusionen über so etwas wie Freundschaft?«

»Es tut mir Leid, Vincent.«

»Du hättest mir wenigstens sagen können, dass der Kerl, hinter dem du her bist, den Auftrag hat, Hatch zu ermorden.«

»Wir wussten nicht, nach wem wir suchen. Wir hatten lediglich die Information, dass jemand aus dem Dezernat Hatch tot sehen wollte. Und dass es darum ging, etwas von großer Bedeutung nach Thailand zurückzuschaffen. Wenn wir Kim identifizieren und vernehmen können, haben wir gute Aussichten, die Männer aus der Abteilung zu isolieren, die hinter ihm stehen.«

»Genügend Beweise, um sie auf einen Posten zu versetzen, wo sie keinen Schaden mehr anrichten können?«

»Du wärst überrascht, wie effektiv diese Bestrafung für einen hochrangigen Karriereoffizier sein kann«, sagte Pratt. »Es schneidet ihn ab von der Quelle der Macht. Ohne Macht ist Rang ohne Bedeutung. Soviel ich weiß, ist das für einen Farang schwer zu verstehen.«

»Dieser Farang hier versteht jedenfalls recht gut, dass du mich in eine interne Polizeiaffäre hineingezogen hast.«

»Wofür ich mein Bedauern erklärt habe.«

Zum ersten Mal, seit sie in Phnom Penh angekommen waren, hatte Calvino die Oberhand. Man war ihm etwas schuldig, seit er ohne sein Wissen als Stoßtrupp rekrutiert worden war. Und er hatte seine Arbeit getan und Nuth aufgespürt.

Shaw war am Flughafen zurückgeblieben, um ein paar UNTAC-Offiziere zu befragen, die er kannte und die dort im Sicherheitsdienst waren. Er hatte Pratt die Schlüssel für seinen UNTAC-Land-Cruiser überlassen.

»Den finden wir«, hatte Shaw gesagt. »Diese Offiziellen tauchen immer wieder auf. Nicht immer im besten Zustand, aber immerhin. Wenn man bedenkt, was der hier für Kontakte hat, würde ich keine Wetten darauf abschließen, was wir am Ende vorfinden.«

So weit seine Einschätzung des Gesundheitszustandes eines Khmer namens Nuth – Cousin der Händlerin vom russischen Markt –, der Informationen über Kim besaß und seit fast zehn Tagen nicht mehr an seinem Arbeitsplatz am Flughafen aufgetaucht war. Sie kehrten nicht mit leeren Händen zurück: Am Tag vor Nuths Verschwinden war ein Farang namens Scott am Flughafen erschienen und hatte eine Anzahl von Formularen unterzeichnet, die zum Import einer Harley Davidson aus Thailand nötig waren.

»Warum hat Hatch nicht selbst sein Motorrad vom Zoll abgeholt?«, fragte Pratt, während er abbog.

»Vielleicht wollte er lieber Richard Scott ins Messer laufen lassen«, sagte Calvino.

»Will heißen?«

»Er hatte Angst, dass man ihn über die Harley aufspüren könnte«, gab Calvino zurück.

Pratt stieg in die Bremsen, als eine 50-ccm-Honda wie aus dem Nichts auftauchte und seinen Weg kreuzte. Der Fahrer sah aus wie ein Zombie aus einem B-Movie der Fünfzigerjahre. Er zuckte nicht mit der Wimper. Von einem UNTAC-Fahrzeug angefahren zu werden, konnte ein regelmäßiges Einkommen bedeuten, von dem viele nur träumten. Niemand bekam Geld, wenn er auf eine Landmine trat, und die Folgen waren viel schlimmer.

»Sie werden versuchen, Hatch über Richard Scott zu finden«, sagte Calvino.

»Dann lass uns Scott finden.«

Calvino lächelte. »Das könnte gar nicht so einfach sein.«

»Bei deinem Talent sollte es auch kein allzu großes Problem sein«, meinte Pratt.

»Wirst du befördert, wenn das hier alles gut geht?«

Pratt zuckte zusammen. So direkte Fragen mochte er nicht. »Meine Vorgesetzten machen keine heimlichen Versprechungen.«

»Habe ich dir schon gesagt, dass Patten mich gefeuert hat? Ich habe keinen Klienten mehr. Deshalb frage ich mich, was ich eigentlich noch in Phnom Penh verloren habe?«

Pratt kannte die Antwort und musste schmunzeln.

»Könnte es etwas mit einer französischen Ärztin zu tun haben?«

»Sehe ich aus wie ein Helfer-Groupie?«

»Ich habe die Art gesehen, wie du ihre Hand berührt hast.«

»Wovon redest du da? Ich war zum Umfallen müde. Ich habe nicht ihre Hand berührt. Ich habe mich lediglich an ihr festgehalten.«

Nach fast einstündiger Suche – die Angaben des Besitzers der Straßenbar, wo Hatch und Scott regelmäßig verkehrten, waren ziemlich ungenau gewesen – entdeckten sie Scotts Ladenhaus versteckt in einer langen Reihe halb verfallener anderer Ladenhäuser. Unkraut spross aus verfärbten Rissen, die sich wie entzündete Wunden tief in die Fundamente zogen. Aus rostigen Drainagerohren ergoss sich eine gräuliche Flüssigkeit auf das Pflaster davor, das aussah, als hätten metallene Käfer ihre Gänge hineingefressen. In diesem Teil von Phnom Penh ließ sich kaum ein Ausländer freiwillig nieder, es sei denn einer wie Scott – ungebunden, im Schatten arbeitend. Es war die richtige Gegend für Unternehmen, deren Inhaber Postfächer benutzten und den Schutz einer Verborgenheit suchten, wie sie nur eine so heruntergekommene Behausung bieten konnte. Wie die Slums um den See herum dienten die Ladenhäuser in dieser Gegend bei Nacht den Ausländern, die vietnamesische Mädchen suchten. Die Düsterheit der kaum erleuchteten Gegend konnte in einer regnerischen Nacht einen Zauber ausüben, der das erste Morgenlicht nicht überlebte.

Während Pratt den Wagen parkte, beugte sich Calvino aus dem Fenster und sprach ein halbes Dutzend vietnamesischer Mädchen in zerknitterten Pyjamas an. Er suche nach einem alten Freund, sagte er. Ob sie ihm wohl sagen könnten, wo Scott wohne? Einige der Mädchen saßen auf Bambusmatten in dem offenen Ladenhaus, rauchten oder legten Make-up auf. Andere saßen im Gespräch vertieft an einem Tisch. Keines von ihnen erwartete, dass ein Kunde um diese Zeit in ihre private Tageslichtwelt eindrang. Falls eine von ihnen wusste, wo Scott war, so sagte sie es nicht. Calvino wedelte mit einer Zehndollarnote aus dem Fenster. Köpfe schnellten zu ihm herum. Eines der Mädchen blies Rauch durch die Nase, kam zum Wagen, ergriff die zehn Dollar und untersuchte sie eingehend. Sie hielt sie hoch und betrachtete sie gegen das Licht.

»Das ist echtes Geld«, sagte Calvino.

»Manchmal nicht echt«, sagte das Mädchen.

»Fängst du jetzt wieder eines deiner existenziellen Gespräche an, Vincent?«, fragte Pratt und beugte sich vor, um das Mädchen erkennen zu können.

Calvino behielt sie im Auge, während sie den Zehner in ihren Pyjama stopfte, den Kopf verdrehte und in Richtung eines oberen Stockwerks nickte.

»Warum stellen sich existenzielle Gespräche immer wieder als gemeiner Verrat heraus?«, fragte Calvino mit einem Blick auf Pratt. Sie stiegen aus, betraten das Ladenhaus und gingen die Treppe hinauf.

Scotts Zimmer lag im ersten Stock. Calvino zog den Perlenvorhang zurück und fand ihn schlafend mit drei Mädchen auf einer Bambusmatte vor. Sie sahen aus wie ineinander verknäulte Kätzchen, die so in den Schlaf gefallen waren, wie sie sich auf die Matte gelegt hatten. Pratt warf Calvino einen Seitenblick zu.

»Das soll Khun Richard sein? Der Marathon-Mann?«, fragte er, indem er den Spitznamen benutzte, den Calvino Scott gegeben hatte.

»Psst, er ist gerade im Training«, flüsterte Calvino.

Eines der Mädchen hustete im Schlaf, drehte sich um, und ihr Arm fiel auf die Hüfte eines anderen Mädchens.

»Richard«, sagte Calvino. Seine Stimme klang wie ein Peitschenknall.

Scotts Augen glitten auf wie die eines Reptils, das eine Fliege erblickt hat. »Vinee und ein thailändischer Colonel. Heute muss mein Glückstag sein.« Er stieß eines der Mädchen an. »He, lauf schnell raus und kauf ein Lotterielos. Aber nimm die Nummer des UNTAC-Wagens vor der Tür.« Das Mädchen ignorierte ihn. Es war unwahrscheinlich, dass sie mehr als zwei Worte Englisch verstand, außer den allerwichtigsten – Geld und bezahlen. Aber er hatte das Wort ja weniger an sie als an seine Besucher gerichtet. »Wenn Sie sich schon selber hereingebeten haben, fühlen Sie sich doch wie zu Hause«, sagte er und versuchte gleichzeitig, einen Blick auf die Uhr zu werfen. Aber sein Arm mit der Uhr lag unter einem der Mädchen eingeklemmt. »Wie spät ist es?«

»Viertel nach neun«, sagte Calvino.

Scott befreite seinen Arm, überprüfte Calvinos Angabe, schüttelte den Kopf und gähnte – ein herzhaftes Gähnen, das auch noch die letzte Jacketkrone in seinem Mund zeigte. »Sind sie nicht schön, die Kleinen? Aber von Schönheit wollen Sie ja nichts hören. Das liegt nicht auf der Linie der Pflichterfüllung, stimmts? Und Sie sind ja bestimmt in ›offizieller Mission‹ hier, wie Sie es ausdrücken würden. Eine schreckliche

Worthülse. Klingt nach Warzen oder Hämorrhoiden. Seid ihr eigentlich nie zum Spielen aufgelegt?«

»Kommt auf das Spiel an«, sagte Pratt.

Sein Tonfall jagte Scott kalte Schauer über den Rücken. Er stützte sich auf die Ellenbogen und steckte sich eine Zigarette an.

»Auf dem Land hier haben die Bauern ein allnächtliches Ritual. Bevor sie schlafen gehen, legen sie einen Ring von Landminen um ihr Haus aus. Landminen sind billig in Kambodscha. Sie benutzen sie gegen Banditen. Banditen, das können die verschiedensten bewaffneten Gruppen sein. Oder Polizisten. Aber wenn man sich zu sehr betrinkt, vergisst man vielleicht, wo genau man die Landminen hingelegt hat. Steigt auf eine drauf. Bläst sich das Bein weg. Aber die Grundidee gefällt mir. Sie hält nächtliche Störenfriede fern, die einem etwas antun oder die Klamotten stehlen wollen. Außerdem ist es der beste Grund, mit dem Trinken aufzuhören, den ich je gehört habe.« Er gähnte abermals. »Aber wo Sie nun schon mal hier sind, würde es Ihnen was ausmachen, den Wasserkessel da hinten einzuschalten?«

»Richard, wir wollen Ihnen ein paar Fragen stellen«, sagte Pratt. »Dann gehen wir wieder.«

»Kann ich die Antworten auch per Post schicken?«

Calvino drehte sich um, entdeckte den stark angelaufenen Kupferkessel und steckte den Stecker in eine Dose. Die Mädchen schliefen weiter, als wäre die Unterhaltung im Raum ein Treibstoff, der sie erst in die tiefsten Tiefen des Schlafes katapultierte.

»Sie kennen nicht zufällig einen Khmer namens Nuth? Er hat am Flughafen gearbeitet, im Frachtbereich«, sagte Calvino.

»Nuth? Ich verstehe nicht. Muss an Ihrem New-Yorker Gelispel liegen.«

»Es ist ein Khmer-Name. Nuth.«

»Komischer Name.«

»Komisch ist nicht der Name, sondern dass sein Besitzer verschwunden ist. Aus einer lukrativen Stellung.«

»Vielleicht ist er befördert worden.«

»Oder auch degradiert«, sagte Pratt. Calvino fing seinen Blick auf und erwiderte sein Lächeln.

»Nuth. Da klingelt nichts. Aber wie Sie vielleicht schon vermutet haben, habe ich gerade geschlafen. Und in meinen Träumen ist er nicht aufgetaucht, falls Sie das interessiert.«

»Ich habe nicht nach Ihren Träumen gefragt. Sondern ob Sie sich an ihn erinnern«, sagte Calvino. Er war neugierig, wie weit Scott sein Leugnen über den verschwundenen Khmer treiben würde.

Das Wasser im Kessel begann zu kochen. Scott machte ein paar schnelle Liegestützen, stand dann auf und zog den Stecker des Kessels heraus. Er schien Calvinos Absicht zu erahnen. Man musste kein Genie sein, um zu merken, dass sie ihn schon mit Nuth in Verbindung gebracht hatten. Wenn er weiter leugnete, saß er in der Klemme.

»Nuth, ja. Ich glaube, ich erinnere mich an einen Kleinkriminellen am Flughafen, der so heißt. Ein billiger Betrüger, der zu groß für seine Sandalen geworden ist. Aber das wissen Sie wahrscheinlich schon. Wie viele Gaunereien er am Flughafen abgezogen hat und für wen? Kann ich nicht sagen. Ich weiß nur, dass der kleine Mistkerl versucht hat, mich abzuzocken. Mieser kleiner Drecksker. Ich war dort, um eine Harley beim Zoll auszulösen. Alles war – wie soll ich sagen? – im Voraus abgeklärt. Und dann sagt dieser Nuth, er will noch einmal tausend haben. Nicht Riel, verstehen Sie? Einen Riesen. Amerikanische Dollar. Das war ziemlich habgierig. Also habe ich mit jemand anders gesprochen, seinem Boss, glaube ich, und plötzlich rückten sie die Harley raus. Was ist los mit Nuth? Wird er vermisst? Vielleicht besucht er seine Mutter auf dem Land. Oder er hat eine andere Arbeit angenommen. Oder er ist im Gefängnis. Kommt zwar selten vor, aber gelegentlich stecken sie tatsächlich einen Kriminellen in den Knast. In Kambodscha kann man aus allen denkbaren Gründen im Gefängnis landen. Oder ohne jeden Grund. Manche sterben sogar dort.«

Scott hatte Zucker und Dosenmilch in seinen Kaffee gerührt und blies den Dampf von der Oberfläche, bevor er einen Schluck probierte.

»Die Harley war für Hatch bestimmt?«, fragte Pratt.

»In Kambodscha sagen die Kommunisten, alles Eigentum gehört dem Volk«, meinte Scott und nippte mit geschlossenen Augen an seinem Kaffee. »Das schließt wahrscheinlich Harleys mit ein.«

»Warum hat Hatch nicht selbst sein Motorrad abgeholt?«

Scott rümpfte die Nase.

»Der Kaffee riecht abgestanden.«

»Warum ist Hatch nicht ...«

Aber Scott fiel Calvino ins Wort. »Nicht selbst zum Flughafen gefahren? Ich schlafe noch halb, aber ich bin nicht beschränkt. Hatch hat mich um den Gefallen gebeten. Wir sind Freunde. Freunde tun sich gegenseitig Gefallen. Ich glaube, an dem Tag, als das Motorrad ankam, hatte er eine Besprechung. Was soll da groß dabei sein? Die Maschine war legal importiert. Ein Schwindler namens Nuth hat die übliche Stunde Verzögerung bewirkt, um mich abzuzocken. Das wurde richtig gestellt. Ich bin den Rest des Tages mit der Harley in Phnom Penh herumgefahren. Es ist wirklich eine ausgezeichnete Maschine.«

»Können Sie sich daran erinnern, ob sein Chef Nuth gedroht hat?«, fragte Pratt.

»Schon möglich. Ich spreche nicht Khmer. Deshalb kann ich es nicht mit Bestimmtheit sagen. Aber in Asien muss ein Chef ja drohen, sonst würden seine Sklaven keinen Finger rühren.«

»Haben Sie ihn bedroht?«, fragte Calvino.

»Nuth?« Scott lachte. »Wahrscheinlich habe ich gesagt, ich sorge dafür, dass man ihm die Eier abschneidet. Aber irgendwie habe ich das Gefühl, dass sein Englisch dafür nicht ganz ausreichte.«

»Würden Sie ihn wieder erkennen?«, fragte Pratt.

Scott legte die Hände um seine Tasse. Er lächelte Pratt an.

»Ob Sies glauben oder nicht, für mich sehen sie nicht alle gleich aus. Ja, ich würde ihn erkennen. Das Gesicht von jemandem, der einen ausrauben will, vergisst man nicht so schnell. Jedenfalls, wenn er keine Maske trägt.«

Bevor er die Befragung fortführen konnte, kam ein Anruf für Pratt auf seinem Walkie-Talkie. Es war Shaw.

»Man hat eine Leiche und ein Motorrad gefunden«, sagte er über Funk.

Shaw nannte Pratt eine Adresse am See und beschrieb ihm den Weg. Pratt schrieb auf einem Block mit. Calvino behielt die ganze Zeit sein Gesicht im Auge. Es zeigte keine Regung, obwohl ihm die Bedeutung klar sein musste. – »Man hat ein großes, ausländisches Motorrad im See gefunden. Deputy Superintendent Shaw meint, es könnte eine Harley sein.«

»Ich kenne die Stelle«, sagte Scott mit einem Blick auf Pratts hingekritzelte Notiz. »Tiger-Bier für einen Dollar die Dose. Außerdem eine nette Mamasan.« Er betrachtete die drei zusammengerollten Mädchen. »Und nette Mädchen.«

»Warum kommen Sie nicht mit?«, fragte Calvino.

»Gute Idee«, meinte Pratt.

»Ich trinke nie vor zehn«, sagte Scott. »Ich nutze die Zeit, um über Bauern nachzudenken, die Landminen auslegen.«

»Machen Sie eine Ausnahme.« Calvino lächelte, während Scott erst in einen, dann in den anderen Laufschuh stieg, ohne sich die Mühe zu machen, sie zuzubinden. Scott schien sich mit losen Enden wohl zu fühlen.

»Haben Sie gesagt eine Harley?«, fragte Scott.

»Sie wissen nicht, welche Marke.«

»Es gibt nur eine Harley in Phnom Penh.«

Calvino sah, dass Scotts Hand zitterte, während er nach einem Bier griff.

»Die von Mike Hatch«, sagte Calvino.

Die Scheibenwischer des Land-Cruiser schlugen im Takt mit einem melancholischen Miles-Davis-Stück. Calvino hatte das Band eingelegt. Sogar die Iren mochten Miles Davis. Es war eine passende Musik, wenn das Wetter den Himmelsdom mit einem grauen Schleier überzog und die Welt wie eine rundum geschlossene Gefängniskuppel erscheinen ließ. Im Regen auf dem Weg zum See sagte niemand viel. Sie lauschten der Musik. Nach etwa einem halben Kilometer Fahrt am Ufer entlang stießen sie auf eine UNTAC-Straßensperre, bemannt von UN-Zivilpolizei. Pratt brachte den Land-Cruiser zum Stehen und zeigte seinen Ausweis, während der Offizier die drei Männer in Augenschein nahm. Calvino stellte die Musik leiser.

»Deputy Superintendent Shaw erwartet uns«, sagte Pratt.

Der Offizier gab ihm seinen Ausweis zurück. Er zog sein Walkie-Talkie heraus und fragte bei Shaw nach, bevor er sie durchließ.

Diese Sicherheitsvorkehrung überraschte Pratt.

»Höchst ungewöhnlich«, sagte er.

»Dicke Luft«, meinte Scott.

Calvino drehte die Lautstärke wieder auf, hörte der Musik zu und sagte gar nichts. Er hatte so ein Gefühl – die Thais nannten es *sakit jai*, ein eingebauter sechster Sinn, der einem sagte, dass gewaltsamer, unerwarteter Tod in der Luft lag. Keine Bewegung war um die Häuser herum zu erkennen. Häuser voller menschlicher Körper. Voller Furcht, erstarrt unter dem Gefühl, dass der Tod an diesem Ort lauerte.

Die Schlaglöcher hatten sich mit Wasser gefüllt. Sie holperten dahin, bis sie ein Grüppchen von UNTAC-Zivilpolizisten erreichten, deren Plastikponchos im Regen glitzerten. Sie standen neben einem schlammigen Pfad, der ins hohe Gras hineinführte. Zu beiden Seiten der Straße standen Land-Cruiser geparkt. Calvino stieg aus. Scott folgte seinem Blick, der zum Himmel gerichtet war.

»Wonach schauen Sie?«, fragte Scott.

»Der Regen. Erinnern Sie sich? Im Lido haben Sie mir gesagt, dass die Khmer in die Wolken schießen, um den Regen zu vertreiben«, sagte Calvino.

»Und?«

»Es regnet immer noch.«

»Ich habe nie gesagt, dass es funktioniert.«

»Neben einer Menge anderer Dinge, die Sie nie gesagt haben«, erwiderte Calvino.

Scott zuckte die Achseln und ging weiter. Sie folgten Pratt den Pfad entlang, der sich am Ufer des Sees dahinschlängelte. Calvino fiel auf, dass keiner der Holzschuppen zum See zeigte. Sie waren alle zur Straße hin ausgerichtet. In den Staaten war ein Haus am See etwas für die Reichen. Die Besitzer besaßen Anlegestege, Boote und sorgfältig manikürte Rasenflächen, die sich zum Ufer hinabsenkten. Nicht so diese Elendsschuppen entlang des Sees in Phnom Penh. Der Profit lag auf der Straßenseite. Männer, die nach Frauen suchten, kamen nicht übers Wasser, sondern über Land. Sie legten keinen Wert auf ein Zimmer mit Aussicht. Der See war der versteckte Hinterhof des Hauses, ein wässriger Pfuhl, trübe von

Schmutz und Müll, in dem Bierdosen im Uferschilf schwappten. Für die Hütten diente der See als Toilette und Müllkippe. Soweit das Auge reichte, war die Uferlinie von Abfall übersät – Papier, Kartons und aufgequollene Klumpen Toilettenpapier. Ein vergammelter, stinkender Eintopf – zutreffender konnte man Boeng Kak nicht beschreiben.

Shaw trug eine Wathose aus Gummi und stand im seichten Wasser, während mehrere seiner Beamten an einer auf einem Pritschenwagen montierten Motorwinde arbeiteten. Als Pratt, Calvino und Scott am Seeufer stehen blieben, tauchten zwei Froschmänner wie urweltliche Wesen aus den Fluten auf. Sie trieften von schmutzigem Schleim; Stücke schmierigen Mülls klebten an ihren Flaschen. Die Taucher hatten die Harley über den Seeboden gerollt und die Kette der Winde am Mittelteil festgehakt.

»Was haben Sie da am Haken, John?«, fragte Pratt.

»Eine Harley mit draufsitzendem Fahrer«, antwortete Shaw, dem das Wasser bis zu den Knien stand.

Scotts Augen klebten an dem Motorrad, während der Dieselmotor der Winde aufröhrte und es langsam aus dem Wasser zog. Die beiden Taucher hielten es im Gleichgewicht, als es die Oberfläche durchbrach. Die Harley troff von grünen Wasserpflanzen und Bodenschlamm und roch wie eine Kloake. Eine Leiche hing über dem Lenker. Jemand hatte Ketten durch den Rahmen der Harley gefädelt und sie dem toten Mann um Hüfte und Beine geschlungen. Seine Arme waren frei und baumelten an den Seiten herunter. Shaw wischte Dreck und Algen von der Leiche und hob vorsichtig den Kopf an. Schwarzes Wasser quoll aus Pattens Mund. Sein Gesicht war aufgedunsen und hatte die Farbe einer zwei Wochen alten Zeitung.

»Sieht aus, als hätten wir hier einen Mord«, sagte Shaw, während er das Gesicht musterte, das aussah, als wäre es in flüssigen Giftmüll getaucht worden.

»Da haben ein paar Leute nachgeholfen, die nicht gerade seine Freunde waren«, meinte Pratt.

Shaw kauerte sich neben die Harley. »Jemand hat Vergaser und Bremsen manipuliert. Sieht ziemlich professionell aus.«

»Patten«, flüsterte Scott. Er würgte trocken, beugte sich vor, um sich zu übergeben, aber es kam nichts.

Calvino war auf den hölzernen Steg eines ein paar Meter entfernten Schuppens geklettert. Er ging bis zum Ende, wo das Geländer zerschmettert war. Die Harley war mit Vollgas durch die Barriere gebrochen. Calvino musste an Pattens Geschichte mit der Schlange denken, die ein Huhn mit einem einzigen Biss verschlang. Die Stille dieses Augenblicks. Der Ausdruck von Furcht, die absolute Gewissheit des Todes. Keine Gnadenfrist, keine Chance, nur ein Moment der Erkenntnis am Ende. Er fragte sich, was Patten durch den Kopf gegangen sein mochte, während die Harley über den Steg brauste, durch das Geländer brach und einen Sekundenbruchteil lang über dem See in der Schwebe hing. Hatte er sich selbst in den Rachen der Schlange stürzen sehen?

»Hat jemand mit den Leuten da drinnen gesprochen?«, fragte Calvino mit einem Blick auf die heruntergekommene Holzhütte.

»Es ist niemand da. Und wenn wir warten, bis sie zurückkommen, werden sie uns lediglich sagen, dass keiner etwas gehört oder gesehen hat«, sagte Shaw.

»Schweigen macht weniger Angst«, meinte Pratt.

»Kommt auf die Stille an, der man gegenübersteht«, sagte Calvino.

Was für eine seltsame Formulierung, dachte Pratt.

»Erkennen Sie die Harley wieder?«, richtete Pratt die Frage an Scott, der sich auf den Rand des Holzstegs gesetzt hatte, über den Patten seine letzte Reise angetreten hatte.

Scott nickte und biss sich auf die Unterlippe. Es war die Harley, die er für Mike Hatch vom Zoll abgeholt hatte. So, wie die Harley mit ihrer Fracht über dem See baumelte, sah sie aus wie die perverse Karikatur einer Patpong-Sexshow, bei der einer der Teilnehmer mitten im Akt das Zeitliche gesegnet hatte. Mike Hatchs geliebtes Motorrad mit seinem Geschäftspartner aus Bangkok, der an die Maschine gefesselt seine letzte Reise in die Tiefe angetreten hatte. Pratt stand inzwischen bis zu den Knien im See. Er hob Pattens Hand an und untersuchte die Finger. Nägel und Knöchel waren aufgerissen von seinen verzweifelten Versuchen, sich von den Ketten zu befreien. Calvino beobachtete ihn und dachte daran, dass Hatch zu Patten gesagt hatte, er sei heute nicht in der Stimmung, ihn zu bedrohen. Hatte er seine Meinung geändert?

»Der Gerichtsmediziner wird uns sagen, ob er noch gelebt hat, als er unterging«, sagte Pratt und ließ Pattens Hand los.

»Üble Geschichte«, sagte Shaw. »Ein sehr professioneller Mord.«

Er starrte Scott an, der alles andere als professionell aussah.

Calvino übernahm die Vorstellung. Kein Händeschütteln. Mehrere Minuten lang sagte keiner mehr etwas, bis der Kran die Harley auf trockenem Boden abgestellt hatte.

»Khun Richard ist, soviel ich weiß, der Mann, der die Harley vom Flughafen abgeholt hat«, sagte Pratt.

»Diese Harley scheint jedem Unglück zu bringen, der damit in Berührung kommt. Haben Sie eine Ahnung, wie das kommt, Mr. Scott?«, fragte Shaw.

Der irische Tonfall von Shaws Stimme schien Scott zu überraschen.

»Weiß nicht«, sagte er. »Mit dem Glück der Iren hat es wohl nichts zu tun. Ich stelle mir dieselbe Frage. Bin ich der Nächste? Und wo ist mein Geschäftspartner, Mike Hatch?«

»Gute Fragen«, sagte Calvino, dem nicht entging, dass Scott Mike Hatch vom Geschäftsfreund zum Geschäftspartner degradiert hatte. Bald würde Mike Hatch nur noch ein alter Saufkumpan aus den Bars am Washington Square sein. Ein Typ wie Patten mit seinen ewigen Kriegsgeschichten. Ein beliebiger Farang, der in einer kleinen Einzimmerwohnung von der Hand in den Mund lebte. »Irgendeine Ahnung, wo sich Mike Hatch versteckt? Oder wie es gekommen ist, dass Patten mit seiner Harley auf dem Grund von Boeng Kak landet?«

Scott ließ ein nervöses Lächeln aufblitzen und befingerte seine linke Gesichtshälfte, die zu zucken begonnen hatte. »Hatch? Wer weiß. Der könnte überall sein. Wenn er einen Funken Verstand hat, ist er untergetaucht. Patten? Ich weiß lediglich, dass der Mann im See ertrunken ist. Nicht mehr als Sie auch. Woher sollte ich mehr wissen?«

»Wo waren Sie letzte Nacht?«, fragte Superintendent Shaw.

»Zu Hause«, erwiderte er. »Eine kleine Privatorgie.« Sein Lächeln wirkte wie angeklebt. Ein Lächeln, wie es Chinesen bei öffentlichen

Hinrichtungen aufsetzen – sowohl die vor als auch die hinter den Gewehrläufen.

»Er hat drei Alibis«, übernahm Calvino die Erklärung für Scott, der verstummt war und am ganzen Körper zitterte.

»Sie denken doch nicht, dass ich Patten getötet hätte?«, fragte Scott.

»Wer weiß, Richard?«, erwiderte Calvino. »Aber wenn ich Sie wäre, würde ich mir Sorgen darüber machen, wer es getan hat und was noch auf mich zukommt. Sie scheinen Teil einer größeren Verschwörung zu sein. Wo das noch endet, kann niemand sagen.«

Das Wort »Verschwörung« – eines von Scotts Lieblingsworten – hatte die beabsichtigte Wirkung. Als Anhänger von Verschwörungstheorien war er erschüttert. Die Theorien hatten sich immer auf entfernte Dinge bezogen, Politik, Geschichte, das Leben anderer Leute. Jetzt hatte Calvino das Wort direkt in seine private Welt fallen lassen, und das gefiel ihm überhaupt nicht.

Die Taucher befreiten Patten mithilfe von Schneidbrennern von den Ketten. Sein Körper wurde in einen Leichensack gesteckt und zur Straße getragen. Jeder Mensch musste einmal sterben, und Patten war dem Tod oft genug von der Schippe gesprungen. Er hatte in geheimen Kriegen Düsenjäger auf Baumwipfelhöhe geflogen. Er war im Dienst des Vaterlands abgeschossen und verkrüppelt worden, wenn man ihm glauben durfte. Wie die Wahrheit auch aussehen mochte, geendet hatte er wie eine Vogelscheuche im Sattel einer Harley, während ihm seine Holzkrücke zwischen den Beinen steckte wie ein Hexenbesen. Es war eine Botschaft, die ein krankes Hirn ersonnen hatte. Hatte Hatch nicht Patten einen Krüppel genannt? Aber einen Mann einen Krüppel zu nennen und einen verkrüppelten Mann zu töten, dazwischen liegen Welten.

Es schien lange her, dass Patten in der Lonesome Hawk Bar die Kondolenzkarte für Jerry Gill unterschrieben hatte. Es hatte nie viel Sinn gehabt, sie an Gills Exfrau Doris zu schicken. Aber es hatte auch keinen Sinn ergeben, dass Gill in Bangkok an einem Herzanfall gestorben war. Patten hatte gesagt, wenn ein Farang in Thailand starb, lautete die Todesursache immer auf Herzstillstand. Jetzt war Pattens Herz stehen geblieben, und Black Hank würde eine weitere Kondolenzkarte im Lonesome Hawk herumgehen lassen und die Stammkunden um ihre Unterschrift bitten. Calvino wandte sich ab von der Leiche. Sie gingen am Seeufer entlang zurück. Wo der Pfad endete, blieben sie stehen und kehrten dem Regen und der Straße den Rücken.

»Werden Sie uns helfen, Hatch zu finden?«, fragte Shaw Scott.

Scott sah Calvino an. Ein müder Blick, der besagte: Was für eine Wahl habe ich denn schon?

»Ein Ire bittet einen Waliser in Kambodscha um Hilfe bei der Suche nach …«

»Mike Hatch«, sagte Shaw.

»Warum nicht?«, erwiderte Scott. »Ich habe im Moment nichts Besseres vor. Gewisse Unternehmungen in Vietnam liegen auf Eis.«

Calvino streckte die Hand aus und legte sie Scott auf die Schulter.

»Sie wissen, dass wer immer das getan hat, vielleicht auch Sie töten will.«

Er spürte, wie ein Schauer durch Scotts Körper lief. Natürlich wusste er das. Er hatte mit eigenen Augen gesehen, was sie Patten angetan hatten und wie er gestorben war.

»Vielleicht sollte ich Sie anheuern«, sagte Scott.

»Je früher wir Hatch finden, desto besser für Sie«, meinte Calvino.

Pratt saß bereits im Land-Cruiser. Das war eine Farang-Angelegenheit, aber die Auswirkungen auf Thailand waren nicht zu unterschätzen. Er grübelte darüber nach, wer wohl hinter diesem Kim stand. Er glaubte keinen Augenblick lang, dass Scott oder Hatch Patten ermordet hatten. Das wäre einfach unpraktisch gewesen. Trotzdem war er verwirrt. Thais und Khmer machten nicht so viele Umstände, wenn sie jemanden umbringen wollten. Sie schossen dem Opfer ins Genick. Schnitten ihm die Kehle durch. Fertig. Das hier war unproduktiv. Eine wertvolle Maschine wie die Harley ruinierte man nicht. Nein, das war nicht das Werk von Khmer. Dann wäre zwar Patten im See gelandet, aber die Harley schon lange verschwunden. Und Hatch? Warum hätte er sich so viel Mühe machen sollen, dieses Motorrad einzuführen, um es dann als Mordwaffe einfach wegzuwerfen? Was hatten der oder die Mörder im Sinn? Zu welcher Gruppierung gehörten sie, wie viel Macht und Einfluss besaßen sie? Wann würden sie zu dem Schluss kommen, dass Kim ein Risiko darstellte, und ihn abservieren? Oder war er so wichtig für die Gruppe und deren Netzwerk, dass man ihm nicht nur gestatten würde, am Leben, sondern auch im Geschäft zu bleiben?

Draußen sah er Calvino und Scott miteinander reden, während Shaw zuhörte. Die Farangs wussten so viel, aber tatsächlich hatten sie kaum an der Oberfläche gekratzt. Wie bei diesem See lag das Wesentliche unsichtbar in der Tiefe, ein verschlungenes Netzwerk, das sich nur erahnen ließ – seine Motive, Absichten und Pläne.

Scott warf durch den Regen einen letzten Blick zum See zurück. »Dieser Khmer da am Flughafen, nach dem Sie gefragt haben.«

»Was ist mit ihm?«, fragte Calvino.

»Er wurde verhaftet.«

»Großartig. Warum haben Sie das nicht früher gesagt?«

»Die Lage hat sich irgendwie verändert, oder?«

»Sonst noch etwas, an was Sie sich plötzlich erinnern? Sagen wir, was Mike Hatch und den Waffenschmuggel nach Thailand betrifft?«

Scott starrte Pattens Leichensack nach, der gerade vorbeigetragen wurde.

»Er hat ein einziges Geschäft abgewickelt. Einmalig. Er hat sich nie als Waffenschieber betrachtet. Er ist Geschäftsmann. Er hat eine Möglichkeit gesehen, ein bisschen schnelles Geld zu verdienen. Das Einzige, was Mike wirklich wollte, war diese Harley. Und jetzt ist sie weg.«

»Oder muss zumindest in Reparatur«, sagte Calvino.

»Ich kann mir nicht vorstellen, dass Hatch irgendetwas damit zu tun hatte. Es ist nicht sein Stil. Er läuft nicht durch die Gegend und legt Leute um. Er macht sich wahrscheinlich gerade vor Angst in die Hose«, sagte Scott.

»Wie Sie.«

»Wie ich«, sagte Scott mit der betretenen Stimme eines Kindes, das in ernsten Schwierigkeiten steckt.

13

Diamantenfieber

Genau wie Calvino vermutet hatte, wusste Richard Scott schon die ganze Zeit, wo Hatch wohnte. Er hatte im Lido gelogen, er hatte in seinem Ladenhaus gelogen. Mit der Entdeckung von Pattens an Hatchs Harley geketteten Körper hatte sich alles geändert. Scott hatte das Lügen aufgegeben. Shaw nahm ihn in seinem Land-Cruiser mit, und Pratt folgte mit Calvino in einem zweiten Fahrzeug. Scott führte sie direkt zu der Straße, in der Hatch wohnte, und zeigte ihnen das Gebäude vom Land-Cruiser aus. Er deutete mit dem Finger aus dem Fenster und schüttelte ihn, als wolle er Hatch dafür drohen, was er getan hatte. Dann stieg er aus und ging voraus zur Eingangstür. Shaw bedeutete Calvino und Pratt, ihm zu folgen. Calvino glaubte, sich vage an die Straße zu erinnern. Aber jetzt herrschte Tageslicht, und alles sah anders aus als in der Nacht, als Thu und er sich mit dem Zombie mit den trüben Augen auf die Suche gemacht hatten, dem Fahrer, der im Hinterhalt getötet worden war. Seine Augen hatten im Tod genauso ausgesehen wie im Leben; matte, bei einem plötzlichen Spannungsstoß durchgebrannte Glühbirnen.

»Es ist derselbe Ort.« Pratt schien Calvinos Gedanken gelesen zu haben. »Wo sie versucht haben, dich zu töten.«

»Ich erinnere mich«, sagte Calvino.

»Ein Mann vergisst nicht, wenn man versucht hat, ihn zu töten«, meinte Pratt.

»Genauso wenig wie jemanden, der ihm das Leben gerettet hat. Wie ich das sehe, sind wir jetzt quitt, Pratt. Du hast die Rechnung für New York beglichen.«

»So funktioniert das nicht. Manche Schulden können niemals zurückgezahlt werden. Du musst lernen, nicht zu vergleichen, was nicht zu vergleichen ist. In New York wollten mich die chinesischen Triaden umbringen. Ich konnte nicht zur Polizei gehen. Und du auch nicht. Deine Familie hat interveniert. Du hast es auf die asiatische Art geregelt. Das werde ich nie vergessen. Du und deine Familie, ihr hattet alles zu verlieren und nichts zu gewinnen. Ohne deinen Einsatz in New York wäre ich schon seit vielen Jahren tot. Ich sage dir das, weil ich mich schuldig fühle. Ich habe dir hier in Phnom Penh aus ganz eigennützigen Gründen geholfen. Ich sage dir das, weil du mein Freund bist, auch, wenn du mich dafür hassen solltest. Aber ich muss ehrlich sein. Wenn du hier ums Leben gekommen wärst, hätte ich nicht nur einen Freund verloren.«

»Und die Möglichkeit, deinen Vorgesetzten zu unterstützen«, sagte Calvino. »Ich lese Zeitung. Ich weiß, dass er im Belagerungszustand lebt. Dass seine politischen Feinde im Dezernat und im Innenministerium versuchen, ihn zu vernichten. Und wenn sie ihn vernichten, gehst du mit unter.«

»Ich habe eine Verpflichtung.«

»Manchmal hat man mehrere Verpflichtungen, und die können kollidieren«, sagte Calvino. »Gehen wir.«

»Du gehörst zur Familie, Vincent. Für einen Thai gibt es keine höhere Verpflichtung als gegenüber der Familie. Vergiss das nie.«

»Ich versuche es. Aber ich komme immer wieder auf etwas zurück, das meine Mutter mich gelehrt hat. Dass man in einer Familie keine Geheimnisse voreinander hat. Geheimnisse bewahrt man gegenüber Fremden.«

Sie gingen zu Scott, der sich darüber beschwerte, was für ein verdammter Mistkerl Hatch war, während er versuchte, den Schlüssel in ein großes Metallschloss an der Eingangstür des Hauses zu stecken. Das Gebäude war über und über mit den Pockennarben von Gewehrkugeln übersät, als habe es jemand für Zielübungen missbraucht. Dann schwang die Tür auf, und sie rannten Scott hinterher, der, zwei Stufen auf einmal nehmend, das von Ratten wimmelnde Treppenhaus hinaufeilte. Er schien sich gut auszukennen, denn er vermied die Stellen, wo Stufen eingebrochen waren oder Dielenbretter fehlten. Ein paar Ratten zwängten sich durch die Löcher in den Bohlen, um den trampelnden

Füßen zu entgehen. Sie hatten schon Schlimmeres miterlebt. Scott ging zielstrebig auf eine Wohnungstür zu. Er rüttelte daran. Sie war versperrt. Calvino schob ihn beiseite.

»Ich hatte doch einen Schlüssel«, sagte Scott und suchte in seinen Taschen.

»Vergessen Sies«, sagte Calvino. Er klopfte und wartete. Aber kein Geräusch durchbrach die Stille.

Calvino holte tief Luft und warf sich wuchtig mit der Schulter gegen die Tür. Kleinigkeit. Das Holz splitterte wie alte Streichhölzer zwischen den Zähnen eines Lastwagenfahrers.

Zwei Schritte hinter der Tür fanden sie Hatch. Er war tot. Scott trat einen Schritt zurück – besser: Er prallte zurück und drückte sich mit den Schultern an die Wand neben der Tür.

»Oh, Scheiße« war alles, was er herausbrachte.

Niemand hatte Scotts Kommentar über den Anblick, der sich ihnen bot, viel hinzuzufügen.

Calvino näherte sich der Leiche, die kaum noch Ähnlichkeit mit einem menschlichen Wesen hatte. Was von Hatch übrig war, sah eher aus wie ein wildes Tier, das professionell erjagt, zerlegt und in der Kühlkammer aufgehängt worden war. Bis auf schwarze Lederstiefel war der Körper nackt.

Hatchs Mörder hatte wie der von Patten kein hübsches Bild für die nächsten Angehörigen des Verschiedenen hinterlassen wollen, sondern eine Botschaft des Terrors als Warnung an andere. Calvino hielt sich ein Taschentuch vor die Nase, trat näher und untersuchte Hatchs Gesicht. Es war von zahlreichen Schlägen angeschwollen, der Unterkiefer ausgerenkt. Ein Ohr und die Unterlippe fehlten, sodass die Zähne freilagen. Das allein wäre schon schlimm genug gewesen, aber der Höhepunkt war die leere Augenhöhle, ein schwarzes Loch wie eine ausgebrannte Lampenfassung in einem verlassenen Schuppen. Hatchs Arme und Beine waren ein einziges Gitternetz aus Schnitten in zwei Zentimetern Abstand. Es sah aus, als hätte jemand sie einzeln mit dem Lineal gezogen. Auf jedem Arm und Bein mussten zwischen fünfzig und siebzig Schnitte sein.

Er war langsam gestorben, während ihm seine Mörder so viel Schmerz wie möglich zufügten. Zwischen den Augen lag ein einzelnes Einschussloch. Es war eine kleinkalibrige Eintrittswunde. Aber der Schütze hatte bewusst eine Munition gewählt, die am Hinterkopf ein riesiges Austrittsloch verursachte. Hatchs Gehirn war buchstäblich herausgeblasen worden und klebte, durchsetzt von Knochensplittern, an der Wand. Hatch baumelte frei in der Luft. Er hing von ein paar großen Metallringen herab, die mit Ketten an der Decke befestigt waren. Er trug Handschellen und Fußfesseln, mit denen man ihm die Beine auseinander gespreizt hatte. Wie ein Stück Wild, das Wilderer im Busch ausgeweidet hatten.

»Eine derartige Schlächterei habe ich noch nicht einmal in Nordirland gesehen«, sagte Shaw.

»Warum sollte jemand so etwas tun? Wegen Waffen? Wegen einer Hand voll verdammter AK-47?« Scotts Stimme erklang kraftlos von der Tür her.

»Jemand wollte etwas von ihm haben ... etwas, das er nicht hergeben wollte«, sagte Calvino. Er blickte sich um. Ein ungemachtes Bett, eine Stereoanlage und Lautsprecher auf dem Fußboden, verstreute Kleidungsstücke. Hatchs Brieftasche lag auf dem Nachttisch. Das Geld darin war unberührt.

»Oder nicht konnte«, meinte Shaw. Er zog sein Walkie-Talkie heraus und gab einen Bericht durch.

»›Wär' ich ehrsüchtig, geizig und verkehrt, wie er mich macht: wie bin ich denn so arm?‹«, sagte Pratt. Er zitierte aus Shakespeares »Heinrich VI.«.

»Und das heißt?«, fragte Shaw von seinem Walkie-Talkie aufblickend.

»Ein Reicher, der vorgibt, arm zu sein, wird vielleicht so zu Tode kommen. Aber der arme Mann hat keine Chance, wenn seine Peiniger glauben, dass er lügt.«

Calvino ging ums Bett herum, stutzte dann, ließ sich auf ein Knie nieder und berührte ein paar Glassplitter auf dem Boden. Um den Körper herum auf dem Boden waren mehrere Dutzend kleine Häufchen von Glassplittern verteilt.

»Pratt, sieh dir das an.« Calvino las ein paar Splitter auf und präsentierte sie Pratt.

»Mr. Scott hat anscheinend Recht. Bei diesen Morden geht es um mehr als den Schmuggel von Kriegswaffen«, sagte Shaw und kniete sich neben einem der kleinen Kreise von Glassplittern hin. »Aber warum ein Ritualmord?«, fragte Calvino. »Was sind das nur für Menschen, die so etwas tun?« Er seufzte. Das war genau das, was die Leute in den Abendnachrichten am Schauplatz eines Mordes immer sagten. Es lag jenseits der menschlichen Vorstellungskraft, dass andere Menschen eine Anlage zum Bösen hatten, die man in sich selbst nicht wahrhaben wollte.

Während sie den Körper betrachteten, war ihnen allen klar, dass Hatch langsam und systematisch gefoltert worden war und dass kein Mensch unter den Schmerzen, die seine Mörder ihm zugefügt hatten, Informationen hätte zurückhalten können. Bevor sie ihn getötet hatten, musste den Mördern klar geworden sein, dass Hatch ihnen wirklich nicht sagen konnte, was sie wissen wollten. Aber was sollten diese Glassplitter am Boden? Es ergab keinen Sinn. Sie hatten eine von Hatchs Hanteln benutzt, um Glasperlen zu kleinen Häufchen Staub zu zermalmen.

Shaw zog ein Laken vom Bett und wollte es gerade um Hatchs Leiche legen, als sich aus Calvinos kniendem Blickwinkel das Licht auf dem Gesicht des toten Mannes fing.

»Warten Sie, John«, sagte er.

Die anderen sahen auf.

»Auf was warten?«, fragte Scott.

»Da ist etwas in seiner Augenhöhle«, sagte Calvino.

Pratt zog sich einen Stuhl heran und stieg hinauf. Er hatte eine kleine Taschenlampe, die er in die Höhle richtete, wo das Blut eingetrocknet war und das Fleisch sich zurückrollte. Da sah er es.

»Etwas aus Glas«, sagte Pratt.

Shaw reichte ihm ein Paar Gummihandschuhe, und Pratt schlüpfte hinein, bevor er mit Daumen und Zeigefinger in die leere Augenhöhle griff. Vorsichtig zog er den Gegenstand heraus und stieg vom Stuhl.

Niemand sagte etwas, während sie das Ding in Pratts ausgestreckter Handfläche anstarrten. In der ausgebrannten Augenhöhle hatte sich ein Stück rotes Glas von der Größe eines Taubeneis verborgen. Es war in die Form eines schönen Schmuckstücks geschliffen. Eine seltsame Visitenkarte, um sie in der offenen Wunde eines toten Mannes zu hinterlassen. Unerklärlich für alle außer Pratt, der wusste, dass Kim diese Visitenkarte für ihn hinterlassen hatte. Die Frage war, wie er sie lesen sollte. Vielleicht war Kim so weit gegangen, Hatch in Stücke zu schneiden, weil er nicht verraten wollte, wo die Juwelen waren. Oder er hatte die Juwelen entdeckt und Hatch für die Schwierigkeiten ermordet, die er ihm gemacht hatte – und als Warnung an Pratt, die Ermittlungen einzustellen. Die Frage lautete – wie klug war Kim? Wie gefährlich er war, stand inzwischen außer Zweifel. Weder Stuart L'Blanc noch Patten waren raffiniert genug gewesen, dem Friedhof zu entrinnen. Und jetzt Hatch. Alle drei waren für den Schatz eines Prinzen gestorben. Hatte Kim gefunden, wonach er gesucht hatte, oder war er mit leeren Händen vom Schauplatz seines letzten Mordes weggegangen?

Nichts an dem Fall passte zusammen, dachte Calvino. Aber langsam verdichtete sich seine Vermutung, wer sich auf die Teile des Puzzles einen Reim machen konnte. Pratts Reaktion, als er das rote Glasobjekt herausgeholt hatte, war ihm seltsam erschienen – er hatte anders reagiert, als er erwartet hätte. Nein, er hatte nicht damit gerechnet, dass eine Welle der Überraschung oder des Schocks über sein Gesicht glitt. Das war noch nie und würde wahrscheinlich auch nie geschehen. Aber das leise Aufflackern von Erregung bei einer solchen Entdeckung – das hatte gefehlt. Als hätte Pratt die ganze Zeit gewusst, wonach er suchte und was es zu bedeuten hatte. Freunde, die sich schon seit Jahrzehnten kennen, wissen bestimmte Kleinigkeiten voneinander, winzige Details, die das Herz und die Seele der Freundschaft sind. Einem Fremden würden sie nicht auffallen. Auch Pratt hatte in Calvinos Gesicht gelesen, in dem sich die Erkenntnis spiegelte, dass sein Freund Pratt genau wusste, welche Botschaft das gläserne Ei vermitteln sollte. Er hatte versucht, seinen Mangel an Reaktion durch ein leises Erzittern auszugleichen, aber es sah zu offensichtlich geplant aus, und vor allem kam es zu spät für eine spontane Reaktion.

Sein Instinkt sagte Calvino, dass Pratt nahe davor stand, das zu finden, weswegen er nach Phnom Penh gekommen war. Es war vom ersten Tag an um mehr als Waffenschmuggel gegangen. Vielleicht war ein Teil seines Auftrags die Unterbindung des Waffenschmuggels an Terroristen in den Südprovinzen, aber die Hauptmission war eine andere, deren Bedeutung weit über Waffenschieberei hinausging. Das war der thailändische Weg. Hinter jedem Gesicht verbarg sich ein anderes, Motive und Missionen steckten hintereinander wie Masken; sie abzunehmen war so ähnlich wie der Versuch, einer russischen Matrioschka-Puppe auf den Grund zu gehen – in jeder Puppe steckte wieder eine andere, alle sahen gleich aus und wurden nur immer kleiner und kleiner, bis sie lediglich noch die Größe des gläsernen Steins aus Hatchs Augenhöhle hatten.

Alle Farangs, die mit dem Waffenschmuggel in Verbindung gestanden hatten, waren tot: Fat Stuart, Patten und Hatch. Ein Hattrick des grausamen Todes. Die einzigen lebenden Personen, die alle drei gekannt hatten, waren Nuth, der kleine Zollbeamte, und Scott. Nach dem Ausdruck des Entsetzens auf Scotts Gesicht zu schließen, gab er nicht mehr viel für sein eigenes Leben. Halt, es gab noch eine Person. Jemand mit dem Decknamen Kim, der Drahtzieher im Hintergrund. Es tätigten so viele Gangster aus Thailand und Hongkong illegale Geschäfte in Kambodscha, dass sie leicht Gruppentarife für den Flug nach Phnom Penh hätten bekommen können. Und irgendwo in dieser Gruppe von Leichenfledderern und Geiern verbarg sich Kim.

Der Weg zu Kim führte über Nuth. Vielleicht. Scott hatte gelogen, was Hatchs Wohnort und seine kriminellen Aktivitäten betraf. Er konnte auch über seine Beziehung zu Kim gelogen haben. Immerhin war es ihm als Farang gelungen, eine Harley aus den Händen eines Zollbeamten loszueisen, der Schmiergeld verlangt hatte. Man musste eine ganze Weile in Asien gelebt haben, um zu begreifen, was dazu gehörte. Aber alles, was von Scotts Überheblichkeit noch übrig war, hatte er in Hatchs Zimmer zurückgelassen. Der Anblick des hingemetzelten, von der Decke seines eigenen Zimmers baumelnden Körpers hatte ihn völlig erschüttert. Scott wollte nicht in sein Ladenhaus zurück, schlich ständig um Shaw herum und versuchte, ihm um den Bart zu gehen.

»Ich glaube, wir müssen miteinander reden«, sagte Pratt, als sie endlich allein auf der Straße waren. Land-Cruiser der UNTAC-Zivilpolizei standen kreuz und quer um den Eingang zu Hatchs Haus geparkt.

Calvino wusste es zu schätzen, dass Pratt selbst davon angefangen hatte. »Das Café im Monorom«, sagte er.

Pratt sah auf die Uhr. »Dreißig Minuten.«

Calvino nickte und trat zur Seite, als zwei Männer mit blauen Baretten und grimmigen, bleichen Gesichtern eine Tragbahre mit Hatchs Leichensack vorbeitrugen. So hatten sie sich ihre Friedensmission sicher nicht vorgestellt, dachte Calvino. Die Hände in den Taschen vergraben, ging er die Straße entlang und blieb an der Stelle stehen, wo er in den Hinterhalt geraten war. Das schien schon Ewigkeiten her zu sein. Er suchte nach einer Verbindung zwischen den Morden. Mord und gewaltsamer Tod fanden in jeder Gesellschaft, zu jeder Zeit und an jedem Ort unter bestimmten Rahmenbedingungen statt. Hatch und Patten waren in Kambodscha gestorben. Zwei Tote. Was bedeutete das hier schon? Wie viele Menschen hatten die Roten Khmer getötet? Eine Million vielleicht, aber niemand kannte die genaue Zahl. Sie hatten höchst effizient alle Richter, Rechtsanwälte und Staatsanwälte beseitigt, alle Gesetzbücher verbrannt. Mittels der Einführung des Jahres null durch Bruder Nummer eins hatten die Roten Khmer systematisch das Gebäude des Rechts zerstört. Die Opfer hatten niemanden mehr, der für sie eintreten konnte.

Alle Konzepte aus der Zeit vor dem Jahr null und all jene, die damit in Verbindung standen, waren der Feind. Calvino war einmal Anwalt gewesen. Die Leute hassten Rechtsanwälte. Es war modern, sie und ihre Rolle im System zu verachten. Aber im Jahr null waren sie alle ausgemerzt und in flachen Gräbern verscharrt worden. Dann hatten die Massaker das Land wie ein Monsunregen überschwemmt, und statt in die Wolken zu schießen, säuberten die Roten Khmer das Land von Menschen wie einen Rasen von Herbstlaub. Es war nichts und niemand mehr übrig, der hätte verhindern können, dass die Waffen wieder und wieder in die Menschenmengen hineinfeuerten. In diesem rechtsfreien Raum hatten Hatch und Patten ihre Geschäfte gemacht. Die UNTAC hatte ihre Truppen geschickt. Außerhalb von Phnom Penh hatten Regierungsbeamte Berge von Knochen aufgestapelt, die das Pol-Pot-Regime hinterlassen hatte. Die Felder waren bis zum Horizont mit Knochen bedeckt, als stete Erinnerung an den Preis, den es kostete, das Jahr null zu erreichen.

Calvino sah Scott wie ein Tier im Käfig neben einem Land-Cruiser auf und ab gehen. Seine Angst war unübersehbar. Er klemmte die Hände unter die Achseln wie in einem kalten Winterwind. Hier war nicht Thailand oder Vietnam. Alles war möglich, und niemand konnte auch nur das Geringste tun, um ihn zu retten. Es ging ihm nicht aus dem Kopf, dass man Hatch wie ein Stück Vieh aufgehängt hatte. Ihn mit der Effizienz des Jahres null gefoltert hatte. Seitdem war Scott von Entsetzen und Furcht wie gelähmt, viel unmittelbarer, als es die Massenexekutionen der Roten Khmer hatten bewirken können.

Calvino starrte zum Fenster von Hatchs Zimmer empor und fühlte dasselbe Frösteln der Angst, das er in seiner ersten Nacht in Phnom Penh gespürt hatte. Von diesem Fenster aus konnte Hatch den fehlgeschlagenen Hinterhalt beobachtet haben. Vielleicht war er da oben gestanden und hatte zugesehen, wie die Bewaffneten auf dem anderen Motorrad das Feuer auf Thu und ihn eröffnet und ihren Fahrer getötet hatten. Vielleicht hatte es auch noch mehr Zeugen gegeben. Die Leute, die Patten ausgeschaltet hatten. Waren es dieselben, die eine Granate in eine Hütte am See geworfen und dabei mehrere Menschen getötet hatten? War die Granate für Thu bestimmt gewesen?

Während er zusah, wie Hatchs Leiche hinten in einen weißen UNTAC-Kleinbus geladen wurde, hatte Calvino plötzlich eine Vision von Thu in ihrem Krankenhausbett. Und im Korridor davor lauerten die Männer, die Hatch und Patten getötet hatten. Sie war das nächste Ziel. Und er dachte an Dr. Veronica, die vielleicht so unbedacht sein würde zu versuchen, den Anschlag zu verhindern. So, wie sie ihm zu Hilfe gekommen und dabei von den Bulgaren niedergeschlagen worden war. An Scott kamen die Mörder im Augenblick nicht heran. Thu war logischerweise das nächste Opfer. Warum war ihm das nicht früher klar geworden? Sie war das letzte Bindeglied – und nach ihrem Tod gab es niemanden mehr, der die Operation gefährden konnte. Außer dem Khmer-Zollbeamten Nuth und Scott. Es war eine Liste, die immer kürzer wurde und auf der niemand gerne stand.

Pratt war ins Gespräch mit Shaw vertieft und sah auf, als Calvino einem Motorradtaxi winkte und hinten aufstieg. Er dachte nur noch daran, rechtzeitig ins Krankenhaus zu kommen, bevor Thu etwas zustieß.

»Wo will Calvino hin?«, fragte Shaw.

Es war zu spät, ihn zu fragen.

»Zurück ins Hotel«, riet Pratt. Es war eine risikolose Antwort. Aber aus Calvinos Gesichtsausdruck schloss Pratt, dass er etwas ausgeknobelt hatte und in einen dieser Farang-Zustände von unmäßiger Eile verfallen war.

Ungefähr der größte Fehler, den man in Asien machen konnte, war, eine Hure zu glorifizieren oder zu glauben, die Entscheidung für ihren Beruf wäre ihr von schwierigen äußeren Umständen aufgezwungen worden. Das war alles Blödsinn. Es gab eine Menge Mädchen, die bitterarm geboren waren und bitterarm starben, ohne jemals ein krummes Ding gedreht oder einem Fremden das Geld aus der Tasche gezogen zu haben. Die Vorstellung, ein Bauernmädchen zu finden, das lieber sterben als ihren Körper verkaufen würde, war unrealistisch, ein sentimentales Hirngespinst. Wenn es um Thu ging, würde Calvino nicht den Fehler machen zu glauben, sie wäre etwas Besonderes, anders als die anderen Frauen, die dieselbe Entscheidung getroffen hatten wie sie. Denn das war sie nicht. Sie legte sich für Geld auf den Rücken. Aber sie hatte auch das schlechte Karma, sich mit einer Gruppe so genannter Geschäftsleute eingelassen zu haben – Hatch, Patten und Scott. Sie war zu arm, um zu begreifen, dass es das Geld nicht wert war. Doch in Kambodscha bedeutete Geld alles. Kein Risiko war zu hoch, um von einem sicheren Zahltag abzuschrecken. Sie hatte bereits ein Bein verloren, und jetzt ging es um ihr Leben. Während das Motorrad auf den Hof des Krankenhauses einbog, nahm er sich vor, für ihre Beerdigung aufzukommen, falls sie tot war. Aber er würde nicht um sie weinen. Sie war Milch, die vor langer Zeit vergossen worden war.

Er bezahlte den Fahrer und ging direkt durch die Tür, ohne sich an der Anmeldung aufzuhalten. Er hatte eine Augenblicksentscheidung zu treffen. Eine, mit der er würde leben müssen. Entweder konnte er in Dr. Veronicas Büro gehen und hoffen, dass sie da war, oder direkt zu Thus Zimmer. Nach der Zimmernummer musste er nicht erst fragen, er war ja schon dort gewesen. Aber die Mörder? Calvino machte kehrt und ging zur Anmeldung.

»Hat heute schon jemand nach Madame Thu gefragt?«

Die Khmer-Krankenschwester kicherte.

»Falls jemand nach ihr fragt, sagen Sie ihm Zimmer 9.« Thu lag in Zimmer 7.

Sie starrte ihn mit leerem Blick an, ein Bild der Verständnislosigkeit. Ihr Gesicht war ein einziges großes Fragezeichen, aber er hatte nicht die Zeit für eine Erklärung.

Halbwegs den Korridor hinunter zog er seinen 38er aus dem Schulterhalfter und ließ ihn an der Seite herabbaumeln. Wie auf rohen Eiern lief er weiter. Dann verlangsamte er seinen Schritt und lauschte. Eine Schwester kam ihm entgegen, dann noch eine, und er lächelte, um von der geladenen Waffe in seiner Hand abzulenken. Als er die richtige Tür erreicht hatte, schluckte er schwer, dann trat er ein, die Waffe vor sich ausgestreckt. Thu lag im Bett, und eine Schwester wollte ihr gerade eine Injektion geben. Sie ließ die Spritze fallen und hielt sich die Hand vor den Mund.

»Alles in Ordnung«, sagte er und senkte die Waffe.

»Bitte, nicht töten«, sagte die Schwester.

»Süße, ich werde Sie nicht umbringen. Aber bitte gehen Sie jetzt. Sagen Sie Dr. Veronica, dass Mr. Calvino hier ist und sie das Krankenhaus auf der Stelle verlassen soll.«

»Ich habe sie nicht gesehen heute.«

»Dann suchen Sie sie, verdammt noch mal!«, sagte er. Er versuchte, ruhig zu bleiben und die Waffe auf den Boden zu richten. »Die andere Ärztin, die im Monorom schwarzarbeitet, suchen Sie sie und sagen Sie ihr, dass Mr. Calvino hier ist. Es könnte Schwierigkeiten geben. Aber ich hoffe, es wird nicht dazu kommen.«

Sie wandte sich um, rannte schreiend aus dem Zimmer, und Calvino machte die Tür hinter ihr zu. Er war nicht sicher, ob die Schwester auch nur ein einziges Wort verstanden hatte. Aber das war egal, sie war weg, und Thu lag in ihrem Bett, wie es sein sollte. Sie hob den Kopf und sah Calvino fragend an. Was zum Teufel machte er da, so in ihr Zimmer zu platzen, dass die Schwester beinahe einen Herzanfall hatte?

»Hattest du heute schon Besuch?«, fragte Calvino.

Sie schüttelte den Kopf.

»Niemand kommt. Nur du.«

»Das ist gut.« Er zog die Zudecke vom Bett. Der Stumpf war frisch verbunden, und die Bandagen sahen sauber aus. Er holte einen Rollstuhl aus der Ecke.

»Wo gehen wir hin?«

»Hier raus.«

»Warum jetzt?«

»Weil … ein paar schlechte Menschen herkommen könnten. Und sie bringen keine Genesungsgeschenke.«

Er hatte kaum ausgesprochen, als es an der Tür klopfte. Es schoss ihm durch den Kopf, dass es verdammt seltsam war, an eine Krankenzimmertür zu klopfen. Schwestern, Putzpersonal und Ärzte gingen einfach ein und aus, wie es ihnen passte, bei Tag und bei Nacht. Das machte die Ähnlichkeit zwischen Krankenhaus und Gefängnis aus, zwischen Patienten und Häftling. Er wälzte Thu aus dem Bett und hielt ihr den Mund zu, damit sie nicht laut aufschrie. Er hievte sie auf den Boden und zerrte sie zur abgelegensten Ecke neben dem Fenster. Sie war zu Tode erschrocken, aber er hatte keine Zeit für Erklärungen oder rücksichtsvolle Behandlung. Er kniete sich hin und zückte den 38er-Police-Special-Revolver.

Der erste Mann, der durch die Tür kam, hatte ein AK-47 und feuerte ohne zu zögern auf das Bett. Zwei Schüsse von Calvino erwischten ihn in Höhe des Ohrs. Er hatte eine schwarze Strumpfmaske übers Gesicht gezogen und stürzte mit dumpfem Aufprall zu Boden. Er war schon tot, bevor er auf dem Boden aufschlug. Der zweite Mann schien die Flucht ergreifen zu wollen. Er gab keinen einzigen Schuss ab. Das AK-47 entglitt seinen Händen und schlitterte durch den Raum. Er humpelte ein paar Schritte weit, dann verlor er das Gleichgewicht und griff sich an den Rücken. Dr. Veronica hatte vier Schüsse abgefeuert, und jeder davon war ein Treffer gewesen, in gerader Linie quer über den Rücken des Mannes. Herz und Lunge waren zerrissen, und er starb schnell. Er brach zusammen, und Ströme von Blut ergossen sich über den Linoleumboden.

Die Khmer-Ärztin kam ein paar Sekunden später. Sie trug noch ihr Rezeptionslächeln, als hätte sie gerade Calvinos Schlüssel aus dem Fach geholt und wolle ihm einen schönen Tag wünschen. Thu zitterte so heftig, dass ihr Stumpf gegen die Dielenbretter klopfte wie der wedelnde Schwanz eines Hundes während einer Strafpredigt seines Herrchens.

»So trifft man sich wieder«, sagte Calvino zu Dr. Veronica, die sich neben eine der Leichen gekniet hatte und am Hals nach dem Puls fühlte.

Sie sah zu ihm hoch. »Diese Männer hätten euch getötet.«

»Zum Picknick wollten sie uns bestimmt nicht einladen.«

Seine flapsige Bemerkung störte sie. Warum nahmen Amerikaner solche Ereignisse nicht ernster? »Ich rufe lieber die Polizei.«

»Vergessen Sie die Polizei. Rufen Sie Shaw an. Wir haben gerade die Überreste von Mike Hatch eingesammelt.«

»Sie meinen, er ist tot?«

Sie erhob sich vom Boden und trat auf Calvino zu. Ein 45er-Colt baumelte in ihrer Hand, und sie sah aus, als wolle sie gleich anfangen zu weinen. Er legte die Arme um sie, strich ihr die Haare aus der Stirn und küsste sie auf die Wange.

»Danke, dass Sie zur rechten Zeit gekommen sind.«

»Ich hatte keine große Wahl, oder?«

»Man hat immer die Wahl.«

Sie drückte ihn kurz an sich, machte sich dann frei und nahm sich zusammen. »Ja, Ihr Land gründet sich auf Entscheidungsfreiheit. Dieses hier auf Furcht und Blut. Es gibt keine Wahl.«

»Und wenn ich Ihnen sagen würde, dass ich mich für Sie entscheide?«, fragte er.

Sie lächelte. »Hat Ihnen schon mal jemand gesagt, dass Sie kein Gefühl für den richtigen Zeitpunkt haben?«

Er betrachtete die Leichen. Die Khmer-Ärztin half Thu zum Bett zurück. Dann nahm sie Dr. Veronica den 45er-Colt aus der Hand und schob ihn unter die Matratze.

»Ich habe so ein Gefühl Ihnen gegenüber. Ich meine, anders«, sagte Calvino. Aber dann dachte er, dass er seine Gefühle vielleicht besser für sich behalten sollte. Im Korridor wimmelte es inzwischen von Schwestern, Verwaltungsleuten und Ärzten, und Dr. Veronica bat sie, das Zimmer noch eine Minute lang nicht zu betreten. Calvino ging zum Bett und half Thu in den Rollstuhl.

»Wo bringen Sie sie hin?«, fragte die Ärztin und ging um die Leichen herum.

»In mein Zimmer im Monorom«, sagte Calvino.

»Dort ist es vielleicht nicht sicher«, meinte Dr. Veronica.

»Dann sagen Sie mir einen Ort in Phnom Penh, wo es sicher ist.«

Sie gab keine Antwort und wechselte stattdessen das Thema.

»Kennen Sie diese Männer?«

Calvino sah auf das Gesicht des Toten herunter, den sie erschossen hatte. Er war ein Farang in Zivilkleidung. Das hatte nichts zu bedeuten. Er konnte ebenso ein Auftragskiller sein wie ein UNTAC-Angehöriger bei der Schwarzarbeit. Jedenfalls hatte er den Mann nie zuvor gesehen. Er schüttelte den Kopf. Dann ging er zu dem Mann, den er erschossen hatte, und zog ihm die schwarze Strumpfmaske vom Kopf. Er erkannte das Gesicht augenblicklich.

»Philippe«, sagte er und blickte auf. »Ihr Freund mit dem goldenen Zigarettenetui.«

»Ich habe versucht, ihn zur Rückkehr nach Paris zu überreden. Und nun das.«

»Für wen hat er gearbeitet?« Er versuchte, seinen Ärger, seine Enttäuschung nicht zu zeigen. Pratts Worte klangen ihm im Ohr, dass er nur ihretwegen in Phnom Penh geblieben sei. Gerade hatte er sich nur knapp zurückhalten können, ihr zu sagen, dass er sie liebte.

»Ein Mann wie Philippe sagt niemals, für wen er arbeitet. Höchstens, wer für ihn arbeitet.«

»Und eine Frau wie Sie, für wen arbeitet die? Oder wollen wir lieber über die Philosophie von Eigentum und Diebstahl reden?«

Sie gab ihm eine Ohrfeige, hart genug, dass ihm die Lippe platzte und Blut hervorquoll. Dann machte sie kehrt und ging aus dem Zimmer.

»Warum wollen diese Männer Thu töten?«, fragte die Khmer-Ärztin aus dem Monorom.

»Auf diese Frage hätte ich auch gerne eine Antwort. Fragen Sie doch Dr. Veronica, ob sie eine Theorie hat«, sagte Calvino. Die Toten waren kein schöner Anblick. Vor ein paar Minuten hatte ihr Leben noch vor ihnen gelegen. Einen Augenblick später nur noch das Begräbnis. Er fragte sich, ob das die Mörder von Patten und Hatch waren. Wenn ja, dann tat ihm nur eines Leid – dass sie so schnell gestorben waren, dass sie auf der Stelle tot gewesen waren und gar nicht gemerkt hatten, wie ihnen geschah. Das war nicht gerecht. Sie hätten in den Schlund der Schlange blicken müssen. Sie hätten noch Zeit haben sollen, über Kim und zermahlenes Glas und eine Harley nachzudenken, die in den See segelte.

Calvino steckte seinen 38er ins Halfter und schob den Rollstuhl zur Tür. Die Leichen lagen im Weg. Mithilfe der Ärztin zerrte er sie zur Seite. Als sie schließlich den Korridor erreichten, hatte sich das halbe Krankenhaus dort versammelt.

»Nur ein kleiner Unfall«, sagte Calvino. »Die Frau Doktor kümmert sich um alles.«

Er wandte sich um und sah, wie sie ihm durch den Türspalt zulächelte. Das geübte Lächeln von den Feldern des Todes, als das Jahr null kam und ein Lächeln die einzige Verteidigung gegenüber denen darstellte, die die Waffen trugen.

14

Der Windsor-Faktor

Gelbe Altarkerzen brannten in gläsernen Aschenbechern. Sie erhellten etwa ein halbes Dutzend Tische, und die Flammen erzeugten in der Dunkelheit des Monorom-Hotelrestaurants einen flackernden Halbschatten. In ganz Phnom Penh war der Strom ausgefallen. Die russischen Generatoren im Elektrizitätswerk waren überlastet wie altersschwache Arbeitspferde, die müde dahintrotteten, bis sie umkippten und im Graben landeten. Calvino und Pratt saßen sich an einem Tisch gegenüber. Die Kerzenflamme flackerte zwischen ihnen und verwandelte ihre Gesichter in Schattenrisse.

»Thu ist oben in meinem Zimmer«, sagte Calvino. »Man sollte denken, es hätte sie erschüttert. Aber nein. Sie sagt, es wäre einfach wie in Vietnam. Nichts hat sich geändert, außer dem Namen des Landes. Sie ist nicht verbittert oder traurig. So sind die Dinge eben. Seit sie ein Kind war, akzeptiert sie, dass es Leute gibt, die sie umbringen wollen. Es ist das einzige Leben, das sie kennt.«

»Sie hat mit angesehen, wie du die beiden Männer im französischen Krankenhaus getötet hast …«

»Ich habe nur einen getötet. Philippe, den Franzosen«, unterbrach ihn Calvino.

»Er war ein Gangster und hatte ein sehr eindrucksvolles Strafregister in Paris. Ein sehr schlechter Mensch, Vincent. Trotzdem, zu erklären, dass er von einem Amerikaner in einem französischen Krankenhaus getötet wurde, wäre …«

»Peinlich?«

»Exakt.«

»Wie lautet die offizielle Version?«, fragte Calvino.

»Er ist bei dem Versuch ums Leben gekommen, dich und das Mädchen zu retten. Ein Fremder ist in das Krankenzimmer eingedrungen.

Ein Auftragsmörder. Es kam zu einer Schießerei. Beide Männer starben.«

»Ihr habt ihn zum Helden gemacht?«

»Mit falschen Helden ist es wie mit falschen Propheten: Es gab schon immer mehr davon als echte«, sagte Pratt.

»Wer war der andere Kerl?«

»Ein freischaffender russischer Killer. Ehemaliger KGB-Mann.«

»Glaubst du, Dr. Veronica wusste von dem Mordanschlag?«, fragte Calvino.

»Sie sagt Nein.«

»Glaubst du ihr?«

»Und du, Vincent?«

»Ich weiß gar nichts mehr. Nichts, was diesen Fall betrifft. Die Frauen. Das Leben.«

Pratt blinzelte müde ins Kerzenlicht. Er wusste, dass Calvino mehr als alles andere an der Klärung dieser Frage gelegen war, aber er hatte keinen handfesten Hinweis darauf, dass Dr. Veronica Teil der groß angelegten Verschwörung war. Auf Calvinos Gesicht zeichneten sich die Spuren einer Niederlage ab.

»Du hast das gut gemacht«, sagte Pratt.

»Es ist immer gut, zu überleben.«

»Du hättest mir sagen sollen, wohin du gehst«, sagte Pratt mit einem Anflug von Bedauern. Die Kerze flackerte in der Zugluft. In ihrem Licht sah es so aus, als ob Pratt die Mundwinkel nach unten zog.

Calvino hatte natürlich gewusst, dass es nicht richtig war, plötzlich unangekündigt zu verschwinden. Aber manchmal war das Richtige nicht das Notwendige. Also hatte er kein Wort gesagt. Er war sich nicht mehr sicher, wem er trauen konnte. Shaw und die UNTAC-Leute, die die Leiche abholten, hatten gesehen, wie er auf das Motorrad stieg. Er wusste nicht, wo ihre wahren Loyalitäten lagen. Nicht einmal Pratt hatte ihm die ganze Wahrheit gesagt, und das machte ihn kribbelig. In all den Jahren, die sie sich kannten, hatten sie sich nie angelogen. Aber dann sagte er sich, dass Pratt ja nicht wirklich gelogen hatte, er hatte zu dem alten Thai-Trick gegriffen, einfach nicht die ganze Wahrheit zu sagen. Eine thailändische Erfindung war das allerdings nicht.

»Du hast Recht«, sagte Calvino. »Ich hätte etwas sagen sollen. Aber in den fünf Minuten, die ich gebraucht hätte, um dir eine Eingebung zu erklären, die eigentlich keinen rechten Sinn ergab, hätten der Russe und Philippe Thu getötet. Alles in allem hatte ich Glück, dass sie mich nicht erwischt haben.«

»Hör bloß nicht auf, dir Sorgen zu machen. Wo die herkamen, da gibts wahrscheinlich noch mehr«, sagte Pratt.

»Hast du den Strumpf untersucht, den Philippe über den Kopf gezogen hatte?«

Pratt hatte diese Frage erwartet.

»Er gehörte unserer Freundin von der Rezeption.«

»So etwas hatte ich mir gedacht«, sagte Calvino.

»Anscheinend hatte er etwas mit ihr am Laufen.«

»Was beweist, dass Dr. Veronica nichts damit zu tun hatte. Warum sollte er sich sonst mit einer Khmer-Ärztin einlassen?«

»Vielleicht seine verlotterte Farang-Moral.«

»Asiatische Moral, Farang-Moral. Ich habe nie verstanden, was das heißen soll.«

»Er hat einen ihrer schwarzen Strümpfe benutzt.«

»Die sie als Bestechung erhalten hat.«

»Von einer Journalistin aus dem Westen, die mit dir ins Bett steigen wollte«, sagte Pratt.

»Unwahrscheinlich, dass wir je herausfinden werden, was sie von ihm wollte«, meinte Calvino.

»Raus aus Kambodscha. Diesen Punkt hat sie betont.«

Calvinos Gesetz lautete: Im Kleinen ergibt alles einen Sinn, aber im Großen gar nichts.

»Das hat sie dir gesagt?«

»Und dass die Dinge kompliziert waren. Sie meinte damit persönliche Beziehungen unter den Krankenhausmitarbeitern.«

Pratt sprach resigniert. Die Beiläufigkeit, mit der er Gräuel akzeptierte, war eine seiner Stärken. Gegen das Schicksal kam man nicht an.

»Ich dachte, wir wollten über Diamanten und Rubine sprechen«, sagte Calvino. »Und wie es kam, dass Mike Hatch ein großes Stück rotes Glas in dem Loch stecken hatte, wo einmal sein Auge war.«

Pratt lächelte im flackernden Kerzenlicht. Es war eines dieser Lächeln, die nichts mit Glück oder Fröhlichkeit zu tun haben; es besagte: Tja, nichts wird etwas an der Tatsache ändern, dass wir uns am Ende einer Kette von Ereignissen befinden, die noch im Gang sind, und wenn wir nicht aufpassen, werden sie uns überrollen. Pratt hatte sich sorgfältig zurechtgelegt, was er Calvino anvertrauen wollte. Sein Chef war der Ansicht, dass Ausländer nicht zählten. Sie bewegten sich außerhalb der Sphäre der Macht. Manche hatten einen guten Ruf. Aber keiner war von dauerhafter Bedeutung. Der Stolz darauf, ein Thai zu sein, lag in Freiheit und Unabhängigkeit. Der Chef war ein stolzer Mann. Ein Thai musste den Fall mit den Juwelen aufklären. Einen Ausländer das Lob dafür einheimsen zu lassen, würde großen Gesichtsverlust bedeuten.

Leute aus dem Westen waren wie Wasser, mit dem man sich die Hände wäscht. Wasser ist nützlich. Aber es sind die Hände, die sich selbst reinigen. Calvino war Pratts Freund, und er war auch ein Ausländer. Aber er war gleichzeitig ein Mitglied der Familie. Wie konnte er als Familienmitglied ein Ausländer sein? Unmöglich. Trotzdem war er es. Wenn er Calvino nicht in den Fall einweihte, schwebte sein Freund in großer Gefahr. Die anderen Ausländer waren tot. Sie waren nicht von Bedeutung. Aber Calvino zählte.

»Es wird dir nicht gefallen, was ich dir zu sagen habe.«

»Das weiß ich bereits«, sagte Calvino.

»Es gibt da einige Dinge, die ich dir schon vorher hätte erzählen sollen.«

»So viel habe ich mir auch schon zusammengereimt. Aber das mit vorher ist nicht wichtig.«

»Kein schlechter Nachgeschmack?«, fragte Pratt, und das Kerzenlicht tanzte in seinen Augen.

»Gefühle sind nicht gut oder schlecht«, sagte Calvino. »Nur heiß oder kalt.«

Das brachte Pratt zum Lächeln, diesmal mit einigem Vergnügen.

»Hast du jemals vom Windsor-Faktor gehört?«

»Das klingt wie der Name eines Appartementhauses in Bangkok.«

»Nicht ganz. Es ist eine Redensart, die vor ein paar Jahren bei Sotheby's aufgekommen ist.«

»Sotheby's, das Auktionshaus?«

Pratt nickte. »Nach dem Tod der Herzogin von Windsor ging ihr Schmuck zur Versteigerung an Sotheby's. Die Experten stellten eine Liste zusammen mit dem Schätzwert für jedes Stück. Druckten sie im Auktionskatalog ab. Die Preise waren als eine Art Richtwert gedacht. Dann kam der Tag der Auktion. Und es kam etwas ins Spiel, mit dem niemand gerechnet hatte. Eine Art Joker oder Subjektivitätsfaktor. Bei der Versteigerung kletterten die Gebote immer höher und höher. Niemand schien zu merken, dass der Wert schon lange überstiegen war. Die Windsor-Juwelen brachten fünfmal so viel ein wie erwartet. Warum? Über die Frage ist viel geschrieben worden. Manche sagen, die Leute waren bereit, eine hohe Prämie dafür zu bezahlen, ein Stück Geschichte zu besitzen. Oder für den Glanz, mit der Herzogin von Windsor in Verbindung gebracht zu werden. Die Käufer ersteigerten mehr als Edelsteine und Metall. Wie eine Gitarre von Elvis. Oder ein Cocktailkleid von Marilyn Monroe. In dieser Welt hängt der Wert von allen möglichen seltsamen, irrationalen Empfindungen ab.«

»Die Herzogin von Windsor ist als Bargirl in Patpong wiedergeboren worden. Nummer neunzehn in der Bar im ersten Stock. Ist das nicht ein gerechtes Karma?«

»Auf bestimmte Weise weilt ihr Geist in Phnom Penh«, sagte Pratt.

»Hör auf, den Thai herauszukehren, und rede Tacheles.«

»Du erinnerst dich sicher an die Schwierigkeiten, die es zwischen Thailand und Saudi-Arabien wegen dieser Juwelen gibt?«, fragte Pratt. Mit dieser einen Frage hatte er das Schweigegelübde gegenüber seinem vorgesetzten Offizier gebrochen.

Erinnern!, dachte Calvino. Die Frage war für jemanden, der in Thailand lebte, die Untertreibung der Neunzigerjahre. Der Verlust der Juwelen hatte für genügend Verlegenheiten gesorgt, um einen Fuchs zu beschämen, den man mit einem Maul voll Federn im Hühnerstall erwischt hatte.

»Die Saudi-Juwelen?«, fragte Calvino. Es gab keine Cocktailparty in Bangkok, bei der die Juwelen nicht irgendwann zur Sprache kamen. Der ursprüngliche Diebstahl, soweit Calvino wusste, hatte stattgefunden, als ein thailändischer Hausdiener mit Juwelen im Wert von einer halben Milliarde Baht einfach aus einem Palast hinausspaziert war. Der Diener hatte für einen saudischen Prinzen gearbeitet und buchstäblich die Kronjuwelen entwendet. Er war mit Säcken voller Geschmeide nach Thailand entkommen – manche behaupteten, er hätte Pappkartons verwendet –, die seinem eigenen Körpergewicht entsprachen. Niemand fand je heraus, wie er es geschafft hatte.

Später, irgendwo im Hinterland von Thailand, ergab sich der Dieb der Polizei und lieferte die Beute aus. Die Saudis waren glücklich; die Thais waren glücklich. Die Saudis verliehen Orden an die thailändische Polizei. Aber dieser Zustand allseitiger Zufriedenheit hielt nur so lang an, bis die Wahrheit ans Licht kam. Der saudische Prinz stellte fest, dass das, was ihm die thailändischen Beamten zurückgegeben hatten, nicht – wie ein Rechtsanwalt es ausgedrückt hätte – in Form und Qualität dem entsprach, was sein thailändischer Diener ihm entwendet hatte. Diese Erkenntnis markierte den Beginn einer langen, bitteren und zornigen Desillusionierung auf beiden Seiten. Vorwürfe und Drohungen gingen hin und her. Jede Seite hatte so viel Gesicht mobilisiert, dass keiner nachgeben wollte. Die Saudis zogen ihren Botschafter aus Bangkok ab. Sobald der Nationalstolz auf dem Spiel stand, verschanzte man sich hinter Festungswällen. Der Diebstahl war Wasser auf die Mühlen der Gerüchteindustrie. Calvino, der das Ganze am Rande verfolgte, verglich es mit einer Ehe, die schon ein paar Wochen nach den Flitterwochen in die Brüche gegangen war. Ein Teil der gestohlenen Juwelen schien sich in Thailand in Luft aufgelöst zu haben. Aber was sind schon ein paar Säcke voll Juwelen unter Freunden?

Der Verdacht richtete sich auf einige hochrangige Polizeioffiziere und Politiker – und ihre Frauen. Aber es gab keine handfesten Beweise – was bedeutete, dass die Angelegenheit sich auf legaler Ebene nicht klären ließ. Welcher General hatte jemals freiwillig geplünderte Kriegsbeute zurückgegeben? In den Geschichtsbüchern ließen sich dafür kaum Beispiele entdecken. Wenn ein General eine geplünderte Kette erst einmal seiner Frau um den Hals gehängt hatte, sollte er sie ihr dann wieder abnehmen und irgendeinem Fremden aushändigen? Nur eine verdrehte Art von westlicher Logik konnte sich so etwas ausdenken.

In verschiedenen, unbestätigten Presseberichten verlautete, dass einige der Generalsgattinnen mit den gestohlenen Juwelen behängt auf High-Society-Festen erschienen waren wie die Katze mit einer fetten Maus zwischen den Zähnen. Jahre mühsamer, unproduktiver Ermittlungen hatten keine konkreten Ergebnisse erbracht. Untersuchungsausschüsse hatten sich mit dem Thema befasst. Videokassetten mit Beweismaterial setzten Staub an und waren eines Tages verschwunden. Es war, als hätten sich die Juwelen in Luft aufgelöst. Einige hohe Tiere hatten dabei die Hände im Spiel gehabt, soweit Calvino wusste – aber Namen wurden niemals genannt.

»Wir haben alle diese Juwelen wiederbeschafft«, sagte Pratt. Er dachte nach. »Bis auf ein spezielles Stück. Ein Halscollier. Der Besitzer, ein saudischer Prinz, will es wiederhaben. Er akzeptiert keine Entschädigung. Oder wenigstens eine Replik des Originals. Und so lange bleiben die thailändisch-saudischen Beziehungen ...«

»Kühl«, sagte Calvino.

»Auf Eis«, meinte Pratt.

Ein einziges Schmuckstück veränderte das Verhältnis zweier Nationen. Was ursprünglich dazu gedacht war, von einer Frau um den Hals getragen zu werden, hatte sich zu einer Art diplomatischer Henkersschlinge entwickelt. Die Buchmacher gaben bessere Quoten für die Entdeckung eines echten Yeti, der in einer Bar in Patpong Singha-Bier trank, als für das Auffinden der Juwelen.

Jetzt sah Calvino die Bedeutung des zermalmten Glases auf dem Boden von Hatchs Zimmer und die Art, wie er abgeschlachtet worden war, in einem neuen Licht.

»Unter Einbeziehung des Windsor-Faktors, von wie viel Geld reden wir hier eigentlich, Pratt?«

»Fünfzig Millionen US-Dollar.«

»Unmöglich. Für eine Halskette?«, fragte Calvino. »Für fünfzig Millionen Mäuse kann man eine ganze Luftwaffe für ein Land in der Dritten Welt kaufen.«

»Das ist keine gewöhnliche Halskette.«

»Offensichtlich«, sagte Calvino.

»Es hängt viel Geschichte daran. Legenden, Kriege, Familienehre.«

»Gar nicht zu reden von genügend Gesichtsverlust, um eine Mondfinsternis auszulösen«, meinte Calvino.

»So kann man es ausdrücken«, lächelte Pratt. Es gefiel ihm, wenn Farangs versuchten, die Bedeutung des Begriffs ›Gesicht‹ zu verstehen. Meistens ging es schief. Aber diesmal fand er nicht viele Fehler in Calvinos Einschätzung der Bedeutung dieses diamantenbesetzten Colliers.

»Fat Stuart war in der Juwelenbranche«, sagte Calvino. Aber Fat Stuart war in vielen kriminellen Branchen tätig gewesen. Deshalb hatte er dem Juwelenaspekt nie viel Bedeutung beigemessen. Er hatte gedacht, dass Fat Stuart vielleicht ein paar Einheimischen geholfen hatte, australischen Touristen gefälschte Opale anzudrehen.

»Wir wissen, dass Khun Stuart L'Blanc Farang-Freunde im Waffenschmuggel hatte«, sagte Pratt. »Philippe hatte seine Finger in Geschäften mit gestohlenen Edelsteinen.«

»War er der Hehler?«

»Wir sind uns nicht sicher, und ihn können wir nicht mehr fragen.«

»Entschuldige bitte, aber er wollte mich umbringen.«

»Niemand kritisiert deine Handlungsweise.«

»Du sagst, dass Hatch und Patten in die Geschichte mit dem Saudi-Collier verwickelt waren? Und der Scheck, den ich für Patten an Hatch überbringen sollte, der war für die verdammte Halskette, oder? Er hatte nichts mit Waffen zu tun. Und das erklärt, warum der kanadische Geheimdienst mir Alice Dugan auf den Hals geschickt hat.«

»Wir vermuten, dass die Saudis ihre kanadischen Kollegen darum gebeten haben. Schließlich war L'Blanc Kanadier.«

Pratt saß mit ausdruckslosem Gesicht da, als der Strom wieder kam und Lampen, Ventilatoren und die Klimaanlage mit lautem Rumpeln und Heulen wieder einsetzten.

»Fat Stuart und die Saudi-Juwelen. Wer hätte das gedacht?«, sagte Calvino.

»Er war perfekt geeignet. Khun Stuart war ein Meisterjuwelier. Aber wer hätte ihm schon einen Job gegeben?«

»Herrgott, ja. Er war Juwelier. Ein brillanter Einfall, Pratt.«

Pratt stimmte zu. »L'Blanc war ein hervorragender Handwerker, Vincent. Er war ein Experte. Aber unglücklicherweise war er auch ein Betrüger, der keiner Versuchung widerstehen konnte. Er wusste, was man ihm da in die Hand gegeben hatte. Jeder andere, der die Halskette sah, hätte gesagt, ja, ein schönes Stück. Aber Stuart L'Blanc kannte den Wert genau. Er kannte den Windsor-Faktor. Und er konnte der Versuchung nicht widerstehen.«

»Also haben sie Fat Stuart getötet. Und Hatch und Patten? Reden wir von denselben Leuten?«

»Ich fürchte, ja. Mit L'Blanc hat alles angefangen. Er hatte die Gabe, Schmuckstücke zu kopieren«, sagte Pratt.

»Und das kriminelle Talent, die Fälschung für das Original auszugeben.« Calvinos letzte Erinnerung an Fat Stuart war, wie sein fetter Körper zur Seite sackte und Divisionen von Ameisen zwischen seinen Zähnen durchmarschierten. Er war ein Original gewesen, und sein Tod keine Fälschung.

»Wir haben Grund zu der Annahme, dass eine einflussreiche Persönlichkeit ihn um einen Gefallen gebeten hat. Und zwar, eine Kopie der Halskette anzufertigen, die die Saudis zurückhaben wollten.«

Eine einflussreiche Persönlichkeit war jemand, der über dem Gesetz stand. Jemand, den niemand berühren konnte, ohne sich die Finger zu verbrennen. Solche Leute hatten keine Namen. Man überließ es anderen, aus einer Liste möglicher Kandidaten ihre Wahl zu treffen. Selbst Pratt brachte es in diesem vertraulichen Gespräch nicht über sich, den Namen zu nennen. Er wusste, dass Calvino ihn nicht darum bitten würde, dieses unausgesprochene Gesetz zu brechen.

»Und was die Saudis jetzt haben, ist Fat Stuarts wertlose Kopie«, sagte Calvino.

»Wir glauben, dass L'Blanc sogar mehrere Kopien angefertigt hat. Er hat versucht, eine hochrangige Persönlichkeit zu betrügen. Einen äußerst einflussreichen Dieb. So etwas kann extrem gefährlich sein, Vincent.«

Es gab ein altes Sprichwort aus der westlichen Welt: »Unter Dieben gibt es keine Ehre.« Calvinos Gesetz dazu hatte einen definitiv östlichen Einschlag: Vergiss die Ehre – du darfst stehlen, morden, lügen und betrügen so viel du willst, aber raube nie einer einflussreichen Persönlichkeit das Gesicht. Oder verursache ihr finanzielle Verluste. Und zerbrich auf keinen Fall ihre Reisschale. Es wäre in jedem Fall dein Tod.

Das Restaurant begann sich mit Mittagsgästen zu füllen. Hauptsächlich örtliche Gangster mit Handys, die Zigaretten rauchten, auf den Boden spuckten und ihre gelben Zähne zeigten, während sie lachten und herumflachsten.

»Ich muss die ganze Zeit daran denken, wie Hatch gestorben ist«, sagte Calvino.

»Von einem können wir ausgehen. Er wusste nichts. Stell dir seine Schmerzen vor«, meinte Pratt. »Kein Mensch erträgt solche Foltern, wenn er die Information geben kann, die man von ihm haben will.«

»Hatch hätte die Kronjuwelen von England herausgegeben, wenn er gekonnt hätte«, sagte Calvino. »Sicher, sie hätten ihn trotzdem getötet. Aber sie hätten es schnell und schmerzlos erledigt.«

»Sie haben Patten wegen der Halskette ermordet«, sagte Pratt. »Und sie haben den Mann getötet, mit dem alles angefangen hat – Fat Stuart.«

»Wer bleibt noch übrig?«

»Der Mann, der nach der Halskette sucht. Genau wie wir.«

»Warum fragen wir nicht Kim?«, fragte Calvino. »Patten hat mir von ihm erzählt, bevor er ermordet wurde. Er meinte, er sei mir etwas schuldig.«

»Wer immer Kim ist, dieser Mensch hat Beziehungen und Schutz aus den höchsten Kreisen«, sagte Pratt.

Calvino dachte nach.

»Glaubst du, dass Shaw auch auf Kims Fährte ist?«

Pratt beugte sich über den Tisch.

»Glaubst du es?«

»Warum hätte er mir in der Nacht unserer Ankunft das Leben retten sollen?«, fragte Calvino.

»Vielleicht hat er gedacht, du würdest ihn zu dem Collier führen«, meinte Pratt. »Er ist nicht dumm.«

Diese Möglichkeit hatte er auch schon in Erwägung gezogen. War Shaw zufällig am Schauplatz aufgetaucht, oder war er ihm gefolgt? Warum hätte er sich die Mühe machen sollen, Calvino nachzufahren, der das Lido mit einer vietnamesischen Hure auf dem Rücksitz eines Motorrads verlassen hatte. Wenn Shaw ein Teil des Problems war, dann war der Besuch im T-3-Gefängnis, auf den er so viel Wert legte, vielleicht eine Falle. Und wenn Calvino darauf hereinfiel und erst einmal hinter Gefängnismauern war, dann würde niemand wieder von ihm hören, bevor sich die Schlinge um seinen Hals zugezogen hatte.

»Ich weiß nicht mehr, wer auf welcher Seite steht. Fünfzig Millionen Dollar ist ein Haufen Geld. Ich kann es einfach nicht glauben, dass Kerle wie Patten und Hatch in eine Sache verwickelt waren, die so weit außerhalb ihrer Spielklasse liegt«, sagte Calvino.

Soweit es Shaw betraf, war er in einer Sackgasse angelangt. Sein einziger Vorteil lag darin, dass auch Kim in einer Sackgasse steckte. Wer immer es war, der hinter den Juwelen her war, er hatte bisher nichts vorzuweisen, außer einem Haufen Leichen. Plötzlich fühlte sich Calvino so einsam und isoliert, wie es ihm in Bangkok noch nie ergangen war. Einflussreiche Leute begingen keine Verbrechen. Sie lebten, arbeiteten und starben hinter einer ganzen Reihe von Schutzwällen aus Strohmännern. Hatch und Patten hatten nie richtig verstanden, welche Rolle sie spielten und warum sie hatten sterben müssen. Strohmänner hatten nicht mehr Wert als Papierfiguren: Sie dienten dazu, unwissende Kinder von den eigentlichen Aktivitäten der Erwachsenen abzulenken. Aber vielleicht gingen dem Drahtzieher langsam die Strohmänner aus. Wenn das der Fall war, stand er jetzt auch allein da.

»Vincent, wenn wir das Collier wiederfinden, werden die guten Beziehungen zwischen Thailand und Saudi-Arabien wiederhergestellt. Das wäre gut für das thailändische Image. Und für eine Menge Arbeiter, die gerne nach Saudi-Arabien zurückkehren würden, aber nicht dürfen.«

»Ich sehe immer noch Mike Hatchs Leiche von der Decke hängen«, sagte Calvino.

Kambodscha hatte schon wesentlich schlimmere Dinge gesehen als Mike Hatchs Leiche, dachte Pratt. Jahrhunderte des Mordens und Plünderns hatten die Region und ihre Bewohner gezeichnet. Hatch war ein ausländischer Söldner gewesen, der starken, örtlichen Mächten in die Quere gekommen war, die er nur vage begriff. Händler und Bauern hatten ihren Herren zu dienen. Eine direkte Anordnung zu missachten, war gefährlich; einen Herren um sein Hab und Gut zu betrügen, bedeutete das Todesurteil. Hatch war exekutiert worden. Kambodscha war wie der Wilde Westen, nur gab es hier mehr Doc Holidays als Wyatt Earps. Vor hundertzwanzig Jahren war das Leben in Kansas gefährlicher gewesen als in New York. Die Leute vergaßen schnell, dachte Calvino. Sie vergaßen eine Menge, und das war der Grund, warum dieselben Dinge sich immer wiederholen konnten, ohne dass es jemandem auffiel.

Als Calvino in sein Hotelzimmer zurückkehrte, lag Thu mit dem Rücken zur Tür im Bett. Sie wandte den Kopf, als er die Tür hinter sich schloss. »Ich bins nur«, sagte Calvino.

Sie musterte ihn mit schmalen Augen.

»Ich habe einen schlechten Traum«, sagte sie mit klappernden Zähnen.

»Süße, Phnom Penh ist ein einziger Albtraum. Mit schlechten Träumen kann ich leben.«

Er bedauerte sofort, sie angefahren zu haben. Im Moment konnte er sich selbst nicht leiden, weil er so dumm gewesen war, in einer Bar am Washington Square Geld von Patten angenommen zu haben. Er musste nur einen Typ namens Hatch finden und ihm einen Scheck überreichen. So einfach. Er hatte sich zum Narren halten lassen, er hatte sein Kinn einladend ganz weit vorgereckt und gesagt: Schlag mich, schlag mich ganz fest. Gereizt zog er sein Jackett aus und hängte es über eine

Stuhllehne. Patten war tot. Er hatte keinen Klienten mehr. Keinen Fall. Er tigerte auf und ab wie ein Boxer in der Umkleidekabine vor dem Titelkampf. Warum nicht einfach zum Flughafen fahren, den nächsten Flieger nach Bangkok nehmen und einfach alles vergessen, was hier geschehen war? Er scherte sich den Teufel um irgendein verdammtes Collier und die internationalen Beziehungen zwischen Saudi-Arabien und Thailand. Falls er wegen Dr. Veronica noch hier war, dann bestätigte die Schießerei im Krankenhaus nur sein fehlendes Urteilsvermögen, was Frauen betraf. Hatte sie ihm das Leben gerettet, indem sie den Russen erschoss? Oder hatte sie nur jemanden umgebracht, der sie belasten konnte? Er war sich nicht sicher, ob er Lust hatte, es herauszufinden und anschließend mit der Wahrheit zu leben.

Thus Blicke folgten ihm, während er zum Balkon ging und über die Stadt blickte. Er goss sich irgendetwas zu trinken in ein staubiges Glas und schüttete es in einem Zug hinunter. Dann schenkte er sich noch ein Glas ein, sah es angewidert an und schüttete den Inhalt zum Fenster hinaus. Er sah der bernsteinfarbenen Flüssigkeit nach, bis sie drei Stockwerke tiefer auf die Straße platschte.

»Entschuldige, Thu.«

Sie lächelte. Sie hatte gerade ein Bein verloren, aber sie sah ihn an, als ob sie gleich aus dem Bett aufstehen und ihm einen Kuss geben wollte. Ein Lächeln voller Verzeihen und Mitgefühl, das ihn bereuen ließ, dass er sie je eine Hure genannt hatte.

»Hast du Hunger? Möchtest du etwas essen?«

Sie sagte nichts. Er nahm das Telefon ab und bestellte Reis, Schweinefleisch, Huhn, Salat und eine große Flasche Whiskey. Dann setzte er sich ans Bett und nahm Thus Hand in beide Hände. Sie war klein und glatt wie die eines Kindes. Er küsste ihre Fingerknöchel, hob den Kopf und strich ihr mit der Hand übers Kinn.

»Kanntest du Mike Hatch gut?«

Sie nickte.

Da wollte er aufhören, Fragen zu stellen. Aber es gab noch eine, die ihm keine Ruhe ließ. Er hatte sie aufgeschoben. Es war eine Frage, in der es um Sex ging.

»Bist du jemals Mikes Freund begegnet? Einem großen, dicken Mann. Sein Name war Stuart.«

Ihre Augen blinzelten nicht.

»Stuart. Ja, ich habe ihn gekannt.«

Die nächste Frage hätte er gerne jemand anders überlassen, aber es war niemand mehr am Leben, der genügend Informationen besessen hätte, um sie zu stellen. »Hat Stuart einmal in diesem Zimmer gewohnt?«

»Er hat hier gewohnt«, sagte Thu.

»Und ist Mike Hatch hergekommen, um Stuart zu besuchen?«

Sie wirkte einen Moment lang abwesend, als müsse sie nachdenken. Sie hatte so viele Zimmer und Männer gesehen, dass eine Art Computersuche nötig war, um den Zeitpunkt zu lokalisieren, an dem Hatchs und Fat Stuarts Anwesenheit zusammengetroffen waren. Schließlich nickte sie leicht.

Er schluckte schwer. Ihre Hand fühlte sich so kalt an.

»Hast du jemals ein Collier gesehen?« Sie kannte das Wort nicht, deshalb musste er nach einem Stück Papier und einem Stift suchen, um es ihr aufzuzeichnen. Seine Zeichnung hätte genauso gut eine Henkersschlinge darstellen können. »Das ist eine Halskette«, sagte er. »Hat dir Fat Stuart jemals etwas Ähnliches gezeigt?« Er konnte sich vorstellen, dass Fat Stuart versuchte, ein Mädchen, das er gerade aufgegabelt hatte, mit einem Schmuckstück zu beeindrucken.

»Hat mir nie gezeigt«, antwortete sie.

»Hast du mit ihm geschlafen?«

Sie wirkte verwirrt.

»Hast du ihn gefickt?«

Das verstand sie. »Ja. Bumbum.«

»Ich möchte, dass du jetzt ganz scharf nachdenkst, Thu. Mike ist in dieses Zimmer gekommen. Es war Stuarts Zimmer. Stuart ist da hineingegangen«, sagte Calvino und deutete auf das Badezimmer. Er sah, wie ihre Augen seinem Finger zur Badezimmertür folgten. »Stuart ist lange Zeit im Bad geblieben. Und du hast Mike hier gefickt. In diesem Bett.«

»Er hat mich gefickt«, sagte sie geradeheraus.

»Worüber haben Mike und Stuart gesprochen?«

Eine lange Stille breitete sich aus.

»Geld«, sagte sie. Aber es klang nicht überzeugt. Es war, als versuche sie, zu raten oder einfach irgendetwas zu sagen, damit er zufrieden war.

Er legte seine Stirn an die ihre und lauschte ein paar Sekunden lang ihrem Atmen. »Das ist wichtig. Versuch, dich zu erinnern. Erinnerst du dich an irgendetwas, das Hatch und Stuart zueinander gesagt haben?«

»Stuart, er sagt: ›Du vertraust Philippe? Du verrückt, Mann. Er dich isst zum Frühstück. Macht dich fertig. Reißt dich in Stücke.‹« Es klang wie etwas, das Fat Stuart gesagt haben konnte, während er über der Toilette hing und das Formblatt eines Rennpferdes studierte.

Vielleicht war es das Weiseste und Dümmste zugleich, das Fat Stuart je gesagt hatte. Fat Stuart zuzuhören, war so ähnlich gewesen, als hätte man ein Radio schlecht eingestellt, das ständig zwischen zwei Sendern voller überflüssigen Geschwätzes wechselte.

»Bist du einmal jemandem namens Kim begegnet?«, fragte Calvino.

Sie wusste es nicht.

»Du vertraust diesem Kim?«

»Nein, ich vertraue nicht«, erwiderte sie.

Ihrer Ansicht nach war das kein Widerspruch. Kim war jemand, den man nicht kennen musste, um ihm zu misstrauen.

So, wie sich die Lage für Calvino darstellte, gab es mehrere Möglichkeiten. Die erste war, dass Kim die Halskette bereits gefunden und alle Zwischenglieder, die ihn mit dem Verbrechen in Verbindung bringen konnten, eliminiert hatte. Die Zwischenglieder, die Strohmänner, wurden zu Bauernopfern – ein bewährtes Schutzritual –, wenn eine einflussreiche Person spürte, dass ihr der Wind der Macht einer noch einflussreicheren Person ins Gesicht blies. Die Morde an Patten, Hatch und Fat Stuart zeigten, dass Kim nicht gerade erfolgreich vorging. Die Tatsache, dass Calvino Philippe erschossen hatte, fiel unter die Rubrik kosmische Gerechtigkeit.

Die zweite Möglichkeit war, dass Kim von seinen Strohmännern hereingelegt worden war. Das bedeutete ein sicheres Todesurteil. Fat

Stuart hatte das Collier besessen und versteckt. Kim suchte danach wie alle anderen und eliminierte dabei Menschen wie ein Großmeister, der ein paar wichtige Figuren schlägt, bevor er seinen Gegner schachmatt setzt.

Eine Stunde später stiegen Pratt und Calvino vor dem Polizeipräsidium aus Shaws Land-Cruiser. Das Gebäude im Kolonialstil sah aus wie all die anderen heruntergekommenen Ruinen, die als billige Absteigen hätten durchgehen können. Das T-3 war ein Zuchthaus, aber es gab auch ein Untersuchungsgefängnis in Phnom Penh, das hinter dem Polizeipräsidium lag. Vor dem Eingang zum Hauptquartier waren neben der Straße mehrere Reihen von Holztischen aufgestellt, an denen Polizisten in Zivil und Anwohner aus der Nachbarschaft saßen. »Ich kenne den Chef«, sagte Shaw. »Aber vielleicht können wir eine Abkürzung nehmen.«

Der Kies knirschte unter Shaws Füßen, während er kehrtmachte und zum ersten Tisch ging. Alle am Tisch waren schwer bewaffnet. Shaw gab jedem Einzelnen die Hand. Sie schienen ihn zu kennen. Dann winkte er, und Pratt und Calvino setzten sich mit an den Tisch. Shaw übernahm die Vorstellung. Ein Händler in Plastikschlappen und -schürze brachte drei weitere Teller voller brauner, klumpiger Fleischbrocken. Die Khmer sahen zu, wie Calvino den Mund aufmachte und ein Stück Fleisch hineinstopfte. Sie nickten anerkennend und hoben ihre Gläser.

»Jetzt haben Sie einen Stein bei ihnen im Brett, Mr. Calvino.«

»Warum das?«

»Es gibt nicht viele Ausländer, die Hundecurry mögen.«

Calvino hörte auf zu kauen.

»Ach ja? Welche Rasse?« Er hatte noch nie im Leben so sehr den Drang verspürt auszuspucken. Endlich schluckte er. Es fühlte sich an, als ob er ein Schlachtschiff durch die Kehle zwängte.

»Straßenköter Spezial. Nach ein paar Tellern voll entwickelt man einen Geschmack dafür«, sagte Shaw.

»Tatsächlich?«, fragte Calvino.

Pratt begann mit dem Reis und spießte einen dünnen Streifen Fleisch auf seine Gabel.

»Das erinnert mich an New York«, sagte er.

Die Gabel glitt in seinen Mund wie ein Messer durch die Butter. Sie hatten sich am Tisch Respekt verschafft. Einer der Polizeibeamten bestellte sich Hundegekröse.

»Chinatown, vielleicht«, sagte Calvino.

»Es ist der letzte Schrei in Phnom Penh«, sagte Shaw.

»Demokratie am Hund«, meinte Calvino. »Die große TV-Dokumentation.«

»Hirn schmeckt sehr gut«, sagte eine Polizistin. »Macht schlau.«

Ihre Kollegen lachten und gossen sich Whiskey nach.

»Hundenase noch besser«, sagte ein Beamter in gebrochenem Englisch und fasste sich an die eigene Nase. »Hat Biss, aber süßer als Sahnebonbon.«

»Während des letzten Krieges haben die Japaner Kriegsgefangene gegessen«, meinte Shaw.

»Japaner schlechte Mensch«, sagte einer der Polizisten. »Wir nie essen Menschen in Kambodscha. Hund, ja. Kuh, ja. Menschen, kann nicht essen.«

Shaw schwieg einen Moment und schob sich etwas Hundefleisch mit dem Messer auf die Gabel, ganz der stilvolle Engländer.

»Sie wissen nicht zufällig, wo wir einen Gefangenen namens Nuth finden?«

Einer der Beamten rülpste. Der Hundegeruch hing schwer in der Luft. »Nuth? Weiß nicht. Vielleicht. Sie wollen sehen?«

Calvinos Gesetz: Manchmal war man gezwungen, den besten Freund des Menschen zu essen, um den Freund eines Mörders aufzuspüren.

Als sie auf das Gefängnis zugingen, kam der stellvertretende Polizeipräsident in seinem nagelneuen Mercedes vorübergerollt. Er musste sich mit fünfundzwanzig Dollar im Monat über Wasser halten. Das Besondere an der Dritten Welt war, dass Männer in Uniform gut genug mit ihrem Geld umgehen konnten, um sich einen solchen Wagen zu leisten. Das reinste Wunder. Ein Hund in jedem Kochtopf. Ein neuer Mercedes in jeder Garage – die Verheißung der Demokratie. Jedenfalls für einen Mann, der mit Geld umzugehen verstand.

Sie gelangten ohne Probleme direkt ins Gefängnis. Bis auf die Unterhosen entkleidete Gefangene saßen mit leeren Augen an den Wänden aufgereiht, mit herabhängenden Armen, eingesunkenen Wangen. Die meisten waren Anfang zwanzig. In der Mitte lagen ein paar alte Männer auf Matten zusammengerollt, rauchten Zigaretten und hatten vor Kummer gerötete Augen. Die Zellen waren große, düstere Betonbunker voller Bauern; Männer ohne Rang, Familie, Beziehungen oder Macht. Die Art von Männern, die früher keine Nachnamen gehabt hatten. Sklaven kannten nur Vornamen. Der Beamte in Zivil fragte nach Nuth und erklärte, dass er beim Zoll gewesen war. Nach einer Weile stand einer der Gefangenen auf. Es stellte sich heraus, dass er ein Cousin von Nuth war. Shaw gab dem Mann ein Päckchen Zigaretten. Während er die Zigaretten zählte, sprach er in Khmer.

»Was sagt er?«, fragte Calvino.

»Er sagt, dass Nuth im T-3 sitzt«, erwiderte der Polizeibeamte grinsend.

»Die Welt ist klein, was?«, meinte Shaw.

»Und sie wird immer kleiner«, ergänzte Pratt.

15

Das T-3-Gefängnis

Richard Scott wartete vor dem Tor des städtischen Polizeipräsidiums, die Hände nervös in den Taschen seiner Joggingshorts geballt. Ihm schien etwas auf der Seele zu liegen. Drei Khmer gingen die Auffahrt entlang an ihm vorbei. Sie lachten und rülpsten. Ihr Atem war gesättigt vom Geruch nach halb garem Hundefleisch. Oder trug eine leise Brise den Geruch von den Tellern der Garküche ein paar Meter weiter heran? Unmöglich zu sagen. Der Gestank ließ ihn würgen. Er beobachtete die Serviererin, die an den Holztischen neben der Straße bediente. Vielleicht konnte er die üblen Ausdünstungen verdrängen, wenn er sie in Gedanken auszog. Als das nicht funktionierte, legte er im Geist eine Liste der Dinge an, die er an Huren mochte. Er erinnerte sich, dass am Washington Square mal jemand gesagt hatte: »Wenn du mit Noi Schluss machst, dann würde sie nie sagen: Mein Anwalt ruft deinen Anwalt an. Sie würde vielleicht versuchen, dich umzubringen, aber sie würde gar nicht auf die Idee kommen, dich zu verklagen.« Aber keine seiner Konzentrationsübungen reichte aus, um die Botschaft abzublocken, die der gebratene Hund auf den Tellern verbreitete. Der widerliche Gestank des Fleisches zerrte an seinen Magennerven, und er krümmte sich würgend zusammen.

Der Geruch stellte eine simple gefühlsmäßige Verbindung her, dachte er. Jedes Mal, wenn der bestialische Duft des köchelnden Hundes herüberwehte, stieg ihm wieder der übelkeitserregende Schlachthausgestank in Mike Hatchs Zimmer in die Nase. Sein Gehirn übersetzte den Geruch des gebratenen Hundes ständig in dasselbe Bild – Hatch, der zugerichtet von der Decke hing wie ein Stück Vieh, das gleich am Bratspieß landen würde. Wie brachte es jemand fertig, Hund zu essen? Immer wieder redete er sich ein, dass es schließlich nur ein Hund war. Aber das Bild von Hatch ließ sich nicht vertreiben. Als er Calvino und

Pratt entdeckte, die zusammen mit Shaw aus dem Gefängnis hinter dem Polizeipräsidium kamen, winkte er und rannte auf sie zu wie von Furien gehetzt.

»Ich dachte schon, Sie wären verschwunden«, keuchte er. »Das passiert vielen Leuten in Phnom Penh. Einen Moment lang sind sie noch da, und im nächsten ... wer weiß? Braten sie über dem Feuer einer Garküche.«

»Haben Sie jemals gesehen, dass Mike Hatch ein wertvolles Collier bei sich hatte?« Das waren Calvinos erste Worte.

»Ein Collier? Ich weiß, dass er gepiercte Ohren hatte und Brillantohrringe. Aber eine Halskette? Ist mir nie aufgefallen, dass er auf so etwas steht, wissen Sie? Aber offenbar gibt es eine ganze Reihe von Dingen, die ich über Mike Hatch nicht wusste. Wer weiß schon, was er privat getragen hat.«

Calvino starrte ihn unverwandt an. Scott blinzelte.

»Eine Halskette«, wiederholte Calvino.

»Ich erinnere mich an keine Halskette, und an ein Armband übrigens auch nicht. Aber er legte Wert auf Kleidung.«

»Schon mal von angemessener Sorgfalt gehört? Das bedeutet, dass man herausfindet, ob sein zukünftiger Partner ein Arschloch ist«, meinte Calvino.

Scott hörte nicht richtig zu. Hatch war tot, und damit hatte es sich. Ihn interessierte nur noch, am Leben zu bleiben.

»Überall Polizei«, sagte Scott. »Und wer stellt im Polizeipräsidium die Fragen? Ein amerikanischer Privatdetektiv. Und warum sollte der sich bei mir nach einem Collier erkundigen?«

»Weil er ein neugieriger Mensch ist«, antwortete Shaw.

»Schon möglich. Aber es ist ungesund, seine Nase in fremder Leute Angelegenheiten zu stecken«, sagte Scott.

»Das trifft für Hunde zu. Vielleicht auch für Hatch, Patten und Fat Stuart. Und an Ihrer Stelle würde ich mich fragen, ob ich nicht der Nächste bin, Richard«, meinte Calvino. »Schließlich sind die meisten Ihrer Geschäftspartner inzwischen tot.«

Diese Beobachtung gefiel Scott ganz und gar nicht, und er versuchte, sich darüber klar zu werden, ob sie als persönliche Drohung gemeint war. Scott rümpfte die Nase und seufzte, als wäre er in einem Endspurt, den er zu gewinnen gehofft hatte, Letzter geworden.

»Mike und ich waren keine Schmuckfetischisten, wenn Sie das meinen«, sagte er.

Pratt folgte dem Wortwechsel zwischen Scott und Calvino, wobei er jede kleinste Bewegung der Gesichtsmuskeln zu interpretieren versuchte, Veränderungen in Scotts Tonfall, seiner Körperhaltung – Worte waren nur ein Teil des Gesamtpakets. Ein Thailänder verarbeitete Informationen in Stereo, dachte er. Menschen aus dem Westen legten meist viel zu viel Gewicht auf das gesprochene Wort. Pratt stellte sich die Frage, warum Scott auf sie zugekommen war. Weil er Angst hatte? Oder aus einem anderen Grund? Schließlich mischte er sich ein.

»Hat Ihnen nie jemand gesagt, dass Fat Stuart und Mike Hatch ein Nebengeschäft laufen hatten?«

»Das musste mir keiner sagen«, erwiderte Scott. »Natürlich hatte ich den Verdacht, dass sie noch andere Geschäfte laufen hatten. Keine Ahnung, was. Aber es hatte nichts mit mir zu tun.« Pratt hörte einen Anflug von Gekränktheit heraus, als ob es Scott störte, dass man ihn ausgeschlossen hatte. »Ich habe es auf sich beruhen lassen«, fuhr Scott fort. »Das war nur vernünftig. Es kann ungesund sein, wenn man zu sehr nachbohrt, finden Sie nicht?«

»Es kann einen umbringen«, sagte Calvino.

Unter den gegebenen Umständen war es mehr als vernünftig gewesen; sein vollständiger Mangel an Neugier hatte Scott das Leben gerettet. Er wusste nichts von dem Nebengeschäft. Unvermittelt verloren die drei Männer das Interesse an ihm. Scott spürte es sofort.

»Habe ich etwas Falsches gesagt?«, fragte er.

»Nein, alles in Ordnung«, sagte Calvino.

»Was ist das für eine Geschichte mit dem Collier?«, fragte Scott.

»Vergessen Sies«, riet Calvino.

»Ein gutes Gedächtnis ist in Kambodscha nicht gesundheitsfördernd. Schließlich haben die Khmer Angkor Wat fast sechshundert Jahre lang vergessen. Vielleicht haben Sie Recht«, meinte Scott.

»Was wollten Sie von uns?«, fragte Pratt.

Ein Lächeln glitt über Scotts Gesicht.

»Ich hatte gedacht, das würden Sie als Erstes wissen wollen.«

»Und die Antwort?«, fragte Shaw.

Calvino und Pratt wechselten einen Blick.

»Ich wollte Ihnen etwas über Nuth erzählen.«

Ein Ruck ging durch die drei Männer, und sie verstummten. Scott gefiel das. Er hatte die Situation unter Kontrolle gebracht. Sofort erkannte er, dass er das Richtige zum richtigen Zeitpunkt gesagt hatte.

»Erzählen Sie uns von ihm«, sagte Pratt.

Sie kehrten um und setzten sich an einen freien Holztisch. Die Servierin nahm ihre Getränkebestellung entgegen, aber niemand verlangte Hund spezial. Scott ließ sie zappeln, bis die Getränke kamen, dann trank er ein halbes Tiger-Bier in einem Zug direkt aus der Flasche.

»Ich hatte etwas mit seiner Schwester«, sagte Scott. »Sie betreibt einen Stand draußen auf dem russischen Markt. Sie hat den brennenden Wunsch, Sprachen zu lernen. Ich habe mich als Englischlehrer angeboten. Nicht dass ich der erste Freiwillige gewesen wäre, und überflüssig zu erwähnen, dass ich nicht der Letzte sein werde. Wissen Sie, sie hat so ein Buch, in dem sie alles nach Ländern aufgeteilt hat.« Er trank sein Bier aus und bestellte noch eines. »Dann wurde die Sache ein bisschen ernster. Über die Lehrer-Schüler-Beziehungen hinaus.«

»Beziehungen?«, fragte Pratt.

»Ich habe sie ein paar Mal gefickt«, sagte Scott und setzte die frische Flasche Tiger-Bier an den Mund. »Und dann wurde sie plötzlich dreist. Sie wollte, dass ich sie heirate. Sie wegbringe aus Kambodscha. Na ja, ich habe ihr gesagt, dass sich das nicht ganz mit meinen Vorstellungen deckt. Egal, irgendwann habe ich jedenfalls ihren jüngeren Bruder kennen gelernt, Nuth.«

»Nicht Cousin?«, fragte Pratt.

»Cousin, Bruder, Vater«, erwiderte Scott. »Die Abstammungslinien sind in diesem Land etwas verwickelt. Das Entscheidende ist, als ich mit ihr Schluss machen wollte, das war etwa um die Zeit, als ich Mikes Harley vom Zoll holen sollte. Nuth hatte beschlossen, ein wenig persönliche Rache zu üben. Das war dumm von ihm. Er ist ein durch und durch dummer Mensch. Es war nämlich alles schon im Voraus arrangiert. Er konnte keine Forderungen stellen. Das wusste ich. Warum dann nicht er? Es ist doch sein Land. Er hätte es wissen müssen. Stattdessen ist er gleich auf mich los. Ganz direkt. Da habe ich das einzig Vernünftige getan. Ich habe angerufen. Mike hatte mir eine Telefonnummer aufgeschrieben, falls es Schwierigkeiten geben sollte. Ich hatte mich geweigert, ohne irgendeine Art von Rückendeckung zum Flughafen zu fahren. Ich mag Waliser sein, aber ich bin nicht total verblödet. Ich habe lange überlegt. Ich wusste, dass Nuth in ernsthaften Schwierigkeiten stecken würde, wenn ich telefonierte. Ich habs ihm gesagt. Ich habe ihn gewarnt. Er wollte Geld, weil ich seine Schwester gefickt hatte. Ich versuchte, ihm zu erklären, dass ich ihr Englisch beigebracht hatte. War ihm egal. Ich hätte sie und die Familie entehrt. Sie wollte einen Ehemann. Sagen wir, die Lage wurde etwas gespannt. Also rief ich an, und bald darauf verschwand Nuth. Er trug Handschellen und war stinksauer. Na ja, vielleicht eher verängstigt als stocksauer. In dem Moment hätte er mich am liebsten umgebracht. Da fickt man die Schwester, und ehe man sichs versieht, gehen sie mit dem Hackebeil auf einen los.«

»Können Sie ihn identifizieren?«

Scott lächelte. »Natürlich kann ich. Deshalb bin ich hier. John hat gesagt, dass Sie nach ihm suchen.«

Calvino und Pratt sahen Shaw an.

»Ich denke, wir sollten Richard bitten, uns ins T-3 zu begleiten«, sagte Shaw. »Er könnte sich doch noch als nützlich erweisen.«

»Ich habe ein Bild von ihm, wenn das hilft«, sagte Scott. Er zog eine Fotografie aus seinen Joggingshorts und legte sie auf den Tisch. Auf dem Bild waren Scott, Sitha, die Frau vom russischen Markt, und ein kakaobrauner männlicher Khmer zu sehen. Das war Nuth. Alle drei lächelten in die Kamera. Es war ein typischer Schnappschuss, der die Vergangenheit einfing – voller Lachen und der Verheißung von Glück und

Unsterblichkeit. Keine Fotografie konnte die Zukunft zeigen, aber jeder wusste, welche Bilder sie bringen würde – von Verlust, Verzweiflung und Angst.

Sie hatte die bloßen Knöchel, von denen sich hinten die sonnenverbrannte Haut abschälte, ineinander gehakt und beugte den Kopf über den Laptop in ihrem Schoß. Auf dem Podium las ein UNTAC-Presseoffizier in weißem Hemd und Krawatte wie ein Schullehrer von seinen Notizen ab. Er berichtete von Treffen zwischen verschiedenen politischen Gruppierungen. Nachdem er fertig war, bat er darum, Fragen zu stellen, und mehrere Hände schossen in die Höhe. Er bekam eine Frage über das Komitee gestellt, das verantwortlich für den Entwurf der neuen kambodschanischen Verfassung war. Er war mitten in der Antwort, als Calvino die Marmortreppen zum Pavillon des UNTAC-Hauptquartiers hinaufstieg. Er ließ den Blick über die Reporter schweifen, die sich diese Gemeinplätze über Recht und Gesetz anhörten; glatte, geschliffene Kommentare, die wenig mit der Realität in Phnom Penh oder auf dem Land zu tun hatten. Er erblickte sie in dem Moment, als sie von ihrem Computer aufsah. Er ging zu Carole Summerhill-Jones, der Auslandskorrespondentin des *San Francisco Chronicle,* und ließ sich neben ihr nieder.

Sie warf ihm einen Seitenblick zu, ohne dass das Geklapper ihrer Tastatur sich verlangsamt hätte. Ihr Gesicht war konzentriert wie das einer Studentin, die mitschreibt, was in der Abschlussprüfung drankommen wird. Klick, klickedi-klick. Das Tastaturgeklapper wetteiferte mit der kultivierten englischen Stimme des UNTAC-Pressesprechers. Calvino dachte daran, dass Leute wie Carole als einziges Interface zwischen San Francisco und Phnom Penh fungierten. In vierundzwanzig Stunden würden Menschen in San Francisco beim Frühstückskaffee ihre Story lesen und denken, dass die UN Gerechtigkeit, Verfassung und westliche Werte auf die Felder des Todes gebracht und Gesetz und Ordnung wiederhergestellt hatte, sodass Frieden im Land einkehren konnte. Dass das absoluter Blödsinn war, hinderte Carole nicht daran, die Geschichte in ihren Computer zu tippen und loszuschicken. Sie hatte einmal gesagt, dass Korrespondenten nicht dafür bezahlt wurden, Wahrheiten zu formulieren. Es gab keinen Markt für Realitäten – was sich verkaufte, war die Fiktion.

»Deine Tippfähigkeiten sind beeindruckend«, sagte Calvino.

»Meine anderen Fähigkeiten wohl nicht?«, fragte sie, ohne einen Takt auszulassen.

»Was würdest du von einer echten Story halten? Einem Knüller.«

»Wie kommt es, dass ich jedes Mal ›Hundescheiße‹ denken muss, wenn du das Wort Knüller in den Mund nimmst?«, fragte sie.

»Vielleicht hattest du als Kind Probleme in der analen Phase«, sagte er.

»Möchtest du nichts über neulich Nacht sagen?«

»Ich werde deine Perlen niemals vergessen«, sagte er.

»Ist das alles?«

»Und die Regenhaut, die du meinem Revolver übergestreift hast.«

»Ich rede von einer Entschuldigung dafür, dass du mir Geld in die Handtasche gestopft hast. Herrgott, ich bin in meinem ganzen Leben noch nicht so gedemütigt worden.«

»Du meinst, es war zu wenig?«

»Calvino, tu dir einen Gefallen: Geh nie in die Staaten zurück. Du würdest keinen Tag lang überleben.«

»Vielleicht ein Nacht lang?«

Sie verzog den Mund zu einem schmallippigen Lächeln.

Er blickte ihr über die Schulter und las auf dem Bildschirm, was sie geschrieben hatte. Er roch ihr Parfum, dasselbe, das sie in seinem Zimmer aufgelegt hatte, und einen Moment lang wünschte er sich, wieder mit ihr dort zu sein. In jedem zweiten Satz ging es um Menschenrechte, und er dachte an Sex. Calvino lehnte sich zurück und hörte zu, wie der Pressesprecher einen weiteren Fragesteller aufrief. Diesmal ging es um das Räumen von Landminen in den Provinzen.

»Wie hoch ist die Zahl der Landminenopfer?«

»Randy, darf ich Ihnen die genaue Zahl später übermitteln?«

»Einverstanden, aber welche Fortschritte sind bei der Minenräumung gemacht worden, und wie steht es mit der Zusage der UNTAC, Kambodscha beim Abzug minenfrei zu hinterlassen?«

Der UNTAC-Mann wirkte betreten.

»Hör dir diesen Mist an«, flüsterte Carole.

»Unser Mandat ist es, freie Wahlen zu gewährleisten. Wenn das kambodschanische Volk seine eigenen Repräsentanten gewählt hat, werden diese sich mit einer Anzahl drückender und eiliger Probleme befassen. Das schließt die Räumung von Landminen ein. Der UNTAC fällt die Rolle zu, die kambodschanischen Behörden zu unterstützen, aber letzten Endes fehlen uns das Personal und die Mittel, um Kambodscha von dieser Hinterlassenschaft des Krieges zu befreien.«

»Willst du mit ins T-3?«, fragte Calvino.

»Kaum zu glauben, dass dieser Kerl mal Korrespondent war«, sagte Carole.

»Er besorgt das doch ganz gut«, meinte Calvino.

»Ich lasse es mir gerne besorgen. Das macht wenigstens Spaß. Aber das hier ist mir zu steril.«

»Ich bin bereit, wenn du bereit bist.«

Sie fuhr den Computer herunter und klappte den Bildschirm zu.

»Ich bin immer bereit. Warum nicht jetzt?«

»Ich rede vom T-3.«

Sie starrte ihn einen Moment lang an. »Du verheimlichst mir irgendetwas. Oder willst du sagen, dass du heute einfach nichts Besseres zu tun hast?«, fragte sie.

»Was kümmert es dich, solange du deinen Exklusivbericht bekommst?«

Falls sie die Story überhaupt wollte. Er hatte sie herausgefordert. Es gab verschiedene Möglichkeiten. Vielleicht war sie ebenso wenig Auslandskorrespondentin wie er selbst und stand mit den Leuten in Verbindung, die nach den Saudi-Juwelen suchten. Oder sie war echt und hatte Angst, ins T-3 zu gehen. Welche Sicherheiten hatte man als Korrespondent an einem Ort wie Phnom Penh? Simple Antwort: Gar keine.

»Gehen wir, Calvino«, sagte sie und sprang von dem Sims, auf dem sie gesessen hatte, bereit, ihm voran die Stufen hinabzulaufen.

Er hatte gehofft, dass ihre Antwort so lauten würde. Aber während sie den Pavillon verließen, dachte sie an die Nacht, die sie gemeinsam verbracht hatten. Sie hatte sich gefragt, ob er ihr jemals den versprochenen T-3-Knüller liefern würde. Sie blieb stehen. Der Gedanke machte sie nervös, die sichere Pressekonferenz zu verlassen und sich mit weit gefährlicheren Leuten einzulassen, als es Calvino im Monorom-Hotel gewesen war. Er benutzte sie – so viel sagte ihr der Instinkt des Frontberichterstatters, aber damit konnte sie leben. Sie kämpfte mit sich. Er entfernte sich schnell. Sollte sie bleiben? Sie hatte sich geschworen, sich nicht in zu tiefes Wasser zu begeben. Calvino war ein gefährlicher Mann. Einer, dessen Urteilsvermögen im Bett vielleicht besser war als in einem Dritte-Welt-Gefängnis, das für Außenstehende gesperrt war.

Calvino hielt inne und sah sie oben am Treppenabsatz stehen.

»Hast du es dir anders überlegt? Hier zu sitzen und mitzuschreiben, ist risikoloser, stimmts? Warum solltest du dein Leben aufs Spiel setzen?«

Sie holte tief Luft und versuchte, ihren Ärger zu bezähmen. Sie fing an, bis zehn zu zählen, wie es ihr Vater ihr als Kind beigebracht hatte; sie war selten weiter als vier oder fünf gekommen, bevor sie explodierte. Bei Calvino schaffte sie es bis drei, bevor sie auf ihn losging.

»Du glaubst, nur weil ich eine Frau bin, wäre ich feige, nicht wahr? Männer sind hart und mutig. Frauen sollten an ihrem angestammten Platz bleiben. Ich habe eine Botschaft aus der Heimat für dich, Vincent. Das hat sich geändert. Frauen haben keine Angst.«

»Ich habe die meiste Zeit Angst«, sagte er, als sie mit ihrem Laptop die Treppen herunterkam und neben ihm in Gleichschritt fiel. »Ich habe immer gedacht, die Angst sei meine beste Freundin. Dadurch habe ich überlebt.«

»Angst ist weiblich?«

»Ja, weil sie die wahre Natur des Mannes kennt.«

Carole lächelte. »Du bist ein raffinierter Hund.«

Shaw saß am Steuer des Land-Cruiser und trank Kaffee aus einem Styroporbecher. Er parkte in zweiter Reihe vor der Kantine. Pratt betrachtete durch das Fenster ein Dutzend Soldaten, die an Tischen saßen und Kaffee zu ihren Donuts, Hamburgern und Pfannkuchen tranken. Er wunderte sich, wie sie dieses Essen hinunterbekamen. Hier barsten die Tische vom Überfluss, und in dem Land, dem sie den Frieden bringen sollten, hatten viele Menschen wenig oder gar nichts zu essen. Er wurde aus seinen Gedanken gerissen, als Shaw ihn anstieß und Calvino zuwinkte.

»Shaw ist der Mann, der uns Zutritt verschafft«, sagte Calvino, während sie auf den Land-Cruiser zugingen. Carole warf Calvino einen scharfen Blick zu.

»Nein, du musst ihn nicht dafür ficken«, versprach er.

»Ich habe mich geirrt, was dich betrifft. Du bist kein Mistkerl. Das wäre eine Beleidigung für alle Mistkerle. Du hast …«

»Recht«, beendete er ihren Satz.

»Aber du hättest es nicht unbedingt aussprechen müssen.«

Calvino stieg bei Pratt ein, der in seiner thailändischen Polizeiuniform und blauem Barett auf dem Rücksitz saß, und Carole setzte sich nach vorne neben Shaw. Calvino übernahm die Vorstellung, und wenige Augenblicke später hatten sie die Sperre passiert, verließen das UNTAC-Hauptquartier und schlugen den Weg zum T-3-Gefängnis ein. Die kurze Fahrt verlief wortkarg. Auf den Straßen herrschte nur lockerer Verkehr. Carole schmollte. Sie zündete sich eine Zigarette an und fuhr das Fenster herunter. Die Spitze ihrer Zigarette glühte hellrot im Fahrtwind.

»Alles in Ordnung, Miss Summerhill-Jones?«, fragte Shaw.

Sie wandte den Kopf und sah ihn an. »Ich hatte schon bessere Tage«, meinte sie.

Er beließ es dabei. Dann erreichten sie das Gefängnis, und Shaw stellte den Land-Cruiser ab.

»Über dem T-3 hängt seit Zeiten eine Wolke so schwarz wie das Dach der Hölle«, sagte Shaw in einem Anfall irischer Eloquenz.

Im Unterschied zu Angkor Wat war das Gefängnis nicht sechshundert Jahre lang verschwunden gewesen. Es schien schon immer mitten in Phnom Penh gestanden zu haben. Die Franzosen hatten diesen riesigen kolonialen Käfig errichtet. Vielleicht war es leichter, einen Tempel zu vergessen als ein Gefängnis. Strafe im Jenseits mochte ihre Schrecken haben, aber die konnten nicht mit den Bestrafungen konkurrieren, die in diesem Leben verhängt wurden, dachte Calvino.

Shaw erzählte, dass die Franzosen die Tradition eingeführt hatten, die Khmer-Gefangenen auf eine Diät aus rotem Reis zu setzen, ihnen den Kopf zu scheren und sie beim ersten Tageslicht zum Gebet zu wecken. Diese Tradition hatte die Kolonialzeit überlebt. Das Gefängnis war möglicherweise eines der dauerhaftesten Relikte der französischen Kolonialgeschichte. Calvino überlegte, in welchem anderen Land man die Menschen fünfzig Jahre bevor die ersten Schulen gebaut wurden, schon ins Gefängnis gesteckt hatte. Es fiel ihm keines ein. Vielleicht war nach den Theorien des neunzehnten Jahrhunderts Einkerkerung für die französische Kolonialpolitik besser als Khmer-Erziehung. Die Franzosen hatten die Kolonialverwaltung mit Vietnamesen besetzt. Vietnamesen waren gute Bürokraten. Jetzt waren die letzten zurückgebliebenen Vietnamesen auf der Flucht. Fischer und Huren. Die Geschichte des T-3 belegte Calvinos Gesetz des Kolonialismus – Nächstenliebe begann zu Hause, aber was die Kolonien betraf, war sie auch zu Hause geblieben. Nach dem Rückzug der Franzosen 1953 fiel das Gefängnis in die Hände der Khmer.

Sie blieben noch ein paar Minuten im Wagen sitzen und betrachteten den Steinklotz. Einer der bleibenden Schrecken der Kolonialzeit war in der Architektur ihrer Gefängnisse eingefangen. Sie waren Lagerhäuser für Einheimische, die darin genauso behandelt wurden wie seit Jahrhunderten – als Tiere. Die Ironie der postkolonialen Periode lag darin, dass Befreiungsbewegungen sich nie die Mühe machten, die Gefängnisse abzureißen. T-3 hatte das Jahr null überlebt. Es war ein Gefängnis, das die Franzosen gebaut hatten, um die Khmer zu terrorisieren und wie Vieh zu behandeln, und diesem ursprünglichen Zweck diente es immer noch.

Shaw war sehr betroffen von dieser Geschichte. Im Land-Cruiser sagte er: »Wissen Sie, die Briten haben T-3-Gefängnisse in Irland gebaut. Wie kann man einem Volk verzeihen, das einen hinter hohe Mauern sperrt, nur weil man nach Freiheit strebt? – Aber wir können nicht alles Unrecht dieser Welt wieder gutmachen, oder?«

Niemand im Wagen wusste eine Antwort auf diese Frage, die ihrer Natur nach nicht beantwortet werden konnte.

Shaws Plan war schlicht und elegant. Er hatte während des vergangenen Jahres dem T-3 regelmäßig einmal pro Woche – und, wenn er Urlaub hatte, auch öfter – einen Besuch abgestattet. Inzwischen kannte er alle Wächter, Offiziere und den Kommandanten. Er hatte ein Jahr lang Vertrauen und Freundschaft auf seinem Konto angesammelt, die er sich mühsam mit vielen besonderen Gefallen für die befehlshabenden Offiziere erworben hatte. Auch die Wachen hatte er nicht vergessen. Jetzt hatte er genügend Vorschuss an gutem Willen angehäuft, um sein Vorhaben durchführen zu können. Er konnte all die kleinen Gefälligkeiten von Zigaretten und Whiskey einfordern. Sein Gesicht war bekannt, sie vertrauten ihm, und er brachte sie mit einfachen Scherzen zum Lachen. Niemandem im T-3 würde es einfallen, ihn aufzuhalten und Fragen zu stellen.

Er überlegte, ob es ratsam war, Pratt mitzunehmen. Würde er ihr UNTAC-Image noch verbessern? Oder würde seine Anwesenheit Fragen aufwerfen wie: Ist das eine Art offizielle Visite? Aber er konnte Pratt ja schlecht ausladen.

Pratts Gedanken waren in ähnlichen Bahnen verlaufen, und er sprach es als Erster aus.

»Vielleicht warte ich besser im Wagen. Noch eine Uniform mehr könnte sich als Hemmnis erweisen«, sagte er.

Calvino warf einen Blick zurück auf Pratt. »Oder es könnte Ihnen noch mehr Ehrfurcht einflößen«, meinte er.

»Sie fürchten Autorität. Ich habe keine in Kambodscha.«

Er hatte Recht, und Shaw und Calvino wussten es.

»Außerdem, sollte etwas schief gehen, kann ich Unterstützung anfordern. Ich glaube nicht, dass ihr sie brauchen werdet, aber vielleicht fühlen sich dann alle etwas besser.« Er nickte zum Funkgerät hin.

»Gute Idee«, sagte Carole.

Respektabilität und Furcht waren Variablen einer asiatischen Gleichung, wenn es darum ging, Handlungsoptionen festzulegen. Aber ein Blick auf das von den Franzosen erbaute Gefängnis zeigte, dass dieser Prozess sich auch im westlichen Denken widerspiegelte.

Shaws Plan war ganz einfach – Calvino und Carole würden sich als zwei von der UNTAC akkreditierte Korrespondenten ausgeben, denen Shaw auf seiner routinemäßigen Tour die Stadt zeigte. Dies war nur einer von mehreren Zwischenstopps auf ihrer Runde. Er würde sagen, dass es ein spontaner Einfall gewesen war, das T-3 in die Rundfahrt mit einzuschließen. Shaw wollte es so darstellen, dass die Welt an die schlimme Erblast der französischen Kolonialzeit erinnert werden musste, die großenteils für den gegenwärtigen Zustand Kambodschas verantwortlich war.

»Klingt zu intellektuell für Gefängniswärter. Was, wenn sie es Ihnen nicht abkaufen?«, fragte Carole.

Shaw seufzte. »Wenn Sie natürlich Angst haben, dann sollten Sie nicht hineingehen.«

»Ich habe nicht gesagt, dass ich Angst habe«, fauchte sie. »Herrgott, muss denn jeder seine eigenen Ängste auf mich projizieren?«

Shaw linste zu Calvino und Pratt auf dem Rücksitz, die beide ein Pokergesicht aufgesetzt hatten.

»Er meint, dass es ganz bei dir liegt«, sagte Calvino.

Carole drehte sich im Sitz um.

»Ihr Männer in Asien benutzt Frauen andauernd, sodass ihr gar nicht mehr merkt, dass Frauen sich nicht gerne benutzen lassen. Ich sehe nicht ein, dass ich jeden Bockmist akzeptieren soll, bloß weil ihr das gerne hättet. Das bedeutet nicht, dass ich Angst habe. Es heißt nur, dass ich eine Ahnung haben möchte, was passiert, wenn etwas schief geht.«

Es war Pratt, der reagierte. Das überraschte Shaw. Thailänder vermieden Konfrontationen, das lag ihnen im Blut, außer, man drängte sie in die Ecke. Und niemand konnte behaupten, dass jemand durch diesen kleinen Wutausbruch in die Ecke gedrängt worden war. Pratt erkannte etwas anderes hinter Caroles Wunsch nach Gewissheit. Eine Schwäche des westlichen Denkens, immer nach der klaren, definitiven, endgültigen Antwort zu suchen. Ein Flug, getragen von Logik und Vernunft, aber durchgerüttelt von den Seitenwinden der Verwirrung, der Unsicherheit und der Zweifel beim Überschreiten der Gefahrenschwelle, wenn Himmel und Erde ineinander flossen und jedes Gefühl für den Horizont abhanden kam.

»›... lasst euer eignes Urteil euren Meister sein: passt die Gebärde dem Wort, das Wort der Gebärde an‹«, sagte Pratt, aus Hamlet zitierend. Wenn er die Weisheit von Shakespeares Worten betrachtete, fragte er sich manchmal, ob der Dichter in einem früheren Leben nicht Thai gewesen war.

»Der Colonel kennt seinen Shakespeare«, sagte Shaw.

Natürlich kannte er seinen Shakespeare, denn die Blutfehden des Feudalismus, von denen Shakespeare erzählte, unterschieden sich kaum vom sozialen und politischen Terrain Südostasiens. Splittergruppen, Kriegsherren, Verrat, geteilte Loyalitäten, Lehnsmänner, Diener, alles vor der Kulisse eines ewigen Konflikts, ausgetragen auf den Schultern eines jeden, der die Bühne der Tragödie betrat. Pratt hatte Shakespeare als asiatischen Dramatiker adoptiert, genauso, wie er Calvino in seine eigene Familie aufgenommen hatte.

»Sie können hier bleiben. Geben Sie mir Ihre Kamera. Ich mache die Fotos«, sagte Pratt. »Niemand hier wird jemals verraten, dass Sie sie nicht selbst aufgenommen haben. Die Anerkennung wird Ihnen allein zuteil werden.«

Aber sie hatte bereits die Tür aufgestoßen und war halb aus dem Auto.

»Ich tue meine Arbeit selbst, Colonel. Aber vielen Dank«, sagte sie und knallte die Tür zu.

»Ich gebe auf sie Acht«, sagte Calvino, als er ausstieg.

»Ich glaube, sie kann auf sich selbst aufpassen«, erwiderte Pratt.

Calvino drehte sich noch einmal zu Pratt um und lächelte ihm zu. »Dann kann sie vielleicht auch auf mich Acht geben.«

Shaw sah mit seinen langen, nackten Beinen, die aus den blauen Shorts herausragten, wie ein Pfadfinderführer aus. Er trat durch die Maschendrahttür im Zaun und ging lächelnd mit ausgestreckter Hand auf ein halbes Dutzend Wärter zu, die um eine Holzbank herumlungerten. Daneben standen Honda-Motorräder auf einem Schotterweg geparkt. Calvino und Carole betraten hinter Shaw das Gelände des T-3-Gefängnisses. Sie befanden sich in einem Niemandsland ungepflegten Grases, das zwischen dem äußeren Stacheldrahtzaun und der Gefängnismauer verlief.

Das T-3 war eine Festung aus dem neunzehnten Jahrhundert mit acht Meter dicken Mauern. Der Putz bröckelte ab und entblößte rote Backsteine, die wie eine offene Wunde unter der Haut lagen. Shaw hatte Plastiktüten aus dem PX-Laden mitgebracht. Er griff hinein und begann, Zigaretten an die Wachen zu verteilen. Die Gefängniswärter wirkten gut genährt und entspannt. Sie waren auf ihrem ureigensten Terrain. Sie riefen Shaw beim Namen. Umringten ihn, um ihre Beute in Empfang zu nehmen. Sie griffen begierig nach den Zigaretten und stopften sie sich in die Taschen. Es war ein Reflex wie von Obdachlosen im Park, die nach allem griffen, einfach, weil es da war. Das Ass im Ärmel der T-3-Wärter hieß Macht – sie hatten genügend politische oder familiäre Beziehungen, um eine Uniform, eine Arbeit und Status zu erlangen. Sie waren jemand in einer Gesellschaft, in der sonst fast jeder ein Niemand war. Ein Niemand zu sein, bedeutete, Opfer zu sein und niemals ohne Angst auf die Straße zu gehen. Sie grinsten Shaw an, während er den Arm um die Schulter eines Offiziers legte, der im Kreis der Wärter gestanden hatte.

»Das sind Freunde von mir, Tap«, sagte er zu dem Khmer-Offizier und drückte freundschaftlich seine Schulter. »Sie würden sich gerne ein bisschen umsehen. Ich dachte, Sie könnten ihnen da vielleicht behilflich sein.« Shaw überreichte dem Offizier eine Flasche Johnny Walker Red in einer braunen Papiertüte.

Tap, der Dienst habende Offizier vom T-3, spähte in die Tüte, und sein Grinsen verwandelte sich in ein breites Lächeln, das seine unteren Schneidezähne in der Farbe von versteinerten Knochen entblößte. Die Sonne stand gerade richtig, dass seine Augen in ihren Strahlen glitzerten. Er hatte gerade mehr als ein Monatsgehalt eingestrichen. Aber das hielt ihn nicht davon ab, eine offiziöse Haltung einzunehmen, Calvino und Carole eingehend zu mustern und ihre UNTAC-Presseausweise zu inspizieren. Schließlich musste er seiner Pflicht Genüge tun.

»Sie haben Brief?«, fragte Tap mit schiefzähnigem Grinsen. »Vorschrift sagt, Sie müssen haben Brief. Kein Brief, dann Problem.«

Calvino stand mit den Händen in den Taschen da.

»Es war keine Zeit, einen Brief zu besorgen«, sagte Shaw. Der korrekte Dienstweg hätte bedeutet, dass Calvino und Carole schriftlich beim Justizministerium um eine Genehmigung zum Besuch des T-3 nachsuchten. Das wäre Zeitverschwendung gewesen, denn noch nie war jemandem offiziell der Zutritt gestattet worden.

»Hier ist ein Brief«, sagte Calvino und drückte dem Offizier zwei Zwanzigdollarscheine in die Hand.

Shaw klopfte Tap auf den Rücken. Tap starrte lange und scharf das Geld an, dann hob er den Blick zu Calvino, der grinste, und zu Carole, die die Stirn runzelte. Sie wirkten wie ein Ehepaar, das sich gerade gestritten hatte.

»Seine Frau?«, fragte Tap und deutete auf Carole.

Shaw nickte.

Carole würgte den Aufschrei hinunter, dass sie niemals, auch nicht unter Todesandrohung, Vincent Calvino heiraten würde. Aber die Fotos waren zu wichtig, also blieb sie still. Sie ergriff Calvinos Hand und drückte sie fest.

»Wir sind in den Flitterwochen«, sagte sie. »Nicht wahr, Schatz?«

Calvino nickte dem Offizier zu.

»Wenn sie ein Baby bekommt, nennen wir es Tap«, sagte Calvino und tätschelte ihr den Bauch. Er sah, wie ihr das Blut aus dem Gesicht wich. Sie wirkte so blass, dass niemand sie als eine Bedrohung ansehen konnte.

Tap ging ein paar Schritte weg, um seinen PX-Fang zu verstauen. Als er zurückkam, hatte er ihnen die Geschichte entweder abgekauft oder beschlossen, dass er nicht viel zu befürchten hatte. Er nickte und bedeutete Shaw weiterzugehen. Schnell betraten sie das T-3-Gefängnis durch eine Öffnung in einer hohen Betonmauer, die auf die andere Seite des Festungswalls führte. Dann waren sie auf dem riesigen, abgeschlossenen Gelände. Rechts führte eine Abzweigung zu einer Quarantänestation, wo Gefangene mit nacktem Oberkörper und eingefallenem Brustkorb Blut in den Dreck spuckten.

»Tuberkulosestation«, sagte Shaw. »Fotos gefällig?«

Carole hob die Kamera, setzte einen Fuß in die Tb-Kolonie und schoss in schneller Folge ein Dutzend Fotos.

Noch weiter rechts lag ein großer Gefängnisgarten, wo mehrere weibliche Gefangene sich unter Strohhüten über die Gemüsebeete bückten. Ein paar kleine Kinder tummelten sich in der Nähe, spielten und lachten, als wären sie in einem Park. Mütter, die ins Gefängnis geworfen wurden, brachten ihre Kinder mit. Das T-3 war eine Seite aus Dickens' England des neunzehnten Jahrhunderts. Praktische Erwägungen gingen vor rechtlichen Bedenken. Wer sonst sollte sich um die Kinder kümmern, wenn nicht die Mütter? Shaw ging einen Schritt voraus und führte so Tap unauffällig dahin, wo er wollte. Er blieb bei einer Gruppe von weiblichen Gefangenen stehen, die Waschdienst hatten – ihre Aufgabe war es, die Wäsche der Wärter zu säubern. Das war ein weiterer Vorzug des Jobs als Wärter – kostenlose Wäsche. Die Frauen waren zu verschüchtert, um etwas zu sagen. Sie konzentrierten sich ganz auf ihre Eimer voll Seifenwasser. Aus erschöpften Gesichtern warfen sie den Besuchern schnelle Seitenblicke zu und sahen genauso schnell wieder weg. Jedes Starren hätte sie in Schwierigkeiten gebracht, nachdem die Besucher gegangen waren. Ihre Lage war eine perfekte Illustration des Verhältnisses zwischen Macht und Ohnmacht; zwischen ganz Oben und ganz Unten. Die Frauen lächelten, als Carole sie fotografierte. Dann bugsierte Shaw sie um eine Ecke, und sie betraten einen Gewölbegang. In dem unbelüfteten Korridor hing schwer der Gestank von auf engstem Raum zusammengepferchten Menschen. Sie waren hinter schweren Eisentüren weggesperrt, die mit Riegeln und Vorhängeschlössern gesichert waren. Die winzigen, darin eingelassenen Gitterfenster sahen so aus, als wären sie nachträglich eingebaut worden.

»Können wir hier einmal reinschauen?«, fragte Calvino und zog seinen Kopf von einem der Fenster zurück.

Tap richtete einen kurzen Befehl an einen Wärter, der das Vorhängeschloss aufsperrte und sie in eine Zelle mit nackten Betonwänden führte – ein quadratischer Bunker mit vier Meter hohen Wänden. Dunkelheit verbarg den größten Teil der Zelle und ihrer Insassen. Shaw stieß die Tür ganz auf und ließ einen schmalen Streifen Sonnenlicht herein. Eine Ratte von der Größe eines kleinen Hasen lief Calvino über den Fuß und rannte durch den Raum. Stumme Gesichter starrten ihnen aus dem Halbdunkel entgegen. Carole schaltete sofort auf Blitzlicht um und begann Fotos zu schießen.

»Mein Gott, das glaube ich einfach nicht«, sagte sie unterdrückt zu Calvino. »Niemand würde so etwas glauben. Herrgott.«

»Machen Sie Aufnahmen von den Fußeisen«, flüsterte Shaw. »Man hat den Leuten gesagt, dass das illegal ist. Menschenrechtler haben sie ihnen weggenommen. Aber sie finden immer wieder neue, um die alten zu ersetzen.«

Sie schoss ein paar weitere Fotos.

»Fragen Sie Ihren Freund nach Nuth«, sagte Calvino zu Shaw.

Die Zelle stank nach verfaultem Essen, Urin, Rauch und Schweiß. Die Insassen trugen blaue Shorts. In der sengenden Hitze waren sie zusammengequetscht wie ein Klonexperiment, in dem etwas schrecklich schief gegangen war. Einige der Männer lagen in Eisen an den Zementboden gekettet. Blitzlicht. Calvino sah die Metallringe an einer Eisenstange, die die ganze Länge der Zelle entlang lief. Blitzlicht. Die Bedingungen waren unmenschlich. Das war die Hölle eines Konzentrationslagers. Ein Priester hatte einmal zu Calvino gesagt: »Ohne das Böse bräuchten wir keinen Gott.« Aber was in dieser Zelle war, reichte aus, um jede Vorstellung von Gott ad absurdum zu führen.

Shaw ging neben Tap in der Mitte zwischen den beiden Reihen durch. Die in den Schatten verborgenen Männer hockten mit um die Knie gelegten Armen da. Einige sahen auf, andere hielten den Kopf gesenkt. Calvino sah, wie sich Carole auf ein Knie niederließ. Klick. Klick.

Sie stand wieder auf, befühlte ihr Knie und hob die Hand an die Nase.

»Ich habe mich gerade in irgendetwas Feuchtes, Klebriges gekniet«, sagte sie.

»Fotografier weiter«, drängte Calvino. Er wollte ihr nicht sagen, dass da eine große, ausgenommene Ratte lag. Sie hatte sich in die Innereien gekniet. Wahrscheinlich hatte jemand diese Ratte getötet, um sie zu essen. Er stieß den Kadaver mit dem Fuß beiseite.

»Was war das? Sags mir.«

»Jemandes Mittagessen.«

»Reis?«

»Es fängt mit demselben Buchstaben an.«

Sie öffnete ihre Kamera und legte einen neuen Film ein. Der Blitz beleuchtete einen Sekundenbruchteil lang die gefangenen Khmer – es waren fast alles Teenager –, die sich wie zwei gegnerische Mannschaften über eine feuchte Abflussrinne hinweg gegenüber saßen, die voller Plastiksandalen, lecker Wassereimer und Bambuskörbe war. An der Wand hinter jeder Reihe war ein Draht gespannt, an dem ein paar alte Handtücher zum Trocknen hingen. Am anderen Ende der Zelle gab es zwei kleine, vergitterte Fenster. Calvino fiel besonders das disziplinierte, absolute Schweigen der jungen Männer auf. Niemand bewegte sich oder sagte ein Wort. Das einzige Geräusch war das der Ratten, die über die Ketten liefen. Er betrachtete die Handtücher und dachte, dass in einer derartig feuchten, ranzigen Luft nichts trocken werden konnte. Jeder, der wissen wollte, wie es in der Hölle aussah, musste nur einen Blick auf diesen Raum mit fast hundert Menschen werfen. Ihre Augen teilten sie in drei Kategorien: Die einen hatten den Ausdruck des zum Tode Verurteilten, der unter dem Galgen steht und zusieht, wie der Henker die Schlinge einrichtet. Dann gab es die teilnahmslosen Augen des Mannes, der von Fieberanfällen, Dysenterie und endloser Diarrhö zermürbt ist. Und schließlich die blicklosen, glasigen Augen eines vor drei Tagen überfahrenen Tiers.

»Ist hier jemand namens Nuth?«, fragte Shaw.

Tap übersetzte die Frage auf Khmer.

Eine Stimme ertönte aus der Dunkelheit.

Nuth war nicht in dieser Zelle. Er befand sich auf der anderen Seite des Ganges in einer speziellen Arrestzelle. Ein großer Teil der Männer im T-3 war, genau wie die im städtischen Gefängnis, nie eines Verbrechens angeklagt worden, sie hatten nie einen Richter gesehen oder einen Prozess gehabt und hatten keine Ahnung, ob sie je wieder das

Licht des Tages erblicken würden. Sie wurden ohne Zweck, ohne Grund und ohne legale Berechtigung festgehalten.

Die Arbeit an der neuen Verfassung mache große Fortschritte, hatte der Sprecher auf der Pressekonferenz gesagt. Recht und Ordnung und ein Neubeginn, eine neue Ära. So lautete das Versprechen des Komitees, das dafür verantwortlich war, für Kambodscha die Zeit wieder zu entdecken, nachdem der Bruder Nummer eins die Uhren aufs Jahr null zurückgestellt hatte. Aber in Jahrhunderten voller Brüder Nummer eins war Kambodscha nie weit über das Jahr null des betreffenden Kriegsherrn hinausgelangt. Im Jahr null war die Bestie losgelassen worden, dachte Calvino, und sie hatte zahllose Lager angelegt, in denen sie sich junge Menschen hielt, um ihnen die Herzen und Seelen aus dem Leib zu fressen. Er hatte es mit eigenen Augen gesehen.

Carole schoss ein paar Fotos auf einer Seite des Zellenblocks, dann sprang sie über die Abflussrinne auf die andere Seite. Sie war ein Profi. Ihre Kamera war ständig in Bewegung, fing Gesichter ein, bis auf die Knochen abgemagerte Körper. Sie wusste, dass ein Auslandskorrespondent nur ein- oder zweimal im Leben darauf hoffen konnte, auf Bilder zu stoßen, wie sie ihr jetzt durch die Linse ihrer Kamera entgegensprangen.

»Es ergibt keinen Sinn, dass sie uns das alles sehen lassen«, sagte Carole.

»Warum nicht?«, wollte Calvino wissen.

»Bist du verrückt, Vinee?«

»Selbstverständlich bin ich übergeschnappt. Deshalb weiß ich, wie diese Wärter denken.«

»Und das wäre?«

»Sie glauben, dass es in jedem Gefängnis auf der Welt so aussieht. Für die Menschen des Jahres null gibt es hier nichts Ungewöhnliches zu sehen. Es ist normal. So funktioniert eben die Macht. Gegenüber einem Schuss ins Genick ist es ein Fortschritt. Sie glauben jedenfalls, dass es ein Fortschritt ist«, meinte Calvino.

»Fortschritt gegenüber was?«, fragte sie zerstreut, während sie zur Tür zurückgingen.

»Gegenüber der Art, wie das Böse uns gerne die Wunden präsentiert, die wir uns gegenseitig schlagen«, sagte Calvino. Er folgte ihr aus der Zelle hinaus und atmete tief die stehende tropische Luft ein. Er füllte seine Lungen, als hätte er nach einem langen Tauchgang die Wasseroberfläche erreicht. Langsam stieß er den Atem wieder aus. Shaw und der kambodschanische Offizier waren schon vorausgegangen. Calvino wollte noch einen Blick zurück in die Zelle werfen. Es war ein furchtbarer Drang, dieser Wunsch, noch einen letzten Blick auf diese verlorenen Menschen zu werfen. Und als er durch die Gitterstäbe starrte, sah er etwas, das ihm drinnen nicht aufgefallen war. Einige der Männer waren splitternackt. Ihrer Seele und Hoffnung beraubt, hockten sie da wie Rinder in einem Viehtransporter auf dem Weg zum Schlachthaus. Ein Weg, auf dem Menschlichkeit, Mitleid und Güte zerstört worden waren, sodass das Böse die Leere füllen und den Mitmenschen in eine Kreatur verwandeln konnte, die man schänden, einkerkern, foltern, morden und vergewaltigen durfte.

In diesem Moment hatte er eine Erleuchtung – genau das war es, was Dr. Veronica zu dem Glauben gebracht hatte, dass in der Konfrontation mit solcher Bösartigkeit der Zweck die Mittel heiligte. Dass der Appell an moralische Kodices angesichts der Anti-Kodices der Amoralität sinnlos war. Der einzige Weg, sie zu besiegen, war, den Kampf zu ihren eigenen Bedingungen und auf ihrem eigenen Boden aufzunehmen. Aber es war ihm auch klar, dass das Böse gerade dadurch immer wieder siegte, weil der Durst nach Rache stärker war als das Bedürfnis nach Gerechtigkeit. Was diese Männer auch getan haben mochten, nichts konnte rechtfertigen, sie auch nur eine Stunde lang unter solchen Bedingungen festzuhalten. Und nichts, was jemals über sie veröffentlicht wurde, würde irgendetwas ändern.

Die Männer im Zellenblock des T-3 waren zu einer amorphen Masse eingeschmolzen worden, als wären menschliche Wesen nichts als Rohmaterial – Fleisch, Knochen, Blut, Augen, Gedärme –, der Lehm eines Töpfers, um ein neues Wesen zu schaffen – weder Mensch noch Tier. Niemand wusste, welchem anderen Schicksal solche Wesen dienen konnten, wenn nicht als Spielfiguren für die herrschende Klasse. Manche Dinge, wie etwa Diamantcolliers, verloren nie ihre magische Anziehungskraft, da gab es keinerlei Konfusion. Sie waren für die Ewigkeit. Sie hatten Wert und Bedeutung. Das war eine machtvolle Kombination. Am Hals einer Frau, die am Arm eines Mannes ging. Der glitzernde Schein transponierte den Besitzer auf eine Ebene hoch über dem Gesetz, an einen Ort, der für die Götter reserviert war.

Falls ein so machtvoller Gegenstand in der Wildnis verloren ging, hieß es, ihn wieder aufzuspüren und die Verantwortlichen für den Verlust zu eliminieren. Durch Gift, Ertränken, Zerstückeln. Eine grausame Trilogie des Schreckens. Es gab kein Entkommen vor den Kräften, die verlorene Macht zurückforderten. Hatch hatte es erfahren. Patten. Ebenso Fat Stuart – sie alle hatten danach gegriffen, danach gegiert. Und sie waren der Anziehungskraft des Bösen nie lange genug entronnen, um die Macht dessen zu kosten, was für einen Moment in ihrer Hand gelegen hatte.

16

Im Bauch der Bestie

Entfernte Stimmen drangen gedämpft durch die dicken Wände, wie der herzzerreißende Klang eines vor Schmerzen weinenden Kindes in einem abgelegenen Zimmer. Sie gingen weiter durch den schmalen Gefängnisgang – ein Tunnel mit grauen Wänden –, bis der Wärter stehen blieb und einen Schlüsselring hervorzog.

»Hörst du das?«, flüsterte Carole Calvino zu.

»Ich höre sie.«

»Was sagen sie?«, fragte sie Shaw.

»Wann wird es jemals enden?«, erwiderte Shaw.

»Die Vierundsechzigtausend-Dollar-Frage«, meinte Calvino.

Tap befahl dem Wärter, das Guckloch einer Zelle aufzusperren. Er deutete auf eine verrostete Eisentür. Autorität zu delegieren, war der Kern der Macht. Der Wärter gehorchte. Hinter der Tür lag eine leere, pechschwarze Fläche; es schien fast, als würde die Zelle seit dem Abzug der Franzosen 1953 leer stehen. Calvino starrte die Tür an. Die alte, moosgrüne Farbe löste sich ab und erzeugte ein Muster aus Rissen, das aussah wie Fissuren am Beinstumpf eines Leprakranken. Tap grunzte und zog die Lippen zurück. Seine spitzen Zähne ließen ihn wie ein Raubtier erscheinen, das seiner Beute signalisiert, dass jeder Widerstand sinnlos ist. Kein Lichtschein drang aus dem Raum hinter der Eisentür – die Zelle lag in völliger Dunkelheit, und um den Gefangenen sehen zu können, musste er schon direkt hinter den drei Gitterstäben des Guckloches stehen. Der Wärter rief Nuths Namen.

»Nuth, herkommen! Wir wollen deine hässliche Visage sehen.«

Calvino konnte die Augen nicht von den Gitterstäben abwenden.

War Scott wirklich mit Nuths Schwester ins Bett gegangen, und der Bruder hatte sich mit seinem vergeblichen Racheversuch in eine derartige Notlage gebracht?

Der Khmer-Offizier lachte und scherzte über seine Armut, ein Vorspiel dafür, Shaw noch mehr Zigaretten abzuluchsen. Shaw bot ihm ein Päckchen an. Er sei nicht etwa ein korrupter Staatsbeamter, nein, seine Frau und seine Kinder hätten einfach nicht genug zu essen. Vielleicht stimmte es sogar. Tap ergriff das ganze Päckchen, als hätte es schon immer ihm gehört, nahm eine Zigarette heraus und steckte sie zwischen den Gitterstäben durch, als wolle er ein Zootier im Käfig anlocken. Er ließ das Päckchen in seine Brusttasche gleiten. Wie die Zigaretten den Hunger seiner Frau und seiner Kinder stillen sollten, erklärte er nicht.

Ein abgehacktes Husten ertönte aus den Tiefen der Zelle. Ein leises Rascheln folgte, und das Husten wurde mit der Hand oder einem Kissen abgedämpft. Die Luft war dick von dem abgestandenen Geruch nach Krankheit und Tod. Einen Augenblick später tauchte das Gesicht des Gefangenen auf und sah durch die Gitterstäbe. Die Schatten der Stäbe legten sich als schwarze Streifen über Mund und Augen. Es waren die resignierten Augen eines Mannes, der dem Erschießungskommando gegenübersteht. Die Lippen waren zusammengepresst, nur die Mundwinkel zitterten leicht unter dem Gefühl von Entsetzen und Hilflosigkeit. Sein Körper wirkte von Krankheit, schlechter Ernährung und Schlafmangel zerrüttet. Der Unterkiefer hüpfte bei geschlossenem Mund auf und ab wie der Mund einer Bauchrednerpuppe. Er starrte geradeaus und mied den Blick des Wärters. Seine Augen hefteten sich stattdessen auf Calvino.

Caroles Kamera klickte los.

»Das ist ein ganz besonderes Gesicht, Calvino«, sagte sie.

»Hör bloß nicht auf.«

»Ich habe nicht die Absicht.«

Shaw verwickelte den Offizier und den Wärter in eine Unterhaltung über Gartenbau. Der Ire redete tatsächlich über etwas so Alltägliches wie Blumengärten, und es funktionierte.

»Sie haben ihn ganz schön fertig gemacht«, sagte Carole.

»Ja, er sieht nicht gut aus«, meinte Calvino.

Aber Calvino fand kein Selbstmitleid in diesen leeren Augen, deren Weiß aussah, als wäre es mit phosphoreszierendem Gelb überpinselt worden. Er sah etwas, das über das Flehen nach Hilfe hinausging. Dieser Häftling war schon eine Stufe weiter, auf der allerletzten Strecke zwischen zwei Haltestellen seines Lebens. Hier war der Punkt, wo die Geleise endeten und die Verzweiflung wartete – der Gefangene hatte ein Schicksal akzeptiert, in dem nicht einmal seine Familie ihn noch erreichen konnte. Er war verschollen, als wäre sein Leben bereits zu Ende. Aus und vorbei. Hatten Amerikaner, die das Leben nur aus dem Fernsehen kannten, eigentlich den blassesten Schimmer von dieser Art von Realität? Einer Welt, in der die Bestie losgelassen war und nach Belieben zerstören konnte? Hatten sie überhaupt einen Begriff davon, was das Böse und das Elend wirklich bedeuteten?

Sie hatten nie einen Nuth in Fleisch und Blut gesehen, in Großaufnahme – höchstens einen Nebendarsteller aus Hollywood, der ihn im Film der Woche verkörperte. Sein Gesicht zuckte unter der Last einer Qual, die nicht einmal der beste Schauspieler hätte ausdrücken können. Im Gesicht des Häftlings konnte man lesen wie in einem Buch. Einem Horrorroman voller Ungeheuer, die durch sein Leben getrampelt waren. Die Roten Khmer, die Vietnamesen, die Franzosen, UNTAC – alle, die gekommen waren, um ihn zu benutzen und sein Schicksal zu bestimmen. Nuth wusste nicht, was für ein Tag war. Er hatte den Monat vergessen. Er wusste nicht, welchen Verbrechens man ihn bezichtigte.

Als Calvino ihn ansprach, betrachtete Nuth mit leerem Blick diesen Fremden, der ihn nach seiner Schwester fragte. Die Schwester, die auf dem Markt arbeitete und ein Notizbuch führte, dem sie entnehmen konnte, wie man in jeder einzelnen Sprache, die die UNTAC nach Kambodscha gebracht hatte, Danke sagte. Er blinzelte, versuchte, sich zu erinnern, und dann strömten ihm die Tränen übers Gesicht und tropften auf die Gitterstäbe.

Nuths Gesicht war eines von tausenden in Kambodscha. Hätte es illustrierte Gesichtsbücher gegeben, wären sie voller Gesichter wie diesem gewesen. Auf jeder Straße, in jedem Markt oder Dorf, in jeder Schule hatte Calvino diesen Blick gesehen. Eine Art Fragezeichen hinter den Augen, als wollten sie fragen: Warum haben so viele so viel

Schmerz über uns gebracht? Calvino wusste keine Antwort darauf. Vielleicht waren die Franzosen schuld. Die Roten Khmer oder die Vietnamesen. Vielleicht die UNTAC. Oder die Natur des Menschen. Dummheit vererbte sich von einer Generation auf die nächste, zog sich durch die Zeiten und Jahrhunderte und überrollte die Einheimischen. Nuths Mund öffnete sich in einem stummen Schrei. Sie warteten auf den Ton. Aber seine Kehle konnte kein anderes Geräusch hervorbringen als ein schwaches Schniefen wie von einem Tier, das in einer Feuersbrunst gefangen ist. Carole ließ kein Bild seines Leidens aus. Die Kamera fing jeden Blickwinkel ein. Niemand versuchte, sie davon abzuhalten, Nuths Gesicht durch das vergitterte Guckloch zu fotografieren.

Shaw hatte von der Verantwortung der Franzosen gesprochen. Aber die Reaktion des Offiziers war anders, als Shaw erwartet hatte. Tap zuckte die Achseln, sog an seiner Zigarette und ließ blauen Rauch aus seinen Nasenlöchern kräuseln. Es kam nur darauf an, wer das Sagen hatte. Wärter kamen und gingen, wurden zu Häftlingen, während andere Häftlinge ihren Platz als Wärter einnahmen. Was sollte daran einen Sinn ergeben? Wie konnte man jemandem die Verantwortung zuschreiben?

Calvino hatte sein Versprechen gehalten. Er hatte Carole in die Höhle der Bestie geführt. Sie befingerte ihre kostbare Perlenkette wie ein Thai sein Amulett im Angesicht der Gefahr. Es war alles so schnell gegangen, dass sie keine Zeit gefunden hatte, sich von der angenehmen Sicherheit des UNTAC-Hauptquartiers auf die Arbeit im feuchten, dunklen Verließ des T-3-Gefängnisses einzustellen. Klick, klick. Kein Wort, nur das mechanische Geräusch einer Kamera, die in der Dunkelheit aufblitzte. Dank Shaw hatte Calvino ihr Zugang zu einem Ort verschaffen können, den noch kein anderer Auslandskorrespondent erblickt hatte – und sie benutzte ihre Nikon, um Zeugnis abzulegen. Bilder von Männern mit zerstörten Seelen. Sie atmeten noch, ja, sie waren am Leben, aber der Funke tief in ihrem Inneren war erloschen. Hoffnung, Liebe und Träume. Zerschmettert wie ein schöner Kristall, den man gegen eine Betonwand wirft. Carole spürte Betäubung in sich aufsteigen, als sie in eine Leere hineinblickte, in der kein Begriff von Sinn, Zweck und Bedeutung mehr existierte.

»Die Leute hier wollen mit dir reden«, sagte der Offizier. Er steckte sich noch eine von Shaws Zigaretten an.

Nachdem sie Nuth erst einmal im Sucher ihrer Kamera hatte, konnte Carole nicht mehr aufhören zu fotografieren. Tränen liefen ihr übers Gesicht und fielen auf den Boden zu ihren Füßen. Sie fing einen Lichtstrahl ein und spielte damit, richtete den Kamerawinkel so ein, dass jede Spitze des Schmerzes sich auf dem Film abbildete. Das Fenster in der verschlossenen Tür zog sie an, bis ihre Stirn das kalte Metall berührte. Ihre Fingerknöchel stießen gegen das rostige Eisen. Sie konnte seinen Atem auf ihrem Gesicht spüren. Der Fensterausschnitt war so klein, dass er den Oberteil seines Kopfes abschnitt. Eine Fliege kroch über sein nacktes Schlüsselbein. Er hatte nicht mehr die Kraft, sie wegzuscheuchen.

»Der Mann, der Sie hierher gebracht hat. Wie ist sein Name?«, fragte Calvino. Er trat neben Carole und legte ihr dabei den Arm um die Hüfte.

Das brachte den Wärter zum Lachen, und er stieß Shaw in die Seite.

Es kam keine Antwort, und Frustration breitete sich aus, während Carole weiterfotografierte.

»Wer kann Ihnen helfen, hier herauszukommen?«, fragte Calvino unterdrückt. Er war froh, dass Shaw den Wärter mit Beschlag belegt hatte. Er wollte nicht, dass jemand die Unterhaltung mithörte.

Nuth zwinkerte. Mehrere Sekunden lang sagte er gar nichts und wich von dem kleinen Fenster zurück. Einen Augenblick schien es so, als würde er nicht zurückkommen. Aber was konnten ihm die Wärter antun, was sie nicht bereits getan hatten? Er war wie eine gänzlich ausgebeutete Mine. Ein lebensgroßer Krater, dem nichts mehr von Wert zu entnehmen war. Das wusste Nuth ebenso gut wie sein Aufseher, der rauchte, die Asche achtlos wegschnippte und sich angelegentlich mit Shaw unterhielt. Als Nuth schließlich an die Tür trat, hatte sich sein Gesichtsausdruck geändert. Er lächelte seltsam, als hätte ihm jemand einen Witz erzählt. Die Pointe lag in seinen Augen.

»Sie haben einen mächtigen Freund. Wie heißt er?«, fragte Calvino flüsternd durch die Gitterstangen.

»Kim«, sagte Nuth. Ein Wort. Es war das Einzige, das Nuth seit ihrer Ankunft gesprochen hatte.

Calvinos Gesetz der Protektion lautete: Bitte nie jemanden, der nackt in einer Gefängniszelle steht, darum, seinen Beschützer zu belasten – er würde nur schweigen. Stattdessen frag ihn nach seinem Ass im Ärmel, der letzten Person, die ihn vor weiterem Schaden bewahren kann.

Wieder dieser Name, der Mann oder Frau bedeuten, aus dem Westen oder Osten stammen konnte. »Ist Kim Kambodschaner? Ist er ein Khmer?«

»Jeder sagt, Kim hat Macht«, sagte Nuth.

»Aus welchem Land? Ist er UNTAC …«, fragte Calvino.

Der Gefangene fiel ihm ins Wort. »Er ist Franzose.«

»Wie ist sein Name?«, fragte Calvino. Wäre bloß Pratt da, um zu hören, was Nuth sagte.

Nuth zeigte seine Zähne.

Calvino versuchte es noch einmal mit dem ersten »französischen« Namen, der ihm in den Sinn kam. »Fat Stuart?«

Das Gesicht erstarrte, dann schüttelte er den Kopf.

»Nein. Er wird Mr. Philippe genannt.«

Der einzige Mensch, der Nuth in diesem von den Franzosen erbauten Kolonialgefängnis einfiel und vielleicht mächtig genug war, ihm zu helfen, war ein toter Franzose. Von Anfang an hatten sie nach einem Mann gesucht, den sie bereits kannten. Einem Mann, der jetzt tot war. Pratt hatte Recht gehabt, als er sich fragte, ob L'Blanc vielleicht Teil einer »French Connection« war. Beim Abendessen mit Philippe am Nachbartisch hatte Pratt zu Calvino gesagt: »Man kann die Kolonisten aus einer Kolonie abziehen, aber eine Kolonie kann sich nie wieder von der kolonialen Besetzung erholen, und der Kolonist wird immer der Besatzer bleiben. Das Band der Geschichte erlaubt keine saubere Trennung.«

»Kennen Sie Dr. Veronica? Sie war seine Freundin.«

Nuth war wieder von den Gitterstäben zurückgewichen und verschmolz mit der Dunkelheit seiner Zelle.

Der Offizier bei Shaw begann, von einem Fuß auf den anderen zu treten, und brach das Gespräch mit einem nervösen Blick ab. Er hatte das Wort »französisch« aufgeschnappt, und das musste irgendwelche vergessenen Ängste geweckt haben. Whiskey und Zigaretten gestatteten die Befragung nur bis zu einem bestimmten Punkt – und jetzt sträubte sich alles in ihm, und er wippte auf den Fersen auf und ab.

»Wir jetzt gehen«, sagte Tap und ergriff Shaw lächelnd beim Arm, aber Shaw schien Wurzeln im Beton geschlagen zu haben. Er wollte die Sache nach seinen eigenen Bedingungen abschließen.

»Haben Sie, was Sie wollten?«, fragte er Calvino.

»Ja, ich denke, wir haben alles, was wir bekommen können«, erwiderte Calvino.

Er warf Carole einen fragenden Blick zu. Sie zuckte die Achseln. Es war Zeit zu gehen.

»Herrgott, Vinee, das ist die beste Arbeit, die ich je geleistet habe«, sagte sie, als sie aus dem dunklen Gang wieder ins Sonnenlicht traten. »Denkst du, jemand wird sie sehen wollen?«

»Machst du Witze? Diese Fotos werden auf dem Titelblatt von *Time* und *Newsweek* landen und in aller Munde sein.«

Das war es. Reden. Über sie zu reden, war alles, was die Menschen mit den Nuths dieser Welt taten. Ein Gesprächsthema beim gepflegten Abendessen. Jeder neue Schrecken ließ den vorhergehenden verblassen, während Männer und Frauen in angenehmer Atmosphäre den Wein herumgehen ließen und Träume und Wahrheiten wie eine leere Flasche entsorgten, bevor sie zum Cognac übergingen. Das war die unausgesprochene Regel der Mittelklasse – Reden als Lebensstil, unberührt und unbewegt, gleichgültig gegenüber dem Wie und Warum eines Planeten, auf dem es von T-3-Gefängnissen wimmelte. Calvino wusste nicht, was er sagen sollte, und damit trat sein Gesetz in Kraft: Wenn du nichts zu sagen hast, versuchs erst gar nicht, denn dann kommen doch nur Plattitüden heraus.

»He, das freut mich für dich.«

»Sag das nicht so«, sagte sie und befingerte ihre Perlenkette.
»Wie, so?«
»Du weißt schon, missgünstig irgendwie. Als wärst du auf einem Zynismustrip. Als hätte ich nicht gemerkt, was da vor sich geht, und du schon.«

Calvino ging neben ihr durch die Gefängnisgärten. Ein paar kleine Kinder rannten von der Hüfte abwärts nackt vor ihnen herum und lachten fröhlich, als wäre die Welt ein Spielplatz ohne Sorgen.

»Ist egal«, sagte Calvino. »Nichts zu bedeuten.«

»Ich hoffe, dass ich innerlich nie so sehr verhärte, Calvino.«

Er lächelte. »Schätzchen, was zählt, ist, dass man sich selbst für einen Softie hält.«

»Willst dus heute Nacht noch mal versuchen?« Es war eher spöttisch denn als Angebot gemeint. Er wartete, bis sie damit fertig war, ein paar Tb-Patienten zu fotografieren, die zusammengekrümmt im Gras lagen.

»Und?«, hakte sie nach. Sie wollte die Frage nicht in Schweigen untergehen lassen.

»In meinem Zimmer wartet eine einbeinige Hure auf mich«, sagte er.

»Das ist mal was Neues.«

Sie gingen ein paar Schritte schweigend nebeneinander her.

»Ich habe gehört, wie du den Gefangenen nach Dr. Veronica gefragt hast. Und ich glaube, ich weiß, warum.«

Das rüttelte Calvino auf, und er blieb stehen.

»Du weißt, warum?«, fragte er.

»Weil ihr etwas miteinander habt.«

»Wer hat dir das erzählt?«

Carole lächelte. »Vertrauliche Quellen.«

»Vergiss das Vertraulich und erzähl keinen Mist!«

»Sie hat es mir gesagt.«

»Dr. Veronica hat dir das gesagt?«

»Dass sie dabei ist, sich in einen Amerikaner namens Vincent Calvino zu verlieben. Ich habe ihr natürlich gesagt, dass sie spinnt. Aber das wusste sie schon. Weißt du, Vinee, bei kaum einem meiner Freunde hat die Ehe länger als vier Jahre gehalten. Das ist weniger, als man zum Studium braucht. Also bitte verzeih mir, wenn ich ein bisschen zynisch klinge, was Liebe betrifft.«

»Was hat sie sonst noch gesagt?«

»Dass es hoffnungslos ist. Einen Mann zu lieben, ihre Arbeit gut zu machen, einfach der ganze Tanz auf dem Hochseil.«

»Das klingt mehr nach dir als nach Dr. Veronica.«

»So verschieden sind wir gar nicht. Oder hörst du zum ersten Mal, dass eine Frau zugibt, einer anderen Frau ähnlich zu sein?«

Shaw war einen Schritt zurückgefallen und hatte den letzten Teil von Caroles Antwort mitgehört.

»Das erste Mal, dass Sie was hören?«, fragte er.

»Dass Kambodscha auf dem Weg zu freien Wahlen und Demokratie ist«, erwiderte Calvino.

Sie kochte, und ihre Hände zitterten, als sie den Film wechselte. Calvino drehte sich um und warf einen letzten Blick zurück auf den Gefängnishof. Vor der Mauer am anderen Ende kauerten immer noch ein paar Frauen mit Bambushüten im Garten und jäteten Unkraut. Die kleinen Kinder rannten zwischen den Gemüsebeeten durch. Sie rannten und rannten und rannten, als hätte ihnen der Wind Flügel verliehen.

»Du unterschätzt die Frauen«, sagte Carole, während sie durch den Torbogen traten. »Deshalb versuchst du, deine Gefühle hinter Geld zu verstecken. Ich vermute, bei manchen Frauen funktioniert das eine Weile. Aber wie ist es auf lange Sicht? Willst du nicht etwas mehr?«

Er dachte an Dr. Veronica.

»Ja, manchmal«, sagte Calvino. »Aber am nächsten Morgen wache ich auf und stelle fest, dass ich immer noch in einer Alles-hat-seinen-Preis-Welt lebe. Verstehst du, was ich meine?«

Nach ihrer Rückkehr zum UNTAC-Hauptquartier blätterte Scott ein Fahndungsbuch mit Steckbriefen durch. Es war ein Band von Interpol mit weltweit gesuchten Kriminellen, Spionen, Hochstaplern, Drogenhändlern, Terroristen und Mördern. Der Kaffee kam, und Scott blätterte kopfschüttelnd eine Seite weiter. Das machte er jetzt schon ziemlich lange, dachte Pratt, der in einer Ecke saß und mit halbem Auge Scott beobachtete, während draußen auf dem Hof UNTAC-Soldaten mit automatischen Waffen vorbeigingen. So viele westliche Gesichter, dachte er. Im Jahr null hatten alle Bleichgesichter die Flucht ergriffen. Jede Spur der Fremden wurde ausgelöscht. Mit Gewehrkugeln und Hunger, aufgezeichnet in Blut.

Calvino und Shaw sahen Scott über die Schulter, während er einen Band zuschlug und den nächsten öffnete. In der Mitte des nächsten Buchs starrte er lange auf das Bild eines französischen Staatsbürgers – Dr. Veronica Le Bon. Niemand hätte gedacht, dass sie in eine solche Affäre verwickelt sein könnte. Sie erschien zu intelligent und ruhig, hatte zu gute Verbindungen. Sie war Ärztin. Ihr Auftrag war es, Leben zu retten. Und irgendwie hatte sie es fertig gebracht, in einer Reihe mit einer Ansammlung internationalen Abschaums zu stehen. Scott verzog keine Miene.

»Kennen Sie die?«, fragte Pratt, der aufgestanden war und den Finger auf die Fotografie legte.

Und Scott erwiderte, wie es Pratt nicht anders erwartet hätte.

»Ich habe sie nie gesehen. Sieht nicht schlecht aus. Aber ein bisschen zu alt.«

Er sagte es absolut cool und gelassen.

»Nie?«, fragte Calvino. »Sind Sie sicher?«

Er musste einfach wissen, ob sie damit zu tun hatte. Ob sie den Russen erschossen hatte, damit er nichts mehr sagen konnte, oder um Calvino zu retten. Eine Pause entstand, während Scott sich das Foto genauer ansah. Calvino ging wieder und wieder durch den Kopf, was sie über Gut und Böse gesagt hatte. Um den Khmer zu helfen, die in den Minenfeldern ihre Gliedmaßen verloren hatten, würde sie alles tun. Alles.

»Nicht, dass ich wüsste«, sagte Scott.

»Jemand hat Hatch ermordet. Hatch war Ihr Freund, Scott. Und derselbe hat auch Patten getötet. Also denken Sie sorgfältig nach! Sie sind schließlich von sich aus hier angerannt gekommen. Oder haben Sie das vergessen?«

»Nie gesehen«, wiederholte Scott.

»Erinnern Sie sich an das französische Krankenhaus?«, fragte Calvino.

Scott nickte. »Und an die französische Ärztin, Veronica irgendwas.« Er sah sich das Foto noch einmal an. »Ja, das ist sie! Sie sieht nicht aus wie eine gefährliche Verbrecherin.«

Pratt sah zum Fenster hinaus. Früher oder später würde Calvino es aus Scott herausbringen; es war nur eine Frage der Zeit. Und wenn er herausgefunden hatte, was er suchte, was würde er dann tun? Calvino empfand etwas für diese Frau, dachte Pratt. Er hatte zugelassen, dass sich Arbeit und Gefühl vermischten.

Dr. Veronica hatte mit Philippe zu Abend gegessen, das machte sie noch nicht zur Kriminellen. Aber es zeigte eine Verbindung. War es dabei um Freundschaft, Geschäft oder Sex gegangen? Calvino wusste es nicht. Scott wollte nur noch raus aus Kambodscha. Er würde nie zugeben, dass Dr. Veronica Le Bon Geschäfte mit Philippe gemacht hatte, der unter dem Decknamen Kim arbeitete. Er hatte nichts zu gewinnen, wenn er kooperierte. Aber Calvino gab nicht auf. Er weigerte sich, der Tatsache ins Auge zu sehen, dass er vielleicht nie die Wahrheit herausfinden würde. Scott und Hatch waren zwei Farangs, die nicht nach Kambodscha gekommen waren, um nach höheren Wahrheiten zu suchen, sondern um ihr Glück zu machen. Und wie es aussah, würde einer von ihnen gegen alle Wahrscheinlichkeit mit dem Leben davonkommen.

»Haben Sie die Ärztin je mit Hatch sprechen sehen?«

Scott hatte diese französische Ärztin mehrmals mit Hatch reden sehen. Aber er war jedes Mal betrunken gewesen und konnte sich nicht daran erinnern, was sie geredet hatten. Hatch hatte ihm erzählt, dass die Französin versuchte, Geld für medizinische Geräte, mehr Krankenhausbetten, Arzneimittel und Prothesen für Minenopfer aufzutreiben.

»Hatte Michael Hatch jemals Geschlechtsverkehr mit der Ärztin?«, fragte Shaw.

Scott lachte. »Er hat so ziemlich jede Frau gefickt.«

»Hat er sie gefickt?«

Scott sah jeden der Männer einzeln an. Sie warteten auf seine Antwort.

»Das hat er jedenfalls Fat Stuart gesagt. Aber er könnte gelogen haben. Mike hat gerne damit angegeben, dass er jede Frau ins Bett kriegt. Das war so ein Egotrip.«

Nachdem Scott geendet hatte, sagte eine Weile niemand etwas. John Shaw setzte sich an den Tisch und starrte das Foto an.

»Warum hätte er Fat Stuart das erzählen sollen?«, fragte er.

»Dr. Veronica war eine entfernte Cousine von Fat Stuart oder so. Irgendwie verwandt«, antwortete Scott.

»Sie meinen also, dass eine französische Ärztin Hatch und Patten getötet hat?« Ein sehr irischer Ausdruck von Belustigung glitt über Shaws Gesicht, als warte er nur auf die Pointe.

»Es gibt keinerlei Anhaltspunkte, die eine solche Theorie stützen. Nuth hat gesagt, Philippe sei der Mann im Hintergrund gewesen. Er war Franzose und sie auch. Warum hätten sie nicht gemeinsam zu Abend essen sollen?«, fragte Calvino.

»Seit wann sind Sie der Anwalt von Dr. Veronica?«, fragte Shaw.

»Ich spreche nur davon, was wir wissen. Was wir beweisen können«, sagte Calvino.

Scott blickte von der Fotografie auf und zündete sich eine Zigarette an. Er sah entspannter aus als seit Tagen.

»Ich habe den Eindruck, dass sie darin verwickelt ist«, sagte er.

»Ja, Mr. Scott, wir haben alle unsere persönlichen Eindrücke«, meinte Pratt. »Aber manchmal lassen wir uns von unseren Gefühlen hinwegtragen.«

»Nehmen wir mal an, Hatch und Patten hätten Dr. Veronicas Cousin in Bangkok umbringen lassen. Möglicherweise wollte sie Rache«, sagte Calvino.

»Wer ist hier ohne Schuld?«, fragte Pratt.

Shaw zog schief die Augenbraue hoch. »Er ist ein Philosoph«, erklärte Calvino. »Shakespeare, Philosophie, die halbe Zeit merkt man kaum, dass er ein Bulle ist.«

»Bis auf das, was ich Ihnen bezeugen kann, haben Sie also nichts gegen sie in der Hand«, meinte Scott.

Alle Blicke richteten sich auf Scott.

»Und was können Sie bezeugen, Mr. Scott?«, fragte Shaw.

»Ich weiß nur, dass sie Hatch gefickt hat und Fat Stuart ihr Cousin war. Aber abgesehen davon haben Sie nichts in der Hand. Sie ist damit durchgekommen. Das bedeutet es. Direkt unter Ihren friedensstiftenden Nasen.«

Pratt vergaß nie, dass er in einer Abteilung Dienst tat, die in einzelne Fraktionen zersplittert war. Manche davon machten gemeinsame Sache mit Männern wie Hatch und Patten, wenn es ihren Zwecken diente; andere versuchten, ihre Arbeit so gut wie möglich zu tun, und das war nicht immer leicht.

Pratt sah, wie der Zorn in Calvino aufwallte. Dann ließ er ihn durch sich hindurch und über sich hinwegrollen. Jai Yen, ein kühles Herz bewahren, so überlebte man. Mit kühlem Herzen bewegte man sich zwischen den Teilen des großen Puzzles und webte sein Leben, seine Seele und Familie zu einem persönlichen Schicksal. Für Pratt lautete die Prüfung seines gegenwärtigen Lebens, ein Polizist zu sein – die Versuchung, seine Macht zu missbrauchen, war allgegenwärtig. Macht war eine Waffe, ein Geschenk, ein Schild. Und für Pratt war es ein Weg, sich genügend Verdienste zu erwerben, um nicht in eine Welt voller Ganoven wiedergeboren zu werden. Und er fragte sich, ob die Französin kühles Herz bewahrt hatte, als sie erfuhr, dass ihr Cousin ermordet worden war. War diese fähige Ärztin persönlich in den Diebstahl der Saudi-Juwelen verwickelt? Wie war ihr Verhältnis zu Philippe gewesen, dem Mann, den Calvino im Krankenhaus erschossen hatte? Er wusste, dass Calvino die Antworten herausfinden musste. Und gleichzeitig hatte er das starke Gefühl, dass er die Wahrheit lieber nicht erfahren wollte.

# 17

Schiedsrichter in zweifelhafter Sache

An ihrem letzten Tag, bevor sie zum Flughafen fuhren, trafen sie sich zum Frühstück im Hotelrestaurant. Calvino hatte sich die ganze Nacht herumgewälzt und nicht besonders gut geschlafen. Er hatte daran denken müssen, wie Thu geweint hatte, als er sie in ihre Hütte am See zurückbrachte. Und sobald er sie aus seinen Gedanken verdrängt hatte, sah er wieder Nuths Gesicht hinter den Gitterstäben und die Spur der Leichen, die zurückgeblieben war – Hatch, Patten und Fat Stuart.

»Du siehst krank aus«, sagte Pratt, als Calvino sich zu ihm setzte.

Pratt trug seine Polizeiuniform, und seine Mütze lag vor ihm auf dem Tisch. Er strahlte etwas Offizielles, Geschäftsmäßiges aus, sodass der Kellner beinahe strammstand, als sie Kaffee bestellten.

»Ich habe gerade nach meiner Rechnung gefragt. Anscheinend ist sie schon bezahlt. Einschließlich Zimmerservice für fünfhundertfünfundachtzig Dollar. Man könnte meinen, ich hätte Orgien gefeiert.«

Pratt gab keinen Kommentar von sich.

»Ich kann nicht behaupten, dass ich mich zurücksehnen werde«, sagte Calvino. »Und danke, dass du die Rechnung bezahlt hast. Du würdest ja nicht freiwillig zugeben, dass du es warst. Oder deine Abteilung. Oder die UNTAC. Ach, verdammt noch mal, wer auch immer meine Rechnung übernommen hat, ich danke ihm.«

Es war ihnen nicht gelungen, Philippe eindeutig als Kim zu identifizieren, dachte Pratt. Nuth behauptete zwar, er sei Philippe, aber er war kaum in der richtigen Verfassung, um als zuverlässiger Zeuge zu gelten. Es sah so aus, als sei Philippe ihr Mann, aber die Theorie hatte ein paar Löcher. Sie hatten die Ermittlungen so weit vorangetrieben, wie überhaupt möglich. Calvino lag immer noch Dr. Veronicas Verbindung zu Philippe auf der Seele. Es gab keinen direkten Anhaltspunkt, dass sie mit irgendeinem Verbrechen oder auch nur Vergehen zu tun hatte.

Pratt belastete, dass er ohne das Saudi-Collier nach Bangkok zurückkehren musste. Das politische Hickhack würde weitergehen. Sein Vorgesetzter würde enttäuscht sein. Pratt würde sein Gesicht verlieren. Aber es gab nicht viel, was er dagegen tun konnte. Alles, was er vorzuweisen hatte, war die Zerschlagung des Farang-Waffenschieberrings. Natürlich würden bald andere die Lücke auffüllen und Pattens und Hatchs Stelle einnehmen. Aber es war immerhin etwas.

»Du denkst an die Halskette? Den Windsor-Faktor?«, fragte Calvino. Er schlürfte seinen Kaffee und schüttelte einen plötzlichen Anfall von Müdigkeit ab. »Glaubst du, dass sie sie hat?«

»Glaubst du denn, dass Dr. Veronica das Collier hat?«

»Wer sonst?«, fragte Calvino. »Um Richard Scotts Hals hängt es bestimmt nicht.«

»Willst du sie nicht noch einmal sehen, bevor wir fliegen?«

Calvino tat die Frage mit einem Achselzucken ab.

»Etwa, um über alte Zeiten zu reden?«

»Sie hat dir das Leben gerettet, Vincent.«

»Oder sich ein paar Schwierigkeiten erspart, indem sie den Russen abgeknallt hat.«

Pratt hatte viel über Dr. Veronica nachgedacht. Über den Blick, mit dem sie von ihrem Schreibtisch aufgesehen hatte, als er sie besuchte. Das war gestern Nachmittag gewesen, als er alleine ins Krankenhaus kam. Er hatte nochmals in Bangkok nachgefragt – Dr. Veronica Le Bon stand nicht auf ihrer Liste der Verdächtigen was den Juwelenraub betraf. Es gab nicht den geringsten Hinweis darauf, dass eine Frau, eine Ausländerin dazu, mit dem verschollenen Schmuck zu tun hatte. Mord, Waffenschmuggel, gestohlene Juwelen, das war Männerarbeit. So dachte man dort. Sie waren hinter Männern her, die aus ökonomischen Interessen handelten, Männer, die reich werden wollten. Selbstlosere Motive hatten sie außer Acht gelassen – Hilfe für die Bedürftigen zum Beispiel.

»Morgen verlasse ich Kambodscha. Und Mr. Calvino ebenso. Ich wollte Sie noch einmal treffen, bevor wir fliegen«, hatte Pratt gesagt.

»Ich freue mich, Sie zu sehen, Colonel. Bitte, setzen Sie sich. Ich lasse uns Tee bringen. Nehmen Sie Milch? Zucker?«

»Kann ich offen sprechen?«

Sie lächelte. »Aber natürlich.«

»Sie wissen, dass Ihr Freund Philippe versucht hat, Calvino töten zu lassen, in der Nacht, als wir ankamen?«, fragte er.

Sie zuckte die Achseln. »Ich dachte, Vincent wäre verantwortlich für Stuarts Tod.«

»Hat Ihnen Philippe das erzählt?«

»Ja, das hat er.«

»Und dann stellten Sie fest, dass er Unrecht hatte.«

»Ja, natürlich. Aber Mr. Calvino war an jenem Tag mit ihm zusammen.«

»Patten hatte ihn geschickt, um Informationen über Mike Hatch zu bekommen.«

»Das weiß ich inzwischen. Und ich halte ihn für einen guten Menschen.«

»Lieben Sie ihn?«

Dr. Veronica zuckte die Achseln. »Schon möglich.«

»Haben Sie es?«, fragte Pratt.

Sie blickte auf. Der Tee kam, und sie wartete, bis der Krankenpfleger wieder gegangen war.

»Was haben?«

»Das Collier.«

»Wissen Sie, es gibt so vieles, was man hier mit dem Geld anfangen könnte. Rettungswagen, bessere Medizin, Operationssäle, mehr Ärzte, mehr von allem. Dieses Objekt der Eitelkeit zu Geld zu machen und damit die medizinische Mindestversorgung für diejenigen herzustellen, die sie verzweifelt nötig haben, wäre das so falsch, Colonel? Wäre eine solche Tat eine Sünde, oder würde man sich damit nicht eher Verdienste erwerben?«

»Ihr Cousin hat Ihnen das Collier versprochen?«

Sie nickte. »Das hat er allerdings. Er war ein guter Mensch. Er wollte das Richtige tun. Aber er geriet immer in Schwierigkeiten mit Leuten wie Hatch und Patten. Sie haben gedroht, ihn umzubringen, wenn er ihnen das Collier nicht gibt. Ich habe das nicht ernst genommen. Aber sie schon. Sie haben Stuart ermordet. Als wäre er ein Niemand. Und wofür? Für eine Hand voll gestohlener Juwelen. Ist die Welt tatsächlich so verrückt, Colonel Pratt?«

»Verrückt genug, dass Sie den Tod Ihres Cousins gerächt haben, indem Sie zwei Leben auslöschen.«

»Auge um Auge, wie es in der Heiligen Schrift steht.«

Pratt beobachtete sie, während sie ihren Tee trank. »Sie haben es nicht gefunden.«

»Es ist verschwunden«, sagte sie und stellte ihre Tasse auf dem Untersetzer ab. »Ich muss jetzt wieder an die Arbeit. Es gibt so viele Patienten, und ich habe so wenig Zeit und Mittel zur Verfügung. Bitte entschuldigen Sie mich.« Sie stand auf und hielt ihm die Tür auf. Er nahm seine Mütze.

»Eins noch. Hat Ihnen Ihr Cousin jemals gesagt, wo er das Collier versteckt hat?«

»Er hat gesagt, er habe es tief im Himmel vergraben.«

Pratt trat in den Korridor hinaus.

»Leben Sie wohl, Dr. Veronica.«

»Stuart hätte es mir gegeben, wenn sie ihn nicht umgebracht hätten. Da bin ich sicher. Ich glaube, er wollte sich ändern, und diesem Krankenhaus zu helfen, war sein Weg in ein neues Leben.«

»Aber es hat nicht funktioniert. Es war der Weg in den sicheren Tod.«

»Nichts ist sicher, im Leben wie im Tod, Colonel. Aber der Unterschied zwischen den beiden ist bekannt. Im Krankenhaus lernt man diese Lektion sehr schnell.«

»So, wie diese Männer gestorben sind, das war nicht die Tat eines Arztes. Und das schließt Ihren Freund Philippe ein, der Sie für dieses Collier getötet hätte. Oder irre ich mich?«

Dr. Veronica seufzte ungeduldig.

»Natürlich irren Sie sich. Sie sind so gestorben, wie sie gelebt haben. Ich habe ihnen diese Todesart nicht verschrieben. Das haben andere erledigt. Andere Männer vom selben Schlag. Nicht besser und nicht schlechter. Wissen Sie, Colonel Pratt, als Mr. Calvino Philippes Leben in diesem Krankenhaus ein Ende gesetzt hat, das war mir eine Lehre. Diese Männer waren gekommen, um Miss Thu und mich zu töten. Sie hätten das Collier so sicher mitgenommen, wie ich hier vor Ihnen stehe. Ich war eine Närrin. Ich habe … solchen Leuten geglaubt. Wie kann man nur so dumm sein?«

Das konnte Pratt nicht beantworten. Menschen glaubten, weil sie nicht anders konnten; in wen sie ihren Glauben setzten, lag ebenso an Umständen, Vertrauen und Zweckdienlichkeit wie an nüchterner Überlegung. Sie hatte aus einem Augenblicksimpuls gehandelt und dabei gedacht, dass andere ihre Wertvorstellungen und Ziele teilten. Das war ein Irrtum gewesen. Sie war von Beginn an verraten und verkauft gewesen. Es wäre weniger schmerzhaft gewesen, wenn der Verrat nicht ihren eigenen Träumen entsprungen wäre. Aber woraus sollte er sonst entspringen?

Nach dem Gespräch war er zu Fuß ins Hotel zurückgegangen. Er konnte ihr keinen Vorwurf machen. Er hatte sie im Restaurant in jener ersten Nacht beobachtet. Sie hatte ihn und Calvino auf seltsame Weise angesehen. Er hätte es gerne als einen Ausdruck von Trauer bezeichnet, aber manchmal waren Trauer und Resignation im Gesicht eines Fremden nicht auseinander zu halten. Vielleicht hatte sie gewusst, wer sie waren. Dass Calvino beim Tod ihres Cousins auf der Rennbahn zugegen gewesen war. Sie waren der falschen Annahme aufgesessen, dass sie nach einem Farang suchten, der im Hintergrund die Fäden zog. Kim war jemand, der mächtige Freunde in Polizei und Armee hatte. Alle Fraktionen benutzten gelegentlich Außenseiter, wenn es ihren Zwecken diente. Die Theorie lautete, dass der Drahtzieher in Phnom Penh ein alter Asienmann war, der ein halbes Dutzend Sprachen fließend beherrschte und Kontakte in höchsten Regierungs- und Wirtschaftskreisen hatte. Sie hatten eine Legende über jemanden gestrickt, der die Juwelen nie besessen hatte. Pratt hatte versagt. Blieb noch die Frage, ob Dr. Veronica die Wahrheit sagte. Hatte sie das Collier gefunden oder nicht?

Egal. Es gab keine ausreichenden Beweise. Sie war entlastet. Pratt fragte sich, ob seinem Freund Calvino das klar war. Beweise für Verbrechen waren ein westliches Konzept. Obwohl Calvino in New York einmal Anwalt gewesen war, hatte es Pratt überrascht, dass er gegenüber Shaw von »Beweisen« sprach. In Asien wurde der Beweis für ein Vergehen entsprechend dem Status der betroffenen Person und dem jeweiligen Verbrechen bewertet. Status bestimmte, ob die Beweise ausreichten. Dr. Veronica besaß Status, das richtige Geschlecht und den richtigen Beruf. Sie war unantastbar. So war die Welt in Indochina, und so würde sie zu Dr. Veronicas Lebzeiten und aller, die in ihre Fußstapfen traten, auch bleiben.

Pratt kannte amerikanische Krimis in Fernsehen und Film aus dem Effeff. Der Held deckte die Beweise auf, und das war das Ende der Geschichte. Was die Amerikaner doch für seltsame, fremdartige Vorstellungen hatten, wie das Leben funktionierte – eine Art kollektive Wahnvorstellung. Selbst wenn sie ausreichend Beweise gegen Dr. Veronica in der Hand gehabt hätten, würde es nichts nützen. Denn harte Beweise klebten nur an denjenigen, die schwach und machtlos waren; von Menschen mit den richtigen Beziehungen glitten sie einfach ab. Und Kim? Warum nicht einfach so tun, als hätte er seine Mission erfüllt?

»Er könnte das Collier an die bösen Buben in Bangkok abgeliefert haben«, meinte Calvino.

»Netter Einfall, funktioniert aber nicht«, sagte Pratt. »Inzwischen werden sie herausgefunden haben, dass jemand ihren Mann getötet hat.«

»Dann sind sie jetzt sicher in bester Stimmung.«

»Dein Name steht nicht mit seinem Tod in Verbindung.«

»Das können sie sich zusammenreimen.«

Pratt schüttelte den Kopf. »Wir waren sehr gründlich, und Dr. Veronica und das Personal waren äußerst kooperativ was den Bericht betrifft.«

»Willst du damit sagen, dass ich ihr etwas schuldig bin?«

»Ich will gar nichts sagen. Ich schildere nur, was passiert ist.«

Aber er war ihr etwas schuldig. Das wussten sie beide. Das löste nicht das Grundproblem. Sie hatte die Linie zwischen Recht und Unrecht überschritten und sich mit Leuten eingelassen, denen sie keine Sekunde ihrer Zeit hätte widmen sollen. Die waren jetzt tot. Sie hatte überlebt. Das sagte eine Menge aus über ihre Fähigkeiten und ihr Glück. Philippe war so mächtig gewesen, dass er praktisch unantastbar war. Er hatte viele Freunde in Bangkok, Paris und Phnom Penh gehabt. Aber sein ganzer Einfluss hatte ihm nicht das Leben retten können.

Das Collier war in den Strudel eines Machtkampfs zwischen zwei Fraktionen innerhalb der Polizei gezogen worden. Keine davon hatte gewonnen. Aber gleichzeitig bedeutete das auch, dass keine verloren hatte. Der politische Wirbel um das Verschwinden der Juwelen würde sich wieder legen und die Auseinandersetzung für Wochen oder Monate vergessen sein. Beide Seiten brauchten Zeit, um ihre Kräfte wieder zu sammeln und Agenten zu platzieren, bis das Collier gefunden war.

Pratt dachte an das Video, das die Frau eines Generals mit dem Collier um den Hals zeigte. Idiotisch. Da waren sie: Beweise. In voller Farbe und Schärfe, und die Saudis hatten eine Kopie des Videos. Aber es durfte nie Beweise gegen die Mächtigen geben. Und jetzt ging es um Gesichtsverlust. Genügend Gesichtsverlust, um den saudi-arabischen Arbeitsmarkt für ein paar Hunderttausend Thailänder zu sperren. Wenn Pratt das Collier gefunden hätte, hätten die thailändischen Arbeiter an ihre Arbeitsplätze in Saudi-Arabien zurückkehren und wieder anfangen können, Schecks nach Hause zu schicken.

Am Flughafen überreichte Shaw Pratt einen Band mit den gesammelten Gedichten von W. B. Yeats. »Er ist nicht neu. Aber ich dachte, Sie hätten im Flugzeug vielleicht gerne etwas zu lesen.«

Die Geste rührte Pratt. Immer wenn er gerade anfing zu denken, dass alle Farangs – mit Ausnahme von Calvino – völlig unsensibel und ichbezogen waren und über die Erde walzten, als sei sie ihr Privatbesitz, dann kam jemand wie Shaw daher und erschütterte diese Vorstellung. Das Buch klappte an einer Stelle auf, wo Shaw ein Lesezeichen hineingesteckt hatte, und Pratt las die angestrichene Stelle:

> Wirf einen kalten Blick
> Auf das Leben. Auf den Tod.
> Und dann, Reiter,
> Zieh weiter.

»Vielen Dank, Deputy Superintendent«, sagte Pratt. Er sah auf und schloss das Buch. »Und ich würde mich freuen, wenn Sie das hier als Gegengeschenk annehmen.«

Pratt griff in seine Reisetasche und zog die zerlesene Gesamtausgabe der Werke von William Shakespeare hervor.

»Stellen Sie ihn auf die Probe«, sagte Calvino. »Er trägt jedes einzelne Wort im Herzen.«

»Das ist der richtige Ort für Shakespeare.«

Pratt spürte, wie ihn ein Frösteln durchlief, als er sich fragte, ob Deputy Superintendent Shaw von der Belfaster Polizei im letzten Leben vielleicht ein Thai gewesen war. Und ob der Grund, der in diesem Leben beide Männer in Phnom Penh zusammengeführt hatte, ein in einem früheren Leben verpasster, von Herzen kommender Austausch war.

Der Flug von Phnom Penh nach Bangkok dauerte eine knappe Stunde. Nachdem der Pilot durchgesagt hatte, dass die Reiseflughöhe von zehntausend Metern erreicht sei, hatte Calvino seine Rückenlehne zurückgestellt und die Krawatte gelockert. Pratt war bereits in Yeats' Gedichte vertieft. Ein perfektes Geschenk, fand Calvino.

»Schon mal Hintergedanken gehabt?«, fragte Calvino.

Pratt lugte über den Rand seiner Lesebrille und fragte sich, was hinter Calvinos Frage stecken mochte.

»Sicher, und auch Hinter-Hintergedanken«, erwiderte er.

Calvino grinste.

»Manchmal glaube ich, du hättest ganz gut nach Brooklyn gepasst. Ich meine, du weißt, was richtig ist, aber dann denkst du plötzlich, du weißt es doch nicht so genau. Und endlich fragst du dich, ob es das Richtige überhaupt nicht gibt. Dann stellst du dir eine halbe Sekunde lang eine Welt vor, in der es kein Recht gibt, und es schaudert dich. Du weißt, so darf es nicht sein. Aber dann siehst du einen Menschen wie Nuth und fragst dich: Wo ist die Gerechtigkeit in dieser Welt geblieben? Alle haben Angst und verkriechen sich. Jeder zimmert sich seine Moralvorstellungen zurecht, wie es ihm gerade passt. Die Menschen leben nur noch nach ihren eigenen Regeln. In Kambodscha geht das jetzt schon seit tausenden von Jahren so. Und was bleibt uns, das uns zeigt, was richtig ist? Shakespeare? Yeats?«

Pratt hatte sich wieder seinem Yeats zugewandt und hörte nur mit halbem Ohr zu, während Calvino sein Selbstgespräch über Recht und Unrecht führte. Er wollte gerade die Seite umblättern, als er sah, wie sich Calvinos Hand langsam auf das Buch herabsenkte. Als er sie wieder wegzog, lag da das schönste Collier, das Pratt je gesehen hatte. Er kannte es – von einem Video. Das gestohlene Collier der Saudis.

»Schließlich hast du die Hotelrechnung bezahlt«, meinte Calvino.

»Fünfzig Millionen Dollar«, flüsterte Pratt.

Mit einem Schmuckstück wie diesem hätte sich Calvino in eine neue Existenz absetzen und leben können wie ein Gott. Er hätte sich freikaufen können aus der schäbigen Sackgasse seines Lebens. Aber er hatte es nicht getan, weil er sich dann selbst nicht mehr hätte ins Gesicht sehen können. Pratt schluckte. »Wo hast du es entdeckt?«

Calvino grinste. Er schlug sich mit der Handwurzel gegen die Stirn und schüttelte den Kopf. »Es lag auf der Hand.«

»Wo?«

»In meinem Hotelzimmer.«

»Bitte, mach keine Witze, Vincent.«

»Es stimmt, Pratt. Es war die ganze Zeit in meinem Zimmer. Versteckt in der Decke des Badezimmers. Fat Stuart hatte mit einem Bohrer aus seinem Juwelierswerkzeug über der Toilette ein kleines Loch hineingefräst und hinterher mit Kaugummi wieder zugeklebt. Letzte Nacht konnte ich nicht schlafen. Ich bin ins Bad gegangen. Hab mich im Spiegel angesehen und gefragt: Wer ist eigentlich dieser Mensch da? Jemand, der mir aus New York entfernt bekannt vorkommt. Ich fing an zu denken, dass Fat Stuart vielleicht in denselben Spiegel gesehen hat. Das machte mich neugierig. Wir haben dasselbe Schlafzimmer geteilt, dieselbe Hure und sogar auf dasselbe Pferd gesetzt. Und ich fing an, mich zu fragen, was Fat Stuart so lange im Badezimmer zu suchen hatte, wo doch ein schönes Mädchen im Schlafzimmer auf ihn wartete und Hatch mit ihr allein war? Er musste doch wissen, dass Hatch sie ficken würde. Er war raffgierig und besitzergreifend. Etwas musste ihn so in Anspruch genommen haben, dass er das Mädchen links liegen ließ. Vielleicht war es das erste Mal, dass Hatch nicht jede kleinste Bewegung von Fat Stuart überwachte. Während Hatch sich mit Thu vergnügte, hatte Fat Stuart eine Menge Zeit, das Collier zu verstecken. Ich vermute, dass ursprünglich Hatch das echte hatte. Aber Fat Stuart hat es gegen ein Imitat ausgetauscht und das echte so versteckt, dass niemand es finden konnte. Ich glaube, Fat Stuart konnte einfach der Versuchung nicht widerstehen, das Collier mehr als einmal zu verkaufen. Einmal an Hatch und einmal an Philippe. Dann fing er mit seinen Klugscheißerspielchen an. Er hat weder Hatch noch Patten über den Weg getraut. Aber wenn er wirklich klug gewesen wäre, hätte er dem Brownie misstraut.«

Pratt hatte das Gefühl, dass Calvino sich in diesem Leben genügend Verdienste erworben hatte, um beim nächsten Mal dem Rad der Wiedergeburt zu entgehen.

»Du hast das Richtige getan, Vincent«, sagte er.

»Weißt du, was mir an der Geschichte gefällt?«

»Was?«

»Dass ein paar Leute bei der Polizei eine Menge Gesicht verlieren werden. Und ich glaube, sie werden Rachepläne schmieden. Also habe ich mir ernsthaft Gedanken über Rache gemacht«, sagte Calvino.

»Und das heißt?«

»In New York hat es immer geheißen, dass es im Immobiliengeschäft nur drei Dinge gibt, die wichtig sind – die Lage, die Lage und die Lage. Was Macht betrifft, gibt es auch nur drei wesentliche Dinge – Image, Image, Image. Deine Mannschaft kann nicht zum Sieger erklärt werden, bis ihr gewonnen habt. Also nimm das Collier, wirf es deinem General auf den Tisch, und sag ihm, er soll den saudi-arabischen Botschafter holen. Du hättest eine Überraschung für ihn.«

Pratt grinste und ließ das Collier durch seine Finger gleiten. Es war eine glänzende Idee, wenn sie auch Calvino fest im Kreislauf der Wiedergeburt halten würde. Dr. Veronica fiel ihm wieder ein, und wie sehr sie gehofft hatte, dass dieser Gegenstand die Zukunft ihres Krankenhauses verändern könnte.

»Ich wünschte, Dr. Veronica hätte das sehen können«, meinte Pratt.

Calvino lehnte sich gegen die Kopfstütze zurück.

»Hat sie«, sagte er halb flüsternd. »Ich musste es wissen, Pratt.«

Pratt sah Calvino an.

»Was wissen?«

»Wie sie reagieren würde.«

»Was hat sie gesagt?«

Calvino drehte den Kopf zu Pratt.

»Sie hat gesagt, es sei schwer zu verstehen, wie viel Blutvergießen und Missgunst ein einzelnes Schmuckstück auslösen kann«, erwiderte Calvino. »Und ich habe ihr gesagt, dass sie der Schiedsrichter ist. Sie konnte Gott spielen. Und sie saß da in ihrem Büro, hielt das Collier in der Hand und hielt die Augen geschlossen, als würde sie beten. Ich habe gar nichts gesagt. Ich habe gewartet, bis sie mich wieder angesehen hat. Dann habe ich ihr die Geschichte vom Diebstahl der Juwelen erzählt, und wie viele politische Probleme sie schon verursacht haben. Sie sagte: ›Bring es zurück nach Thailand. Ich will es nie wieder sehen.‹«

»Und wenn sie beschlossen hätte, es zu behalten?«, fragte Pratt.

»Ich musste es herausfinden. Ich weiß nicht, was ich getan hätte«, meinte Calvino.

»Sie hat das Richtige getan.«

»Ich musste es wissen«, sagte Calvino. Er war stolz auf sie und verbarg es nicht. »Wir hatten einmal ein Streitgespräch über Eigentum und Diebstahl, und dass der Zweck die Mittel heiligt. Aber als es darauf ankam, hat sie es nicht genommen.«

»Ich freue mich für dich, Vincent. Ich weiß, wie wichtig es für dich war, dass kein Makel an ihr bleibt.«

»Sie wusste, dass es ihr nicht gehört. Natürlich kann man rationalisieren und sagen, dass die Saudis für den Reichtum, den das Collier darstellt, tausende von Menschen ausgebeutet haben. Aber gibt einem das ein Recht, es zu stehlen und für ein anderes ausgebeutetes Volk zu verwenden? Wer gab ihr das Recht zu entscheiden?«

»Du«, sagte Pratt. »Und wenn sie versucht hätte, dieses Collier zu verkaufen ...«

Calvino unterbrach ihn. »Sie wäre getötet worden.«

Pratt genoss es, wenn sie zur gleichen Zeit zu denselben Schlüssen kamen.

»Ich habe versucht, ihr zu sagen, dass ihr Plan niemals funktionieren konnte, aber ohne Erfolg«, sagte er. »Und ich denke, ihr Cousin wusste das. Er hat ihr vermutlich das Leben gerettet, und sie wird es nie erfahren. Fat Stuart war ein Mann, über den sich alle lustig gemacht haben, aber er ist als Held gestorben, Vinee.«

Calvino war überrascht. »Du hast sie getroffen?«

»Ich war bei ihr im Krankenhaus. Sie hat sich bemüht, das Richtige zu tun, Vinee.«

»Das hat Pol Pot auch. Daran leidet die Welt. Jeder versucht immer, das Richtige zu tun, bloß geht es meistens schief.«

»Sie hat gesagt, dass sie dich liebt, Vincent.«

»Das hat sie gesagt?«

Pratt nickte.

»Wann warst du im Krankenhaus, Pratt?«

»Etwa um drei oder so.«

»Ich bin ungefähr eine halbe Stunde vorher gegangen.«

Pratt verbarg das Collier, während die Stewardess mit dem Getränkewagen vorbeikam.

»Eines noch«, sagte Calvino. »Nuth. Irgendeine Möglichkeit, dass du ihn über offizielle Kanäle aus dem T-3 herausbekommst? Ich glaube, er könnte einen Ortswechsel vertragen.«

»Ich habe Shaw gebeten zu tun, was er kann.«

»Gute Idee. Ich werde nächste Woche nachfragen, ob er Erfolg hatte.«

Pratt runzelte die Stirn. »Du willst wieder nach Phnom Penh?«

»Ich habe Thu versprochen, dass ich sie nach Saigon zurückbringe. Und wie es der Zufall so will, hat Dr. Veronica angeboten, mitzukommen, damit es keine medizinischen Komplikationen gibt.«

»Ist das der einzige Grund, warum sie mitkommt?«

»Sie hat versprochen, mir Französisch beizubringen.«

»Tu mir einen Gefallen.«

»Sag schon.«

»Versuch nicht, ihr Thai beizubringen. Du kriegst die Töne nie richtig hin. Wenn du auf Thai Ärztin sagst, klingt das eher wie Äffin.«

»Versprochen.«

»Und noch eines«, sagte Pratt.

»Ja?«

»Was verstehst du von Edelsteinen?«

Calvino zog eine Augenbraue hoch. »Warum?«

»Woher sollen wir wissen, dass diese Halskette nicht auch eine Fälschung ist? Noch ein kleiner Scherzartikel, den Mr. L'Blanc uns hinterlassen hat?«

»Das hättest du jetzt lieber nicht gesagt«, meinte Calvino.

»Ich lasse sie im Labor prüfen.«

»Und woher willst du wissen, dass nicht einer im Labor eine linke Tour abzieht?«

»Gar nicht«, antwortete Pratt.

»Das ist es, was ich an Thailand so liebe. Die Sicherheit«, sagte Calvino. »Man weiß nie, wo man steht und wann einem jemand ein Bein stellt.«

»Oder wo man landet, wenn man fällt«, ergänzte Pratt.

Die Reisfelder glitten unter ihnen hindurch, während das Flugzeug auf Bangkok einschwebte. Durchs Fenster betrachteten sie die Stadt der Engel. Das Licht des späten Nachmittags verwandelte den Chao-Phraya-Fluss in geschmolzenes Gold. Dann ein schwacher Widerschein von Grün, und die Schluchten der Wolkenkratzer stießen durch einen Dunstschleier aus der Farbe von nassem Zement. Über dem Horizont blinkte ein einzelner Stern auf. Calvino fiel ein, dass er nichts zu essen daheim hatte und noch auf die Sukhumvit zum Einkaufen musste. Danach hatte er vor, ins Bett zu kriechen und zu schlafen, den tiefen Schlaf ohne Träume oder Hoffnungen, einen Schlaf ohne Reue, ohne Bewusstsein oder Gedanken daran, warum die Dinge so waren, wie sie waren, und warum doch immer wieder ein Funke von Anständigkeit dem Sog der Schwerkraft widerstand.

Christopher G. Moore

Christopher G. Moore, der sein Alter mit 83,5 Reisejahren angibt, war in seinem früheren Leben Juraprofessor, dann Theaterautor. Später wurde er, was er bis heute geblieben ist, Romancier. In Bangkok etablierte sich der gebürtige Kanadier, der in Oxford studiert hat, als »Kultautor«. Zunächst in Bangkok selbst, dann mit Hilfe des Internets (www.cgmoore.com) im Global Village. Es war nur eine Frage der Zeit, bis Hollywood aufmerksam wurde und Calvino-Stoffe einkaufte.

Wenn Christopher G. Moore gerade mal nicht in Bangkok ist, dann ist er sicher in Manila, Oxford, Berlin oder Los Angeles anzutreffen.

Sein Lebensgefühl umschrieb er in einem Statement zu seiner Verlagssituation: »Meine Leser gehören zu einer globalen Vorhut, für die es nicht entscheidend ist, wo sie leben. Ich bin ein kanadischer Schriftsteller, der in Bangkok lebt. Mein aus Thailand stammender Agent in Paris wird von einem deutschen Agenten in Wien vertreten, der die Rechte an einen Verlag in Zürich verkaufte, dessen Herausgeber in Berlin sitzt.«

Bibliografie

Die Calvino-Romane: *Spirit House* (1992, dt. *Haus der Geister*, 2000), *Asia Hand* (1993), *Cut Out* (1994, dt. *Stunde null in Phnom Penh*, 2003), *Comfort Zone* (1995), *The Big Weird* (1996), *Cold Hit* (1999, dt. *Nana Plaza*, 2001), *Minor Wife* (2002).
Die Land-of-Smile-Serie: *A Killing Smile* (1991), *A Bewitching Smile* (1992), *A Haunting Smile* (1993), *God of Darkness* (1998).
Weitere Werke: *His Lordship's Arsenal* (1985), *Enemies of Memory* (1990), *Saint Anne* (1994), *Heart Talk* (1998), *Chairs* (2000).

Vom Völkermord zum Milchkaffee

Von Christopher G. Moore

Es gibt keinen klaren Zeitplan, nach dem ein Land die Erfahrung des Völkermords verarbeitet. In Kambodscha töteten die Roten Khmer zwischen April 1975 und August 1979, als die Vietnamesen einmarschierten, ungefähr ein Drittel der Bevölkerung. Gewehr, Schaufel oder Hacke dienten als Tötungsinstrumente. Hunger und Krankheiten trugen das Ihre zu den Leichenhaufen bei, die sich während der Herrschaft der Roten Khmer auftürmten. Egal nach welchen Maßstäben, das Töten war gewaltig. Die Spannungen zwischen denen, die die Roten Khmer unterstützt hatten und denen, die deren Wüten überlebt hatten, waren noch deutlich spürbar, als die UNTAC-Kräfte nach Kambodscha entsandt wurden. Sie hatten die Aufgabe, für Demokratie und freie Wahlen zu sorgen. Und für einen Neubeginn, bei dem sich beide Seiten miteinander und mit der Vergangenheit versöhnen konnten. Ich war im März 1993 in Kambodscha, um über das UNTAC-Projekt zu berichten. Aus dieser Erfahrung heraus habe ich *Stunde null in Phnom Penh* geschrieben – den einzigen Roman, den es über diesen historischen Moment gibt.

Fast zehn Jahre später bin ich wieder nach Kamboschda gekommen, um mir die Veränderungen anzusehen, die während einer halben Generation stattgefunden haben. »Die Zeit vergeht schnell«, sagt eine junge Khmer-Frau, die als DJ arbeitet, mit kessem kalifornischem Akzent. Sie könnte auch in einem Einkaufszentrum in Los Angeles stehen. Aber sie ist nie aus Kambodscha rausgekommen. Sie ist jung und macht ihre Radiosendung auf Englisch für die Generation, die nach der Niederlage der Roten Khmer geboren ist. »Die Zeit vergeht schnell«, sagt sie wieder. »Es scheint erst Montag zu sein, dabei ist es schon Donnerstag. Ich mag die Schnelligkeit. Aber ich mag nicht alt werden. Möchten Sie alt werden? Natürlich wollen Sie das nicht. Wie ich, Sie wollen auch ewig jung bleiben. Ich habe darüber nachgedacht, wie sehr ich Santana mag. Er hat einen Song geschrieben, der *Black Magic Woman* heißt. Wenn ich nur wüsste, wo er herkommt. Er ist ja kein Amerikaner, und schwarz ist er nicht und aus Asien ist er auch nicht. Ich weiß nicht, wo er her ist. Aber ich finde, er ist cool.«

Auf der Fahrt vom Flughafen in die Stadt, die sieben Dollar kostet, stellt der Taxifahrer einen englischsprachigen Sender aus Phnom Penh ein. Er versteht Englisch. Das ganze Land lernt Englisch. In den Buchläden türmen sich die Biografie von Madonna und der neueste Grisham. Lernkassetten für Chinesisch, Französisch und Japanisch liegen in den Regalen. Vor knapp einer Generation haben die Roten Khmer jeden umgebracht, der eine Fremdsprache beherrschte oder ausländische Bücher las. Jetzt sind die Straßen voller Schüler und Studenten in weißen Hemden und schwarzen Hosen, die Bücher mit sich tragen und von Reichtümern träumen.

1993 kannte jeder das Monorom-Hotel. Journalisten mit dicken Spesenkonten wohnten hier, wie schon in den Siebzigerjahren. Vorzugsweise in einem Zimmer mit Balkon. Heute heißt es ›Hotel Villa‹ und sieht aus wie eine alternde Hure mit zu viel Make-up. 1993 standen in der Eingangshalle Eimer, um das von der Decke tropfende Wasser aufzufangen. Ein Zimmer war für achtzehn Dollar zu kriegen und der Swimming-Pool war voller Unkraut und Schlamm. Die neuen Betreiber aus Singapur haben das ›Monorom‹ in ein Fünf-Sterne-Top-Haus der Raffles-Klasse verwandelt – die Zimmer kosten jetzt dreihundert Dollar und zu Silvester gibt es ein Champagner-Dinner für siebzig Dollar pro Person.

Auf dem alten Russischen Markt hoppelten 1993 Khmer-Soldaten mit amputierten Gliedmaßen UNTAC-Soldaten hinterher, die zwischen den Ständen herumschlenderten, wo man eine AK-47 für fünfundsiebzig Dollar und eine 40er-Packung Marihuanazigaretten für zwei Dollar kaufen konnte. Ein Jahrzehnt später sind die UNTAC-Soldaten zwanzigjährigen Touristen gewichen, die zwischen Raub-DVDs von *Die Another Day*, *8 Miles* oder *Spiderman* herumkramen. Die AK-47 und Marihuana sind verschwunden. Die Werkzeuge des Krieges und die Drogen, um Schmerz und Angst zu bekämpfen, haben dem neuen Zeitalter des Konsums Platz gemacht. Dessen Bilder sind nicht die der jüngsten Vergangenheit, sondern die der Zeichentrickwelten, ausgebrütet von Hollywood-Mogulen, die Kamboschda nicht mal auf dem Atlas finden würden.

Während sich der Vollmond im Toulesap spiegelte, ging ich am Quai entlang. Ich wurde Zeuge einer Prozession. Die unübersehbare Zuschauermenge stand an einigen Stellen in Zehnerreihen hintereinander. Sie hatten ihre besten Kleider angezogen. Als ich am Quai stand, führte ein Militärboot mit Blitzlicht und heulenden Sirenen langsam einen Zug aus einem halben Dutzend Flößen an. Auf ein paar Flößen saßen Mönche. Auf einem anderen stand ein großes Glasbehältnis mit Buddhareliquien: Haare, Zähne und Knochen. Die Prozession überführte die Reliquien zu einer neuen Pagode, die auf einem Berg bei der alten Hauptstadt Odong errichtet worden war. Der König, der Premierminister, Fürsten und hohe Beamte warteten in Odong. Was wir beobachteten, war von historischer Bedeutung. Es war drei Jahrzehnte her, seit die Reliquien bewegt worden waren. Dreißig Jahre ist ein Leben in Kambodscha.

Später schaue ich mir die Prozession im Fernsehen auf meinem Zimmer an. Die Kameras außerhalb von Phnom Penh zeigen Menschen, die vortreten und den Mönchen Lotusblüten, Räucherstäbchen und kambodschanische Fahnen überreichen. Manche der Wagen sind überhäuft mit Gaben. Wenn man die unendliche Menschenmenge anschaut – zwischen einer und zwei Millionen Kambodschaner nahmen teil, die ganzen fünfundvierzig Kilometer bis Odong säumten Khmer die Strecke –, dann muss man gezwungermaßen daran denken, dass das ungefähr so viele Menschen sind, wie dem Völkermord der Roten Khmer zum Opfer gefallen sind. Aber irgendwie waren alle diese Leute und alle Fraktionen in einer Art Bündnis von Vertrauen und Glauben zusammengekommen. Hatten sie ihre Gegensätze nur für die Prozession beiseite geschoben oder war das ein Anzeichen, dass die Heilung begonnen hatte?

An demselben Donnerstagabend brachte ein Ein-Sterne-General einen Neunzehnjährigen um, der angeblichen seinen Sohn verprügelt hatte. Die neue Gefahr für das Sozialleben sind die Sprösslinge der herrschenden Klasse. Sie bilden Gangs und streifen durch Phnom Penh, beanspruchen Gebiete, bekämpfen sich gegenseitig und führen sich auf, als ob sie unantastbar wären. In diesem Fall wurde der General verhaftet. Am nächsten Tag wurde ein anderer General, früher ein Kommandeur der Roten Khmer, zu lebenslänglicher Haft verurteilt, weil er 1994 die Ermordung von drei Touristen befohlen hatte. Die australische, die britische und die französische Botschaft begrüßten das Urteil. Es war wie der Umzug der Reliquien: Ein General wegen Mordes verhaftet, ein anderer nach einem Prozess ins Gefängnis gesteckt, das kommt einem wie etwas vor, das nur einmal im Leben passiert. Die kambodschanischen Zeitungen berichteten vom Aufruf des UN-Generalsekretärs, den Prozess gegen die Führer der Roten Khmer nach internationalen juristischen Standards zu führen. Es ist *eine* Sache, einen General ins Gefängnis zu stecken, weil er die Ermordung von Touristen befohlen hatte. Aber was ist mit seiner Verantwortung für den und seiner Beteiligung an dem Völkermord, bei dem Kambodschaner Kambodschaner umbrachten? Das wollte niemand thematisieren. Da gab es nur Schweigen. Ob wirkliche Gerechtigkeit je in Kambodscha ankommt? Ob diejenigen, die für den Völkermord verantwortlich waren, je vor ein solches Gericht kommen? Oder ist es immer noch die Realität, dass Gerechtigkeit und Wahrheit die Bevölkerung spalten würden? Zehn Jahre nach der UNTAC-Mission kann niemand solche Fragen beantworten.

Der »Foreign Correspondents' Club« hatte im Frühjahr 1993 gerade aufgemacht. Ich hielt ihn als Journalist, der über die Ereignisse in dieser Region berichtete, für einen guten Ort, um Kollegen zu treffen. Wenn es zehn Jahre später überhaupt noch Auslandskorrespondenten in Phnom Penh gibt, dann haben sie ein neues Wasserloch gefunden. Der FCC ist von Touristen und NGOs überlaufen. Ihre Kleinkinder und Teenager rennen mit derselben Arroganz herum wie der Sohn eines Khmer-Generals. Sie flitzen zwischen den Tischen hin und her mit ihren Billardstöcken und essen Hamburger. Der FCC ist ein Tageshort, eine Touristenfalle, ein Ort, wo man Postkarten schreibt. Und beweist so, wie weit die Zeit weg ist, als UNTAC-Landcruisers durch die Straßen patrouillierten, die Gefahr eines neuen Krieges sehr real war und die Durchführung freier Wahlen äußerst ungewiss.

Die neue Touristen-Generation sitzt in Internetcafés, die irgendwie auch Restaurants sind. Von ihren Kommunikationsmöglichkeiten mit der Welt draußen konnten wir 1993 nicht einmal träumen. Obwohl die Touristen heute besser angebunden sind an die Außenwelt, sind sie paradoxerweise viel isolierter. Sie geben sich selbst nie die Chance, herauszufinden, dass von der Welt abgeschnitten und isoliert sein auch Einsichten in die örtlichen Gegebenheiten bringen kann. Die Touristen haben ihre Heimat, Familie, Freunde und Kollegen überhaupt nicht verlassen, auch wenn sie physisch in Phnom Penh sind. Wahrscheinlich haben sie auch nie von dem Briten, dem Australier und dem Franzosen – alle um die zwanzig Jahre alt – gehört, die 1994 irgendwo auf dem Land aus einem Zug gezerrt worden waren, zwei Monate festgehalten und schließlich umgebracht wurden.

Als Calvino 1993 in Phnom Penh eintraf, trieb er sich in den engen Gassen herum und suchte nach Orten, wo man eine Story finden konnte – oder eine Leiche. Im Restaurant ›Pink Elephant‹ mit einem halben Dutzend anderer Touristen Milchkaffee zu schlürfen, war nicht seine Art, Kambodscha zu kapieren. Das alte ›Lido‹ war ein Ort, wo die UNTAC-Soldaten mit ihren weißen Landcruisern und ihrem Tagessold von einhundertachtundsechzig Dollars vorfuhren. Ein willkommener Anblick für die meist vietnamesischen Prostituierten, die vom Balkon herunterwinkten. Das ›Lido‹ gibt es nicht mehr. Kürzlich ist die Regierung gegen die Prostitution vorgegangen, weil Phnom Penh einige regionale Konferenzen ausrichtet. Aber sind die Mädels wirklich von der Bildfläche verschwunden oder halten sie sich nur zurück, bis die Gäste wieder weg sind? Das kann nur die Zeit beantworten. Unterdessen fegen Frauen in grünen Kitteln unter der heißen Mittagssonne die Hauptstraßen. Die riesigen verslumten Wohnanlagen in der Mitte der Stadt hat man abgerissen und durch ein weitläufiges Einkaufszentrum und Büroflächen ersetzt. Neben diesem neuen Komplex gibt es einen Park, der nach dem Premierminister Hun Sen benannt ist.

So gesehen ist *Stunde null in Phnom Penh* ein ziemlich einzigartiger Kriminalroman. Weil sich für den Privatdetektiv Vincent Calvino herausstellt, dass er ein privates Verbrechen inmitten einer Gesellschaft aufklären soll, die unter dem Trauma des Massenmordes leidet. Er kommt zu dem Schluss, dass jedes individuelle Verbrechen dem gegenüber verblasst, was über einer Million Menschen von den Roten Khmer angetan worden war. Wenn Calvino heute wieder nach Phnom Penh kommen würde, würde er vieles vorfinden, was sich nicht verändert hat. Zum Beispiel die Angst davor, Gerechtigkeit und Wahrheit zu benutzen, um die Vergangenheit zu beschließen. Er würde auch vieles finden, was sich an der Oberfläche verändert hat: Internetcafés, Horden von Touristen, Fünf-Sterne-Hotels. Und einen neuen Flughafen, wo auf der Speisekarte gratinierter Thunfisch, Käsekuchen und Milchkaffee stehen. In Kambodscha hört die Conditio humana nicht damit auf, die Leere weiter auszudehnen – vom Horror des Genozids bis zu den vulgären, protzigen Touristen, die, auf ihre Art, ihr Stück Kuchen zum Aufessen finden müssen und dabei die Illusion erschaffen, sie wären nicht wirklich weg von zu Hause.

Dezember 2002

Der Übersetzer

Peter Friedrich, 1956 geboren und aufgewachsen in Caracas/Venezuela, studierte in Deutschland Theaterwissenschaft, Ethnogeografie, Kunstgeschichte und Sinologie/Japanologie. Jobs als Oldtimer-Restaurator, Filmkritiker, Reporter, Skilehrer. Seit 1987 lebt er in Süddeutschland als Filmemacher, Autor, Designer von multimedialen Museumsausstellungen und als Übersetzer aus dem Englischen.

metro – Spannungsliteratur im Unionsverlag

»Die metro-Bände gehören auf jeden Fall zum Besten, was derzeit an so genannter Spannungsliteratur zu haben ist.« *Michaela Grom, Südwestrundfunk*

Guillermo Arriaga
Der süße Duft des Todes

Bernardo Atxaga
Ein Mann allein

Mongo Beti
Sonne, Liebe, Tod

Pierre Bourgeade
Das rosa Telefon

R. Bradley, S. Sloan
Temutma

Jerome Charyn
Der Tod des Tango-Königs

Driss Chraïbi
Inspektor Ali im Trinity College

Liza Cody
Gimme more

Pablo De Santis
Die Übersetzung; Die Fakultät

Garry Disher
Drachenmann

Jon Ewo
Torpedo; Rache

Giuseppe Fava
Ehrenwerte Leute

Rubem Fonseca
Bufo & Spallanzani

Jorge Franco
Rosario Tijeras

Santiago Gamboa
Verlieren ist eine Frage der Methode

Jef Geeraerts
Der Generalstaatsanwalt; Coltmorde

Alicia Giménez-Bartlett
Hundstage; Boten der Finsternis; Gefährliche Riten

Friedrich Glauser
Schlumpf Erwin Mord; Matto regiert; Die Fieberkurve; Der Chinese; Die Speiche; Der Tee der drei alten Damen

John Harvey (Hg.)
Blue Lightning

Chester Himes
Die Geldmacher von Harlem; Lauf Mann, lauf!; Der Traum vom großen Geld; Fenstersturz in Harlem; Heiße Nacht für kühle Killer; Plan B

Jean-Claude Izzo
Total Cheops; Chourmo; Solea

Stan Jones
Weißer Himmel, schwarzes Eis; Gefrorene Sonne

Yasmina Khadra
Morituri; Doppelweiß; Herbst der Chimären

Brian Lecomber
Letzter Looping

William Marshall
Manila Bay

Bill Moody
Solo Hand; Moulin Rouge, Las Vegas

Christopher G. Moore
Haus der Geister; Nana Plaza; Stunde null in Phnom Penh

Walter Mosley
Socrates in Watts; Socrates' Welt

Katy Munger
Beinarbeit; Gnadenfrist

Meja Mwangi
Die Wilderer

Celil Oker
Schnee am Bosporus; Foul am Bosporus

Jerry Raine
Frankie Bosser kommt heim

Susan Slater
Die Geister von Tewa Pueblo

Masako Togawa
Schwestern der Nacht; Trübe Wasser in Tokio

M.K. Wren
Medusa Pool

Helen Zahavi
Donna und der Fettsack; Schmutziges Wochenende

Bestellen Sie unseren kostenlosen Verlagsprospekt:
Unionsverlag, CH-8027 Zürich, mail@unionsverlag.ch